SUE GRAFTON

Nichts zu verlieren
[A wie Alibi]

Buch

Als der skrupellose Anwalt und Schürzenjäger Laurence Fife ermordet wird, wandert seine junge und schöne Frau Nikki ins Gefängnis. Aber Nikki beteuert ihre Unschuld, und als sie nach acht Jahren auf Bewährung freikommt, beauftragt sie Kinsey Millhone, den wahren Mörder zu finden – eine echte Herausforderung für die frisch gebackene Privatdetektivin, denn acht Jahre sind eine lange Zeit, die Spuren sind inzwischen verwischt. Dennoch macht sich Kinsey auf die Suche – und sticht in ein mörderisches Wespennest aus Liebe, Eifersucht, Betrug und Verzweiflung. Zunehmend verstrickt sie sich selbst in den Fall. Und als der Mörder schließlich die Nerven verliert, kommt es zu einem dramatischen Zweikampf …

Autorin

Sue Grafton ist Präsidentin des Verbandes der *Mystery Writers of America.* Mit ihren Romanen um die witzige und einzelgängerische Privatdetektivin Kinsey Millhone hat sie eine der erfolgreichsten amerikanischen Krimireihen überhaupt geschaffen. Sue Grafton lebt in Santa Barbara, Kalifornien.

Von Sue Grafton außerdem im Goldmann Verlag erschienen:

Nichts zu verlieren [A wie Alibi]. Roman (42657) · *('A' is for Alibi)*
In aller Stille [B wie Bruch]. Roman (42658) · *('B' is for Burglar)*
Abgrundtief [C wie Callahan]. Roman (42659) · *('C' is for Corpse)*
Ruhelos [D wie Drohung]. Roman · *('D' is for Deadbeat)*
Kleine Geschenke [E wie Eigennutz]. Roman (43702) · *('E' is for Evidence)*
Stille Wasser. Roman (43358/42637) · *('J' is for Judgement)*
Frau in der Nacht. Roman (42638/41571) · *('K' is for Killer)*
Letzte Ehre. Roman (41586) · *('L' ist for Lawless)*
Goldgrube. Roman (44394) · *('M' is for Malice)*

Als gebundene Ausgabe:
Kopf in der Schlinge. Roman (30794) · *('N' is for Noose)*

Sue Grafton

Nichts zu verlieren

[A wie Alibi]

Ein Kinsey-Millhone-Roman

Aus dem Amerikanischen
von Malte Krutzsch

GOLDMANN

Der Roman ist bereits unter dem Titel »A wie Alibi«
auf deutsch erschienen.
Titel der amerikanischen Originalausgabe: »A Is for Alibi«

Umwelthinweis:
Alle bedruckten Materialien dieses Taschenbuches
sind chlorfrei und umweltschonend.
Das Papier enthält Recycling-Anteile.

Neuausgabe Mai 2000

Umschlaggestaltung: Design Team München
Umschlagfoto: Mauritius/AGE
Satz: IBV Satz- und Datentechnik GmbH, Berlin
Druck: Elsnerdruck, Berlin
Krimi: 5374
Lektorat: Julia Eisele
Herstellung: Max Widmaier
Made in Germany
ISBN 3-442-05374-9

1 3 5 7 9 10 8 6 4 2

Für meinen Vater

Chip Grafton

der mich auf diesen Weg geführt hat

Die Autorin möchte folgenden Personen für ihre unschätzbare Hilfe danken: Steven Humphrey, Roger Long, Alan Tivoli, Barbara Stephans, Marlin D. Ketter von Investigations Unlimited und Joe Driscoll von Driscoll & Driscoll Associates Investigations, beide in Columbus/Ohio, und William Christensen, Police Captain, Stadt Santa Barbara.

1

Mein Name ist Kinsey Millhone. Ich bin Privatdetektivin mit einer Lizenz vom Staat Kalifornien. Ich bin zweiunddreißig Jahre alt, zweimal geschieden keine Kinder. Vorgestern habe ich jemanden getötet, und das liegt mir schwer auf der Seele. Ich bin ein netter Mensch und habe viele Freunde. Mein Appartement ist klein, aber ich lebe gern auf engem Raum. Die meiste Zeit meines Lebens war ich in Wohnwagen zuhause, aber die sind neuerdings für meinen Geschmack zu perfekt geworden, deshalb bewohne ich jetzt ein Einzelzimmer, eine »Junggesellenbude«. Ich habe keine Haustiere. Ich habe keine Zimmerpflanzen. Ich bin viel unterwegs, und da lasse ich nicht gern etwas zurück. Abgesehen von den Gefahren meines Berufs war mein Leben immer alltäglich, ereignislos und gut. Jemanden getötet zu haben, gibt mir ein komisches Gefühl, und ich habe es noch nicht ganz verarbeitet. Ich habe schon vor der Polizei ausgesagt, habe das Protokoll Seite für Seite mit meinen Initialen versehen und anschließend unterschrieben. Einen ähnlichen Bericht habe ich für die Akten in meinem Büro aufgesetzt. Die Sprache in beiden Dokumenten ist neutral, die Wortwahl abstrakt und beide sagen letztlich nicht genug.

Nikki Fife kam vor drei Wochen in mein Büro. Ich verfüge über einen kleinen Winkel in einer großen Bürosuite, die der California Fidelity-Versicherung gehört, für die ich mal gearbeitet habe. Unsere Verbindungen sind jetzt eher locker. Ich übernehme eine bestimmte Anzahl von Nachforschungen für sie, als Entgelt für zwei Räume mit separatem Eingang und einem kleinen Balkon, der die Hauptstraße von Santa Teresa überblickt. Ich habe einen Antwortdienst, der Anrufe entgegennimmt, wenn ich fort bin, und ich führe meine Bücher selbst. Viel Geld verdiene ich nicht, aber ich komme zurecht.

Ich war den größten Teil des Morgens fort gewesen und fuhr nur am Büro vorbei, um meine Kamera zu holen. Nikki Fife stand auf dem Gang vor meiner Bürotür. Ich kannte sie eigentlich nicht, hatte aber vor acht Jahren ihrem Prozeß beigewohnt, als sie wegen Mordes an ihrem Mann Laurence verurteilt worden war, einem prominenten Scheidungsanwalt in der Stadt. Nikki war damals Ende Zwanzig gewesen, mit auffallenden, weißblonden Haaren, dunklen Augen und makelloser Haut. Ihr hageres Gesicht war jetzt etwas fülliger, wahrscheinlich infolge der Gefängniskost mit ihrem hohen Stärkegehalt, aber sie hatte immer noch das ätherische Aussehen, das seinerzeit die Mordanklage so abwegig hatte erscheinen lassen. Ihr Haar war in seinem natürlichen Ton nachgewachsen, ein so helles Braun, daß es nahezu farblos anmutete. Sie war vielleicht fünfunddreißig, sechsunddreißig, und die Jahre in der kalifornischen Frauenhaftanstalt hatten keine sichtbaren Spuren eingegraben.

Ich sagte erst mal nichts; sperrte nur die Tür auf und ließ sie herein.

»Sie wissen, wer ich bin«, begann sie.

»Ich habe ein paarmal für Ihren Mann gearbeitet.«

Sie musterte mich sorgfältig. »Sonst nichts?«

Ich wußte, was sie meinte. »Ich bin auch im Gericht gewesen, als Sie angeklagt waren«, sagte ich. »Aber wenn Sie fragen, ob ich persönlich was mit ihm hatte, ist die Antwort nein. Er war nicht mein Typ. Nichts für ungut. Möchten Sie Kaffee?«

Sie nickte und entspannte sich fast unmerklich. Ich zog die Kaffeekanne aus dem unteren Teil des Karteischranks und füllte sie mit Wasser aus dem Sparkletts-Behälter hinter der Tür. Es gefiel mir, daß sie nichts gegen die Umstände sagte, die ich mir machte. Ich legte eine Filtertüte ein, tat gemahlenen Kaffee hinein und schaltete die Maschine an. Das Gurgeln war beruhigend wie die Pumpe eines Aquariums.

Nikki saß ganz still, fast als wären ihre Gefühle unbeteiligt. Sie zeigte keine nervösen Regungen, rauchte nicht und zerwühlte auch nicht ihr Haar. Ich setzte mich in meinen Drehstuhl.

»Wann sind Sie rausgekommen?«

»Vor einer Woche.«

»Wie fühlte sich die Freiheit an?«

Sie zuckte die Achseln. »Gut, denke ich, aber überleben kann ich auch auf die andere Art. Besser, als man meinen sollte.«

Ich nahm eine Tüte Sahne aus dem kleinen Kühlschrank zu meiner Rechten. Da stehen meine sauberen Becher drauf, und ich drehte zwei für uns um und füllte sie, als der Kaffee fertig war. Nikki nahm ihren mit einem leisen Dankeschön.

»Vielleicht kennen Sie den Spruch ja schon«, fuhr sie fort, »aber ich habe Laurence nicht umgebracht, und ich möchte, daß Sie herausfinden, wer es getan hat.«

»Und damit warten Sie so lange? Sie hätten doch vom Gefängnis aus eine Untersuchung veranlassen können und sich vielleicht ein paar Jährchen erspart.«

Sie lächelte schwach. »Ich behaupte seit Jahren, daß ich unschuldig bin. Wer glaubt mir denn? Im Augenblick der Anklage habe ich meine Glaubwürdigkeit verloren. Die möchte ich zurück. Und ich möchte wissen, wer mich reingelegt hat.«

Ihre Augen waren mir dunkel vorgekommen, aber jetzt konnte ich sehen, daß sie metallisch grau waren. Ihr Blick war kalt, verflacht, als ob sich ein inneres Licht trübte. Sie schien eine Frau ohne viel Hoffnung zu sein. Ich selbst hatte sie nie für schuldig gehalten, aber ich wußte nicht mehr, was mich davon so überzeugt hatte. Sie wirkte leidenschaftslos, und ich konnte mir nicht vorstellen, daß sie auf irgend etwas genügend Wert legte, um dafür zu töten.

»Erzählen Sie mal?«

Sie nahm einen Schluck Kaffee und stellte den Becher dann auf den Rand meines Schreibtisches.

»Ich war vier Jahre mit Laurence verheiratet, sogar eine Idee länger. Nach den ersten sechs Monaten ging er fremd. Ich weiß nicht, warum das so ein Schlag für mich gewesen ist. Eigentlich bin ich genau auf diese Art an ihn geraten... als er noch mit seiner ersten Frau zusammen war und sie mit mir betrog. Eine Geliebte zu sein, das hat wohl auch etwas Egoistisches. Jedenfalls hätte ich nie damit gerechnet, selbst einmal die Betrogene zu sein, und es gefiel mir nicht besonders.«

»Nach Ansicht des Staatsanwalts haben Sie ihn deswegen umgebracht.«

»Schauen Sie, die brauchten einen Schuldspruch. Das war ich«, sagte sie mit dem ersten Anzeichen von Energie. »Ich habe die letzten acht Jahre unter Mörderinnen der einen oder anderen Sorte verbracht, und glauben Sie mir, das Motiv, das sie treibt, ist nicht Apathie. Man bringt Leute um, die man haßt, oder man tötet im Zorn oder um abzurechnen, aber man bringt nicht jemand um, der einem gleichgültig ist. Zu der Zeit, als Laurence starb, war er mir völlig schnuppe. Meine Liebe hörte schon auf, als ich zum erstenmal hinter die anderen Frauen kam. Ich brauchte halt eine Weile, um damit fertig zu werden...«

»Und darum ging es in dem Tagebuch?« fragte ich.

»Klar wollte ich es anfangs genau wissen. Ich habe jeden einzelnen Seitensprung genau verfolgt. Ich habe Telefongespräche mitgehört. Ich bin ihm durch die Stadt nachspaziert. Dann wurde er allmählich vorsichtiger mit der ganzen Sache, und ich verlor allmählich das Interesse. Es war mir scheißegal.«

Ihre Wangen hatten sich gerötet, und ich ließ ihr einen Augenblick Zeit, um sich zu fassen. »Ich weiß, es sah so aus, als hätte ich ihn aus Eifersucht oder aus Wut umgebracht, aber das berührte mich alles nicht. Zu der Zeit, als er starb, wollte ich nur noch in meinem eigenen Leben vorankommen. Ich wollte wieder auf die Schule gehen, mich um meine Angelegenheiten kümmern. Er ging seinen Weg, und ich ging meinen...« Ihre Stimme verklang.

»Was glauben Sie, wer ihn umgebracht hat?«

»Ich glaube, eine Menge Leute wollten's gerne. Ob sie es getan haben oder nicht, ist eine andere Sache. Ich könnte ein paar kluge Vermutungen anstellen, aber ich habe keine Beweise. Deswegen bin ich ja hier.«

»Warum kommen Sie gerade zu mir?«

Wieder errötete sie leicht. »Ich habe es bei den zwei großen Agenturen in der Stadt versucht, und sie haben abgelehnt. In Laurences altem Rolodex stieß ich auf Ihren Namen. Ich dachte, es läge eine gewisse Ironie darin, jemanden zu engagieren, den er selbst mal engagiert hat. Aber erkundigt habe ich mich auch. Bei Con Dolan von der Mordkommission.«

Ich krauste die Stirn. »Das war doch sein Fall, oder?«

Nikki nickte. »Allerdings. Er sagte, Sie hätten ein gutes Gedächtnis. Ich hab's nicht gern, wenn ich alles von ganz vorn erklären muß.«

»Was ist mit Dolan? Hält er Sie für unschuldig?«

»Das bezweifle ich, aber andererseits habe ich meine Zeit abgesessen, also was geht's ihn an?«

Ich musterte sie einen Augenblick. Sie war direkt und was sie sagte, hatte Hand und Fuß. Laurence Fife war ein schwieriger Mann gewesen. Ich hatte ihn selbst nicht sonderlich gemocht. Wenn sie zu Recht verurteilt worden war, leuchtete mir nicht ein, warum sie das alles jetzt wieder aufrühren sollte. Ihre Höllenfahrt war vorbei, und ihre sogenannte Schuld gegenüber der Gesellschaft war bis auf die Bewährungsfrist, die sie noch hatte, getilgt.

»Lassen Sie mich drüber nachdenken«, sagte ich. »Ich kann mich aber heute noch mit Ihnen in Verbindung setzen und Ihnen Bescheid geben.«

»Dafür wäre ich dankbar. Geld habe ich. Was immer es kostet.«

»Ich möchte nicht dafür bezahlt werden, daß ich alte Geschichten aufwärme, Mrs. Fife. Selbst wenn wir herausfinden, wer der Täter war, müssen wir dafür sorgen, daß es hieb- und stichfest ist, und das könnte schwer sein nach der ganzen Zeit. Ich würde gern erst die Akten durchgehen und mal abwarten, wie das aussieht.«

Sie nahm einen Schnellhefter aus ihrer großen Ledertasche. »Ich habe ein paar Zeitungsausschnitte dabei. Die kann ich Ihnen dalassen, wenn Sie wollen. Hier ist die Nummer, unter der ich zu erreichen bin.«

Wir gaben uns die Hand. Ihre war kühl und dünn, aber ihr Griff war fest. »Nennen Sie mich Nikki. Bitte.«

»Wir bleiben in Verbindung«, sagte ich.

Ich mußte wegen eines Versicherungsanspruchs Fotos von einem Riß in irgendeinem Bürgersteig machen, deshalb verließ ich das Büro kurz nach ihr und fuhr mit meinem VW über den Freeway. Ich hab's gern voll im Auto, und diesmal war es vollgestopft mit Ordnern und Gesetzbüchern, einer Aktentasche, in der ich meine kleine Automatic aufbewahre, Pappkisten und einem Karton Motoröl, den mir ein Klient geschenkt hatte. Er war zwei Schwindlern zum Opfer gefallen, die ihm »erlaubt« hatten, zwei Tausender in ihre Ölgesellschaft zu investieren. Echtes Motoröl war es schon, aber nicht ihr eigenes; bloß ein billiges von Sears, mit neuen Etiketten überklebt. Ich hatte eineinhalb Tage gebraucht, um die Scheichs aufzuspüren. Außer dem Gerümpel habe ich auch einen gepackten Koffer hintendrin, für Gott weiß welche Notlage. Ich würde für niemanden arbeiten, der mich *so* schnell braucht. Es gibt mir einfach ein Gefühl der Sicherheit, ein Nachthemd, Zahnbürste und frische Unterwäsche zur Hand zu haben. Vermutlich habe ich so meine kleinen Macken. Der VW ist ein 68er, eins von diesen undefinierbar beigen Modellen mit etlichen Beulen. Er müßte überholt werden, aber ich habe nie Zeit.

Im Fahren dachte ich über Nikki nach. Ich hatte den Schnellhefter voller Zeitungsausschnitte auf den Nebensitz geworfen, aber eigentlich brauchte ich sie mir nicht anzusehen. Laurence Fife hatte eine Menge Scheidungsfälle bearbeitet und am Gericht den Ruf eines scharfen Hundes gehabt. Er war kalt, methodisch und skrupellos, kein Vorteil entging ihm. In Kalifornien, wie in vielen anderen Staaten auch, gibt es als Scheidungsgrund nur unversöhnliche Differenzen oder unheilbare Geisteskrankheit, wodurch die erfundenen Ehebruchsvorwürfe entfallen, die einst die Hauptstütze von Scheidungsanwälten und Privatdetektiven waren. Geblieben ist die Frage der Güterregelung und des Sorgerechts – Geld und Kinder –, und Laurence Fife konnte für seine

Klienten so gut wie alles herausholen. Die meisten waren Frauen. Außergerichtlich stand er im Ruf eines Scharfmachers anderer Art, und man munkelte, er habe in der schwierigen Phase zwischen vorläufigem und endgültigem Scheidungsurteil so manches gebrochene Herz geheilt.

Ich hatte ihn als klug, fast humorlos, aber sorgfältig empfunden; ein Mann, für den zu arbeiten leicht war, da er klare Anweisungen gab und im voraus zahlte. Eine Menge Leute haßten ihn offenbar: Männer, weil er sie schröpfte, Frauen, weil er ihr Vertrauen mißbrauchte. Er war neununddreißig, als er starb. Daß Nikki angeklagt, vor Gericht gestellt und verurteilt wurde, war einfach Pech. Abgesehen von Fällen, hinter denen offensichtlich ein blutrünstiger Irrer steckt, glaubt die Polizei gern, daß Morde von denjenigen verübt werden, die wir kennen und lieben, und meistens hat sie recht damit – ein schauriger Gedanke, wenn man sich mit einer fünfköpfigen Familie zu Tisch setzt. All diese potentiellen Mörder, die in ihren Tellern stochern.

Soweit ich mich erinnern konnte, hatte Laurence Fife am Abend seiner Ermordung mit Charlie Scorsoni, seinem Sozius, ein paar Gläser getrunken. Nikki war auf einem Treffen ihres College-Clubs. Sie kehrte vor Laurence zurück, der gegen Mitternacht kam. Er mußte Medikamente gegen zahlreiche Allergien einnehmen, und bevor er schlafen ging, schluckte er seine gewohnte Kapsel. Innerhalb zwei Stunden wachte er auf – Übelkeit, Erbrechen, er wand sich in heftigen Magenkrämpfen. Bis zum Morgen war er tot. Eine Autopsie und Laboruntersuchungen ergaben, daß er an der Einnahme von Oleander gestorben war, der, zu feinem Pulver gemahlen, mit der Arznei in der Kapsel, die er schluckte, vertauscht worden war: kein Meisterstreich, aber sehr wirkungsvoll. Oleander ist ein verbreiteter Strauch in Kalifornien. Einer stand sogar im Hintergarten der Fifes. Nikkis Fingerabdrücke fanden sich auf der Arzneiflasche, neben denen ihres Mannes. Ein Tagebuch wurde unter ihrer Habe entdeckt; bestimmte Eintragungen belegten, daß sie hinter seine Seitensprünge gekommen war, daß sie deswegen erbittert und verletzt war und an Scheidung dachte. Der Staatsanwalt konnte mühelos ins Feld führen, daß sich niemand ungestraft von Laurence Fife scheiden ließ. Seine erste Ehe war geschieden worden, und obwohl ein anderer Anwalt ihn in diesem Prozeß vertreten hatte, war sein Einfluß dabei unverkennbar. Er erhielt das Sorgerecht für seine Kinder, und er schaffte es, finanziell am besten wegzukommen. Der Staat Kalifornien ist gewissenhaft bei der Vermögensteilung, aber Laurence Fife hatte so eine Art, Beträge zu lavieren, daß sogar eine Fifty-fifty-Teilung ihm den Löwenanteil brachte. Es sah so aus, als hätte Nikki Fife wohlweislich darauf verzichtet, sich legal von ihm zu befreien, und auf andere Wege gesonnen.

Sie hatte ein Motiv. Sie hatte die Gelegenheit. Die Anklagekammer vernahm Zeugen und eröffnete das Hauptverfahren. Als sie erst einmal vor Gericht stand, handelte es sich einfach darum, wer zwölf Bürger wovon überzeugen konnte. Offenbar hatte der Staatsanwalt seine Hausaufgaben gemacht. Nikki holte sich Wilfred Brentnell aus Los Angeles: ein Spitzenverteidiger mit dem Ruf des Schutzheiligen für hoffnungslose Fälle. In gewisser Hinsicht war das fast ein Schuldbekenntnis. Der ganze Prozeß erregte Aufsehen. Nikki war jung. Sie war hübsch. Sie war reich geboren. Die Öffentlichkeit war neugierig, und die Stadt war klein. Großer Appetit und ein gefundenes Fressen.

2

Santa Teresa ist eine südkalifornische Stadt mit achtzigtausend Einwohnern, kunstvoll angelegt zwischen den Sierra Madres und dem Pazifik – ein Zufluchtsort für die unrettbar Reichen. Die öffentlichen Gebäude sehen aus wie alte spanische Missionen, die Wohnhäuser sehen aus wie auf Illustriertenfotos, den Palmen sind die unansehnlichen braunen Fransen weggestutzt, und die Marina ist das perfekte Ansichtskartenbild, mit den blaugrauen Hügeln als Hintergrund und weißen Booten, die im Sonnenschein tanzen. Die Innenstadt besteht hauptsächlich aus ein- bis zweistöckigen Bauten aus weißem Stuck und roten Fliesen, mit weiten, weichen Bögen und Gitterwerk, um das sich leuchtend purpurne Bougainvillea rankt. Selbst die Fertigbungalows der Armen könnte man kaum als fad bezeichnen.

Die Polizeiverwaltung liegt nahe der Stadtmitte in einer Nebenstraße, gesäumt von pfefferminzgrünen Häusern mit niedrigen Steinmauern und Jacarandabäumen, von denen blaßlila Blüten tropfen. In Südkalifornien besteht der Winter aus bedecktem Himmel, und er wird nicht durch den Herbst angekündigt, sondern durch Brände. Nach der Feuersaison kommen die Erdrutsche. Danach ist dann der Status quo wiederhergestellt, und alles geht seinen gewohnten Gang. Jetzt war es Mai.

Nachdem ich die Filmrolle zum Entwickeln abgegeben hatte, fuhr ich zum Mordderzernat, um mit Lieutenant Dolan zu sprechen. Con ist Ende Fünfzig, ihn umgibt die Aura des Ungepflegten: Säcke unter den Augen, graue Stoppeln oder jedenfalls ihr Anschein, ein hamsterbackiges Gesicht und Haare, die oben mittels irgendeines Herrenkosmetikums über eine blanke Stelle gekämmt worden sind. Er sieht aus, als würde er nach Thunderbird riechen, unter Brücken herumlungern und sich auf die eigenen Schuhe erbrechen. Was nicht bedeutet, daß er nicht sehr auf Draht ist. Con ist zehnmal schlauer als der Durchschnittsdieb. Mit Mördern läuft er ungefähr Kopf an Kopf. Meistens erwischt er sie, und nur gelegentlich vertut er sich. Wenige Leute können ihn überlisten, und ich bin mir nicht sicher, woran das liegt, abgesehen von seiner Konzentrationsfähigkeit, die enorm, und seinem Gedächtnis, das klar und unbarmherzig ist. Er wußte, warum ich dort war, und winkte mich wortlos nach hinten in sein Büro.

Was Con Dolan ein Büro nennt, genügt anderswo gerade einer Sekretärin. Er mag nicht ausgeschlossen sein und legt keinen sonderlichen Wert auf Ungestörtheit. Er erledigt seine Arbeit gern zurückgekippt in seinem Stuhl, die Aufmerksamkeit halb auf das gerichtet, was um ihn herum vorgeht. So schnappt er eine Menge Informationen auf, und das erspart ihm überflüssige Gespräche mit seinen Leuten. Er weiß, wann seine Beamten kommen und gehen, er weiß, wer zur Vernehmung geholt worden ist, und er weiß, wann und wieso Berichte unpünktlich geliefert werden.

»Was kann ich für Sie tun?« sagte er, aber sein Tonfall ließ keine überschäumende Hilfsbereitschaft erkennen.

»Ich würde mir gern die Akten über Laurence Fife ansehen.«

Kaum wahrnehmbar zog er eine Braue hoch. »Das verstößt gegen die polizeilichen Grundsätze. Wir haben keine Bücherei hier.«

»Ich wollte sie ja nicht mitnehmen. Ich möchte nur reinsehen. Bei anderer Gelegenheit haben Sie mir das doch auch erlaubt.«

»Einmal.«

»Ich habe Ihnen schon mehr als einmal Informationen geliefert, und das wissen Sie«, sagte ich. »Was gibt's denn zu zögern?«

»Der Fall ist abgeschlossen.«

»Dann sollten Sie keine Bedenken haben. Es ist ja wohl kein Eindringen in jemandes Privatsphäre.«

Sein Lächeln darauf war dünn und humorlos, und er spielte lässig mit seinem Bleistift, während er, so nahm ich an, die Macht genoß, mich abblitzen zu lassen. »Sie hat ihn umgebracht, Kinsey. Das ist die ganze Geschichte.«

»Sie sagten ihr, sie solle sich mit mir in Verbindung setzen. Wozu die Mühe, wenn Sie nicht selber Zweifel haben?«

»Meine Zweifel haben nichts mit Laurence Fife zu tun«, sagte er.

»Sondern?«

»Da steckt mehr dahinter«, wich er aus. »Vielleicht möchten wir das schützen, was wir haben.«

»Hüten ›wir‹ etwa Geheimnisse?«

»Oh, ich habe mehr Geheimnisse, als Sie sich träumen lassen«, meinte er.

»Ich auch«, sagte ich. »Nur, warum diese Spielchen?«

Er warf mir einen Blick zu, der Ärger sein konnte, aber auch etwas anderes. Der Mann ist schwer zu durchschauen. »Sie wissen, wie ich zu Leuten wie Ihnen stehe.«

»Also, soweit es mich betrifft, ziehen wir am gleichen Strang«, sagte ich. »Ich bin ehrlich zu Ihnen. Ich weiß nicht, was Sie an den anderen Privatdetektiven in der Stadt zu mäkeln haben, aber ich komme Ihnen nicht in die Quere, und ich habe nur Respekt für die Arbeit, die Sie tun. Ich verstehe nicht, wieso wir nicht zusammenarbeiten können.«

Er starrte mich einen Augenblick an, sein Mund verzog sich resigniert. »Sie könnten mehr aus mir rausholen, wenn Sie lernen würden zu flirten«, sagte er unwillig.

»Könnte ich nicht. Für Sie sind Frauen doch eine Strafe. Wenn ich flirte, würden Sie mir den Kopf tätscheln und mich rausschikken.«

Das lockte ihn zwar nicht aus der Reserve, aber er streckte den Arm aus, griff zum Telefon und wählte Erkennungsdienst und Archiv.

»Hier ist Dolan. Emerald soll mir die Akten über Laurence Fife bringen.« Er legte auf, lehnte sich wieder zurück und sah mich an mit einer Mischung aus Nachdenklichkeit und Mißfallen.

»Ich höre besser keine Klagen darüber, wie Sie die Sache angehen. Wenn ich auch nur einen einzigen Anruf erhalte – und ich rede von einem Zeugen, der sich belästigt fühlt, oder sonst jemand, einschließlich meiner Leute oder sonst jemandes Leute –, sind Sie dran. Haben Sie kapiert?«

Ich hob gehorsam drei Finger an die Schläfe. »Pfadfinderschwur.«

»Wann waren Sie denn ein Pfadfinder?«

»Na ja, ich war mal fast 'ne Woche lang ein Wölfling«, sagte ich sanft. »Wir mußten zum Muttertag Rosen auf ein Taschentuch malen, und weil ich das blöd fand, bin ich abgehauen.«

Er lächelte nicht. »Sie können Lieutenant Beckers Büro benutzen«, sagte er, als die Akten gebracht wurden. »Und setzen Sie sich nicht in die Nesseln.«

Ich ging in Beckers Büro. Es nahm zwei Stunden in Anspruch, die Papiermassen durchzusehen, aber Cons Zurückhaltung wurde mir verständlicher, denn nahezu das erste, was ans Licht kam, war eine Reihe von Fernschreiben der Westend-Polizei von

Los Angeles über einen zweiten Mord. Zuerst dachte ich, es wäre ein Irrtum – Unterlagen zu einem zweiten Fall wären versehentlich in der falschen Akte gelandet. Aber die Einzelheiten knisterten fast auf dem Papier, und ihre tiefere Bedeutung ließ mein Herz heftig klopfen. Eine Buchhalterin namens Libby Glass, weiß, vierundzwanzig, war vier Tage nach dem Tod von Laurence Fife an der Einnahme von gemahlenem Oleander gestorben. Sie hatte für Haycraft und McNiece gearbeitet, eine Treuhandgesellschaft, die die Interessen von Laurence Fifes Anwaltskanzlei vertrat. Was, zum Teufel, sollte das nun wieder?

Ich blätterte Kopien von Untersuchungsberichten durch, versuchte mir die Geschichte aus kurzen Aktennotizen und handschriftlichen Resümees von Telefongesprächen zusammenzureimen, die in rascher Folge zwischen der Polizei von Santa Teresa und West Los Angeles hin und her gegangen waren. Eine Notiz besagte, daß Libbys Wohnungsschlüssel an dem Schlüsselring in Laurence Fifes Büroschreibtisch gefunden worden war. Eine langatmige Vernehmung ihrer Eltern fügte nichts hinzu. Es gab auch eine Vernehmung eines mürrisch klingenden Exfreunds namens Lyle Abernathy, der überzeugt schien, daß sie eine Romanze mit einem »gewissen, nicht namentlich genannten Anwalt aus Santa Teresa« hatte, aber etwas Genaueres wußte kaum jemand zu sagen. Trotzdem war die Verbindung schon ominös, und es sah aus, als hätte Nikki in ihrer angeblichen rasenden Eifersucht den Gegenstand der Tändelei ihres Gatten ebenso gerichtet wie den Mann selbst. Nur gab es keinen Beweis dafür.

Ich machte mir Notizen, kritzelte zuletzt bekannte Adressen und Telefonnummern auf, falls sie nach all den Jahren noch etwas nützten, dann schob ich meinen Stuhl zurück und ging zur Tür. Con sprach gerade mit Lieutenant Becker, aber er muß gewußt haben, was ich wollte, denn er ließ Becker mit einer Entschuldigung stehen, offenbar überzeugt, daß ich das Wesentliche erfaßt hatte. Ich lehnte mich an den Türpfosten und wartete. Er kam in schönster Gemütsruhe herüber.

»Würden Sie mir mal sagen, was es damit auf sich hat?«

Sein Gesicht war nachdenklich, jedoch mit einem Anflug von

Bitterkeit. »Wir konnten es nicht mit reinbringen«, sagte er knapp.

»Sie glauben, daß Nikki sie auch umgebracht hat?«

»Ich würde eine Wette darauf eingehen«, schnappte er.

»Der Staatsanwalt hat es anscheinend nicht so gesehen.«

Er zuckte die Achseln, schob die Hände in die Hosentaschen. »Ich kann das kalifornische Beweisrecht genausogut lesen wie jeder andere. Sie haben meine Hunde zurückgepfiffen.«

»Das Zeug in der Akte waren bloß Indizien«, sagte ich.

»Eben.«

Ich hielt den Mund und blickte starr auf eine Reihe Fenster, die dringend geputzt werden mußten. Mir gefiel diese kleine Wende überhaupt nicht, und er schien das zu wissen. Er verlagerte sein Gewicht.

»Ich denke, ich hätte sie festnageln können, aber der Staatsanwalt hatte es mächtig eilig und wollte seinen Fall nicht gefährden. Schlechte Politik. Deswegen hat es Sie ja auch nicht bei der Polizei gehalten, Kinsey. Arbeit mit einer Leine um den Hals.«

»Davon halte ich immer noch nichts«, sagte ich.

»Vielleicht helfe ich Ihnen deshalb«, meinte er und sah dabei ganz listig aus den Augen.

»Was ist mit der Nachuntersuchung?«

»Oh, die ist gelaufen. Wir haben über Monate an dem Libby-Glass-Aspekt gearbeitet. Ebenso die Polizei von West L. A. Es hat nie was gebracht. Keine Zeugen. Keine Informanten. Keine Fingerabdrücke, die Nikki Fife am Tatort plaziert hätte. Wir konnten noch nicht einmal nachweisen, daß sie Libby Glass *kannte.*«

»Meinen Sie, ich helfe Ihnen jetzt, Ihren Fall durchzubringen?«

»Na ja, das kann ich nicht beurteilen«, sagte er. »Vielleicht. Ob Sie's glauben oder nicht, ich halte Sie für keinen schlechten Ermittler. Noch jung und manchmal auf dem Holzweg, aber immerhin grundsätzlich ehrlich. Wenn Sie Beweismaterial ausgraben, das auf Nikki deutet, würden Sie das doch nicht zurückhalten, oder?«

»*Wenn* sie es war.«

»War sie es nicht, dann sind Sie alle Sorgen los.«

»Con, wenn Nikki Fife etwas zu verbergen hat, warum sollte sie die ganze Geschichte dann noch mal aufbringen? So blöd kann sie doch nicht sein. Was hätte sie davon?«

»Sagen Sie's mir.«

»Hören Sie«, sagte ich, »ich glaube noch nicht einmal, daß sie Laurence umgebracht hat, da dürfte es Ihnen äußerst schwerfallen, mir einzureden, daß sie auch noch jemand anders auf dem Gewissen hat.«

Das Telefon klingelte zwei Tische weiter, und Lieutenant Bekker hob einen Finger und sah zu Con herüber. Der schenkte mir ein flüchtiges Lächeln, als er fortging.

»Viel Vergnügen«, sagte er.

Ich überflog die Akte noch einmal schnell, um sicherzugehen, daß ich nichts übersehen hatte, dann schloß ich sie und ließ sie auf dem Schreibtisch zurück. Er war wieder mit Becker ins Gespräch vertieft, als ich an den beiden vorbeikam, und keiner von beiden sah zu mir auf. Mich bedrückte der Gedanke an Libby Glass, aber er nahm mich auch gefangen. Vielleicht würde das doch mehr werden als ein Wiederaufwärmen alter Geschichten, vielleicht gab es doch mehr aufzudecken als eine Spur, die seit acht Jahren kalt war.

Bis ich zurück ins Büro kam, war es Viertel nach vier, und ich brauchte einen Drink. Ich holte eine Flasche Chablis aus meinem kleinen Kühlschrank und setzte den Korkenzieher an. Die beiden Becher standen noch auf dem Schreibtisch. Ich spülte sie aus und füllte meinen mit so trockenem Wein, daß mich beim Kosten ein ganz leiser Schauer überlief. Ich ging auf den Balkon und sah vom ersten Stock hinunter auf State Street, die mitten durch das Zentrum von Santa Teresa verläuft, schließlich einen großen Bogen nach links macht und in eine Straße mit anderem Namen übergeht. Auch von hier aus sah man überall spanische Fliesen und Stuckbögen und üppige Bougainvillea. Santa Teresa ist die einzige Stadt, von der ich je gehört habe, die ihre Hauptstraße verschmälert hat, die Bäume gepflanzt hat, anstatt sie auszureißen, und raffinierte Telefonzellen gebaut hat, die aussehen wie kleine Beichtstühle. Ich stützte mich auf das hüfthohe Geländer und schlürfte meinen Wein. Ich konnte das Meer riechen und schloß alles Denken aus, während ich die Fußgänger unten beobachtete. Ich wußte bereits, daß ich für Nikki arbeiten würde, aber ich brauchte diese wenigen Augenblicke für mich, ehe ich meine Aufmerksamkeit der bevorstehenden Aufgabe zuwandte.

Um fünf fuhr ich nach Hause und verständigte, bevor ich ging, den Auftragsdienst.

Von allen Orten, wo ich in Santa Teresa gewohnt habe, ist mein gegenwärtiges Plätzchen das beste. Es liegt in einer anspruchslosen Straße parallel zu dem breiten Boulevard, der entlang dem Strand verläuft. Die meisten Häuser in der Nachbarschaft gehören Rentnern, deren Erinnerung an die Stadt zurückreicht bis zu den Tagen, als sie noch ganz aus Zitrushainen und Kurhotels bestand. Mein Vermieter, Henry Pitts, ist ein ehemaliger Bäckermeister, der jetzt, mit einundachtzig Jahren, davon lebt, daß er abscheulich schwierige Kreuzworträtsel erfindet, die er gerne an mir ausprobiert. Gewöhnlich bäckt er auch noch Riesenschübe Brot, die er in einem alten Shaker-Trog auf der Sonnenterrasse nahe meinem Zimmer aufgehen läßt. Henry liefert Brot und andere Backwaren im Austausch gegen seine Mahlzeiten an ein nahe gelegenes Restaurant, und neuerdings ist er auch sehr gewieft in der Kunst, Gutscheine auszuschneiden. An einem guten Tag, behauptet er, kann er für fünfzig Dollar Lebensmittel kaufen, indem er nur 6 Dollar 98 ausgibt. Irgendwie scheinen diese Einkaufstrips jedesmal Strumpfhosen abzuwerfen, und die schenkt er mir. Ich bin halb verliebt in Henry Pitts.

Das Zimmer selbst ist fünf Meter im Quadrat, ausgestattet als Wohnzimmer mit Schlafzimmer, Küche, Bad, Kleiderkammer und Waschgelegenheit. Ursprünglich war es einmal Henrys Garage, und ich bin bloß froh, daß es keinerlei Stuck, rote spanische Fliesen oder Kletterpflanzen aufweist. Es besteht aus Aluminiumwänden und anderen absolut künstlichen Materialien, die wetterfest sind und nie einen Anstrich brauchen. Die Architektur ist völlig unscheinbar. In diese gemütliche Höhle ziehe ich mich meistens nach Feierabend zurück, und von hier aus rief ich auch Nikki an und verabredete mich mit ihr auf einen Drink.

3

Wenn ich mich herumtreibe, dann meistens in einer benachbarten Kneipe, die *Rosie's* heißt. Das ist so ein Ort, wo man erst nachsieht, ob der Stuhl abgewischt werden muß, bevor man sich hinsetzt. In den Plastiksitzen sind kleine Risse, die Fädchen an der Unterseite von Nylonstrümpfen ziehen, und die Tische haben schwarze Formicaplatten mit handgravierten Worten wie »Hi«. Links über der Bar hängt ein staubiger Schwertfisch, und wenn die Leute sich betrinken, läßt sie Rosie mit Gummipfeilen aus einem Spielzeuggewehr darauf schießen, wodurch sie Aggressionen ablenkt, die sich sonst in bösen Kneipenschlägereien entladen könnten.

Das Lokal gefällt mir aus verschiedenen Gründen. Es ist nicht nur in der Nähe meiner Wohnung, sondern es zieht auch nie Touristen an; das heißt, es ist meistens halb leer und eignet sich vorzüglich für Gespräche unter vier Augen. Außerdem ist Rosies Küche originell, eine Art Kochen auf Teufel komm raus mit ungarischem Touch. Bei Rosie tauscht Henry Pitts auch die Backwaren ein, so daß ich obendrein noch sein Brot und seine Pasteten zu essen bekomme. Rosie ist in den Sechzigern, mit einer Nase, die fast ihre Oberlippe berührt, einer niedrigen Stirn und gefärbten Haaren in einem bemerkenswerten Rostbraun, das der Farbe von billigen Redwoodmöbeln gleicht. Dazu macht sie raffinierte Sachen mit einem Augenbrauenstift, die ihre Augen klein und argwöhnisch erscheinen lassen.

Als Nikki an diesem Abend eintraf, überblickte sie erst einmal zögernd das Lokal. Dann entdeckte sie mich und kam zwischen den leeren Tischen hindurch zu der Nische, wo ich immer sitze. Sie rutschte auf den Platz mir gegenüber und schlüpfte aus ihrer Jacke. Rosie schlenderte herbei und musterte Nikki mit Unbehagen. Rosie ist überzeugt daß ich mit Mafiatypen und Drogenfreaks verkehre, und wahrscheinlich versuchte sie festzustellen, in welche Kategorie Nikki Fife paßte.

»Ihr wollt also was essen, oder wie?« kam Rosie gleich zur Sache.

Ich warf Nikki einen Blick zu. »Hatten Sie schon Abendbrot?«

Sie schüttelte den Kopf. Rosies Augen wanderten von Nikki zu mir, als müßte ich für eine Taubstumme dolmetschen.

»Was gibt's denn heute abend?«

»Ich hab Gulasch. Gewürfeltes Kalbfleisch, massig Zwiebeln, Paprika, Tomatenpüree. Das schmeckt. Da schnallst du ab. Es ist der beste Schmortopf, den ich mache. Henrys Brötchen und alles, und 'ne Platte mit gutem Weichkäse und 'n paar Gurken bringe ich auch noch.«

Sie notierte schon die Bestellung, während sie sprach, so daß es keiner besonderen Zustimmung von unserer Seite bedurfte. »Dazu trinkt ihr Wein. Ich such den passenden aus.«

Als Rosie fort war, gab ich die Informationen über den Mord an Libby Glass weiter, die ich den Akten entnommen hatte, einschließlich der Telefongespräche, die zu Laurences Privatanschluß zurückverfolgt worden waren.

»Wußten Sie von ihr?«

Nikki schüttelte den Kopf. »Ich habe zwar den Namen gehört, aber nur durch meinen Anwalt, glaube ich, irgendwann während des Prozesses. Jetzt weiß ich nicht mal mehr, um was es ging.«

»Sie haben Laurence nie von ihr sprechen hören? Niemals ihren Namen irgendwo gesehen?«

»Keine kleinen Liebesbriefe, falls Sie das meinen. In diesen Dingen war er peinlich genau. Er wurde mal in einer Scheidungsklage namentlich als Verfasser einiger Briefe genannt, und seitdem hat er Persönliches nur selten zu Papier gebracht. Ich wußte meistens, wenn er mit jemand was hatte, aber nie anhand von mysteriösen Zetteln, die er liegen ließ, oder Telefonnummern auf Streichholzschachteln und dergleichen.«

Darüber dachte ich einen Augenblick nach. »Aber was ist mit Telefonrechnungen? Warum ließ er die herumliegen?«

»Hat er nicht getan«, sagte Nikki. »Alle Rechnungen gingen an die Treuhandgesellschaft in Los Angeles.«

»Und Libby Glass hat die Bücher betreut?«

»Es scheint so.«

»Dann hat er sie vielleicht geschäftlich angerufen.«

Nikki zuckte mit den Achseln. Sie war etwas weniger abwesend als beim erstenmal, aber ich hatte immer noch das Gefühl, daß sie einen Schritt von allem Geschehen entfernt war. »Mit *irgend jemandem* hatte er eine Affäre.«

»Woher wissen Sie das?«

»Die Zeiten, wann er heimkam. Der Ausdruck in seinem Gesicht.« Sie zögerte, dachte anscheinend nach. »Manchmal roch er nach der Seife von jemand anders. Schließlich hielt ich ihm das vor, und danach hat er sich in seinem Büro eine Dusche anbringen lassen und dort die gleiche Seife benutzt, die wir zuhause nahmen.«

»Traf er sich im Büro mit Frauen?«

»Fragen Sie seinen Partner«, sagte sie mit einem winzigen Anflug von Bitterkeit. »Vielleicht hat er sie gleich auf der Bürocouch gevögelt, ich weiß es nicht. Jedenfalls, da waren so kleine Sachen. Jetzt klingt das albern, aber einmal kam er heim und sein Socken war linksgedreht. Es war Sommer, und er sagte, er wäre Tennis spielen gewesen. Er trug Tennis-Shorts und hatte sich auch wirklich ins Schwitzen gebracht, aber nicht auf einem Tennisplatz. Da habe ich ihn echt zerfetzt.«

»Aber was sagte er denn, wenn Sie ihn zur Rede stellten?«

»Manchmal gab er's zu. Warum auch nicht? Ich hatte ja keine Beweise, und Ehebruch ist ohnehin in diesem Staat kein Scheidungsgrund.«

Rosie erschien mit dem Wein und zwei Papierservietten, die um Besteck gewickelt waren. Nikki und ich waren still, bis sie sich wieder entfernt hatte.

»Warum sind Sie mit ihm verheiratet geblieben, wenn er so ein Schuft war?«

»Feigheit wahrscheinlich«, sagte sie. »Ich hätte mich eventuell von ihm scheiden lassen, aber es stand viel auf dem Spiel für mich.«

»Ihr Sohn?«

»Ja.« Ihr Kinn hob sich etwas, ich wußte nicht genau, ob aus Stolz oder Abwehr. »Er heißt Colin«, sagte sie. »Er ist zwölf. Ich habe ihn in einem Internat oben bei Monterey untergebracht.«

»Laurences Kinder lebten damals auch bei Ihnen, ja?«

»Das ist richtig. Ein Junge und ein Mädchen, beide im Schulalter.«

»Wo sind sie jetzt?«

»Ich habe keine Ahnung. Seine Exfrau ist hier in der Stadt. Sie könnten sich bei ihr erkundigen, wenn Sie neugierig sind. Ich höre nichts von ihnen.«

»Haben sie Sie für seinen Tod verantwortlich gemacht?«

Sie beugte sich impulsiv vor. »Alle haben mich verantwortlich gemacht. Alle hielten mich für schuldig. Und jetzt nehme ich an, daß Con Dolan meint, ich hätte auch Libby Glass umgebracht. Wollten Sie darauf nicht hinaus?«

»Wen kümmert's, was Dolan meint? Ich glaube nicht, daß Sie es getan haben, und ich bin diejenige, die an dieser Sache arbeiten wird. Apropos. Wir sollten noch das Finanzielle regeln. Ich nehme dreißig Dollar die Stunde plus Kilometergeld. Ich hätte gern mindestens einen Tausender vorweg. Ich werde Ihnen wöchentlich eine Abrechnung schicken, mit genauen Angaben darüber, wieviel Zeit ich worauf verwendet habe. Außerdem sollten Sie wissen, daß meine Dienste nicht exklusiv sind. Manchmal bearbeite ich mehr als einen Fall gleichzeitig.«

Nikki griff bereits in ihre Handtasche. Sie zog ein Scheckbuch und einen Stift hervor. Obwohl ich ihn verkehrt herum betrachtete, konnte ich sehen, daß sie den Scheck über 5000 Dollar ausstellte. Ich bewunderte die Sorglosigkeit, mit der sie ihn unterschrieb. Sie brauchte noch nicht einmal erst ihren Kontostand zu prüfen. Sie schob ihn mir über den Tisch zu, und ich tat ihn in meine Brieftasche, als erledigte ich solche Dinge ganz so nebenbei wie sie.

Rosie tauchte wieder auf, diesmal mit unserem Dinner. Sie stellte vor jede von uns einen Teller hin und blieb dann stehen, bis wir anfingen zu essen. »Mmm, Rosie, das ist wunderbar«, sagte ich.

Sie wackelte leicht auf der Stelle, wich aber keinen Zentimeter.

»Vielleicht schmeckt es deiner Freundin nicht«, sagte sie und sah mich an statt Nikki.

»Fabelhaft«, murmelte Nikki. »Doch, wirklich.«

»Sie ist begeistert«, sagte ich. Rosies Blick schweifte zu dem Gesicht von Nikki, und schließlich schien sie überzeugt daß Nikkis Wertschätzung des Menüs der meinen nicht nachstand.

Ich ließ der Unterhaltung freien Lauf, während wir aßen. Zwischen dem guten Essen und dem Wein schien Nikki ihre Abwehrhaltung aufzugeben. Unter der kühlen, unberührten Fassade wurden Lebenszeichen sichtbar, als ob sie gerade aus einem Bann erwachte, der sie jahrelang hatte erstarren lassen.

»Was meinen Sie, wo ich anfangen sollte?« fragte ich.

»Also, ich weiß nicht. Damals war ich immer neugierig auf seine Sekretärin. Sie hieß Sharon Napier. Sie arbeitete schon für ihn, als er und ich uns kennenlernten, aber irgend etwas mit ihr stimmte nicht, Irgendwas an ihrer Art.«

»Hatte sie ein Verhältnis mit ihm?«

»Das glaub ich nicht. Ich weiß wirklich nicht, was es war. Ich könnte mich fast dafür verbürgen, daß sie sexuell keinen Draht zueinander hatten, aber irgend etwas lief da ab. Sie war manchmal sarkastisch zu ihm, und das ließ sich Laurence von keinem gefallen. Als ich sie zum erstenmal so reden hörte, dachte ich, Laurence staucht sie zusammen, aber er zuckte mit keiner Wimper. Sie ließ sich nie was von ihm sagen, machte keine Überstunden, kam nicht an Wochenenden, wenn ihm ein großer Fall bevorstand. Er hat sich auch nie über sie beklagt sondern sich einfach eine Aushilfe geholt, wenn es nötig war. Das sah ihm nicht ähnlich, aber als ich ihn darauf mal ansprach, führte er sich auf, als wäre ich verrückt, als deutete ich da grundlos irgendwelche Sachen hinein. Sie war übrigens zum Anbeißen, nicht gerade der Typ der grauen Büromaus.«

»Haben Sie eine Ahnung, wo sie jetzt ist?«

Nikki schüttelte den Kopf. »Sie wohnte oben in der Rivera, aber da ist sie weg. Wenigstens steht sie nicht im Telefonbuch.«

Ich notierte ihre zuletzt bekannte Adresse. »Sie haben sie vermutlich nicht näher gekannt?«

Nikki zuckte die Achseln. »Wir tauschten die üblichen Floskeln, wenn ich im Büro anrief, aber das war Formsache.«

»Wie steht's mit Bekannten von ihr, in welchen Kreisen könnte sie verkehren?«

»Ich weiß nicht. Meines Erachtens hat sie weit über ihre Verhältnisse gelebt. Sie verreiste bei jeder Gelegenheit und war viel besser angezogen als ich damals.«

»Sie hat doch bei dem Prozeß ausgesagt nicht?«

»Ja, leider. Sie konnte ein paar häßliche Auseinandersetzungen bezeugen, die ich mit ihm hatte, und das half wenig.«

»Gut, es lohnt sich, dem nachzugehen«, sagte ich. »Ich will sehen, ob ich mehr über sie in Erfahrung bringe. Gibt es über *ihn* noch etwas? Steckte er in irgendwelchen Zwistigkeiten, als er starb? Eine private Feindschaft oder ein großer Rechtsstreit?«

»Nicht, daß ich wüßte. Er steckte immer mitten in was Großem.«

»Gut, ich denke, der erste Schritt wäre, mit Charlie Scorsoni zu sprechen und zu hören, was er zu sagen hat. Danach sehen wir dann weiter.«

Ich legte Geld für die Dinnerrechnung auf den Tisch, und wir gingen zusammen hinaus. Nikkis Wagen parkte ganz in der Nähe, ein dunkelgrünes Oldsmobile, zehn Jahre hinter der Zeit. Ich wartete, bis sie losgefahren war, und ging zu Fuß den halben Block zu meiner Wohnung.

Als ich hereinkam, goß ich mir ein Glas Wein ein und setzte mich hin, um die Informationen zu ordnen, die ich bisher gesammelt hatte. Mein System besteht darin, Details auf DIN-A-6 Karteikarten zu übertragen. Die meisten meiner Notizen drehen sich um Zeugen: wer sie sind, wie sie mit den Ermittlungen zusammenhängen, Gesprächstermine, Auswertungen. Einige Karten enthalten Hintergrundinformation, die ich brauche, und auf einigen sind juristische Formalitäten aufgeführt. Die Karten sind eine wirksame Methode zur Datenspeicherung für meine schriftlichen Berichte. Ich hefte sie an ein großes Pinbrett über meinem Schreibtisch und starre sie an, erzähle mir die Geschichte so, wie ich sie vor mir habe. Erstaunliche Widersprüche treten zutage, unverhoffte Lücken, Fragen, die ich übersehen habe.

Ich hatte nicht viele Karten zu Nikki Fife und unternahm keinen Versuch, die vorhandenen Informationen abzuschätzen. Ich wollte nicht schon zu früh eine Hypothese aufstellen, aus Angst, sie würde den ganzen Verlauf der Ermittlungen beeinflussen. Klar schien, daß es hier um einen Mord ging, bei dem ein Alibi wenig oder gar nichts besagte. Wenn man sich die Mühe nimmt, die Arznei in jemandes Antihistaminkapseln mit Gift zu vertauschen, kann man anschließend die Hände in den Schoß legen und abwarten. Sofern man nicht riskieren will, andere Mitglieder des Haushalts auszurotten, muß man sicher sein, daß nur das auserwählte Opfer die betreffende Medizin nimmt, aber es gibt reichlich Pillen, die diese Bedingung erfüllen: Mittel für den Blutdruck, Antibiotika, vielleicht sogar Schlaftabletten. Es spielt keine große Rolle, solange man an die Bestände herankommt. Das Opfer braucht vielleicht zwei Tage oder auch zwei Wochen, aber schließlich wird es die richtige Pille erwischen, und man kann wahrscheinlich sogar ganz annehmbar Überraschung und Trauer vortäuschen. Der Plan hat den zusätzlichen Vorteil, daß man nicht an Ort und Stelle sein muß, um den Auserwählten zu erschießen, totzuschlagen, niederzustechen oder ihm die Luft abzudrehen. Auch wenn der Antrieb zum Mord überwältigend ist, wird es (so sollte man meinen) ziemlich widerwärtig sein, mit anzusehen, wie jemandem die Augen herausquellen, und sich seine bzw. ihre letzten Schreie anzuhören. Außerdem besteht bei allzu persönlichem Einsatz immer die enervierende Möglichkeit daß der Spieß umgedreht wird und man selbst im Leichenschauhaus landet.

Von der Methode her war diese kleine Oleandernummer gar nicht schlecht. In Santa Teresa wächst der Strauch überall, manchmal drei Meter hoch mit rosa oder weißen Blüten und hübschen, schmalen Blättern. Da braucht man sich nicht mit etwas so Verräterischem abzugeben wie etwa dem Erwerb von Rattengift in einer Stadt, in der es klarerweise keine Ratten gibt, und man muß sich keinen falschen Schnurrbart ankleben, bevor man in der Eisenwarenhandlung um die Ecke nach einem Unkrautvertilgungsmittel fragt, das keinen bitteren Nachgeschmack hat. Kurz die Methode, mit der Laurence Fife und offenbar auch Libby Glass umgebracht wurden, war billig, einfach und bequem. Ein paar Fragen hatte ich dennoch, und die notierte ich mir, bevor ich das Licht ausdrehte. Es war weit nach Mitternacht, als ich einschlief.

4

Ich fuhr zeitig ins Büro, um das Exposé für Nikkis Akte zu tippen, in dem ich kurz darauf hinwies, wozu ich engagiert worden war und daß ich einen Scheck über 5000 Dollar als Vorschuß erhalten hatte. Dann rief ich Charlie Scorsonis Büro an. Seine Sekretärin sagte, er sei gegen Mitte des Nachmittags vorübergehend frei, also vereinbarte ich einen Termin für Viertel nach drei und verwandte den Rest des Morgens auf Hintergrundforschung. Wenn man zum erstenmal jemand befragt, ist es immer nützlich, ein paar Informationen in petto zu haben. Ein Besuch bei der Kreisverwaltung, bei der Auskunftei und im Zeitungsarchiv lieferte mir genügend Fakten, um eine grobe Skizze des früheren Sozius von Laurence Fife zu entwerfen. Charlie Scorsoni war offenbar ledig, besaß ein eigenes Haus, zahlte seine Rechnungen pünktlich, trat hin und wieder als Versammlungsredner für eine ehrenwerte Sache ein – kurz, er war ein ziemlich konservativer Mann mittleren Alters, der weder spielte noch an der Börse spekulierte und sich in keiner Weise gefährdete. Ich hatte ihn verschiedentlich bei dem Prozeß gesehen und ihn als etwas übergewichtig in Erinnerung. Sein jetziges Büro war von meinem aus zu Fuß erreichbar.

Das Gebäude selbst sah aus wie eine Maurenfestung: zwei

Stockwerke aus Adobeziegeln mit zwei Fuß tiefen Fenstersimsen, in die schmiedeeiserne Gitter eingelassen waren, und ein Eckturm, der wahrscheinlich die Toiletten und Besen beherbergte. Scorsoni und Powers, Rechtsanwälte, saßen im Oberstock. Ich stieß eine massive Tür aus geschnitztem Holz auf und befand mich in einem kleinen Empfangsraum, dessen Teppichboden weich wie Moos unter den Füßen war und auch ungefähr den gleichen Farbton hatte. An den weißen Wänden hingen abstrakte Aquarelle in verschiedenen zarten Variationen, und hier und dort waren Pflanzen; zwei dicke Sofas aus spargelgrünem Breitkord standen im rechten Winkel zueinander unter einer Reihe schmaler Fenster.

Die Sekretärin der Firma sah aus wie Anfang Siebzig, und ich dachte zuerst, sie sei vielleicht von irgendeiner Altenagentur ausgeliehen worden. Sie war dünn und energisch, mit einem Bubikopf direkt aus den zwanziger Jahren und einer »poppigen« Brille, die ein Kristallschmetterling am unteren Rand des einen Glases zierte. Sie trug einen Wollrock und einen hellen, malvenfarbenen Pullover, den sie selbst gestrickt haben mußte, denn er war ein Meisterwerk aus Waben, Kornähren, Zöpfen, Perl- und Picotmustern. Sie und ich wurden sofort Freundinnen, als ich sie deswegen lobte – hatte doch meine Tante mir ein Bewußtsein für solche Leistungen anerzogen –, und bald redeten wir uns beim Vornamen an. Der ihre war Ruth, sehr schön biblisch.

Sie war ein geschwätziges kleines Ding, voller Elan, und ich fragte mich, ob sie nicht genau richtig für Henry Pitts wäre. Da Charlie Scorsoni mich warten ließ, rächte ich mich damit, daß ich Ruth so viele Auskünfte entlockte, wie ich konnte, ohne unverschämt zu erscheinen. Sie erzählte mir, daß sie für Scorsoni und Powers schon seit der Gründung ihrer Partnerschaft vor sieben Jahren arbeitete. Ihr erster Mann hatte sie wegen einer jüngeren Frau (fünfundfünfzig) sitzenlassen, und Ruth, zum erstenmal seit Jahren auf sich gestellt, verzweifelte fast daran, jemals eine Anstellung zu finden, da sie damals zweiundsechzig war, »wenn auch bei bester Gesundheit«, wie sie sagte. Sie war schnell, fähig und wurde natürlich alle naselang von Frauen ausgespielt, die nur ein Drittel ihres Alters hatten und hübsch waren, statt kompetent zu sein.

»Was ich noch an Kurven habe, da sitze ich drauf«, meinte sie und lachte sich gleich selber aus. Ich gab Scorsoni und Powers mehrere Punkte für ihre Urteilskraft. Ruth hatte nichts als begeisterte Worte für die beiden. Ihre Schwärmereien bereiteten mich allerdings kaum auf den Mann vor, der über den Schreibtisch hinweg meine Hand schüttelte, als ich endlich mit fünfundvierzig Minuten Verspätung in sein Büro vorgelassen wurde.

Charlie Scorsoni war stämmig, aber alles Übergewicht, an das ich mich zu erinnern meinte, war verschwunden. Er hatte dichtes, sandfarbenes Haar, das an den Schläfen zurückwich, breite Kiefer, ein gespaltenes Kinn und blaue Augen, die hinter einer großen randlosen Brille noch größer aussahen. Sein Hemdkragen stand offen, die Krawatte saß schief, die Ärmel waren so weit aufgerollt, wie seine muskulösen Unterarme es erlaubten. Er lehnte zurückgekippt in seinem Drehstuhl, die Füße auf der Schreibtischkante, und in seinem langsam aufsteigenden Lächeln glomm verhaltene Sexualität. Er wirkte abwartend, wach, und er widmete sich meinem Anblick mit beinah verwirrender Aufmerksamkeit fürs Detail. Er verschränkte die Hände über dem Kopf. »Ruth sagte mir, Sie haben ein paar Fragen über Laurence Fife. Was gibt's?«

»Ich weiß noch nicht. Ich untersuche seinen Tod, und es schien mir logisch, hier damit anzufangen. Darf ich mich setzen?«

Er winkte fast nachlässig mit der einen Hand, aber sein Gesichtsausdruck hatte sich verändert. Ich nahm Platz, und Scorsoni setzte sich gerade.

»Ich habe gehört, daß Nikki auf Bewährung draußen ist«, sagte er. »Wenn sie behauptet, sie hätte ihn nicht umgebracht, ist sie verrückt.«

»Ich habe nicht gesagt, daß ich für sie arbeite.«

»Na, sonst würde weiß Gott kein Hahn danach krähen.«

»Mag sein. Sehr erfreut sind Sie anscheinend nicht.«

»Hey, langsam. Laurence war mein bester Freund. Ich wäre

für ihn durchs Feuer gegangen.« Sein Blick war direkt und etwas Stachliges lag unter der Oberfläche – Kummer, falsch angebrachter Zorn. Es war schwer zu bestimmen.

»Haben Sie Nikki gut gekannt?« fragte ich.

»Mir hat es genügt.« Die sexuelle Ausstrahlung, die anfangs so spürbar gewesen war, klang ab, und ich fragte mich, ob er sie ein- und ausschalten konnte wie eine Heizung. Jedenfalls war er jetzt auf der Hut.

»Wie haben Sie Laurence kennengelernt?«

»Wir waren zusammen auf der Universität in Denver. Die gleiche Verbindung. Laurence war ein Playboy. Alles fiel ihm zu. Auch das Jurastudium. Er wechselte nach Harvard, ich an die Arizona State. Seine Familie hatte Geld. Meine hatte keins. Ich verlor ihn ein paar Jahre aus den Augen, und dann hörte ich, er hätte hier in der Stadt eine Anwaltspraxis eröffnet. Also kam ich her und sprach mit ihm über die Möglichkeit, für ihn zu arbeiten, und er war einverstanden. Zwei Jahre später machte er mich zum Teilhaber.«

»War er damals mit seiner ersten Frau verheiratet?«

»Jaja, Gwen. Sie ist immer noch irgendwo in der Stadt, aber ich würde sie mit Vorsicht genießen. Sie war furchtbar verbittert zum Schluß, und ich habe gehört, daß sie ihm allerhand nachsagt.«

Er behielt mich im Auge, und ich gewann den Eindruck, er wußte genau, wieviel er mir sagen würde und wieviel nicht.

»Was ist mit Sharon Napier? Hat sie lange bei ihm gearbeitet?«

»Sie war bei ihm, als ich einstieg, hat aber herzlich wenig getan. Zu guter Letzt suchte ich mir eine eigene Kraft.«

»Mit Laurence ist sie gut ausgekommen?«

»Soweit ich weiß. Sie blieb noch, bis der Prozeß vorbei war, dann schob sie ab. Sie hat mich um einiges Geld geprellt, das ich von ihrem Gehalt vorausgezahlt hatte. Falls Sie ihr über den Weg laufen, würde ich es gern erfahren. Ihr eine Rechnung schicken oder so was, nur damit sie weiß daß ich die alten Zeiten nicht vergessen habe.«

»Sagt Ihnen der Name Libby Glass etwas?«

»Wer?«

»Sie war die Buchhalterin, die unten in L. A. Ihre Finanzen betreut hat. Sie arbeitete bei Haycraft und McNiece.«

Scorsoni sah noch einen Augenblick verständnislos drein und schüttelte den Kopf. »Was hat die damit zu tun?«

»Sie wurde ebenfalls mit Oleander umgebracht, genau um die Zeit, als Laurence starb«, sagte ich. Es schien weder besonderen Schrecken noch Bestürzung bei ihm hervorzurufen. Er verzog skeptisch die Unterlippe und zuckte die Achseln.

»Das ist mir zwar neu, aber ich nehme Ihr Wort dafür«, sagte er.

»Sind Sie ihr nie begegnet?«

»Doch, bestimmt. Laurence und ich teilten uns die Schreibarbeit, aber er hatte den meisten direkten Kontakt mit den Prüfern. Hin und wieder habe ich allerdings mitgemischt, also bin ich ihr wahrscheinlich auch irgendwann über den Weg gelaufen.«

»Er soll ein Verhältnis mit ihr gehabt haben«, tippte ich an.

»Ich klatsche nicht gern über Tote«, entgegnete Scorsoni.

»Ich auch nicht, aber herumgespielt hat er doch«, sagte ich behutsam. »Ich will gar kein Aufhebens davon machen, aber im Prozeß haben eine Menge Frauen das bezeugt.«

Scorsoni lächelte den Kasten an, den er auf seinen Kanzleiblock zeichnete. Der Blick, den er mir dann zuwarf, war listig.

»Na, ich kann dazu folgendes sagen: Erstens, der Mann hat sich nie jemandem aufgedrängt. Und zweitens, ich glaube nicht, daß er sich mit einer Geschäftspartnerin eingelassen hätte. Das war nicht sein Stil.«

»Und seine Klienten? Hat er sich mit denen auch nicht eingelassen?«

»Kein Kommentar.«

»Würden Sie mit einer Klientin ins Bett gehen?« fragte ich.

»Meine sind alle achtzig Jahre alt, daher ist die Antwort nein. Ich mache Vermögensverwaltung, er machte Scheidungen.« Er warf einen Blick auf seine Uhr, dann schob er seinen Stuhl zurück. »Ich unterbreche hier ungern, aber es ist jetzt Viertel nach vier, und ich muß noch einen Schriftsatz vorbereiten.«

»Entschuldigung. Ich wollte Ihnen Ihre Zeit nicht stehlen. Es war nett, daß Sie mich so kurzfristig empfangen haben.«

Scorsoni begleitete mich nach vorn, von seinem großen Körper strahlte Wärme aus. Er hielt mir die Tür auf, indem er den linken Arm entlang dem Türrahmen nach oben streckte. Wieder schien dieses kaum verhüllte männliche Tier ihm aus den Augen zu sehen. »Viel Glück«, sagte er. »Ich fürchte, Sie werden nicht viel zutage fördern.«

Ich holte die großformatigen Glanzfotos von dem Riß im Bürgersteig ab, den ich für die California Fidelity geknipst hatte. Alle sechs Aufnahmen zeigten den geborstenen Beton deutlich. Die AnspruchErhebende, Marcia Threadgill, sprach von fahrlässiger Körperverletzung: Sie sei über die vorspringende Partie des Gehsteigs gestolpert, die teils durch Baumwurzeln, teils durch Erdbewegung herausgedrückt worden war. Sie machte den Inhaber des Kunstgewerbeladens haftbar, zu dessen Grundstück das kaputte Trottoir gehörte. Der Schadenersatzanspruch – ein klassischer Bananenschalenfall – hielt sich in Grenzen: insgesamt etwa 4800 Dollar für Arztkosten, Schmerzensgeld und Verdienstausfall während der Zeit, in der sie nicht arbeiten konnte. Es sah aus, als würde die Versicherung bezahlen, aber man hatte mich angewiesen, doch einmal kurz zu untersuchen, ob der Anspruch nicht trotz allem aus der Luft gegriffen war.

Miss Threadgills Apartment lag in einem terrassenförmig angelegten Gebäude an einem Hügelhang über dem Strand, nicht allzuweit von meiner Wohnung. Ich parkte sechs Häuser weiter unten und holte mein Fernglas aus dem Handschuhfach. Indem ich mein Kreuz durchdrückte, bekam ich genau ihren Patio ins Visier, und zwar deutlich genug, um zu erkennen, daß sie ihre Farnkräuter nicht so goß, wie sie es sollte. Ich verstehe nicht viel von Zimmerpflanzen, aber wenn das Grünzeug braun wird, dann würde ich das als Wink nehmen. Ein Farn war von der ekelhaften Sorte, die kleine, grau behaarte Pfoten entwickelt, die heimlich, still und leise aus dem Topf rauskriechen. Jeder, der so ein Ding besitzt, neigt wahrscheinlich auch zu Betrügereien, und ich konnte mir genau vorstellen, wie sie mit ihrem angeblich verknacksten Rücken einen 25-Pfund-Sack Farnkompost hochhob. Ich beobachtete ihre Wohnung anderthalb Stunden, aber sie ließ sich nicht blicken. In einer meiner alten Ausbildungsgruppen wurde immer behauptet, daß nur Männer für die Überwachungsarbeit geeignet sind, weil sie in einem parkenden Wagen sitzen und diskret in eine Tennisballdose pinkeln können, womit sie unnötige Abwesenheit vermeiden. Ich verlor das Interesse an Marcia Threadgill und an der Wahrheit; ich mußte pinkeln wie verrückt, also legte ich das Fernglas weg und suchte mir auf dem Rückweg in die Stadt die nächste Tankstelle.

Ich fuhr noch mal an der Auskunftei vorbei und redete mit dem Kumpel, der mich Akten einsehen läßt, die normalerweise nicht für die Öffentlichkeit bestimmt sind. Ich bat ihn, mal zu sehen, was er über Sharon Napier herausfinden könne, und er sagte, er würde sich melden. Ich erledigte ein paar private Besorgungen und fuhr nach Hause. Es war kein sehr befriedigender Tag gewesen, aber andererseits sind die meisten Tage bei mir gleich: prüfen und gegenprüfen, Lücken schließen, Kleinarbeit, die absolut notwendig ist für den Job, aber nicht eben dramatisch. Die Grundeigenschaften jedes guten Ermittlers sind eine Pferdenatur und unendliche Geduld. Die Gesellschaft erzieht uns Frauen unweigerlich seit langem dahin. Ich setzte mich an meinen Schreibtisch und übertrug Charlie Scorsoni auf mehrere Karteikarten. Es war eine verwirrende Unterredung gewesen, und ich hatte das Gefühl, ich war noch nicht fertig mit ihm.

5

Mit dem Klima in Santa Teresa zu leben, das ist etwa so, als ob man sich in einem von oben ausgeleuchteten Raum aufhält. Das Licht ist gleichförmig – klar und auch hell –, aber die Schatten fallen weg, und ein beunruhigender Mangel an Perspektive entsteht. Die Tage sind eingehüllt von Sonnenschein. Oft ist es zwanzig Grad und trocken. Die Nächte sind gleichbleibend kühl. Saisonbedingt regnet es zwar, doch in der übrigen Zeit gleicht ein Tag weitgehend dem anderen, und der ständig wolkenlose, blaue Himmel hat eine eigentümliche, desorientierende Wirkung, er nimmt einem das Gefühl dafür, wo man im Jahr gerade steht. Der Aufenthalt in einem Gebäude ohne Außenfenster vermittelt den gleichen Eindruck: ein unterschwelliges Erstikken, als ob der Luft ein Teil, wenn auch nicht aller Sauerstoff entzogen ist.

Ich verließ meine Wohnung um neun und fuhr auf der Chapel nach Norden. Ich hielt an, um zu tanken, und benutzte die SB-Zapfsäule, wobei ich jedesmal denke, was für eine simple und absurde Freude es doch ist, so etwas selbst tun zu können. Bis ich *K-9 Korners* fand, war es Viertel nach neun. Das diskrete Schild im Fenster wies darauf hin, daß sie seit acht Uhr geöffnet hatten. Der Salon war mit einer Tierarztpraxis an der State Street verbunden, genau dort, wo sie die große Kurve machte. Das Gebäude hatte einen flamingorosa Anstrich; in einem Flügel war ein Globetrotter-Service untergebracht, in dessen Schaufenster ein Schlafsack hing und eine Kleiderpuppe in Campingmontur leer auf einen Zeltpfahl starrte.

Ich drang unter dem Gebell zahlreicher Hunde in *K-9 Korners* vor. Hunde und ich vertragen uns nicht. Sie stecken mir unausweichlich die Schnauze in den Unterleib, und manchmal klammern sie sich dabei um mein Bein, als wollten sie einen Tanz auf zwei Füßen vollführen. Bei bestimmten Gelegenheiten bin ich dann lahm dahergehumpelt, hundumschlungen, während ihre Besitzer wirkungslos nach ihnen schlugen und sagten: »Hamlet, runter! Was ist denn los mit dir?« Es ist schwer, einem solchen Hund ins Gesicht zu sehen, und ich mache lieber einen Bogen um den ganzen Verein.

Drinnen stand ein gläserner Schaukasten voller Hundepflegemittel, und viele Fotos von Hunden und Katzen hingen an der Wand. Rechts von mir war eine Halbtür, die auf ein kleines Büro mit mehreren angrenzenden Pflegeräumen ging. Als ich um den Türpfosten spähte, konnte ich mehrere Hunde in verschiedenen Stadien der Verschönerung sehen. Die meisten bibberten und verdrehten jämmerlich die Augen. Einer bekam soeben eine kleine rote Schleife ins Haarbüschel, genau zwischen die Ohren. Auf dem Arbeitstisch lagen ein paar braune Klümpchen, die mir bekannt vorkamen. Die Pflegerin blickte zu mir hoch.

»Kann ich Ihnen helfen?«

»Der Hund ist gerade auf diesen braunen Klumpen getreten«, sagte ich.

Sie schaute auf den Tisch hinunter. »Ach, Dashiell, nicht schon wieder. Entschuldigen Sie mich einen Moment«, sagte sie. Dashiell blieb zitternd auf dem Tisch, während sie nach Papiertüchern griff und sein kleines Malheur geschickte aufklaubte. Es schien sie wenig zu kümmern. Sie war Mitte Vierzig, mit großen braunen Augen und schulterlangem grauem Haar, das zurückgekämmt war und von einem Schal gehalten wurde. Sie trug einen weinroten Kittel, und ich konnte sehen, daß sie groß und schlank war.

»Sind Sie Gwen?«

Sie blickte mit einem kurzen Lächeln auf. »Ja, ganz recht.«

»Ich bin Kinsey Millhone. Ich bin Privatdetektivin.«

Gwen lachte. »Ach Gott, um was geht's denn?« Sie ließ das Papiertuch verschwinden, kam zu der Halbtür herüber und öffnete sie. »Kommen Sie rein. Ich bin gleich wieder da.«

Sie hob Dashiell vom Tisch und trug ihn in ein Hinterzimmer, das direkt links abging. Wieder bellten Hunde los, und ich konnte hören, wie ein Heizlüfter abgestellt wurde. Die Luft hier war stickig vor Hitze, angereichert mit dem Geruch feuchter Haare und der seltsamen Kombination von Flohpuder und Hundeparfüm. Der braune Linoleumfußboden war mit diversen Haarschnipseln übersät wie ein Friseursalon. Im Nebenraum, sah ich, wurde ein Hund von einer jungen Frau gebadet, die sich über eine erhöhte Wanne beugte. Links von mir warteten mehrere mit Bändern geschmückte Hunde in Käfigen darauf, daß man sie abholte. Eine andere junge Frau war dabei, auf einem zweiten Werktisch einen Pudel zu scheren. Sie warf mir einen interessierten Blick zu. Gwen kam mit einem kleinen grauen Hund unter dem Arm wieder.

»Das ist Wuffel«, sagte sie und klemmte halb das Maul des Hundes zu. Wuffel leckte ihr ein paarmal über den Mund. Sie zog lachend den Kopf weg und schnitt eine Grimasse.

»Sie haben hoffentlich nichts dagegen, wenn ich das hier fertigmache. Nehmen Sie Platz«, sagte sie freundlich, auf einen Metallhocker deutend. Ich hockte mich hin und wünschte, ich bräuchte den Namen Laurence Fife nicht zu erwähnen. Nach dem, was Charlie Scorsoni mir erzählt hatte, würde ihr das wohl die gute Laune verderben.

Gwen begann Wuffel die Krallen zu schneiden, wobei sie den Hund fest an sich drückte, um ihn an plötzlichen Bewegungen zu hindern. »Sie sind vermutlich von hier«, sagte sie.

»Ja, ich habe ein Büro in der Stadt«, erwiderte ich und zog automatisch meinen Ausweis hervor. Ich hielt ihn ihr zum Lesen hin. Sie warf einen Blick darauf, akzeptierte ihn offenbar ohne viel Argwohn oder Besorgnis. Mich erstaunt es immer, wenn Leute mir vertrauen. »Man sagte mir, daß Sie mal mit Laurence Fife verheiratet waren«, wagte ich mich vor.

»Ja, stimmt. Geht es um ihn? Er ist schon Jahre tot.«

»Ich weiß. Sein Fall wird noch mal aufgerollt.«

»Ach, *das* ist aber interessant. Von wem denn?«

»Von Nikki«, sagte ich. »Das Morddezernat weiß, daß ich die Sache untersuche, und ich habe deren Unterstützung, falls Sie das beruhigt. Könnten Sie mir einige Fragen beantworten?«

»Na schön«, sagte sie. Ihr Ton war vorsichtig, aber es schwang auch Interesse mit, als ob sie die Ermittlungen zwar merkwürdig fände, aber nicht unbedingt schlecht.

»Sie klingen nicht allzu überrascht«, sagte ich.

»Bin ich trotzdem. Ich dachte, die Geschichte wäre erledigt.«

»Tja, ich fange gerade erst mit der Überprüfung an, und es kann sein, daß ich eine Niete ziehe. Wir müssen uns nicht hier unterhalten, wenn es Ihnen ungelegen kommt. Ich möchte Sie nicht bei der Arbeit stören.«

»Geht schon in Ordnung, solange es Ihnen nichts ausmacht, mir zuzusehen, wie ich ein paar Hunde trimme. Ich kann mir jetzt wirklich keine Pause erlauben. Es ist voll heute. Momentchen«, sagte sie. »Kathy, gibst du mir mal das Flohspray? Ich glaub, hier sind uns einige entgangen.«

Die dunkelhaarige Pflegerin ließ den Pudel lange genug los, um nach dem Flohspray zu greifen, und gab es an Gwen weiter. »Das ist Kathy, wie Sie wohl mitgekriegt haben«, sagte Gwen. »Die da bis zu den Ellbogen in Seifenlauge steckt, ist Jan.«

Gwen begann Wuffel einzusprühen, dabei wandte sie den Kopf ab, um die Dämpfe nicht einzuatmen. »Entschuldigung. Fangen Sie an.«

»Wie lange waren Sie mit Fife verheiratet?«

»Dreizehn Jahre. Wir lernten uns auf dem College kennen, in seinem dritten und meinem ersten Jahr. Ich hatte ihn rund sechs Monate gekannt, glaube ich.«

»Gute Jahre? Schlechte Jahre?«

»Na ja, ich seh's inzwischen etwas heiterer«, sagte sie. »Erst hab ich das Ganze für vertane Zeit gehalten, aber jetzt weiß ich nicht. Haben Sie Laurence selbst gekannt?«

»Ich traf ihn einige Male«, sagte ich, »nur flüchtig.«

Gwens Blick war sarkastisch. »Er konnte sehr charmant sein, wenn er wollte, aber im Innersten war er ein echter Schweinehund.«

Kathy sah zu Gwen hinüber und lächelte. Gwen lachte. »Die zwei da haben meine Version schon an die hundert Male gehört«, sagte sie zur Erklärung. »Sie waren beide noch nie verheiratet, also spiele ich gern den Teufelsadvokaten. Jedenfalls, damals war ich ganz die pflichtbewußte Gattin, das heißt, ich habe die Rolle mit einer Hingabe gespielt, die ihresgleichen sucht. Ich kochte vornehme Mahlzeiten. Ich schrieb Einkaufslisten. Ich putzte das Haus. Ich zog die Kinder auf. Womit ich nicht sagen will, ich wäre irgendein Sonderfall, nur nahm ich's mir furchtbar zu Herzen. Ich steckte meine Haare auf, jede Nadel am rechten Platz, und ich hatte für alles die passenden Sachen zum An- und Ausziehen, fast wie eine Barbie-Puppe.« Sie unterbrach sich und lachte über ihr Selbstporträt, tat so, als zöge sie an einer Schnur in ihrem Nacken. »Hallo, ich bin Gwen. Ich bin eine gute Frau«, plapperte sie mit näselnder Papageienstimme. Ihre Art zu erzählen war ziemlich gefühlvoll, so als wäre sie anstatt Laurence gestorben, aber lieben Freunden noch in zärtlicher Erinnerung. Mal sah sie mich an, mal kämmte und trimmte sie den Hund, den sie vor sich auf dem Tisch hatte, aber auf jeden Fall war ihre Haltung freundlich – kaum der bittere, distanzierte Bericht, den ich erwartet hatte.

»Als es vorbei war, war ich ganz schön sauer – weniger über ihn als über mich selbst, weil ich mich auf den ganzen Schwindel eingelassen hatte. Ich meine, verstehen Sie mich nicht falsch. Es gefiel mir damals und paßte mir großartig, aber da lief auch eine Art Wahrnehmungsentzug ab, so daß ich, als die Ehe in die Brüche ging, überhaupt nicht für den Umgang mit der Realität gerüstet war. Er verwaltete das Geld. Er hielt die Fäden in der Hand. Er traf die wichtigen Entscheidungen, besonders was die Kinder anging. Ich badete sie, zog sie an, kochte für sie, und er gestaltete ihr Leben. Damals begriff ich das nicht, weil ich nur herumlief und mir Mühe gab, ihm alles recht zu machen, aber wenn ich jetzt so zurückblicke, es war wirklich für den Arsch.«

Sie schaute zu mir hoch, um zu sehen, ob ich mich an der Ausdrucksweise stieß, aber ich lächelte einfach.

»Folglich höre ich mich jetzt an wie all die anderen Frauen, deren Ehedasein in dieser Epoche zu Ende ging. Verstehen Sie, wir sind alle ein bißchen grantig deswegen, weil wir meinen, man hat uns reingelegt.«

»Sie sagten, Sie sähen es jetzt etwas heiterer«, sagte ich. »Wie ist das denn gekommen?«

»Sechstausend Dollar Therapie«, antwortete sie rundheraus.

Ich lächelte. »Woran ging die Ehe kaputt?«

Ihre Wangen färbten sich leicht, aber ihr Blick blieb unverändert offen. »Das würde ich lieber für später aufheben, wenn Sie's wirklich interessiert.«

»Sicher, gern«, sagte ich. »Ich wollte Sie ohnehin nicht unterbrechen.«

»Na ja. Es war nicht nur seine Schuld«, sagte sie. »Aber es war auch nicht nur meine, und mit dieser Scheidung hat er mich geschafft. Ich sage Ihnen, das war ein Tiefschlag.«

»Wieso?«

»Wie viele Möglichkeiten gibt es denn? Ich hatte Angst, und außerdem war ich naiv. Ich wollte Laurence aus meinem Leben heraushaben, und was das kostete, war mir ziemlich egal. Bis auf die Kinder. Um sie habe ich mit Zähnen und Krallen gekämpft, aber was soll ich Ihnen sagen? Ich verlor sie. Das habe ich nie so ganz verwunden.«

Ich wollte sie nach den Gründen für die Schlacht um das Sorgerecht fragen, aber ich hatte das Gefühl, es war ein heikles Thema. Am besten ging ich vorerst darüber hinweg und griff es später auf, wenn ich konnte. »Die Kinder müssen nach seinem Tod aber doch wieder zu Ihnen gekommen sein. Zumal seine zweite Frau ins Gefängnis kam.«

Gwen zupfte mit kundiger Hand an einer grauen Fellsträhne. »Zu der Zeit waren sie ja fast im College-Alter. Gregory war sogar im selben Herbst schon weggegangen, und Diane ging im Jahr darauf. Aber es waren sehr verkorkste Kinder. Laurence ist ein strenger Zuchtmeister gewesen. Nicht, daß ich was daran auszusetzen hätte – ich denke, Kinder brauchen Erziehung –, aber er war ein sehr einengender Mensch, letztlich ohne Gespür für Gefühlsdinge, ziemlich aggressiv im Umgang mit anderen, besonders mit den Kindern. Nach fünf Jahren unter diesem Regiment waren sie beide entsprechend in sich gekehrt und still. Defensiv, verschlossen. Soweit ich es einschätzen konnte, beruhte seine Beziehung zu ihnen auf Angriffen, auf dauernder Rechenschaftspflicht, ähnlich wie er es mit mir gehalten hatte. Natürlich kriegte ich sie jedes zweite Wochenende zu sehen und derglechen, und es gab auch den üblichen Sommerbesuch. Ich hatte bloß keine Ahnung, wie weit es mit ihnen gekommen war. Und sein Tod war obendrein noch ein Schlag vor den Kopf für sie. Ich bin sicher, sie hatten beide eine Menge Gefühle, die nie geklärt worden waren. Diane ging sofort in therapeutische Behandlung. Und Gregory war später auch bei jemandem, wenn auch nicht regelmäßig.« Sie zögerte einen Moment. »Es kommt mir vor, als ob ich Ihnen hier eine Krankengeschichte erzähle.«

»Aber nein, ich bin dankbar für Ihre Offenheit«, sagte ich. »Sind die Kinder auch in der Stadt?«

»Greg lebt südlich von Palm Springs. Am Saltonsee. Er hat ein Boot da unten.«

»Was arbeitet er?«

»Na ja, er braucht eigentlich nichts zu tun. Finanziell hat Laurence für sie vorgesorgt. Ich weiß nicht, ob Sie schon die Versicherung überprüft haben, aber sein Vermögen wurde zu gleichen Teilen zwischen den drei Kindern aufgeteilt – Greg, Diane und Nikkis Sohn Colin.«

»Apropos Diane. Wo ist sie?«

»Sie geht in Claremont zur Schule. Will noch einen Grad erwerben. Sie interessiert sich für den Unterricht mit schwerhörigen Kindern und kommt anscheinend gut damit zurecht. Erst war ich darüber beunruhigt, weil das in ihrem Kopf vermutlich alles zusammenging – meine Scheidung, Nikki, Colin und ihre Verantwortung –, obwohl es gar nichts mit ihr zu tun hatte.«

»Moment. Ich verstehe nicht, was Sie meinen.«

Gwen blickte erstaunt zu mir auf. »Ich denke, Sie haben bereits mit Nikki gesprochen.«

»Na ja, einmal schon«, sagte ich.

»Hat Sie Ihnen nicht erzählt, daß Colin hörgeschädigt ist? Er war taub von Geburt an. Ich weiß nicht mehr genau die Ursache, aber anscheinend konnten sie nichts dagegen tun. Diane war ganz außer sich. Sie war dreizehn, glaube ich, als das Kind geboren wurde, und vielleicht hatte sie ihm sein Eindringen verübelt. Ich will ja nicht dauernd so analysieren, aber einiges davon kam bei ihrem Therapeuten heraus, und es scheint zu stimmen. Ich glaube, sie kann das zum großen Teil jetzt selber aussprechen – sie tut es sogar –, also begehe ich wohl keinen Vertrauensbruch.«

Sie wählte ein paar Schmuckbänder unter etwa zwanzig Spulen aus, die an einer Lochplatte an der Wand über dem Trimmtisch hingen. Sie legte ein blaues und ein orangefarbenes auf Wuffels Kopf. »Was meinst du, Wuffa? Blau oder orange?«

Wuffel hob seine (oder vielmehr ihre) Augen und hechelte glücklich. Gwen entschied sich für das orangefarbene, und ich mußte zugeben, daß es Wuffels silbergrauem Haarschopf eine kecke Note verlieh. Der Hund war fügsam, voller Vertrauen, genoß jede Bewegung, obwohl Gwens Aufmerksamkeit doch halb mir zugewandt war.

»Gregory nahm eine Zeitlang Drogen«, sagte Gwen im Plauderton. »Das hat wohl seine Generation so gemacht, während meine trautes Heim spielte. Aber er ist ein guter Kerl, und ich glaube, jetzt ist er mit sich im reinen. Oder soweit im reinen, wie er eben sein kann. Er ist glücklich, und das ist doch mehr, als die meisten von sich behaupten können – ich meine, *ich* bin glücklich, aber eine Menge Leute, die ich kenne, sind es nicht.«

»Wird ihm das Bootfahren nicht zu langweilig?«

»Hoffen wir's«, sagte Gwen vergnügt. »Er kann es sich leisten, zu tun, was er will, und wenn der Müßiggang erst an Reiz verliert, wird er sich eine nützliche Beschäftigung suchen. Er ist sehr klug, ein sehr fähiger Junge, auch wenn er im Augenblick faulenzt. Manchmal beneide ich ihn darum.«

»Glauben Sie, es ginge den Kindern zu nahe, wenn ich mal mit ihnen rede?«

Darüber erschrak Gwen; zum erstenmal schien sie etwas aus der Fassung gebracht zu haben. »Über ihren Vater?«

»Irgendwann muß ich's vielleicht«, sagte ich. »Ich möchte es nicht ohne Ihr Wissen tun, aber es könnte wirklich weiterhelfen.«

»Es würde wohl auch gehen«, meinte sie, aber ihr Ton war voller Zweifel.

»Wir können später noch darüber sprechen. Vielleicht ist es gar nicht nötig.«

»Ach so. Gut. Ich wüßte nicht, was es schaden sollte. Aber ich muß schon sagen, eigentlich verstehe ich nicht, warum Sie sich mit der ganzen Sache noch mal befassen.«

»Wahrscheinlich, um zu sehen, ob der Gerechtigkeit Genüge getan wurde«, sagte ich. »So melodramatisch es klingt, darauf läuft's hinaus.«

»Gerechtigkeit für wen? Laurence oder Nikki?«

»Vielleicht sollten Sie mir sagen, wie Sie dazu stehen? Ich nehme an, daß Sie und die beiden nichts füreinander übrig hatten, aber sind Sie der Meinung, er hat seine ›gerechte Strafe‹ bekommen?«

»Sicher, warum nicht? Bei ihr weiß ich's nicht so. Ich denke, sie hatte einen fairen Prozeß, und wenn das dabei herausgekommen ist, tja, dann muß sie's auch getan haben. Aber es gab Zeiten, da hätte ich es selbst getan, wenn ich gewußt hätte wie.«

»Falls sie ihn umgebracht hat, würden Sie's ihr also nicht verübeln?«

»Ich nicht, und ein halbes Dutzend andere auch nicht. Laurence hat eine Menge Leute zurückgestoßen«, sagte sie gleichgültig. »Wir hätten einen Verein gründen und ein monatliches Info rausgeben können. Ich treffe immer noch welche, die sich an mich ranpirschen und sagen: ›Gott sei Dank, daß er tot ist.‹ Buchstäblich. So aus dem Mundwinkel.« Gwen lachte wieder. »Tut mir leid, wenn das respektlos klingt, aber er war kein netter Mensch.«

»Aber was denn für Leute?«

Sie legte die Hand in die Hüfte und warf mir einen müden Blick zu. »Wenn Sie eine Stunde warten wollen, gebe ich Ihnen eine Liste.«

Darüber lachte ich. Ihr Humor war anscheinend nicht zu unterdrücken, oder vielleicht fühlte sie sich auch nur unbehaglich. Gespräche mit Privatdetektiven zehren vielfach an den Nerven.

Gwen tat Wuffel in einen leeren Käfig, dann ging sie in den anderen Raum und holte einen großen Bobtail heraus. Sie hob erst seine Vorderbeine an, stellte sie auf den Tisch und schob die Hinterbeine nach, während der Hund ängstlich winselte. »Ach komm, Duke«, schnappte sie. »Was ist das für ein Feigling.«

»Meinen Sie, wir könnten uns bald noch mal unterhalten?« fragte ich.

»Klar, würde ich gern. Ich schließe hier um sechs. Wenn Sie dann Zeit haben, können wir was trinken gehen. Nach Feierabend bin ich reif dafür.«

»Ich auch. Dann bis nachher«, sagte ich.

Ich hüpfte von meinem Hocker herunter und ging hinaus. Als die Tür ins Schloß fiel, war sie schon mit dem Hund am Plaudern. Ich fragte mich, was sie sonst noch wußte und wieviel davon sie preiszugeben bereit war. Ich hoffte außerdem wie der Teufel, daß ich in zehn Jahren noch derart gut aussehen könnte.

6

Ich hielt an einer Telefonzelle und rief Nikki an. Sie nahm beim dritten Läuten ab.

»Nikki? Hier ist Kinsey. Ich habe eine Bitte. Gibt es irgendeine Möglichkeit für mich, in das Haus zu kommen, wo Sie und Laurence gewohnt haben?«

»Klar. Das gehört noch mir. Ich will gerade wegfahren, rauf nach Monterey, um Colin herzuholen, aber es liegt auf dem Weg. Ich kann mich da mit Ihnen treffen, wenn Sie möchten.«

Sie gab mir die Adresse und sagte, sie würde in etwa einer Viertelstunde dort sein. Ich hängte ein und ging zu meinem Wagen. Ich wußte nicht genau, hinter was ich her war, aber ich wollte in dem Haus herumlaufen, ein Gefühl dafür bekommen, wie es war, auf ihre Art und Weise zu leben. Das Haus stand in Montebello, einem Stadtteil, in dem angeblich mehr Millionäre pro Quadratmeile wohnen als in irgendeinem anderen Teil des Landes. Die meisten Häuser sind von der Straße aus noch nicht einmal zu sehen. Gelegentlich erhascht man einen Blick auf ein Ziegeldach, versteckt in einem Geflecht aus Olivenbäumen und immergrüner Eiche. Viele Parzellen haben gewundene Einfriedungsmauern aus behauenem Stein, die von wilden Rosen und Kapuzinerkresse überwachsen sind. Hochaufragende Eukalyptusbäume säumen die Straßen, mit Palmen dazwischen, die wie spanische Ausrufungszeichen wirken.

Das Haus der Fifes lag am Schnittpunkt zweier Wege, gegen Sicht abgeschirmt durch drei Meter hohe Hecken, die sich an einer Stelle teilten, um einer schmalen, mit Ziegeln gepflasterten Zufahrt Platz zu geben. Das Haus war beachtlich: zwei Stockwerke aus hellgrauem Stuck mit weißen Fensterumrandungen. Die Fassade war schlicht, und auf der einen Seite gab es einen Säulengang. Der Garten war ebenso schlicht, bis auf Inseln mit kalifornischem Mohn in Pfirsichtönen und sattem Gelb, Gold und Rosa. Hinter dem Haus erkannte ich eine Doppelgarage mit vermutlich einer Verwalterwohnung darüber. Der Rasen war gut gepflegt, und das Haus sah zwar unbewohnt aus, wirkte aber nicht vernachlässigt. Ich parkte auf dem Abschnitt, wo die Zufahrt kreisförmig erweitert war, um ein bequemes Hinausfahren zu ermöglichen. Trotz des roten Ziegeldaches mutete das Haus eher französisch als spanisch an: Fenster ohne Sims, Eingangstür auf einer Ebene mit der Zufahrt.

Ich stieg aus und ging auf die rechte Seite hinüber, fast lautlos auf den blaßrosa Ziegeln. Im Hintergrund konnte ich die Umrisse eines Swimmingpools sehen, und zum erstenmal spürte ich ein Befremden, einen Mißklang. Das Becken war bis zum Rand mit Dreck und Abfall zugeschüttet. Ein Liegestuhl aus Aluminium war halb in der Grasnarbe versunken, Unkraut wuchs zwischen den Querstäben. Das Sprungbrett ragte jetzt über eine unregelmäßige Fläche aus Grasmahd und welkem Laub hinaus, als ob das Wasser dick geworden und geronnen wäre. Eine Stufenleiter mit Handgriffen verschwand in der Tiefe, und der Beton ringsherum war übersät mit schmutzigdunklen Flecken.

Ich merkte, wie ich voller Unbehagen darauf zuging, und wurde von einem bösartigen Zischen aus meiner Konzentration geschreckt. Zwei riesige Gänse kamen mit beachtlicher Geschwindigkeit auf mich zugewatschelt. Sie stießen die Hälse vor, rissen die Schnäbel auf, streckten wie Schlangen die Zunge raus und gaben ein furchterregendes Geräusch von sich. Ich stieß unwillkürlich einen leisen Schrei aus und trat den Rückzug zu meinem Wagen an, ohne sie aus den Augen zu lassen. Sie verkürzten den Abstand zwischen uns in einem Tempo, das mich zu laufen zwang. Ich erreichte gerade noch das Auto, bevor sie mich einholten. Ich riß die Tür auf und knallte sie mit einer Panik wieder zu, die ich seit Jahren nicht empfunden hatte. Ich verriegelte beide Türen und glaubte fast, die tückischen Vögel würden sich gegen meine Fensterscheiben werfen, bis sie nachgaben. Einen Augenblick lang balancierten sie halb in der Luft, mit flatternden Flügeln, ein böses Funkeln in den schwarzen Augen, ihre zischenden Gesichter auf einer Höhe mit dem meinen. Dann verloren sie das Interesse und watschelten schreiend und zischelnd davon, um wütend nach dem Gras zu picken. Bis zu diesem Moment war es mir nie in den Sinn gekommen, verrückte Gänse unter meine Phobien einzureihen, doch unversehens waren sie an die Tabellenspitze geschnellt, zu den Würmern und Wasserwanzen.

Nikkis Wagen hielt hinter meinem. Sie stieg in vollendeter Haltung aus und kam heran, während ich mein Fenster runterdrehte. Die beiden Gänse erschienen wieder um die Hausecke und peilten plattfüßig ihre blanken Waden an. Sie warf ihnen einen beiläufigen Blick zu und lachte dann. Beide richteten sich wieder auf, flatterten nutzlos mit den kurzen Flügeln, wirkten plötzlich gutmütig. Nikki hatte einen Brotbeutel in der Hand und schmiß ihnen ein paar Krümel hin.

»Was, zum Teufel, *sind* das für Viecher?« Ich schob mich vorsichtig aus dem Wagen, aber keines von beiden schenkte mir auch nur die geringste Beachtung.

»Das sind Hänsel und Gretel«, sagte sie liebenswürdig. »Es sind Emdener Gänse.«

»Gänse war mir schon klar. Was ist los? Hat sie jemand zum Töten abgerichtet?«

»Sie halten kleine Kinder vom Grundstück fern«, sagte sie. »Kommen Sie rein.« Nikki steckte einen Schlüssel ins Schloß, und die Haustür schwang auf. Sie bückte sich, um einige Wurfpost aufzuheben, die durch den Schlitz geschoben worden war. »Der Briefträger gibt ihnen Crackers«, fügte sie nachträglich hinzu. »Die fressen ja alles.«

»Wer hatte Schlüssel zu dem Haus?« fragte ich. Ich bemerkte einen Schaltkasten für eine Alarmanlage, die offenbar ausgeschaltet war.

Sie zuckte mit den Achseln. »Laurence und ich. Greg und Diane. Sonst fällt mir niemand ein.«

»Der Gärtner? Das Mädchen?«

»Die haben jetzt Schlüssel, aber ich glaube, zu der Zeit noch nicht. Wir hatten allerdings eine Wirtschafterin. Mrs. Voss. Sie besaß wahrscheinlich einen.«

»Hatten Sie damals schon eine Alarmvorrichtung?«

»Jetzt hab ich eine. Nein, die ist erst vier Jahre drin. Ich hätte das Haus auch schon vor Jahren verkaufen sollen, aber solche Entscheidungen wollte ich nicht treffen, als ich im Gefängnis saß.«

»Es muß eine Menge wert sein.«

»Ja, klar. Die Grundstückswerte haben sich verdreifacht, und wir zahlten damals siebenhundertfünfzigtausend. Er suchte es aus. Schrieb es aus geschäftlichen Gründen auf meinen Namen, aber es war nie so ganz mein Fall.«

»Wer hat es eingerichtet?« fragte ich.

Nikki lächelte einfältig. »Das war ich. Ich glaube zwar nicht, daß Laurence was gemerkt hat, aber es war eine sanfte Rache. Er hatte darauf bestanden, daß wir das Haus nehmen, dafür ließ ich alles Farbige weg.«

Die Räume waren groß, die Decken hoch, und viel Licht kam herein. Die Böden waren dunkel gebeizte Dielen. Der Grundriß war sehr konventionell: Wohnzimmer rechts, Eßzimmer links, Küche dahinter. Es gab noch einen Salon hinter dem Wohnzimmer und eine lange, verglaste Veranda, die über die ganze Länge des Gebäudes lief. Eine merkwürdige Atmosphäre erfüllte das Haus, vermutlich weil seit Jahren niemand dort gewohnt hatte; es war wie ein Warenhausangebot besonders eleganter Ausstattungen. Die Möbel standen noch an ihrem Platz, und nicht ein Staubkorn war zu sehen. Es gab keine Pflanzen und keine Illustrierten, keinerlei Hinweis auf bestehende Aktivität. Selbst die Stille hatte einen hohlen Klang, öde und leblos.

Das ganze Interieur war in neutralen Tönen gehalten: Grau und Perlmutt, Nußbraun und Zimt. Die Couchs und Sessel waren weich gepolsterte Stücke mit gerundeten Armlehnen und dicken Kissen, ein wenig Art déco ohne großen Aufwand. Hier gingen Modernes und Antikes hübsch zusammen, und es war offensichtlich, daß Nikki ihre Sache verstand, auch wenn sie keinen Wert darauf legte.

Oben waren fünf Schlafzimmer, alle mit Kaminen, alle mit bemerkenswert großen Badezimmern, tiefen Wandschränken, Ankleidezimmern, durchgehend ausgelegt mit einem dicken, rehbraunen Teppichboden aus zottiger Wolle.

»Hier ist das Elternschlafzimmer?«

Nikki nickte. Ich folgte ihr ins Bad. Dicke schokoladenbraune Handtücher waren neben dem Waschbecken gestapelt. Es gab eine versenkte Wanne, umgeben von hell tabakfarbenen Keramikfliesen. Es gab zusätzlich eine verglaste Dusche, die als Dampfsauna ausgestattet war. Seife, Toilettenpapier, Kleenex.

»Wohnen Sie hier?« fragte ich, als wir die Treppe hinuntergingen.

»Bis jetzt noch nicht, aber ich denke daran. Alle zwei Wochen kommt jemand zum Putzen her, und natürlich ist die ganze Zeit ein Gärtner auf dem Anwesen. Ich wohne am Strand.«

»Haben Sie da noch ein Haus?«

»Ja. Die Mutter von Laurence hat es mir vererbt.«

»Wieso Ihnen und nicht Laurence?«

Sie lächelte leise. »Laurence und seine Mutter vertrugen sich nicht. Möchten Sie Tee?«

»Ich dachte, Sie müssen los.«

»Das hat noch Zeit.«

Ich folgte ihr in die Küche. In der Mitte des Zimmers war eine Kochinsel mit einer kupfernen Abzugshaube über den Brennern, einem breiten Hackblock und allen möglichen Pfannen, Körben und Küchengeräten an einem runden Metallgestell, das von der Decke herabhing. Alle anderen Schränke waren mit weißen Kacheln verkleidet, in einem war eine Doppelspüle aus Edelstahl eingebaut. Es gab eine Kochplatte, einen Heißluftbackofen, einen Mikrowellenherd, einen Kühlschrank, zwei Gefriertruhen, und enorm viel Platz zum Lagern.

Nikki stellte Wasser auf und setzte sich auf einen Holzhocker. Ich nahm den Hocker ihr gegenüber, und so saßen wir beide in der Mitte des Raumes, der einem Chemielabor ebensosehr glich wie dem Traum einer Köchin.

»Mit wem haben Sie bis jetzt gesprochen?« fragte sie.

Ich erzählte ihr von meiner Unterhaltung mit Charlie Scorsoni.

»Das scheint mir ein sonderbares Freundespaar gewesen zu sein«, sagte ich. »Meine Erinnerung an Laurence ist ein wenig nebelhaft, aber er kam mir immer sehr elegant und intellektuell vor. Scorsoni ist sehr robust. Er erinnert mich an einen Typ in einer Reklame für Kettensägen.«

»Ach, Charlie ist ein echter Raufbold. Nach dem, was ich gehört habe, ist er auf die harte Tour nach oben gekommen, hat sich durch alle Hindernisse durchgeboxt. Wie der Spruch: ›– geht über die Leichen derer, die ihm teuer sind.‹ Vielleicht hat Laurence das gefallen. Er sprach von Charlie immer mit widerwilligem Respekt. Laurence bekam ja alles in den Schoß gelegt. Natürlich fand Charlie, Laurence sei über jeden Tadel erhaben.«

»So erschien es mir auch«, sagte ich. »Er hatte vermutlich kein Motiv für einen Mord. Dachten Sie schon mal, er könnte seine Hand im Spiel gehabt haben?«

Nikki lächelte, stand auf, um Tassen. Untertassen und Teebeutel herauszuholen. »Zum einen oder andern Zeitpunkt habe ich jeden in Betracht gezogen, aber Charlie halte ich für unwahrscheinlich. Er hat bestimmt weder finanziell noch beruflich profitiert...« Sie goß kochendes Wasser in beide Tassen.

»So weit das Auge sehen kann«, sagte ich und tunkte meinen Teebeutel ein.

»Na ja, stimmt. Es wäre schon denkbar, daß es sich insgeheim bezahlt machte, aber das wäre doch sicher irgendwann in den letzten Jahren ans Licht gekommen.«

»Sollte man meinen.« Ich erzählte ihr als nächstes von meiner Unterredung mit Gwen. Nikkis Wangen wurden ein ganz klein wenig rot.

»Ich habe ein schlechtes Gewissen wegen ihr«, sagte sie. »Zu der Zeit, als sie sich scheiden ließen, hat Laurence sie echt gehaßt, und ich neigte dazu, die Flammen noch zu schüren. Er konnte für das Scheitern dieser Ehe keinerlei Verantwortung auf sich nehmen, und folglich mußte er ihr die Schuld zuschieben und sie bestrafen. Durch mich wurde es nicht besser. Zuerst glaubte ich auch wirklich, was er über sie sagte. Ich meine, mir persönlich schien sie ein fähiger Mensch zu sein, und ich wußte, daß Laurence sehr abhängig von ihr gewesen war, aber es war sicherer, ihn von ihr zu entwöhnen, indem ich seinen Groll nährte. Verstehen Sie, was ich meine? Daß er sie so haßte, war in mancher Hinsicht nichts anderes als Liebe zu ihr, aber mir gab es mehr Sicherheit, wenn ich die Kluft vertiefte. Dafür schäme ich mich jetzt. Als ich ihn selber nicht mehr liebte und er anfing, sich gegen mich zu wenden, erkannte ich den Ablauf plötzlich wieder.«

»Aber ich dachte, Sie waren der Todesstoß für diese Beziehung«, sagte ich und betrachtete sie aufmerksam durch den Dampf der meiner Teetasse entstieg.

Nikki fuhr sich mit beiden Händen in die Haare, hob sie von ihrem Kopf weg und ließ sie wieder fallen. »Ach was«, sagte sie. »Ich war seine Rache. Unabhängig davon, daß er sie seit Jahren schon hinterging. Er fand heraus, daß sie ein Verhältnis hatte, also fing er ein festes mit mir an. Nett, hm? Ich begriff das alles erst viel später, aber so ist es gewesen.«

»Augenblick. Ich möchte sehen, ob ich das auch richtig verstanden habe«, sagte ich. »Er kam dahinter, daß *sie* mit jemandem zusammen war, dafür läßt er sich mit Ihnen ein, und dann läßt er sich scheiden. Soviel ich hörte, ist sie dabei aufs Kreuz gelegt worden.«

»Und ob. Genau das hat er getan. Die Affäre mit mir war seine

Art, ihr zu beweisen, daß ihm nichts an ihr lag. Ihr die Kinder und das Geld wegzunehmen, das war seine Strafe. Er war sehr rachsüchtig. Das war mit ein Grund, warum er so einen guten Anwalt abgab. Er identifizierte sich leidenschaftlich mit jedem, dem Unrecht widerfahren war. Er steigerte sich wegen der geringsten Kleinigkeit in einen Wahn, und das benutzte er dann als Triebkraft, bis er die Gegenpartei vernichtet hatte. Er war gnadenlos. Absolut gnadenlos.«

»Mit wem hatte Gwen ein Verhältnis?«

»Das müssen Sie sie fragen. Ich bin nicht sicher, ob ich das je gewußt habe. Er hat über so etwas bestimmt nicht geredet.«

Ich fragte sie nach der Nacht, in der Laurence starb, und sie informierte mich über die Einzelheiten.

»Wogegen war er allergisch?«

»Tierhaare. Hauptsächlich Hunde, aber auch Katzenhaare. Lange Zeit wollte er keine Tiere im Haus dulden, aber als Colin zwei wurde, schlug jemand vor, daß wir ihm einen Hund kaufen.«

»Ich hörte, Colin ist taub.«

»Er ist taub geboren. Sie testen das Gehör von Neugeborenen, deshalb wußten wir gleich Bescheid, aber man konnte nichts für ihn tun. Anscheinend hatte ich leicht die Röteln, noch bevor ich überhaupt merkte, daß ich schwanger war. Gott sei Dank war das der einzige Schaden, den er nahm. Da hatten wir noch Glück.«

»Und der Hund war für ihn? Als Wachhund oder so was?«

»So ähnlich. Sie können nicht Tag und Nacht auf ein Kind achtgeben. Deshalb haben wir ja den Pool auffüllen lassen. Bruno war auch eine große Hilfe.«

»Ein deutscher Schäferhund?«

»Ja«, sagte Nikki und zögerte dann kurz. »Er ist jetzt tot. Ein Auto überfuhr ihn, direkt draußen auf der Straße, aber er war ein großartiger Hund. Sehr klug, sehr liebevoll, ein guter Beschützer für Colin. Jedenfalls sah Laurence ein, wozu ein Hund wie Bruno nützlich war, und so griff er auf die Mittel gegen seine Allergien zurück. Colin liebte er wirklich. Was immer er für Fehler hatte, und es waren eine Menge, glauben Sie mir, diesen kleinen Jungen hat er geliebt.«

Ihr Lächeln erlosch und ihr Gesicht durchlief eine seltsame Veränderung. Sie war plötzlich fort, entrückt. Ihre Augen waren leer, und der Blick, den sie mir zuwarf, war ohne Empfindung.

»Tut mir leid, Nikki. Ich wollte, wir müßten das alles nicht so genau untersuchen.«

Wir tranken unseren Tee aus und standen auf. Sie räumte die Tassen und Teller ab, steckte sie in eine Spülmaschine. Als sie mich wieder ansah, hatten ihre Augen erneut dieses matte, stählerne Grau. »Hoffentlich finden Sie raus, wer ihn umgebracht hat. Ich werde erst glücklich sein, wenn ich das weiß.«

Der Klang ihrer Stimme machte meine Hände taub. Sie hatte so ein Blitzen in den Augen, wie ich es in denen der Gänse gesehen hatte: unvernünftig, böswillig. Es war nur ein Aufflackern, und es verschwand gleich wieder.

»Sie wollen doch nicht etwa abrechnen?« fragte ich.

Sie blickte weg. »Nein. Im Gefängnis habe ich darüber eine Menge nachgedacht, aber jetzt wo ich draußen bin, erscheint es mir nicht mehr so wichtig. Im Moment möchte ich nichts als meinen Sohn wiederhaben. Und ich möchte am Strand liegen und Perrier-Wasser trinken und meine eigenen Kleider tragen. Und in Restaurants essen, und wenn ich das nicht tue, möchte ich kochen. Und lang schlafen und Schaumbäder nehmen ...« Sie hielt ein und lachte über sich selbst, dann holte sie tief Luft. »Also. Nein, ich möchte meine Freiheit nicht aufs Spiel setzen.«

Ihre Augen begegneten meinen, und ich lächelte als Antwort. »Fahren Sie mal besser los«, sagte ich.

7

Ich hielt an der Montebello-Apotheke, da ich schon mal in der Gegend war. Der Apotheker, auf dessen Namensschild »Carroll Sims« stand, war in den Fünfzigern, mittelgroß, mit freundlichen braunen Augen hinter einer freundlichen Schildpattbrille.

Er war gerade dabei, einer sehr alten Frau zu erklären, woraus ihre Medizin eigentlich bestand und wie sie eingenommen werden sollte. Die Erklärung verwirrte und ärgerte sie gleichzeitig, aber Sims war taktvoll und beantwortete ihre aufgeregten Fragen mit wohlwollender Güte. Ich konnte mir vorstellen, wie ihm die Leute ihre Warzen und Katzenbisse zeigten, ihm über die Theke hinweg Brustschmerzen und Harnsymptome beschrieben. Als ich an die Reihe kam, wünschte ich, ich hätte ein Wehwehchen gehabt, von dem ich ihm erzählen könnte. Statt dessen zeigte ich ihm meinen Ausweis.

»Was kann ich für Sie tun?«

»Haben sie zufällig schon vor acht Jahren hier gearbeitet, als Laurence Fife ermordet wurde?«

»Aber sicher. Mir gehört der Laden. Sind Sie eine Bekannte von ihm?«

»Nein«, sagte ich. »Man hat mich beauftragt den ganzen Fall noch mal zu untersuchen. Ich hielt es für naheliegend, hier damit anzufangen.«

»Ich glaube nicht, daß ich Ihnen viel weiterhelfen kann. Ich kann Ihnen das Medikament nennen, das er genommen hat, die Dosierung, die Zahl der Ersatzpackungen, den Arzt, der es verschrieben hat, aber ich kann Ihnen nicht sagen, wie es vertauscht worden ist. Da bin ich überfragt. Ich kann einfach nicht sagen, wer das war.«

Die meisten Informationen, die mir Sims gab, kannte ich bereits. Laurence hatte ein Antihistaminikum namens HistaDril genommen, das er seit Jahren bekam. Etwa einmal jährlich suchte er einen Allergologen auf, und in der Zwischenzeit wurde das Rezept automatisch verlängert. Das einzige Neue, was Sims mir mitteilte, war, daß man HistaDril kürzlich wegen möglicher karzinogener Nebenwirkungen vom Markt genommen hatte.

»Mit anderen Worten, wenn Fife das Medikament noch ein paar Jahre geschluckt hätte, wäre er womöglich an Krebs erkrankt und sowieso gestorben.«

»Mag sein«, sagte der Apotheker. Wir starrten uns einen Moment lang an.

»Sie haben keine Ahnung, wer ihn umgebracht hat?« sagte ich.

»Nein.«

»Tja, ich glaube, das wär's dann. Sind Sie bei dem Prozeß gewesen?«

»Nur als ich aussagte. Ich habe die Arzneiflasche als eine von hier identifiziert. Die Kapseln waren erst kurz vorher von Fife selbst geholt worden, und wir hatten dabei noch geplaudert. Er nahm HistaDril schon so lange, daß wir darüber kaum ein Wort verlieren mußten.«

»Wissen Sie noch, worüber Sie sich unterhalten haben?«

»Ach, das Übliche. Ich glaube, drüben hinter der Stadt hat es damals gebrannt, und wir sprachen eben darüber. Viele Leute mit Allergien waren besorgt wegen der erhöhten Luftverschmutzung.«

»Setzte sie ihm zu?«

»Sie setzte allen ein bißchen zu, aber ich entsinne mich nicht, daß er schlimmer dran war als sonst jemand.«

»Tja«, sagte ich, »ich danke Ihnen für Ihre Zeit. Rufen Sie mich an, falls ihnen noch irgendwas einfällt? Ich stehe im Telefonbuch.«

»Wenn mir was einfällt, klar«, sagte er.

Es war Mitte des Nachmittags, und mit Gwen war ich erst um sechs verabredet. Ich fühlte mich rastlos und unwohl. Stück für Stück suchte ich Hintergrundinformationen zusammen, aber bisher bewegte sich nichts. Ob je etwas dabei herauskam, war fraglich. Soweit es den Staat Kalifornien betraf, war Recht ergangen, und nur Nikki Fife stand dazu im Widerspruch. Nikki und der namenlose, gesichtslose Mörder von Laurence Fife, der acht Jahre strafrechtlicher Immunität genossen hatte, acht Jahre Freiheit, die zu stören ich jetzt beauftragt war. An irgendeinem Punkt mußte ich zwangsläufig jemandem auf den Schlips treten, und dieser Jemand würde nicht von mir erbaut sein.

Ich entschloß mich, hinter Marcia Threadgill herzuspionieren. Als sie über den Riß im Trottoir stolperte, war sie gerade aus dem Kunstgewerbeladen gekommen, wo sie sich die nötigen

Utensilien gekauft hatte, um eine dieser mit diversen Muscheln beklebten Handtaschen aus Holz zu basteln. Ich stellte mir vor, wie sie Apfelsinenkisten auseinandernahm, raffinierte Mobiles aus Eierschachteln schuf, verziert mit Girlanden aus Plastikmaiglöckchen. Marcia Threadgill war sechsundzwanzig, und sie litt an schlechtem Geschmack. Der Inhaber des Kunstgewerbeladens hatte mich über ihre bisherigen Projekte aufgeklärt, und sie erinnerten mich durch und durch an meine Tante. Marcia Threadgill war im Grunde ihres Herzens billig. Sie modelte gemeinen Schrott in Weihnachtsgeschenke um. Das ist meiner Ansicht nach die Geisteshaltung, die zum Betrug an Versicherungsgesellschaften und zu anderen schlauen Tricks führt. Das ist die Sorte Mensch, die es fertigbringt, an Pepsi Cola zu schreiben, sie hätte ein Mausehaar in ihrem Drink gefunden, um sich damit einen Gratiskasten Limo zu verschaffen.

Ich parkte einige Häuser unterhalb ihrer Wohnung und holte mein Fernglas hervor. Ich rutschte ganz runter, visierte ihren Patio an, und dann fuhr ich in die Höhe. »Nicht zu fassen«, schnaubte ich.

An der Stelle des ekelhaften, braun verwelkten Farns befand sich eine Hängepflanze von gewaltigen Ausmaßen, die gut und gern zwanzig Pfund wiegen mußte. Wie hatte sie es denn geschafft, die an einem Haken so hoch über ihrem Kopf zu befestigen? Ein Nachbar? Freund? Hatte sie es zufällig selbst getan? Ich konnte sogar das Preisschild erkennen, das an der Seite des Topfes klebte. Sie hatte sie für 29,95 Dollar in einem Gateway-Supermarkt gekauft, ein ganz schöner Preis, wenn man bedenkt, daß sie wahrscheinlich voller Fruchtfliegen waren.

»Mist«, sagte ich. Wo war ich, als sie diese Mama hochgewuchtet hatte? Zwanzig Pfund Edelgrün und feuchtes Erdreich an einer Kette in Schulterhöhe. Hatte sie sich auf einen Stuhl gestellt? Ich fuhr geradewegs zum nahen Gateway-Supermarkt und lief nach hinten zu den Naturerzeugnissen. Da waren fünf oder sechs solcher Pflanzen – Dumbowedel oder Elefantenzungen, wie immer die verdammten Dinger heißen. Ich hob eins. O mein Gott. Es war schlimmer als ich dachte. Sperrig und schwer, unmöglich ohne Hilfe zu bewältigen. Ich schnappte mir einen Film an der Kasse für »Zehn Teile oder weniger, keine Schecks« und lud meine Kamera. »Marcia, du Herrchen«, säuselte ich, »dir reiß ich den Arsch auf.«

Ich fuhr zurück zu ihrer Wohnung und holte das Fernglas wieder hervor. Kaum lag ich auf dem Rücken, das Glas auf ihren Patio gerichtet, da erschien Miss Threadgill selbst und zog so einen langen Plastikschlauch hinter sich her, der an ihren Wasserhahn angeschlossen sein mußte. Sie sprengte, sprühte, spritzte und zog weiter, bohrte einen Finger in die Erde, pflückte von einer anderen Topfpflanze auf dem Patiogeländer ein vergilbtes Blatt. Eine wahre Besessene anscheinend, die die Unterseite der Blätter nach Gott weiß was für Schädlingen untersuchte. Ich studierte ihr Gesicht. Sie sah aus, als hätte sie rund fünfundvierzig Dollar anläßlich einer kostenlosen Make-up-Vorführung in irgendeinem Kaufhaus ausgegeben. Mokka und Caramel auf den Augenlidern. Himbeer auf den Wangen. Lippenstift in Schokoladenfarbe. Ihre Fingernägel waren lang und annähernd in dem Ton der Kirschfüllung mancher Dosenbonbons lackiert, bei denen man sich wünscht, man hätte nicht so schnell hineingebissen.

Eine alte Frau in einem Nylon-Jerseykleid trat auf den Patio über dem von Marcia, und die beiden hatten eine Unterhaltung. Ich vermutete, daß es Grund zur Klage gab, denn keine von beiden sah glücklich aus, und schließlich stürzte Marcia davon. Die alte Dame schrie etwas hinter ihr her, das selbst als Pantomime noch schmutzig wirkte. Ich stieg aus, schloß den Wagen ab und nahm ein Klemmbrett und einen Kanzleiblock mit.

Marcias Wohnung hatte im Mieterverzeichnis die Nummer 2C. Die Wohnung über ihr lief auf den Namen Augusta White. Ich nahm lieber die Treppe als den Fahrstuhl und pausierte erst einmal vor Marcias Tür. Sie spielte aus vollem Rohr eine Barry-Manilow-Scheibe, und noch während ich zuhörte, drehte sie die Musik weiter auf. Ich ging eine Treppe höher und klopfte an Augustas Tür. Sie war im Nu da und reckte ihr Gesicht durch den Spalt wie ein Pekinese, mitsamt den dazugehörigen Glubschaugen, Stupsnase und Kinnbart. »Ja?« blaffte sie. Sie war mindestens achtzig Jahre alt.

»Ich bin von dem Gebäude nebenan«, sagte ich. »Wir hatten einige Klagen wegen des Lärms, und der Verwalter bat mich, das nachzuprüfen. Könnte ich Sie mal sprechen?« Ich hielt mein amtlich aussehendes Klemmbrett hoch.

»Augenblick.«

Sie trennte sich von der Tür und stampfte in die Küche, um ihren Besen zu holen. Ich hörte, wie sie ein paarmal auf den Küchenboden hämmerte. Von unten kam ein gewaltiger Schlag, als hätte Marcia Threadgill mit einem Kampfstiefel gegen die Decke gebolzt.

Augusta White stampfte zu mir zurück und blinzelte durch den Türspalt. »Sie sehen mir aus wie ein Grundstücksmakler«, sagte sie argwöhnisch.

»Na, ich bin aber keiner. Ehrlich.«

»Sie sehen trotzdem aus wie einer, also verschwinden Sie hier bloß mit Ihren Papieren. Ich kenne alle Leute nebenan, und Sie sind keiner davon.« Sie schlug die Tür zu und warf den Riegel vor.

Damit war das erledigt. Ich zuckte die Achseln und stieg die Treppe wieder hinunter. Von draußen nahm ich die Terrassen in Augenschein. Die Patios waren nach Pyramidenart versetzt, und in einer kurzen Vision sah ich mich an der Außenseite des Gebäudes emporklettern wie ein Hochparterrespezialist, um Marcia Threadgill aus nächster Nähe zu bespitzeln. Ich hatte wirklich gehofft, jemanden für eine direkte Auskunft über Miss Threadgill gewinnen zu können, aber im Moment mußte ich das mal zurückstellen. Ich machte ein paar Aufnahmen von der Hängepflanze, vom günstigen Aussichtspunkt meines Wagens her, und hoffte, sie würde bald welken und an einem schlimmen Fall von Wurzelfäule eingehen. Ich wollte dabeisein, wenn sie eine neue aufhängte.

Ich fuhr zurück in meine Wohnung und warf ein paar Notizen hin. Da es erst Viertel vor fünf war, schlüpfte ich in meinen Joggingdreß: Shorts und ein altes baumwollenes Rollkragenhemd.

Ich bin wirklich kein Trimm-dich-Befürworter. Ich bin vielleicht nur einmal in meinem Leben in Form gewesen, und zwar, als ich mich für die Polizeischule qualifizierte, doch das Laufen hat etwas an sich, das eine masochistische Ader befriedigt. Es tut weh, und ich bin langsam, aber ich habe gute Schuhe und rieche meinen Schweiß gern. Ich laufe auf den anderthalb Meilen Gehsteig, die dem Strand folgen. Normalerweise ist die Luft dort etwas feucht und sehr sauber. Palmen säumen die breite Grasfläche zwischen dem Gehsteig und dem Sand, und immer sind auch andere Jogger da, die meistens sehr viel besser aussehen als ich. Ich machte zwei Meilen und hatte genug. Meine Waden schmerzten. Mein Brustkorb brannte. Ich schnaufte und keuchte, beugte mich aus der Taille vor, malte mir aus, daß alle möglichen Giftstoffe durch meine Poren und Lungen herausgepumpt wurden, eine richtige Entschlackung. Ich ging einen halben Block, und dann hörte ich ein Auto hupen. Charlie Scorsoni hielt am Straßenrand, in einem hellblauen 450 SL, der ihm sehr gut stand. Ich wischte mein nasses Gesicht am Hemdsärmel ab und ging zu seinem Wagen hinüber.

»Sie haben ganz rote Backen«, sagte er.

»Ich seh immer aus, als kriegte ich einen Anfall. Sie müßten mal sehen, was ich für Blicke einfange. Was tun Sie hier unten?«

»Ich habe Schuldgefühle. Weil ich Sie gestern nicht ausreden ließ. Hüpfen Sie rein.«

»Bloß nicht.« Ich lachte, während ich immer noch versuchte, zu Atem zu kommen. »Ich bin viel zu verschwitzt für Ihr Auto.«

»Und wenn ich Ihnen bis zuhause nachfahre?«

»Ist das ihr Ernst?«

»Klar«, sagte er. »Ich dachte, ich bin mal besonders nett, damit Sie mich nicht auf die Liste Ihrer möglichen Täter setzen.«

»Nützt nichts. Ich verdächtige jeden.«

Als ich aus der Dusche kam und meinen Kopf zur Badezimmertür rausstreckte, sah Scorsoni sich gerade die Bücher an, die sich auf meinem Schreibtisch stapelten. »Hatten Sie Zeit, die Schubladen zu durchsuchen?« fragte ich.

Er lächelte treuherzig. »Sie waren abgeschlossen.«

Ich lächelte und schloß die Badezimmertür wieder, um mich anzuziehen. Mir fiel auf, daß ich mich freute, ihn zu sehen, und das paßte nicht zu mir. Ich bin knallhart, was Männer angeht. Ich denke nicht oft, daß ein Mann von achtundvierzig Jahren »süß« ist, aber so kam er mir vor. Er war groß und hatte hübsche Locken in den Haaren, die randlose Brille brachte seine blauen Augen fast zum Leuchten. Das Grübchen in seinem Kinn schadete auch nichts.

Ich verließ das Bad und ging barfüßig zur Kochnische. »Möchten Sie ein Bier?«

Er saß inzwischen auf der Couch, blätterte in einem Buch über Autodiebstahl. »Sehr erlesener Geschmack«, sagte er. »Kann ich Sie nicht zu einem Drink einladen?«

»Ich muß um sechs wohin«, sagte ich.

»Dann tut's auch ein Bier.«

Ich öffnete eins, gab es ihm und setzte mich mit untergeschlagenen Beinen an das andere Ende der Couch. »Sie müssen extra früher aus dem Büro sein. Ich bin geschmeichelt.«

»Ich geh heute abend noch mal hin. Ich habe einige Tage auswärts zu tun. Dafür muß ich meine Aktentasche packen und auch für Ruth noch ein paar Kleinigkeiten in Ordnung bringen.«

»Warum nehmen Sie sich dann Zeit für mich?«

Scorsoni gab mir ein spöttisches Lächeln mit einem kaum merklichen Anflug von Gereiztheit. »Gott, wie kratzbürstig. Warum soll ich mir keine Zeit für Sie nehmen? Wenn Nikki Laurence nicht ermordet hat, dann liegt mir eben auch daran, herauszufinden, wer es war und weiter nichts.«

»Sie glauben doch keine Sekunde, daß sie unschuldig ist.«

»Ich glaube, daß Sie es glauben«, erwiderte er.

Ich schaute ihn ernst an. »Ich kann Ihnen keine Informationen geben. Das verstehen Sie hoffentlich. Ich könnte jede Hilfe Ihrerseits gebrauchen, und wenn Sie einen guten Einfall haben, würde ich den sehr gern hören, aber es kann nicht gegenseitig sein.«

»Wollen Sie einen Anwalt über Klientenrechte belehren, ja? Du meine Güte, Millhone. Geben Sie mir eine Chance.«

»Schon gut, schon gut. Entschuldigung«, sagte ich. Ich sah auf seine großen Hände hinunter und wieder hoch in sein Gesicht. »Ich wollte mich nur nicht aushorchen lassen, das ist alles.«

Sein Gesichtsausdruck entspannte sich, und sein Lächeln war träge. »Sie sagten doch, Sie wüßten sowieso nichts«, betonte er, »was gibt's denn dann zu holen? Sie sind so eine gottverdammte *Meckerliese.*«

Darüber lächelte ich. »Hören Sie, ich weiß nicht, wie meine Aussichten in dieser Sache sind. Ich habe noch kein Gefühl dafür, und das macht mich nervös.«

»Klar, und Sie arbeiten daran schon – wieviel – zwei Tage?«

»So ungefähr.«

»Dann geben Sie sich selber ruhig auch eine Chance.« Er nahm einen Schluck Bier und setzt die Flasche mit einem leichten Schlag auf dem Couchtisch ab. »Ich war gestern nicht ganz ehrlich zu Ihnen«, sagte er.

»Worüber?«

»Libby Glass. Ich wußte, wer sie war, und ich konnte mir auch denken, daß er eine Beziehung mit ihr hatte. Ich fand nur nicht, daß es Sie was angeht.«

»Ich verstehe nicht, was das jetzt noch ausmachen soll«, sagte ich.

»Das habe ich mir eben auch überlegt. Und vielleicht ist es für Ihren Fall wichtig – wer weiß? Ich glaube, seit er tot ist, habe ich dazu geneigt, ihn mit einer Reinheit auszustatten, wie er sie in Wirklichkeit nie besaß. Er hat eine Menge herumpoussiert. Aber sein Geschmack neigte normalerweise zur begüterten Klasse. Ältere Frauen. Diese schlanken, eleganten, die in den Adel einheiraten.«

»Und wie war Libby?«

»Ich weiß es im Grunde nicht. Ich habe sie einige Male getroffen, als sie unsere Steuererklärung aufsetzte. Sie machte einen ganz netten Eindruck. Jung. Sie kann nicht älter als fünfundzwanzig oder sechsundzwanzig gewesen sein.«

»Hat er Ihnen gesagt, daß er ein Verhältnis mit ihr hatte?«

»Aber nein, woher? Mit seinen Flirts hat er meines Wissens nie angegeben.«

»Ein wahrer Gentleman«, sagte ich.

Scorsoni warf mir einen warnenden Blick zu.

»Es sollte nicht witzig sein«. sagte ich rasch. »Ich hörte schon, daß er über die Frauen in seinem Leben den Mund gehalten hat. Mehr war nicht gemeint.«

»Ja, das hat er. Er spielt immer mit verdeckten Karten. Deswegen war er auch ein guter Anwalt. Er gab sich nie eine Blöße, ließ sich nie durchschauen. In den letzten sechs Monaten vor seinem Tod war er allerdings merkwürdig – übervorsichtig. Es gab Momente, da dachte ich fast, er wäre nicht gesund, aber es war nichts Körperliches. Es war eine Art seelischer Schmerz, wenn Sie die Floskel verzeihen.«

»Sie haben an dem Abend ein Glas mit ihm getrunken, nicht wahr?«

»Wir waren abendessen. Unten im Bistro. Nikki war irgendwo außerhalb, und wir spielten Rakett und nahmen dann einen Happen zu uns. Es ging ihm ausgezeichnet, soweit ich das beurteilen konnte.«

»Hatte er sein Antiallergikum dabei?«

Scorsoni schüttelte den Kopf. »Er war ohnehin nicht sehr für Tabletten. Tylenol, wenn er Kopfschmerzen hatte, aber das kam selten vor. Sogar Nikki hat zugegeben, daß er die Allergiekapsel erst nahm, als er nach Hause kam. Es muß jemand gewesen sein, der dort Zugang hatte.«

»War Libby Glass mal hier?«

»Geschäftlich nicht, soviel ich weiß. Sie mag ihn hier besucht haben, aber mir hat er nie etwas davon gesagt. Warum?«

»Ich weiß nicht. Ich dachte nur, daß irgendwer sie quasi gleichzeitig vergiftet haben könnte. Sie starb zwar erst vier Tage später, aber das ist nicht schwer zu erklären, wenn sie sich das Medikament selbst verabreicht hat.«

»Von ihrem Tod habe ich nie viel mitbekommen. Ich glaube noch nicht einmal, daß es hier in den Zeitungen stand. Er ist allerdings in Los Angeles gewesen, das weiß ich. Anderthalb Wochen, bevor er starb.«

»Das ist interessant. Ich fahre sowieso da runter. Vielleicht kann ich das mal überprüfen.«

Er blickte auf seine Uhr. »Ich lasse Sie jetzt besser allein«, sagte er im Aufstehen. Ich stand auf und schlenderte mit ihm zur Tür; komisch, aber ich wollte eigentlich nicht, daß er ging.

»Wie haben Sie abgenommen?« sagte ich.

»Wo? Hier?« fragte er und klatschte sich auf die Taillengegend. Er beugte sich leicht zu mir, als hätte er vor, mir eine unfaßliche Diät aus Selbstkasteiung und Entsagung anzuvertrauen.

»Ich hab aufgehört mit Schokoriegeln. Die hatte ich immer in meiner Schreibtischlade«, flüsterte er verschwörerisch. »Snikkers und Drei Musketiere, Hersheys Küßchen, die mit der Silberpackung und dem kleinen Papierkringel obendrauf? Hundert am Tag...«

Ich fühlte ein Lachen in mir aufsteigen, weil sein Ton so zärtlich war und er sich anhörte, als bekenne er eine heimliche Neigung zum Tragen von Strumpfhosen. Wenn ich mich ihm jetzt zuwandte, würde ich ihm näher sein, als ich glaubte bewältigen zu können.

»Marsriegel? Baby Ruth?« sagte ich.

»Ununterbrochen«, bestätigte er. Ich konnte fast die Wärme seines Gesichts spüren und blickte seitlich zu ihm hoch. Dann lachte er über sich, brach den Bann, und seine Augen hielten meine nur ein wenig länger fest, als sie es sollten. »Bis demnächst«, sagte er.

Wir gaben uns die Hand, als er ging. Ich wußte nicht, warum – vielleicht nur als Vorwand zum Anfassen. Selbst ein so beiläufiger Kontakt bewirkte, daß sich die Haare entlang meinem Arm aufstellten. Mein Frühwarnsystem gellte wie verrückt, und ich war mir nicht sicher, wie ich das deuten sollte. Es ist die gleiche Empfindung, die ich manchmal im zwanzigsten Stock habe, wenn ich ein Fenster öffne – die Vorstellung, ins Leere zu fallen, wird entsetzlich verlockend. Bei mir vergeht viel Zeit zwischen den Männern, und vielleicht war es mal wieder soweit. Nicht gut, dachte ich, nicht gut.

8

Als ich um sechs vor *F-9 Korners* hielt, war Gwen gerade am Abschließen. Ich drehte mein Wagenfenster runter und beugte mich über den Sitz. »Wollen Sie einsteigen?«

»Ich fahre lieber hinter Ihnen her«, sagte sie. »Wissen Sie, wo der *Palmgarten* ist? Sind Sie damit einverstanden?«

»Sicher, alles klar.«

Sie strebte dem Parkplatz zu und kam einen Moment später in einem leuchtendgelben Saab aus der Einfahrt. Das Restaurant war nur wenige Blocks entfernt, und wir hielten Seite an Seite auf dem Kundenparkplatz. Sie hatte ihren Kittel ausgezogen und bürstete an ihrem Rockschoß herum.

»Entschuldigen Sie die Hundehaare«, sagte sie. »Normalerweise steige ich direkt in die Wanne.«

Der *Palmgarten* liegt im Herzen von Santa Teresa, zwar versteckt in einem Einkaufszentrum, aber mit Tischen vor der Tür und den erforderlichen Palmen in großen Holzkübeln. Wir suchten uns einen kleinen Tisch, etwas abseits, und ich bestellte Weißwein, sie Perrier.

»Trinken Sie keinen Alkohol?«

»Nicht viel. Das gab ich nach der Scheidung auf. Davor hab ich eine *Menge* Scotch gekippt. Was macht Ihr Fall?«

»Schwer zu sagen bis jetzt«, antwortete ich. »Wie lange sind Sie schon in der Hundepflegebranche?«

»Länger als mir lieb ist«, meinte sie und lachte.

Wir unterhielten uns eine Weile über nichts Besonderes. Ich wollte Zeit, um sie abzuschätzen; hoffte herauszukriegen, was sie mit Nikki Fife gemein hatte, so daß sie beide schließlich seine Ehefrauen wurden. Sie war es, die das Gespräch wieder auf das vorliegende Thema zurückbrachte. »Also, schießen Sie los«, sagte sie.

Ich verneigte mich im Geiste. Sie war sehr gewandt, machte mir die Sache viel leichter, als ich angenommen hatte. »Ich dachte nicht, daß Sie so kooperativ sein würden.«

»Sie haben mit Charlie Scorsoni gesprochen«, sagte sie.

»Das schien mir logisch für den Anfang«, erwiderte ich achselzuckend. »Steht er auf Ihrer Liste?«

»Von Leuten, die Laurence umgebracht haben könnten? Nein. Ich denke nicht. Steh ich auf seiner?«

Ich schüttelte den Kopf.

»Das ist ja merkwürdig«, sagte sie.

»Wieso?«

Sie legte den Kopf schräg, ihr Gesichtsausdruck war ruhig. »Er hält mich für verbittert. Das habe ich aus vielen verschiedenen Quellen. Kleinstadt. Wenn Sie lange genug warten, wird Ihnen jedermanns Meinung über Sie zurückgemeldet.«

»Es scheint, als hätten Sie Recht auf ein wenig Bitterkeit.«

»Da habe ich mich längst durchgearbeitet. Übrigens, hier können Sie Greg und Diane erreichen, wenn's Sie interessiert.« Sie zog eine Karteikarte aus ihrer Brieftasche, mit den beiden Namen, den Adressen und Telefonnummern.

»Danke. Ich weiß das zu schätzen. Vielleicht noch ein Tip, wie man an sie herangehen sollte? Mir war es ernst damit, als ich sagte, ich will sie nicht aufregen.«

»Nein, nein. Die reden Klartext, alle beide. Es könnte höchstens sein, daß Sie Ihnen etwas *zu* direkt sind.«

»Ich hörte, daß sie mit Nikki nicht in Verbindung stehen.«

»Wahrscheinlich nicht, aber das ist zu dumm. Alte Geschichten. Mir wäre es viel lieber, sie würden mal fertig damit. Sie war sehr gut zu ihnen.« Gwen griff hinter sich und zog den Schal aus ihrem Haar, das sie dann leicht schüttelte, damit es locker fiel. Es war schulterlang, ein interessanter Grauton, an dem vermutlich niemand herumgepfuscht hatte. Der Kontrast war hübsch... graues Haar, braune Augen. Sie hatte kräftige Wangenknochen, ansprechende Züge um den Mund, einen Teint, der auf Gesundheit ohne Eitelkeit schließen ließ.

»Wie dachten Sie über Nikki?« fragte ich.

»Ich bin mir nicht ganz sicher. Ich meine, damals konnte ich sie auf den Tod nicht ausstehn, aber ich würde gern irgendwann mal mit ihr reden. Ich habe das Gefühl, wir könnten uns sehr viel besser verstehen. Möchten Sie wissen, warum ich ihn geheiratet habe?«

»Das würde mich interessieren.«

»Er hatte einen großen Schwanz«, sagte sie spitzbübisch und lachte dann. »Entschuldigung. Ich konnte dem nicht widerstehen. Tatsächlich war er schrecklich im Bett. Eine richtiggehende Fickmaschine. Fabelhaft, wenn Sie auf entpersönlichten Sex stehen.«

»Ich bin da nicht so verrückt drauf«, sagte ich trocken.

»War ich auch nicht, als ich dahinterkam. Ich war noch Jungfrau, als ich ihn heiratete.«

»Meine Güte«, sagte ich. »Das ist hart.«

»Seinerzeit war's noch viel härter, das gehörte aber alles zu der Botschaft, mit der ich großgezogen worden bin. Ich dachte immer, es wäre mein Fehler, daß unser Sexualleben nicht stimmte...« Sie brach ab, und ein klein wenig Farbe stieg in ihre Wangen.

»Bis wann«, tastete ich vor.

»Vielleicht sollte ich auch Wein trinken«, sagte sie und signalisierte der Kellnerin. Ich bestellte ein zweites Glas. Gwen wandte sich mir zu.

»Ich hatte eine Affäre, als ich dreißig wurde.«

»Das zeigt, Sie hatten wenigstens *etwas* Verstand.«

»Also, ja und nein. Es hielt nur etwa sechs Wochen, aber das waren die besten sechs Wochen meines Lebens. In gewisser Hinsicht war ich froh, als es zu Ende ging. Es war eine starke Erfahrung, und sie hätte mein Leben auf den Kopf gestellt. So weit war ich nicht.« Sie zögerte, und ich konnte sehen, wie sie die Informationen in ihrem Kopf durchging. »Laurence war immer sehr kritisch mir gegenüber, und ich glaubte das auch zu verdienen. Dann begegnete ich einem Mann, der meinte, ich sei über jeden Tadel erhaben. Zuerst widerstand ich. Ich wußte, was ich für diesen Mann empfand, aber es ging mir gegen den Strich. Zuletzt gab ich doch nach. Eine Zeitlang redete ich mir ein, es sei gut für meine Beziehung zu Laurence. Ich bekam auf einmal etwas, das ich seit langem gebraucht hatte, und so konnte ich mich auch auf ihn mehr einlassen. Dann begann das Doppelleben seinen Tribut zu fordern. Ich betrog Laurence, solange ich konnte, aber er schöpfte Verdacht, daß da etwas im Gange war. Ich war bald so weit, daß ich seine Berührung nicht mehr ertragen konnte – zuviel Streß, zuviel Lüge. Zuviel Gutes anderswo. Er muß die Veränderung bei mir gespürt haben, denn er fing an zu bohren und mich auszufragen, wollte wissen, wo ich jede einzelne Minute am Tag war. Nachmittags rief er zu Hause an, und natürlich war ich fort. Selbst wenn ich mit Laurence zusammen war, war ich woanders. Er drohte mir mit Scheidung, und ich kriegte einen Schreck, also gestand ich alles. Das war der größte Fehler meines Lebens, weil er sich trotzdem scheiden ließ.«

»Zur Strafe.«

»Wie nur Laurence Fife das konnte. Drakonisch.«

»Wo ist er jetzt?«

»Mein Liebhaber? Warum fragen Sie?«

Ihr Ton war augenblicklich zurückhaltend, ihr Gesichtsausdruck argwöhnisch.

»Laurence muß gewußt haben, wer er war. Wenn er Sie bestraft hat, warum den anderen dann nicht gleich mit?«

»Ich möchte ihn keinem Verdacht aussetzen«, sagte sie. »Das wäre schäbig von mir. Er hatte mit dem Tod von Laurence nichts zu tun. Das gebe ich Ihnen schriftlich.«

»Wie können Sie so sicher sein? Damals haben sich eine Menge Leute in vielen Dingen geirrt, und Nikki hat dafür bezahlt.«

»Hey«, sagte sie scharf. »Nikki ist von dem besten Verteidiger des Staates vertreten worden. Vielleicht hat sie hier und da Pech gehabt, vielleicht auch nicht, aber es hat keinen Zweck, die Schuld jemandem zuschieben zu wollen, der nichts damit zu tun hatte.«

»Ich will niemandem was zuschieben. Ich versuche nur, die

Sache in den Griff zu kriegen. Ich kann sie nicht zwingen, mir zu sagen, wer er ist...«

»Ganz recht, und ich glaube, Sie dürften Ihre liebe Mühe haben, das von jemand anders zu erfahren.«

»Hören Sie, ich bin nicht hier, weil ich Streit mit Ihnen suche. Es tut mir leid. Lassen wir das jetzt.«

Zwei rote Flecke erschienen auf ihrem Hals. Sie kämpfte gegen Zorn an, versuchte ihre Selbstbeherrschung wiederzuerlangen. Einen Moment dachte ich, sie würde davonlaufen.

»Ich dränge Sie nicht«, sagte ich. »Das ist ja eine Frage für sich, und ich bin hergekommen, um mich mit Ihnen zu unterhalten. Wenn Sie darüber nicht reden wollen, bin ich einverstanden.«

Sie schien immer noch in Fluchtbereitschaft, also hielt ich den Mund und ließ sie sich ihre eigene Meinung bilden. Schließlich konnte ich sehen, daß sie sich etwas beruhigte, und da erst merkte ich, daß ich genauso angespannt war wie sie. Dieser Kontakt war zu wertvoll für mich, um ihn zu verpatzen.

»Kommen wir auf Laurence zurück. Erzählen Sie mir von ihm«, sagte ich. »Was sollten diese ganzen Seitensprünge?«

Hierauf lachte sie unsicher, trank einen Schluck Wein und schüttelte den Kopf. »Entschuldigung. Ich wollte mich nicht aufregen aber Sie haben mich überrumpelt.«

»Klar, das passiert hin und wieder. Manchmal überrasche ich mich selbst.«

»Ich glaube nicht, daß er Frauen mochte. Er war immer darauf gefaßt, verraten und verkauft zu werden. Frauen waren die Leute, die einen reinlegten. Da wollte er gern schneller sein, so nehme ich wenigstens an. Ich vermute, daß eine Affäre für ihn immer eine Machtprobe war, mit ihm als dem Überlegenen.«

»Füg es andern zu, bevor sie's dir zufügen.«

»Richtig.«

»Aber wer hatte es auf ihn abgesehen? Wer könnte ihn derart gehaßt haben?«

Sie zuckte mit den Schultern, und ihre Fassung schien wiederhergestellt. »Darüber denke ich den ganzen Nachmittag schon nach, und komischerweise läuft es darauf hinaus, daß ich nicht sicher bin. Er hatte zu vielen Leuten scheußliche Beziehungen. Scheidungsanwälte sind zwar nie sehr beliebt, aber ermordet werden die wenigsten.«

»Vielleicht hing es nicht mit seiner Funktion zusammen«, wandte ich ein. »Vielleicht war es kein wütender Ehemann, dem wegen Unterhalt und Erziehungsbeihilfe der Kragen platzte. Vielleicht war es etwas anderes – ›ein verschmähtes Weib‹.«

»Na ja, davon gab es eine Menge. Aber ich meine, im Schlußmachen war er wahrscheinlich sehr geschickt. Oder die Frauen waren so weit wiederhergestellt, daß sie von selber die Grenzen der Beziehung erkannten und ihrer Wege gingen. Er hatte allerdings eine scheußliche Geschichte mit der Frau eines Richters hier, eine Frau namens Charlotte Mercer. Die hätte ihn glatt auf der Straße überfahren, wenn sich die Gelegenheit geboten hätte. Zumindest hörte ich das mal. Sie war nicht der Typ, der sich im Guten trennt.«

»Wie haben Sie davon erfahren?«

»Sie rief mich an, nachdem er mit ihr Schluß gemacht hatte.«

»Vor Ihrer Scheidung oder danach?«

»Oh, erst nachher, denn ich entsinne mich, daß ich mir damals wünschte, sie hätte früher angerufen. Ich stand mit leeren Händen vor Gericht.«

»Versteh ich nicht«, sagte ich. »Was hätte es genützt? Selbst damals hätten Sie ihn wegen Ehebruch nicht drankriegen können.«

»Damit kriegte er *mich* auch nicht, aber es hätte mir doch einen psychologischen Vorteil verschafft. Ich fühlte mich so schuldig wegen dem, was ich getan hatte, daß ich fast keinen Kampf lieferte, bis es um die Kinder ging, und da schlug er mich auch noch zurück. Wenn sie Ärger hätte stiften wollen, hätte das sehr nützlich sein können. Er mußte schließlich seinen Ruf wahren. Wie auch immer, vielleicht kann Charlotte Mercer Ihnen mehr erzählen.«

»Wunderbar. Ich werde ihr sagen, daß sie meine Hauptverdächtige ist.«

Gwen lachte. »Erwähnen Sie ruhig meinen Namen, falls sie wissen will, wer Sie geschickt hat. Es ist das mindeste, was ich tun kann.«

Nachdem Gwen gegangen war, schlug ich in der Telefonkabine des Restaurants die Adresse von Charlotte Mercer nach. Sie und der Richter lebten in den Vorbergen oberhalb von Santa Teresa; wie sich zeigte, in einem weitläufigen Bungalow mit Stallungen zur Rechten, auf staubigem Boden mit wenig Buschwerk. Die Sonne ging eben unter, und die Aussicht war hinreißend. Das Meer sah aus wie eine breite, lavendelfarbene Borte an dem blaurosa Himmel.

Eine Haushälterin in schwarzer Dienstkleidung öffnete auf mein Läuten, und ich wartete in einer geräumigen, kühlen Halle darauf, daß die »Missus« geholt würde. Leichte Schritte näherten sich aus dem Hintergrund des Hauses, und erst dachte ich, die Teenager-Tochter der Mercers (falls sie eine hatten) wäre an Charlottes Statt erschienen.

»Ja, was gibt's?«

Die Stimme war rauh, tief und kehlig, und der Eindruck von Jugendlichkeit ließ rapide nach.

»Charlotte Mercer?«

»Ja, richtig.«

Sie war zierlich, einssechzig wahrscheinlich, wog allenfalls hundert Pfund. Sandalen, Hemdbluse, weiße Shorts, die Beine lohfarben und wohlgeformt. Ihr Haar war aschblond, kurz geschnitten, ihr Make-up dezent. Sie mußte fünfundfünfzig Lenze zählen, und ohne ein Team von Experten hätte sie nie und nimmer so gut aussehen können. Ihre Kinnpartie war von einer künstlichen Festigkeit, und ihre Wangen hatten jenes geschmeidig glatte Aussehen, das nur eine Gesichtsstraffung zu diesem späten Zeitpunkt noch liefern kann. Ihr Hals war faltig, auf den Handrücken traten knotige Adern hervor, aber das waren die einzigen Widersprüche an dem Erscheinungsbild schlanker, kühler Jugend. Ihre Augen waren hellblau, belebt durch den geschickten Auftrag von Wimperntusche und einen Lidschatten in zweierlei Grau. Goldene Reifen klimperten an ihrem Arm.

»Ich bin Kinsey Millhone«, sagte ich. »Ich bin Privatdetektivin.«

»Schön für Sie. Was führt Sie her?«

»Ich untersuche den Tod von Laurence Fife.«

Ihr Lächeln verlor sich, fiel von einem Minimum an Höflichkeit ab in etwas Grausames. Sie musterte mich flüchtig und verwarf mich auf einen Blick. »Es dauert hoffentlich nicht lange«, sagte sie und schaute sich um. »Kommen Sie mit zum Patio. Da steht noch mein Drink.«

Ich folgte ihr zur Rückseite des Hauses. Die Zimmer, die wir passierten, sahen geräumig, elegant und unbenutzt aus: strahlende Fenster, dicker, pulverblauer Teppichboden, der noch durchfurcht war von Staubsaugerspuren, frisch geschnittene Blumen in fachgerechter Anordnung auf spiegelnden Tischplatten. Die Tapeten und Vorhänge waren endlose Wiederholungen ein und desselben blauen Blumenmusters, und alles duftete nach Lemon Pledge. Ob sie es benutzte, um den milden Duft von Bourbon auf Eis zu kaschieren, der hinter ihr her wehte? Als wir an der Küche vorbeikamen, konnte ich Lammbraten mit Knoblauch riechen.

Der Patio war von Gitterwerk beschattet. Zwanglos verteilt, weiße Korbmöbel mit leuchtendgrünen Leinenkissen. Sie nahm ihren Drink von einem Beistelltisch aus Glas und Schmiedeeisen und ließ sich auf eine gepolsterte Liege plumpsen. Automatisch griff sie nach ihren Zigaretten und einem schlanken goldenen Dunhill-Feuerzeug. Sie wirkte amüsiert, als wäre ich eigens aufgetaucht, um sie während der Cocktailstunde zu unterhalten.

»Wer hat Sie hergeschickt? Nikki oder die kleine Gwen?« Ihre Augen glitten über meine hinweg, eine Antwort schien nicht erwartet. Sie zündete ihre Zigarette an, zog den halbvollen Aschenbecher näher. Sie winkte mir mit der Hand. »Setzen Sie sich.«

Ich nahm einen Sessel nicht weit von ihr. Ein ovaler Swimmingpool war hinter den Sträuchern sichtbar, die den Patio umgaben. Charlotte fing meinen Blick auf.

»Wollen Sie 'ne Runde schwimmen oder was?«

Ich beschloß, nicht beleidigt zu sein. Ich hatte das Gefühl, daß Sarkasmus ihr leichtfiel, eine automatische Reaktion, vergleichbar mit Raucherhusten.

»Wer hat Sie denn hergeschickt?« fragte sie, sich wiederholend. Es war der zweite Hinweis darauf, daß sie nicht so nüchtern war, wie sie es auch um diese Tageszeit noch hätte sein sollen.

»Gerüchte verbreiten sich.«

»Oh, das will ich meinen«, sagte sie und schnaubte Rauch. »Also, ich sag Ihnen eins, Schätzchen. Ich war mehr als irgendeine Nummer für den Mann. Ich war nicht die erste und war nicht die letzte, aber ich war mit Abstand seine beste.«

»Hat er deswegen Schluß gemacht?«

»Werden Sie nicht link«, sagte sie mit einem kurzen, scharfen Blick, aber gleichzeitig lachte sie, tief aus der Kehle, und ich vermutete, daß ich in ihrer Wertschätzung gestiegen war. Sie kehrte offenbar das Biest heraus und fand es nur fair, wenn sie hin und wieder selbst einen Hieb einsteckte. »Klar hat er Schluß gemacht. Weshalb soll ich heute noch Geheimnisse haben? Ich hatte einen kleinen Krach mit ihm, bevor er sich von Gwen scheiden ließ, und ein paar Monate vor seinem Tod kam er dann wieder an. Er war wie so ein alter Kater, der immer um dieselbe Hintertür rumschnüffelt.

»Und was passierte diesmal?«

Sie warf mir einen müden Blick zu, als wäre das alles kaum von Bedeutung. »Er fing was mit einer anderen an. Ganz heimlich. Ganz heiß. Hol's der Teufel. Er servierte mich ab wie eine alte Unterhose.«

»Ich bin erstaunt, daß man Sie nicht verdächtigt hat«, sagte ich.

Ihre Brauen schnellten hoch. »Mich?« feixte sie. »Die Frau eines prominenten Richters? Ich hab noch nicht mal ausgesagt und die wußten verdammt gut, daß ich was mit ihm hatte. Die Polypen sind um mich herumgeschlichen, als wäre ich ein schwieriges Baby, das endlich schläft. Und wer hat das von ihnen verlangt? Ich hätte denen alles erzählt. Zum Teufel, es war mir schietegal. Außerdem hatten sie schon ihre Verdächtige.«

»Nikki?«

»Klar, Nikki«, sagte sie freundlich. Ihre Gesten waren entspannt, die Hand mit der Zigarette wedelte träge, während sie sprach. »Wenn Sie mich fragen, die war viel zu zimperlich, um jemand umzubringen. Nicht, daß irgendwer auf meine Meinung großen Wert legt. Ich bin bloß die Klatschtante vom Dienst. Beschickert. Was weiß die schon? Wer hört auf die? Ich könnte Ihnen über jeden in dieser Stadt was erzählen, aber wer gäbe was drauf? Und wissen Sie, wie ich's erfahre? Ich sag es Ihnen. Sie wird's interessieren, weil Sie das gleiche machen, nämlich Leute auf die Schliche kommen, stimmt's?«

»Mehr oder weniger«, murmelte ich, bemüht, den Redefluß nicht zu unterbrechen. Charlotte Mercer war der Typ, der munter drauflosquatschen würde, wenn sie nichts ablenkte. Sie nahm einen langen Zug von ihrer Zigarette, blies den Rauch in zwei grimmigen Stößen durch die Nase. Sie hustete kopfschüttelnd.

»Verzeihen Sie, wenn ich ersticke«, sagte sie und hielt inne, um erneut zu husten. »Man verrät Geheimnisse«, nahm sie den Faden ihrer Rede wieder auf. »Man erzählt das Allerdreckigste, was man weiß, und in neun von zehn Fällen kriegt man etwas noch Schlimmeres zu hören. Probieren Sie's mal aus. Ich sage alles. Ich erzähle Geschichten über mich, bloß um zu sehen, was ich dafür bekomme. Wenn Sie Tratsch wollen, Süße, dann sind Sie hier richtig.«

»Was erzählt man sich denn über Gwen?« fragte ich, behutsam vorfühlend.

Charlotte lachte. »Mit Ihnen wär's kein Tausch«, sagte sie. »Sie haben nichts zu bieten.«

»Na ja, das stimmt. Ich würde nicht lange im Geschäft bleiben, wenn ich meinen Mund nicht hielte.«

Sie lachte wieder. Das schien ihr zu gefallen. Meine Einschätzung war, daß sie sich mit ihrem Wissen wichtig vorkam. Ich hoffte auch, daß sie gern ein bißchen damit angab. Es war gut möglich, daß sie von Gwens Affäre gehört hatte, aber ich konnte nicht danach fragen, ohne meine Karten aufzudecken, also wartete ich einfach ab und hoffte, soviel wie möglich aufzuschnappen.

»Gwen war der größte Dummkopf, der je gelebt hat«, sagte sie ohne sonderliches Interesse. »Ich mag den Typ nicht, und ich verstehe nicht, wie sie ihn überhaupt solange halten konnte. Laurence Fife war ein ganz eiskalter Bursche, deshalb war ich auch so verrückt auf ihn, falls Sie's noch nicht erraten haben. Ich kann Männer nicht ab, die *schöntun*, verstehen Sie? Ich kann's nicht ab, wenn ein Mann mir in den Arsch kriecht, aber er gehörte zu dem Schlag, der eine Frau gleich auf dem Fußboden nimmt und sie hinterher noch nicht mal ansieht, wenn er sich den Reißverschluß hochzieht.«

»Das klingt ja ganz schön derb«, sagte ich.

»*Sex* ist derb, deswegen laufen wir doch alle rum und tun's, und deswegen paßte ich zu ihm auch so gut. Er war so derb wie er gemein war, und das ist die Wahrheit über ihn. Nikki war zu kultiviert, zu fein. Gwen genauso.«

»Dann mochte er vielleicht beide Extreme«, tippte ich an.

»Na ja, das bezweifle ich nicht. Wahrscheinlich. Vielleicht hat er die Zickigen geheiratet und mit den Schamlosen herumpoussiert.«

»Wie steht's mit Libby Glass? Haben Sie von ihr schon mal gehört?«

»Nein. Daneben. Wer noch?«

Gott, die Frau ließ mich wünschen, ich hätte eine Liste. Ich überlegte rasch, wollte sie aushorchen, solange sie dazu in Stimmung war. Ich hatte das Gefühl, es konnte nicht ewig dauern, dann würde sie wieder mürrisch werden.

»Sharon Napier«, sagte ich, als wäre es ein Gesellschaftsspiel.

»Und ob. Die habe ich mir selber vorgeknöpft. Sobald mir diese kleine Schlange zum erstenmal unter die Augen kam, wußte ich, daß was im Busch war.«

»Sie glauben, er hatte was mit ihr?«

»O nein, noch besser. Nicht mit ihr. Mit ihrer *Mutter*. Ich nahm mir einen Schnüffler, um das abzuklopfen. Er hatte ihr Leben zerstört, und Sharon wußte davon, also taucht sie Jahre später auf und hängt sich an ihn. Ihre Eltern gingen seinetwegen auseinander, und Mami hatte einen Nervenzusammenbruch oder fing an zu trinken, irgend so ein Drama. Ich kenne nicht sämtliche Einzelheiten, außer daß er ihnen allen übel mitspielte, und dafür hat Sharon *jahrelang* kassiert.«

»Hat sie ihn *erpreßt?*«

»Nicht um Dollars. Um ihren Lebensunterhalt. Die konnte nicht *tippen*. Sie konnte ja kaum ihren Namen schreiben. Sie wollte nur Rache nehmen, also erscheint sie jeden Tag zur Arbeit und tut, wozu sie gerade Lust hat, und dreht ihm eine lange Nase. Er hat alles gefressen, was sie ihm aufgetischt hat.«

»Könnte sie ihn umgebracht haben?«

»Klar, warum nicht? Vielleicht nutzte der Spaß sich ab, oder vielleicht war es ihr einfach nicht genug, jede Woche sein Geld einzustreichen.« Sie unterbrach sich und drückte mit einer Reihe ungeschickter Stupser die Glut an ihrer Zigarette aus. Sie lächelte verschlagen zu mir herüber.

»Ich hoffe, Sie halten mich nicht für unhöflich«, sagte sie mit einem Blick zur Tür. »Aber die Konferenz ist um. Mein geschätzter Gatte, der gute Richter, muß jeden Augenblick heimkommen, und da möchte ich nicht erklären müssen, was Sie in meinem Haus machen.«

»Nur fair«, sagte ich. »Ich finde alleine raus. Sie waren eine große Hilfe.«

»Garantiert.« Sie erhob sich, wobei sie ihren Drink mit einem widerhallenden Knall auf die Glasplatte des Tisches setzte. Nichts war passiert, und mit einem langen erleichterten Blick erholte sie sich von dem Schrecken.

Sie musterte kurz mein Gesicht. »In ein paar Jahren müssen Sie sich die Augen machen lassen. Im Moment sind Sie okay«, erklärte sie.

Ich lachte. »Ich mag Falten«, sagte ich. »Ich verdiene mir meine. Trotzdem, vielen Dank.«

Ich ließ sie auf dem Patio zurück und ging um das Haus herum zu meinem Wagen. Die Unterhaltung hatte mir nicht so ganz behagt, und ich war froh, daß ich fortkam. Charlotte Mercer war gerissen und scheute sich womöglich nicht, ihre Betrunkenheit als Mittel einzusetzen. Vielleicht hatte sie die Wahrheit gesagt, vielleicht auch nicht. Irgendwie war mir die Enthüllung über Sharon Napier zu glatt. Als Lösung schien sie allzu naheliegend. Andererseits hat die Polizei auch manchmal recht. Mord ist für gewöhnlich nicht subtil, und meistens braucht man gar nicht so weit entfernt zu suchen.

9

Ich brauchte anderthalb Tage, um an eine Adresse von Sharon Napier heranzukommen. Auf Wegen, die ich nicht unbedingt darlegen möchte, zapfte ich den Computer der Verkehrspolizei an und entdeckte, daß ihr Führerschein vor rund sechs Jahren abgelaufen war. Ich fragte bei der Zulassungsstelle nach, ein kurzer Ausflug in die Innenstadt, und fand heraus, daß ein dunkelgrüner Karman Ghia auf ihren Namen registriert war. Die angegegebene Adresse deckte sich mit der zuletzt bekannten hiesigen, die ich schon hatte, aber wie aus einer Randnotiz hervorging, war die Zulassung auf Nevada umgeschrieben worden; demnach hatte sie wahrscheinlich den Staat verlassen.

Ich meldete ein Gespräch mit Bob Dietz an, einem Detektiv in Nevada, dessen Namen ich aus dem nationalen Branchenverzeichnis heraussuchte. Ich erklärte ihm, welche Information ich benötigte, und er sagte, er würde zurückrufen, was er am selben Nachmittag noch tat. Sharon Napier hatte einen Führerschein für Nevada beantragt und erhalten: angegeben war eine Adresse in Reno. Dietz' Quellen in Reno teilten jedoch mit, daß sie im März des Vorjahres vor einer großen Schar von Gläubigern geflohen sei; das hieß, sie war seit etwa vierzehn Monaten dort weg. In der Annahme, daß sie sich noch innerhalb des Staates aufhielt, hatte Dietz ein wenig weitergeschnüffelt: Einer kleinen Auskunftei in Reno lagen Anfragen zu ihrer Person vor, die erste aus Carson City und danach noch eine aus Las Vegas. Dort, meinte er, hätte ich die besten Chancen. Ich dankte ihm überschwenglich für seine Tüchtigkeit und bat ihn, mir eine Rechnung für seinen Zeitaufwand zu schicken, doch er sagte, ebensogut könne ich mich bei Gelegenheit revanchieren. Ich sorgte dafür, daß er meine Adresse und meine Privatnummer hatte, falls er sie brauchte.

Wegen Sharon Napier versuchte ich es bei der Telefonauskunft in Las Vegas, aber sie stand nicht im Verzeichnis, also rief ich einen Bekannten dort unten an, und er versprach sich umzuhören. Ich sagte ihm, daß ich Anfang der Woche nach Los Angeles fahren würde, und gab ihm die Telefonnummer durch, damit er mich, falls es länger dauerte, bis er einen Hinweis auf sie fand, dort erreichen konnte.

Der nächste Tag war Sonntag, und den widmete ich mir selbst: Wäsche, Hausputz, Lebensmitteleinkauf. Ich rasierte sogar meine Beine, bloß um zu zeigen, daß ich noch Stil hatte. Montag früh hieß es Büroarbeit. Ich tippte einen Bericht für Nikki und telefonierte aus Gründen der Genauigkeit noch mit der hiesigen Auskunftei. Sharon Napier hatte offenbar auch hier eine Menge Schulden und eine Menge empörter Leute zurückgelassen. Sie hatten keine Nachsendeadresse, also gab ich meine Informationen an sie weiter. Dann hatte ich eine lange Unterredung mit der California Fidelity in Sachen Marcia Threadgill. Für 4800 Dollar war die Versicherung beinahe bereit, sich mit ihr zu einigen und die Akte zu schließen. Dagegen argumentierte ich mit aller Schläue, die ich aufbringen konnte. Meine Dienste in dieser Sache kosteten sie keinen Heller, und es machte mich sauer, daß sie halb geneigt waren, wegzuschauen. Ich ließ mich sogar dazu herab, auf Prinzipien zu pochen, was bei dem Schaden-Sachbearbeiter nie sonderlich gut ankommt. »Die will Sie *bescheißen*«, sagte ich immer wieder, aber er schüttelte bloß den Kopf, als wären da Kräfte am Werk, die über meinen beschränkten Horizont gingen. Ich sagte er solle sich mit seinem Chef besprechen, und ich käme noch mal wieder.

Gegen 14 Uhr war ich auf dem Weg nach Los Angeles. Der andere Stein in dem Puzzle war Libby Glass, und ich mußte wissen, wie sie in das Ganze hineinpaßte. Als ich L. A. erreichte, stieg ich im *Hacienda Motor Lodge* am Wishire Boulevard, nahe Bundy, ab. Das *Hacienda* ist noch nicht einmal entfernt haziendaähnlich – ein L-förmiger, zweigeschossiger Bau mit knapper Parkmöglichkeit und einem Schwimmbecken, das von einem Maschendrahtzaun mit Vorhängeschloß umgeben ist. Eine sehr dicke Frau namens Arlette spielt die Doppelrolle der Managerin und Telefonistin. Ich konnte vom Empfang aus direkt in ihre Wohnung sehen. Die hat sie offenbar von ihren Einkünften als Tupperwaren-Vertreterin eingerichtet, ein wenig Kundenfang, den sie nebenher betreibt. Sie bevorzugt Möbel im Stil der Mittelmeerländer, mit roten Plüschpolstern.

»Fett ist schön, Kinsey«, sagte sie selbstbewußt, als ich den Meldeschein ausfüllte. »Gucken Sie her.«

Ich guckte. Sie hielt ihren Arm ausgestreckt, damit ich die mächtigen, durchhängenden Fleischwülste bewundern konnte.

»Ich weiß nicht, Arlette«, meinte ich zweifelnd. »Ich versuche immer daran vorbeizukommen.«

»Dann bedenken Sie mal, wieviel Zeit und Energie das kostet«, sagte sie. »Das Problem ist, daß unsere Gesellschaft die Dicken ausstößt. Beleibte Menschen werden schwer diskriminiert. Schlimmer als die Behinderten. Also, die haben's leicht im Vergleich zu uns. Wo man auch hinkommt, sind jetzt Schilder für sie. Behindertenparkplätze. Behindertenklos. Sie haben diese kleinen Strichmännchen im Rollstuhl selber schon gesehen. Zeigen Sie mir doch mal das internationale Zeichen für die stark Übergewichtigen. Auch wir haben Rechte.«

Ihr Gesicht war mondförmig, eingerahmt von einem mädchenhaften, dünnen, blonden Haarschopf. Ihre Backen waren ständig gerötet, als würden wichtige Versorgungsadern gefährlich gequetscht.

»Aber es ist so ungesund, Arlette«, sagte ich. »Ich meine, müssen Sie nicht besorgt sein wegen hohen Blutdrucks, Herzanfällen...«

»Na ja, Risiken gibt's bei allem. Ein Grund mehr, daß man uns anständig behandeln sollte.«

Ich gab ihr meine Kreditkarte, und nachdem sie sie gestempelt hatte, übergab sie mir den Schlüssel für Zimmer 2. »Das ist gleich hier vorn«, sagte sie. »Ich weiß, wie Sie es hassen, nach hinten verfrachtet zu werden.«

»Vielen Dank.«

Ich war schon etwa zwanzigmal auf Zimmer 2, und es ist immer auf tröstliche Weise trostlos. Ein Doppelbett. Fadenscheiniger Teppichboden in Baumhörnchengrau. Ein mit orangefarbigem Kunststoff bezogener Stuhl, der ein Wackelbein hat. Auf dem Schreibtisch steht eine Lampe in der Form eines Footballhelms mit dem Aufdruck »UCLA« auf der Seite. Das Bad ist klein, und die Badematte besteht aus Papier. Es ist so ein Ort, wo man die Unterhose von jemand anders unter dem Bett finden kann. Es kostet mich 11 Dollar 95 zuzüglich Wohnraumsteuer außerhalb der Saison, aber inklusive eines europäischen Frühstücks – Instantkaffee und gefüllte Krapfen, von denen Arlette die meisten selber ißt. Einmal, um Mitternacht, setzte sich ein Betrunkener auf die Stufe vor meiner Tür und johlte anderthalb Stunden, bis die Polizei kam und ihn mitnahm. Ich wohne da, weil es billig ist.

Ich setzte meinen Koffer auf das Bett und holte meine Joggingsachen raus. Ich ging schnell vom Wilshire zum San Vicente und trabte dann in westlicher Richtung bis zur 26. Straße, wo ich ein Stoppschild anschlug und kehrtmachte, zurück bis Westgate lief und wieder hinüber zum Wishire. Die erste Meile ist diejenige, die weh tut. Ich hechelte arg, als ich wiederkam. Bei den Abgasen, die ich von vorbeidüsenden Kraftfahrern auf dem San Vicente aufgefangen hatte, mußte ich so etwa Kopf an Kopf mit Giftmüll liegen. Zurück in Zimmer 2, duschte ich, zog mich an und sah Verschiedenes in meinen Notizen nach. Dann führte ich ein paar Telefongespräche. Das erste ging an den zuletzt bekannten Arbeitgeber von Lyle Abernathy, die Wunder-Brot KG in Santa Monica. Wie nicht anders zu erwarten, hatte er dort aufgehört, und die Personalabteilung hatte keine Ahnung, wo er steckte. Ein rascher Blick ins Telefonbuch zeigte, daß er im Ortsnetz nicht verzeichnet war, aber ein Raymond Glass lebte immer noch in Sherman Oaks, und die Hausnummer stimmte mit der überein, die ich mir aus den Polizeiakten in Santa Teresa notiert hatte. Ich meldete noch ein Gespräch mit meinem Bekannten in Vegas an. Er habe einen Hinweis auf Sharon Napier, meinte aber, es würde wahrscheinlich noch einen halben Tag dauern, bis er Genaues wisse. Ich bereitete Arlette darauf vor, daß er anrufen könnte und schärfte ihr ein, daß die Informationen, falls sie sie entgegennahm, exakt sein müßten. Sie spielte ein wenig die Beleidigte, weil ich ihr nicht zutraute, telefonische Nachrichten für mich anzunehmen, aber sie war früher schon nachlässig gewesen, und beim letzten Mal hatte ich teuer dafür bezahlt. Ich rief Nikki in Santa Teresa an und sagte ihr, wo ich war und was ich vorhatte. Dann checkte ich meinen Auftragsdienst. Charlie Scorsoni hatte angerufen, aber keine Nummer hinterlassen. Ich schätzte, wenn es wichtig war, würde er sich noch mal melden. Ich gab meinem Auftragsdienst die Nummer, unter der ich zu erreichen war. Nachdem ich alle diese Stützpunkte angetippt hatte, ging ich in ein Restaurant nebenan, das jedesmal, wenn ich dort bin, die Nationalität zu wechseln scheint. Bei meinem letzten Besuch hatten sie mexikanische Kost, das heißt, sehr heiße Teller mit hellbrauner Pampe. Diesmal gab es griechische: haufenartige Klumpen, in Blätter gewickelt. Auf manch einsamem Parkplatz hatte ich ähnlich appetitliche Sachen gesehen, aber ich spülte sie mit einem Glas Wein hinunter, das wie Flüssiggas schmeckte, und was machte es schon? Es war jetzt Viertel nach sieben, und ich hatte nichts zu tun. Der Fernseher auf meinem Zimmer war futsch, also wanderte ich hinüber ins Büro und sah zusammen mit Arlette fern, wobei sie eine Dose Karamelbonbons verdrückte.

Am Morgen fuhr ich über den Berg ins San Fernando Valley. Von dem Hügelkamm, wo der San Diego Freeway nach Sherman Oaks hin abfällt, sah ich eine Smogschicht, hingebreitet wie ein Trugbild, ein schimmernder, hellgelber Dunstschleier, aus dem sich einige wenige hohe Gebäude reckten wie nach frischer Luft. Libbys Eltern lebten in einem vierteiligen Appartmenthaus an der Biegung, wo sich der San Fernando und der Ventura Freeway treffen; ein klobiger Bau aus Stuck und Balken mit vorstehenden Panoramafenstern längs der Vorderseite. Ein offener Flur teilte das Haus in zwei Hälften, und die Eingänge zu den beiden Parterrewohnungen lagen gleich vorne. Rechts führte eine Treppe zum ersten Stock. Das Gebäude selbst huldigte keinem bestimmten Stil, und ich vermutete, daß es in den dreißiger Jahren entstanden war, noch bevor irgend jemand auf den Gedanken kam, die kalifornische Architektur müsse Südstaatenhäuser und italienische Villen nachahmen. In dem ausgebleichten Rasen mischten sich Hundszahn- und Bermudagras. Eine kurze Auffahrt auf der linken Seite führte nach hinten zu einer Reihe von Garagentoren, und vier grüne Mülltonnen aus Plastik waren an einen Holzzaun gekettet. Die Wacholderbüsche entlang der Hausfront wuchsen so hoch, daß sie die Parterrefenster verdeckten, und schienen unter einer merkwürdigen Mauser zu leiden, die einen Teil ihrer Zweige braun färbte und die übrigen kahl werden ließ. Sie sahen aus wie verbilligte und von der Schattenseite präsentierte Weihnachtsbäume. Die Zeit der frohen Feste war in dieser Gegend längst vorbei.

Appartement Nr. 1 lag zu meiner Linken. Als ich auf die Klingel drückte, klang sie wie das Br-r-r-r eines ablaufenden Wekkers. Die Tür wurde von einer Frau mit einer Reihe Stecknadeln im Mund geöffnet, die auf und ab wippten, als sie sprach. Ich hatte Angst, sie würde eine verschlucken.

»Ja?«

»Mrs. Glass?«

»Ganz recht.«

»Mein Name ist Kinsey Millhone. Ich bin Privatdetektivin. Ich arbeite oben in Santa Teresa. Könnte ich Sie mal sprechen?«

Sie nahm die Stecknadeln eine nach der anderen aus dem Mund und steckte sie auf ein Nadelkissen, das sie am Handgelenk trug wie ein stachliges Armband. Ich reichte ihr meinen

Ausweis, und sie studierte ihn sorgfältig, drehte ihn sogar um, als könnte auf der Rückseite ein verfänglicher kleingedruckter Zusatz stehen. Während sie das tat, studierte ich sie. Sie war Anfang Fünfzig. Ihr seidiges, braunes Haar war kurz geschnitten, und einige Strähnen waren nachlässig hinter die Ohren geklemmt. Braune Augen, kein Make-up, nackte Beine. Sie trug einen Wikkelrock aus Drillich, eine verwaschene Madrasbluse in verlaufenen Blautönen und die Sorte Baumwollslipper, die ich in Zellophan verpackt in Lebensmittelläden gesehen habe.

»Es geht um Elizabeth«, sagte sie, als sie mir schließlich den Ausweis zurückgab.

»Ja. Stimmt.«

Sie zögerte und trat dann zurück ins Wohnzimmer, um mich einzulassen. Ich lavierte mich durch den Raum und nahm Platz auf dem einzigen Sessel, der nicht von Stoffteilen oder Schnittmustern bedeckt war. Das Bügelbrett stand nahe dem Panoramafenster, das Eisen war eingeschaltet und tickte beim Heißwerden. Fertige Kleider hingen auf einem Gestell bei der Nähmaschine an der hinteren Wand. Die Luft roch nach Wäschestärke und heißem Metall.

Im Türbogen zum Eßzimmer saß ein untersetzter Mann in den Sechzigern auf einem Rollstuhl, sein Gesicht war ausdruckslos, die Hose vorn aufgeknöpft, überwölbt von einem dicken Bauch. Sie durchquerte das Zimmer und drehte seinen Stuhl um, so daß er auf den Fernseher blickte. Sie setzte ihm den Kopfhörer auf, dann stöpselte sie den Fernseher ein und schaltete ihn an. Er sah ein Unterhaltungsspiel, ob es ihm paßte oder nicht. Ein Pärchen war als Junghenne und Hähnchen kostümiert, aber ich konnte nicht beurteilen, wie sie im Rennen lagen.

»Ich bin Grace«, sagte sie. »Das ist ihr Vater. Er hatte im Frühling vor drei Jahren einen Autounfall. Er spricht nicht, aber er kann hören, und jedes Wort über Elizabeth regt ihn auf. Nehmen Sie sich Kaffee, wenn Sie möchten.«

Auf dem Couchtisch stand eine Keramik-Kaffeemaschine, angeschlossen an eine Verlängerungsschnur, die unter der Couch durchlief. Es sah aus, als würden alle anderen Geräte in dem

Zimmer aus der gleichen Stromquelle gespeist. Grace ließ sich auf die Knie hinunter. Sie hatte rund vier Meter dunkelgrüne Seide auf dem Hartholzboden ausgebreitet und war dabei, ein vorgezeichnetes Muster abzustecken. Sie hielt mir eine aufgeschlagene Illustrierte hin, in der ein Modellkleid mit langem Seitenschlitz und engen Ärmeln abgebildet war. Ich goß mir eine Tasse Kaffee ein und sah ihr bei der Arbeit zu.

»Ich näh das gerade für eine Frau, die mit einem Fernsehstar verheiratet ist«, sagte sie freundlich. »Spielt den Busenfreund von irgendwem. Er ist über Nacht berühmt geworden, und sie sagt, er wird sogar in der Wagenwaschanlage erkannt. Die Leute wollen sein Autogramm. Kriegt Gesichtsmassagen. Er, nicht sie. Er war die letzten fünfzehn Jahre arm, habe ich gehört, und jetzt gehen sie auf diese ganzen Parties in Bel Air. Ich mache ihre Kleider. Er kauft seine am Rodeo Drive. Könnte sie auch, bei dem Geld, das er verdient, aber sie sagt, da fühlt sie sich unsicher. Sie ist viel netter als er. Im *Hollywood Reporter*, ›Wer trifft Wen‹, habe ich schon gelesen, daß er sich mit jemand anders ›Steaks bei Stellini reinzieht‹. Wenn Sie mich fragen, sie täte gut daran, sich eine teure Garderobe zusammenzustellen, bevor er sie verläßt.«

Grace schien mit sich selbst zu reden; sie klang abwesend, hin und wieder erwärmte ein Lächeln ihr Gesicht. Sie nahm eine Zickzackschere und begann an dem geraden Saum entlangzuschneiden, wobei die Schere auf dem Holzfußboden ein knirschendes Geräusch verursachte. Die Arbeit hatte etwas Hypnotisches an sich, es schien kein Zwang zum Gespräch zu bestehen. Der Fernseher flimmerte, und aus dem Winkel sah ich das Hühnermädchen auf und ab hüpfen, die Hände vor ihrem Gesicht. Ich merkte, wie das Publikum sie drängte, etwas zu tun – ein Kästchen zu wählen, weiterzureichen, einzulösen, sich zu holen, was hinter dem Vorhang war, den Umschlag zurückzugeben, und all das lief geräuschlos ab, während Libbys Vater von seinem Rollstuhl aus uninteressiert zuschaute. Ich fand, sie sollte sich mal mit ihrem Hähnchenpartner beraten, aber der stand da bloß befangen wie ein Kind, das weiß, daß es zu alt ist, um sich an Haloween zu verkleiden.

Das Schnittmuster raschelte, als Grace es wegnahm und es sorgfältig zusammenfaltete, bevor sie es beiseite legte.

»Für Elizabeth habe ich auch genäht, als sie jung war«, sagte sie. »Sobald sie von zu Hause wegging, wollte sie natürlich nur noch Ladenware. Sechzig Dollar für einen Rock, an dem höchstens für zwölf Dollar Wolle war, aber sie hatte einen Blick für Farben, und sie konnte sich das leisten, was ihr gefiel. Möchten Sie ein Foto von ihr sehen?« Graces Augen schweiften zu meinen herauf, und ihr Lächeln war wehmütig.

»Ja. Das würde ich gern.«

Sie nahm erst noch die Seide, legte sie auf das Bügelbrett und prüfte im Vorübergehen das Eisen mit einem nassen Zeigefinger. Das Bügeleisen zischte, und sie stellte den Schalter auf »Wolle« herunter. Auf der Fensterbank standen zwei Schnappschüsse von Libby in einem Doppelrahmen, und sie betrachtete sie selber noch, bevor sie sie mir gab. Auf dem ersten schaute Libby in die Kamera, aber sie hatte den Kopf geneigt und die rechte Hand erhoben, als wollte sie ihr Gesicht verbergen. Ihr blondes Haar war sonnengestreift, kurz geschnitten wie das der Mutter, jedoch über die Ohren zurückgefönt. Die blauen Augen belustigt, ihr Grinsen war breit und verlegen vor Überraschung. Warum, konnte ich mir nicht vorstellen. Ich hatte noch nie eine Vierundzwanzigjährige gesehen, die so jung und so frisch wirkte. Auf dem zweiten Schnappschuß deutete das Lächeln sich nur an, geteilte Lippen über blitzend weißen Zähnen, ein Grübchen am Mundwinkel. Ihr Teint war hell, goldbraun getönt, die Wimpern dunkel, so daß sie die Augen zart betonten.

»Sie ist reizend«, sagte ich. »Wirklich.«

Grace stand am Bügelbrett und glättete Seidenfalten mit der Spitze des Eisens, das über die Asbestplatte segelte wie ein Boot auf einem flachen, dunkelgrünen Meer. Sie schaltete das Eisen aus und strich sich mit den Händen kurz über den Rock, dann nahm sie die Seidenteile und begann sie zusammenzustecken.

»Ich habe sie nach Queen Elizabeth genannt«, sagte sie und lachte scheu. »Sie wurde am 14. November geboren, am selben Tag wie Prinz Charles. Ich hätte sie Charles genannt, wenn sie ein Junge geworden wäre. Raymond fand zwar, ich sei albern, aber das war mir egal.«

»Sie haben sie nie Libby gerufen?«

»Aber nein. Das brachte sie selbst auf, in der Grundschule. Sie hatte immer so eine Vorstellung davon, wer sie war und wie ihr Leben sein sollte. Schon als Kind. Sie war sehr ordentlich, nicht pingelig, aber sauber. Sie hat ihre Kommodenschubladen mit hübschem Blumenpapier ausgelegt, und genauso hat sie auch alles andere geordnet. Buchhaltung gefiel ihr aus dem gleichen Grund. Mathematik war ordentlich und hatte Hand und Fuß. Die Antworten stimmten immer, wenn man mit genügend Sorgfalt vorging: wenigstens sagte sie das mal.« Grace ging hinüber zum Schaukelstuhl, setzte sich und breitete die Seide über ihren Schoß. Sie begann Abnäher zu heften.

»Ich hörte, daß sie als Prüferin bei Haycraft und McNiece gearbeitet hat. Wie lange war sie dort?«

»Etwa eineinhalb Jahre. Sie hatte schon die Bücher für den Betrieb ihres Vaters geführt – er reparierte Haushaltsgeräte –, aber das interessierte sie eigentlich nicht, die Arbeit für ihn. Sie war ehrgeizig. Sie machte das Wirtschaftsprüferexamen, als sie zweiundzwanzig war. Danach belegte sie noch Computerkurse an der Abendschule. Ihre Zeugnisse waren sehr gut. Sie hatte schon zwei jüngere Buchhalter unter sich, wissen Sie.«

»War sie glücklich dort?«

»Das war sie bestimmt«, sagte Grace. »Sie sprach auch mal davon, noch Jura zu studieren. Sie hatte Spaß an Betriebswirtschaft und an Finanzen. Sie ging gern mit Zahlen um, und ich weiß, daß sie beeindruckt war, weil diese Firma sehr reiche Leute vertrat. Sie sagte, man könne sehr viel über den Charakter eines Menschen lernen aus der Art, wie er sein Geld ausgibt, was er kauft und wo – ob er im Rahmen seiner Verhältnisse lebt und dergleichen mehr. Sie sagte, es sei ein Studium der menschlichen Natur.« Graces Stimme war von Stolz getränkt. Mir fiel es schwer, die Vorstellung von dieser affektiert klingenden Wirtschaftsprüferin mit dem Mädchen auf den Fotos zu vereinbaren, das hübsch, lebendig, scheu und ziemlich süß aussah, aber kaum wie eine Frau mit hochgestecktem Lebensziel.

»Wie steht's mit ihrem früheren Freund? Haben Sie eine Ahnung, wo er jetzt ist?«

»Was, Lyle? Ach, der wird bald auftauchen.«

»Hier?«

»Meine Güte, ja. Er kommt jeden Tag gegen Mittag vorbei, um mir mit Raymond zu helfen. Es ist ein reizender Junge, aber Sie werden natürlich auch wissen, daß sie ihre Verlobung mit ihm gelöst hat, ein paar Monate, bevor sie... von uns ging. Sie war schon mit Lyle zusammen auf der High-School, und sie besuchten gemeinsam das Santa Monica College, bis Lyle ausstieg.«

»Fing er damals an, bei Wunder-Brot zu arbeiten?«

»Oh, nein, Lyle hat schon viele Jobs gehabt. Zu der Zeit, als Lyle von der Schule abging, hatte Elizabeth ihre eigene Wohnung, und sie vertraute mir nicht viel an, aber ich glaube, daß sie enttäuscht von ihm war. Er hatte Anwalt werden wollen und sich's dann einfach anders überlegt. Er meinte, Jura sei zu trokken und er halte nichts von Federfuchserei.«

»Lebten sie zusammen?«

Graces Wangen röteten sich leicht. »Nein. Es klingt vielleicht merkwürdig, und Raymond fand es sehr verkehrt von mir, aber ich redete ihnen zu, sie sollten zusammenziehen. Ich spürte, daß sie sich auseinanderlebten, und ich dachte, es würde helfen. Raymond war, genau wie Elizabeth, wegen des Schulabbruchs von Lyle enttäuscht. Er sagte ihr, sie könne viel bessere bekommen. Aber Lyle vergötterte sie. Ich dachte, das zählt doch auch etwas. Er würde sich schon finden. Er hatte ein rastloses Wesen, wie viele Jungen in dem Alter. Er würde schon zur Besinnung kommen, und das sagte ich ihr auch. Er mußte Verantwortung lernen. Da hätte sie ein sehr guter Einfluß sein können, weil sie selbst so verantwortungsvoll war. Aber Elizabeth sagte, sie wolle nicht mit ihm leben, und damit hatte es sich. Sie konnte starken Willens sein, wenn es ihr darauf ankam. Und das meine ich nicht als Kritik. Sie war fast vollkommen als Tochter. Selbstverständlich war ihr Wunsch auch mein Wunsch, aber ich konnte es nicht ertragen, daß Lyle darunter litt. Er ist sehr lieb. Sie werden es sehen, wenn Sie ihn kennenlernen.«

»Und Sie haben keine Ahnung, was letztlich den Bruch zwischen ihnen herbeigeführt hat? Ich meine, könnte sie sich mit jemand anderem eingelassen haben?«

»Sie reden von diesem Anwalt in Santa Teresa«, sagte sie.

»Seinen Tod untersuche ich«, erklärte ich. »Hat sie jemals mit Ihnen über ihn gesprochen?«

»Ich hatte noch nie etwas von ihm gehört, bis die Polizei von Santa Teresa herkam und mit uns redete. Elizabeth vertraute sich in persönlichen Dingen nicht gern an, aber ich glaube nicht, daß sie sich in einen verheirateten Mann verlieben würde«, sagte Grace. Nervös hantierte sie mit der Seide herum. Sie schloß die Augen und preßte die Hand auf ihre Stirn, wie um zu prüfen, ob sie sich ein plötzliches Fieber zugezogen hätte. »Entschuldigen Sie. Manchmal vergesse ich's. Manchmal tu ich, als wäre sie krank geworden. Die andere Sache macht mich fertig – daß jemand ihr das angetan haben könnte, daß jemand sie derart gehaßt haben soll. Die Polizei hier tut gar nichts. Es ist ungeklärt, aber niemand kümmert sich mehr drum, deshalb sag ich... ich sag mir einfach, sie ist krank geworden und heimgegangen. Wie hätte ihr das irgend jemand antun können?« Ihre Augen füllten sich mit Tränen. Ihr Kummer überwand den Raum zwischen uns wie eine Meereswelle, und ich spürte auch in meinen Augen Tränen aufsteigen. Ich langte herüber und ergriff ihre Hand. Einen Moment lang umklammerte sie fest meine Finger, dann schien sie sich zu fassen und löste sich von mir.

»Es hat mir wie eine Last aufs Herz gedrückt. Ich werde mich nie davon erholen. Nie.«

Meine nächste Frage formulierte ich behutsam. »Könnte es ein Unfall gewesen sein?« sagte ich. »Der andere Tote – Laurence Fife – starb an Oleander, den jemand in eine Allergiekapsel getan hat. Angenommen, sie hatten geschäftlich miteinander zu tun, Bücher durchzugehen oder so etwas. Vielleicht mußte sie niesen oder hat sich über eine verstopfte Nase beklagt, und er hat ihr eben sein eigenes Medikament angeboten. Das tun die Leute ja ständig.«

Sie dachte einen Augenblick unbehaglich darüber nach. »Ich dachte, die Polizei hätte gesagt, daß der Anwalt vor ihr starb. Tage vorher.«

»Vielleicht hat sie das Präparat nicht sofort eingenommen«, sagte ich achselzuckend. »Genau wissen kann man nie, wann jemand so eine vertauschte Kapsel einnimmt. Vielleicht steckte sie sie in ihre Handtasche und schluckte sie später, ohne auch nur zu ahnen, daß eine Gefahr dabei war. War sie allergisch? Könnte es sein, daß sie sich erkältet hatte?«

Grace fing an zu weinen, ein leiser Laut wie ein Miauen. »Ich weiß es nicht mehr. Ich glaube nicht. Sie hatte keinen Heuschnupfen oder so etwas. Ich wüßte auch nicht, wer sich nach all den Jahren noch daran erinnern sollte.«

Grace sah mich jetzt mit ihren großen, dunklen Augen an. Sie hatte ein gutes Gesicht, beinah kindlich, mit einer kleinen Nase, einem süßen Mund. Sie nahm ein Kleenex heraus und trocknete sich die Wangen. »Ich glaube, länger kann ich darüber nicht mehr reden. Bleiben Sie zu Mittag. Lernen Sie Lyle kennen. Vielleicht kann er Ihnen etwas sagen, das Sie weiterbringt.«

10

Ich saß auf einem Hocker in der Küche und sah zu, wie Grace Thunfischsalat zu Mittag machte. Sie hatte sich gleichsam geschüttelt, als wäre sie aus einem kurzen, aber sehr notwendigen Nickerchen erwacht, und dann hatte sie ihre Schürze umgebunden und den Rest ihrer Nähutensilien von dem Tisch im Eßzimmer geräumt. Sie war eine sorgfältig arbeitende Frau, ruhig in ihren Bewegungen, als sie die Sets und Servietten hervorholte. Ich deckte den Tisch für sie und kam mir wieder ganz als artiges Kind vor, während sie Kopfsalat wusch, ihn trockenklopfte und auf jeden Teller ein Salatblatt legte wie ein Deckchen. Sie schälte säuberlich dünne Streifen von mehreren Tomaten ab und rollte sie wie Rosen auf. Für jeden Teller rüffelte sie einen Pilz und gab zwei dünne Spargelspitzen hinzu, so daß das Ganze aussah wie ein Blumenarrangement. Sie lächelte mir schüchtern zu, freute sich an dem Bild, das sie gestaltet hatte. »Kochen Sie?«

Ich schüttelte den Kopf.

»Ich habe auch selten Anlaß dazu, außer wenn Lyle hier ist. Raymond würde es nicht mitkriegen, und ich gäbe mich wohl kaum damit ab, wenn es nur für mich wäre.« Sie hob den Kopf. »Da.«

Ich hatte den Kleinlaster nicht in die Einfahrt kommen hören, aber sie mußte auf Lyles Ankunft eingestimmt sein. Ihre Hand wanderte unbewußt zu einer Haarsträhne, die sie zurückstrich. Er trat durch einen Abstellraum links herein und hielt an der Ecke inne, offenbar um seine Stiefel auszuziehen. Ich hörte zwei Aufschläge. »Hey, Baby, was gibt's zu futtern?«

Er trat mit einem Grinsen in das Eßzimmer und gab ihr einen geräuschvollen Schmatz auf die Wange, bevor er mich erblickte. Er zögerte, sein munterer Gesichtsausdruck geriet ins Wanken und verschwand. Abwartend schaute er Grace an.

»Das ist Miss Millhone«, sagte sie zu ihm.

»Kinsey«, ergänzte ich und streckte die Hand aus. Er ergriff sie und schüttelte sie automatisch, aber die zentrale Frage war nach wie vor nicht beantwortet. Ich vermutete, daß ich bei einem Anlaß störte, der normalerweise keine Abwandlung zuließ. »Ich bin Privatdetektiv, aus Santa Teresa«, sagte ich.

Lyle ging zu Raymond hinüber, ohne mich noch eines Blickes zu würdigen.

»Hey, Paps, wie geht's uns heute? Alles in Ordnung?«

Das Gesicht des alten Mannes reagierte nicht, aber seine Augen richteten sich auf ihn. Lyle nahm ihm die Kopfhörer herunter und schaltete auch den Fernseher aus. Die Veränderung bei Lyle war unmittelbar erfolgt, und es kam mir vor, als hätte ich gerade Momentaufnahmen von zwei verschiedenen Persönlichkeiten in ein und demselben Körper gesehen, die eine fröhlich, die andere auf der Hut. Er war nicht viel größer als ich und körperlich fit, mit breiten Schultern. Er trug ein offenes Hemd über der Hose. Seine Brustmuskulatur war nicht besonders stark, aber gut geformt wie bei einem Mann, der mit Gewichten trainiert. Ich schätzte ihn auf etwa mein Alter. Seine Haare waren blond, lang und leicht getönt vom Grün eines gechlorten Schwimmbads und von heißer Sonne. Seine Augen waren verwaschen blau, zu hell für seine Hautfarbe, seine Wimpern gebleicht, sein Kinn zu schmal gegen die Breite seiner Wangen. Der Gesamteindruck war der eines seltsam schiefen Gesichts – gutaussehend, aber kaum merklich entgleist, als wäre unter der Oberfläche ein Haarriß. Irgendein unterirdisches Beben hatte eine minimale Verschiebung der Knochen bewirkt, und die beiden Hälften seines Gesichts schienen nicht ganz zueinander zu passen. Er trug abgewetzte Jeans tief in den Hüften, und ich konnte die seidige Linie ziemlich dunkler Haare sehen, die wie ein Pfeil auf seinen Schritt zulief.

Er ging an seine Arbeit, ignorierte mich vollkommen, sprach aber, während er zugange war, mit Grace. Sie reichte ihm ein Handtuch, das er unter Raymonds Kinn klemmte, und dann begann er ihn einzuseifen und mit einer Sicherheitsklinge zu rasieren, die er in einer Edelstahlschüssel abspülte. Grace holte unterdessen Flaschenbier heraus, entfernte die Kronen und goß das Bier in Tulpengläser, die sie an unsere Plätze stellte. Für Raymond war nicht mitgedeckt. Als die Rasur beendet war, bürstete Lyle Raymonds schütteres weißes Haar und fütterte ihn anschließend aus einem Glas mit Babynahrung. Grace warf mir einen zufriedenen Blick zu: Sehen Sie, was für ein Schatz er ist? Lyle erinnerte mich an einen älteren Bruder, der sich um einen kleinen Taps kümmert, damit Mama ihn brav findet. Das tat sie. Sie beobachtete voller Wohlwollen, wie Lyle mit dem Löffelrand über das Kinn von Raymond schabte und den verschlabberten Gemüsebrei wieder in Raymonds schlaffen Mund einführte. Noch während ich zusah, breitete sich ein Fleck vorne auf Raymonds Hose aus.

»Nimm's nicht schwer, Paps«, säuselte Lyle. »Nach dem Essen machen wir dich sauber. Was hältst du davon?«

Ich spürte, daß mein Gesicht vor Widerwillen starr wurde.

Am Mittagstisch beeilte Lyle sich mit dem Essen, sagte keinen Ton zu mir und sehr wenig zu Grace.

»Was tun Sie, Lyle?« fragte ich.

»Mauern.«

Ich sah auf seine Hände. Seine Finger waren lang und staubig von grauem Mörtel, der in die Ritzen seiner Haut gedrungen war. Bis zu mir hin konnte ich Schweiß riechen, überlagert von einem leichten Marihuanageruch. Ich fragte mich, ob Grace das überhaupt bemerkte oder ob sie womöglich dachte, es sei irgendein exotisches Rasierwasser.

»Ich muß sehen, daß ich schnell nach Vegas komme«, sagte ich zu Grace, »aber ich schaue gerne auf dem Rückweg nach Santa Teresa noch mal vorbei. Haben Sie noch Sachen von Libby?« Ich war mir da verhältnismäßig sicher.

Grace befragte Lyle mit einem raschen Blick, aber seine Augen waren auf den Teller gerichtet. »Ich glaube schon. Da sind doch einige Kisten im Keller, nicht wahr, Lyle? Elizabeths Bücher und Papiere?«

Der alte Mann stieß bei der Erwähnung ihres Namens einen Laut aus, und Lyle wischte sich den Mund und schmiß die Serviette hin, als er aufstand. Er rollte Raymond den Flur hinunter.

»Entschuldigen Sie. Ich hätte Libby nicht erwähnen sollen«, sagte ich.

»Das ist schon in Ordnung«, erwiderte sie. »Wenn Sie sich noch mal melden oder auf der Rücktour über Los Angeles vorbeikommen wollen, können Sie sich Elizabeths Habseligkeiten ruhig einmal ansehen. Viel ist es nicht.«

»Lyle scheint nicht sehr guter Laune zu sein«, bemerkte ich. »Ich hoffe, er hält mich nicht für aufdringlich.«

»Aber nein. Er tut sich schwer mit Leuten, die er nicht kennt«, sagte sie. »Ich weiß nicht, was ich ohne ihn machen sollte. Für mich ist Raymond ja zu schwer. Ich habe eine Nachbarin, die jeden Tag zweimal vorbeikommt und mir hilft, ihn aus dem Stuhl zu holen und wieder reinzusetzen. Sein Rückgrat ist bei dem Unfall zerschmettert worden.«

Ihr Plauderton machte mich verrückt. »Darf ich mal das Bad benutzen?« sagte ich.

»Es ist den Flur hinunter. Die zweite Tür rechts.«

Als ich am Schlafzimmer vorbeiging, konnte ich sehen, daß Lyle Raymond bereits ins Bett gehoben hatte. Zwei Holzstühle waren gegen die Seite des Doppelbetts gerückt, um zu verhindern, daß er herausfiel. Lyle stand zwischen den beiden Stühlen und wischte Raymonds nackten Hintern ab. Ich ging ins Bad und schloß die Tür.

Ich half Grace den Tisch abräumen und verabschiedete mich dann, wartete aber auf der anderen Straßenseite in meinem Wagen. Ich versteckte mich nicht und traf keine Anstalten, davonzufahren. Lyles Kleinlaster stand noch in der Einfahrt. Ich blickte auf meine Uhr. Es war jetzt zehn vor eins, und ich schätzte, daß er begrenzte Mittagszeiten hatte. Tatsächlich, die Seitentür ging auf und Lyle trat auf die schmale Schwelle, wo er eine Pause einlegte, um seine Stiefel zu schnüren. Er warf einen Blick zur Straße, entdeckte mein Auto und schien vor sich hinzulächeln. Arsch, dachte ich. Er stieg in den Kleinlaster und setzte rückwärts mit hohem Tempo aus der Einfahrt. Einen Augenblick fragte ich mich, ob er beabsichtigte, schnurstracks über die Straße zu setzen, um mir in die Seite zu knallen und mich zu zerquetschen. Er schwenkte aber in letzter Sekunde herum, schaltete und machte sich mit quietschenden Reifen davon. Ich dachte, wir würden vielleicht eine kleine Verfolgungsjagd improvisieren, aber so einen weiten Weg hatte er gar nicht. Er fuhr acht Blocks weiter und bog dann in die Auffahrt eines mittelgroßen Hauses in Sherman Oaks, das mit roten Ziegeln renoviert wurde. Ich nahm an, das war eine Art Statussymbol, denn Ziegelstein ist an der Westküste sehr teuer. Es gibt wahrscheinlich keine sechs Backsteinhäuser in ganz L. A.

Er stieg aus dem Transporter und schlenderte nach hinten, wobei er sich lässig das Hemd reinsteckte. Ich parkte an der Straße, schloß meinen Wagen ab und folgte ihm. Beiläufig fragte ich mich, ob er imstande wäre, mir den Kopf mit einem Ziegel einzuschlagen und mich dann einzumauern. Er war über mein

Erscheinen auf der Bildfläche nicht erfreut und machte keinen Hehl daraus. Als ich um die Ecke kam, konnte ich sehen, daß der Besitzer des Hauses dabei war, seine kleine Hütte komplett mit einer neuen Fassade zu verkleiden. Statt wie ein bescheidener kalifornischer Bungalow würde sie aussehen wie gewisse Tierkliniken im Mittelwesten, die wirklich hohe Mieten bringen. Lyle war auf der Rückseite bereits damit beschäftigt, Mörtel in einer Schubkarre zu mischen. Ich suchte mir einen Weg zwischen dünnen Balken, aus denen krumme, rostige Nägel herausragten. Ein Kind würde eine Menge Tetanusspritzen brauchen, wenn es da drauf fiele.

»Fangen wir noch mal von vorn an, Lyle«, sagte ich im Plauderton.

Er schnaubte und holte eine Zigarette hervor, die er sich in den Mundwinkel steckte. Er zündete sie an, indem er die verkrusteten Hände über dem Streichholz wölbte, und stieß den ersten Mundvoll Rauch aus. Seine Augen waren klein, und das eine zwinkerte jetzt, als der Rauch in Ringeln über sein Gesicht hochstieg. Er erinnerte mich an frühe Fotos von James Dean – dieselbe abwehrende, krumme Haltung, das schräge Lächeln, das spitze Kinn. Ich fragte mich, ob er ein heimlicher Bewunderer von *Jenseits von Eden* war und bis spät abends aufblieb, um sich die neuesten Wiederholungen anzusehen, die auf obskuren Kanälen aus Bakersfield gesendet wurden.

»Hey, kommen Sie. Warum reden Sie nicht mit mir?« faßte ich nach.

»Ich habe Ihnen nix zu sagen. Wozu die ganze Scheiße noch mal aufrühren?«

»Interessiert es Sie nicht, wer Libby umgebracht hat?«

Er ließ sich Zeit mit der Antwort. Er hob einen Ziegelstein auf und hielt ihn senkrecht, während er mit der Kelle eine dicke Lage Mörtel auf das eine Ende auftrug und den weichen Zement verstrich, als wäre es ein sandiger grauer Käse. Er legte den Ziegelstein auf die brusthohe Ziegelreihe, die er in Arbeit hatte, gab ihm ein paar leichte Schläge mit dem Hammer und bückte sich auch schon, um den nächsten Ziegel aufzuheben.

Ich wölbte die rechte Hand hinter meinem Ohr. »Hallo?« rief ich, als wäre ich vorübergehend schwerhörig geworden.

Er grinste affektiert, die Zigarette wippte in seinem Mund. »Sie halten sich für affenscharf, was?«

Ich lächelte. »Hören Sie, Lyle. Das hat doch keinen Zweck. Sie brauchen mir überhaupt nichts zu sagen, und wissen Sie, was dann passiert? Ich nehme mir ungefähr anderthalb Stunden heute nachmittag, dann habe ich alles raus, was ich über Sie wissen will. Das schaffe ich mit sechs Telefongesprächen von meinem Motelzimmer in West Los Angeles aus, mich juckt es also gar nicht. Es macht Spaß, wenn Sie's genau wissen wollen. Ich bekomme Auskunft über Ihren Wehrdienst, Ihre Kreditwürdigkeit. Ich kann feststellen, ob Sie schon mal verhaftet wurden, welche Jobs Sie hatten, ob Sie mit Leihbüchern im Verzug sind...«

»Nur zu. Ich hab nix zu verbergen.«

»Weshalb sollen wir es so komplizieren?« sagte ich. »Ich meine, ich kann Sie überprüfen, aber dann komme ich morgen ja doch wieder her, und wenn Sie mich jetzt nicht mögen, gefalle ich Ihnen morgen auch nicht besser. Ich könnte schlecht gelaunt sein. Warum lockern Sie sich nicht einfach?«

»Ah, ich bin ganz locker«, sagte er.

»Was ist aus Ihren Juraplänen geworden?«

»Ich bin ausgestiegen«, meinte er mürrisch.

»Vielleicht gefiel Ihnen das Doperauchen zu gut«, deutete ich an.

»Vielleicht können Sie mich mal«, schnappte er. »Seh ich Ihnen wie ein Anwalt aus. Ich verlor das Interesse, klar? Ist schließlich kein Verbrechen.«

»Ich werfe Ihnen ja nichts vor. Ich will nur rauskriegen, was mit Libby passiert ist.«

Er schnickte die Asche von der Zigarette, warf sie hin und trat sie mit der Spitze seines Stiefels in den Boden. Ich setzte mich auf einen Stapel Backsteine, die mit einer Plane abgedeckt waren. Lyle blickte durch gesenkte Lider zu mir herüber.

»Wie kommen sie überhaupt darauf, daß ich Dope rauche?« fragte er unvermittelt.

Ich tippte mir an die Nase, um ihm zu verstehen zu geben, daß ich es bei ihm gerochen hatte. »Außerdem scheint Mauern nicht so interessant zu sein«, sagte ich. »Ich schätze, wenn Sie gescheit sind, müssen Sie irgendwas tun, damit Sie nicht durchdrehn.«

Er sah mich an, sein Körper entspannte sich ein kleines bißchen. »Wie kommen Sie darauf, daß ich gescheit bin?«

Ich zuckte die Achseln. »Sie sind zehn Jahre mit Libby Glass gegangen.«

Darüber dachte er erst mal nach.

»Ich weiß überhaupt nichts«, sagte er schroff.

»Sie wissen mehr als ich an diesem Punkt.«

So allmählich wurde er weich, wenn auch seine Schultern noch verspannt waren. Er schüttelte den Kopf, ging wieder an seine Arbeit. Er nahm die Kelle und rührte die feuchte Mörtelmasse um wie klumpig gewordenen Kuchenguß. »Sie ließ mich fallen, nachdem sie diesen Typ aus dem Norden kennengelernt hatte. Diesen Rechtsanwalt...«

»Laurence Fife?«

»Klar, das nehme ich an. Sie wollte mir nichts über ihn erzählen. Anfangs war es geschäftlich – ging um irgendwelche Bücher. Seine Kanzlei hatte sich gerade an die Firma gehängt, bei der sie tätig war, und sie mußte das ganze Zeugs in den Computer bringen, verstehen Sie? So daß es von Monat zu Monat glatt durchläuft. War echt kompliziert, die haben ständig telefoniert, so in dem Stil. Ein paarmal kam er runter, und wenn sie fertig waren, ging sie ein Glas mit ihm trinken, manchmal auch zu Abend essen. Sie verliebte sich in ihn. Das ist alles, was ich weiß.«

Er holte eine schmale Metallklammer heraus, die er im rechten Winkel in die Holzwandung des Hauses schlug, dann legte er einen mörtelbeschichteten Ziegel darauf.

»Wofür ist das?« fragte ich aus Neugierde.

»Bitte? Ach so. Damit wird verhindert, daß die Backsteinmauer von dem Rest herunterfällt.«

Ich nickte, war fast geneigt, mich auch einmal als Maurer zu versuchen.

»Und danach hat sie mit Ihnen gebrochen?« kam ich wieder zur Sache.

»So ziemlich. Ab und zu besuchte ich sie noch, aber es war vorbei, und ich wußte es.«

Die Anspannung in seinem Ton ließ nach, so daß er eher resigniert als zornig klang. Lyle bestrich einen weiteren Backstein mit weichem Mörtel und setzte ihn auf. Die Sonne tat mir gut im Rücken, und ich stützte mich auf die Ellbogen und lehnte mich auf der Plane zurück.

»Was ist Ihre Theorie?« fragte ich.

Er sah mich verschlagen an. »Vielleicht hat sie sich umgebracht.«

»Selbstmord?« Auf den Gedanken wäre ich nie gekommen.

»Sie haben gefragt. Ich sage Ihnen nur, was ich damals dachte. Sie war wirklich auf ihn abgefahren.«

»Ja, aber so sehr, daß sie sich nach seinem Tod umbringt?«

»Wer weiß?« Er hob eine Schulter und ließ sie wieder sinken.

»Wie hat sie von seinem Tod erfahren?«

»Jemand rief an und sagte es ihr.«

»Woher wissen Sie das?«

»Weil sie mit mir telefoniert hat. Sie wußte zuerst nicht, was sie davon halten sollte.«

»Hat sie um ihn getrauert? Tränen? Schock?«

Er schien zurückzudenken. »Sie war einfach total verwirrt und durcheinander. Ich bin zu ihr. Sie hatte mich darum gebeten, zu kommen, aber dann überlegte sie sich's anders und sagte, sie wollte nicht darüber reden. Sie war fertig, konnte keinen klaren Gedanken fassen. Mir ging es etwas auf den Keks, daß sie mich herumstupste, darum bin ich wieder weg. Das nächste, was ich weiß, ist, daß sie tot war.«

»Wer hat sie gefunden?«

»Der Verwalter in dem Haus, wo sie wohnte. Sie erschien zwei Tage nicht zur Arbeit und rief nicht an, da machte ihr Chef sich Gedanken und fuhr bei ihr vorbei. Der Verwalter versuchte durchs Fenster zu sehen, aber die Vorhänge waren zu. Sie klopften 'ne Weile, erst vorne, dann hinten, und sind schließlich mit einem Nachschlüssel rein. Sie lag im Morgenrock auf dem Fußboden im Badezimmer. Sie war seit drei Tagen tot.«

»Was ist mit ihrem Bett? Hatte sie drin geschlafen?«

»Ich weiß nicht. Davon erwähnte die Polizei nichts.«

Ich dachte einen Augenblick darüber nach. Es hörte sich an, als könnte sie abends eine Kapsel eingenommen haben, genau wie Laurence Fife. Mir schien immer noch, daß es die gleiche Medizin gewesen sein könnte – irgendeine Antihistaminkapsel, in die jemand Oleander getan hatte.

»War sie allergisch, Lyle? Klagte sie über Schnupfen oder etwas Ähnliches, als Sie sie zuletzt gesehen haben?«

Er zuckte die Achseln. »Könnte schon sein. Ich erinnere mich nicht an so was. Ich sah sie am Donnerstag abend. Am Mittwoch oder Donnerstag der Woche, in der sie von dem Tod des Anwalts erfuhr. Sie starb am späten Samstag abend, hieß es. So stand es nachher in der Zeitung.«

»Was ist mit dem Anwalt, mit dem sie liiert war? Wissen Sie, ob er etwas in ihrer Wohnung hatte? Zahnbürste? Rasierapparat? Dergleichen Dinge? Vielleicht hat sie Medizin eingenommen, die für ihn bestimmt war.«

»Woher, bitte, soll ich das wissen?« sagte er gereizt. »Ich stecke meine Nase nicht in Angelegenheiten, die mich nichts angehen.«

»Hatte sie eine Freundin? Jemanden, dem sie sich anvertraut haben könnte?«

»Vielleicht auf der Arbeit. Ich erinnere mich an niemand Bestimmten. Sie hatte keine ›Freundinnen‹.«

Ich holte mein Notizbuch hervor und schrieb kurz die Telefonnummer meines Motels auf. »Hier bin ich zu erreichen. Klingeln Sie mich an, falls Ihnen noch was einfällt?«

Er nahm den Zettel und steckte ihn achtlos in die Gesäßtasche seiner Jeans. »Was ist denn in Las Vegas?« fragte er. »Wie paßt das da rein?«

»Ich weiß noch nicht. Da ist vielleicht eine Frau, die ein paar

Lücken schließen kann. Ich komme gegen Ende der Woche über Los Angeles zurück. Vielleicht besuche ich Sie dann noch mal.«

Lyle hatte mich bereits ausgeblendet, klopfte den nächsten Stein fest, strich den überschüssigen Mörtel ab, der zwischen den Ritzen herausgesickert war. Ich warf einen Blick auf die Uhr. Mir blieb noch Zeit, die Firma abzuklopfen, in der Libby Glass gearbeitet hatte. Ich glaubte zwar nicht, daß Lyle die ganze Wahrheit sagte, aber sicher sein konnte ich auch nicht. Also ließ ich es hingehen – vorläufig jedenfalls.

11

Haycraft & McNiece befanden sich im AVCO-Gebäude in Westwood, nicht weit von meinem Motel. Ich parkte auf einem teuren, an die Leichenhalle von Westwood Village grenzenden Parkplatz, nahm den Eingang bei der Wells Fargo Bank und fuhr mit dem Lift nach oben. Die Büros lagen unmittelbar rechts, als ich ausstieg. Ich stieß eine messingbeschriftete Tür aus massivem Teak auf. Das Innere bestand aus einem ungleichmäßig roten Fliesenboden, deckenhohen Spiegeln und rustikaler grauer Holztäfelung, an der hier und dort Sträuße aus getrocknetem Korn hingen. Die Empfangsdame saß hinter einem abgeteilten Korral zu meiner Linken. Ein Schild mit der Aufschrift »Allison, Empfangsdame« stand auf dem Eckpfosten des Zauns, die Lettern waren in das Holz eingebrannt wie mit einem glühenden Eisen. Ich gab ihr meine Karte.

»Ich möchte gern mit einem leitenden Angestellten sprechen«, sagte ich. »Ich untersuche den Mord an einer Prüferin, die mal hier gearbeitet hat.«

»Ach ja. Ich habe von ihr gehört«, sagte Allison. »Einen Moment.«

Sie war in den Zwanzigern, mit langen, dunklen Haaren. Sie trug Jeans und eine dünne Krawatte, ihr Westernhemd sah aus, als wäre es mit einer Menge Heu ausgestopft. Ihre Gürtelschnalle war geformt wie ein bockender Mustang.

»Was ist das hier? Ein Wildpark oder so?« fragte ich.

»Hm?«

Ich schüttelte den Kopf, da ich nicht gewillt war, das Thema weiterzuverfolgen, und sie klackte mit ihren hochhackigen Stiefeln durch eine Schwingtür. Kurz darauf kam sie wieder.

»Mr. McNiece ist nicht da, aber der Mann, mit dem Sie sprechen wollen, ist wahrscheinlich Garry Steinberg mit doppeltem R.«

»B-e-r-r-g?«

»Nein, G-a-r-r-y.«

»Ach so. Verzeihung.«

»Schon okay«, sagte sie. »Den Fehler machen alle.«

»Wäre es denn möglich, Mr. Steinberg zu sprechen? Nur ganz kurz.«

»Er ist diese Woche in New York«, sagte sie.

»Und Mr. Haycraft?«

»Er ist tot. Ich meine, also, der ist seit Jahren tot«, erklärte sie. »Darum sind wir jetzt eigentlich McNiece und McNiece, aber keiner will das ganze Firmenpapier ändern lassen. Der andere McNiece hat Sitzung.«

»Gibt es sonst noch jemand, der sich an sie erinnern könnte?«

»Ich glaube nicht. Tut mir leid.«

Sie reichte mir meine Karte zurück. Ich drehte sie um und kritzelte die Nummer meines Motels und meines Antwortdienstes in Santa Teresa drauf.

»Könnten Sie das Garry Steinberg geben, wenn er wieder da ist? Ich wäre für einen Anruf wirklich dankbar. Er kann's als R-Gespräch machen, wenn ich nicht mehr hier im Motel bin.«

»Klar«, sagte sie. Sie setzte sich hin, und ich hätte schwören können, daß sie die Karte geradewegs in den Papierkorb bugsierte. Ich beobachtete sie einen Moment, und sie lächelte mich blöde an.

»Vielleicht könnten Sie sie ihm mit einer Notiz auf den Schreibtisch legen«, schlug ich vor.

Sie beugte sich leicht hinunter und kam wieder hoch, die

Karte in der Hand. Sie spießte sie auf einen gefährlich aussehenden Metalldorn neben dem Telefon.

Ich betrachtete sie noch ein wenig länger. Daraufhin nahm sie die Karte vom Dorn und erhob sich.

»Ich leg sie mal auf seinen Schreibtisch«, sagte sie und klackte wieder los.

»Gute Idee«, fand ich.

Ich fuhr zurück zum Motel und führte ein paar Telefongespräche. Ruth in Charlie Scorsonis Büro sagte, er sei noch verreist, gab mir aber die Nummer seines Hotels in Denver. Ich rief an, doch er war nicht im Haus, also hinterließ ich meine Nummer am Nachrichtenschalter. Ich rief Nikki an und brachte sie auf den neuesten Stand, und danach sprach ich mit meinem Antwortdienst. Sie hatten keine Nachrichten. Ich zog meine Joggingsachen an und fuhr zum Strand hinunter, um zu laufen. Sehr schnell fügten sich die Dinge ja nicht ineinander. Bis jetzt kam es mir vor, als ob ich lauter Konfetti im Schoß hätte, und wie ich das alles zusammensetzen sollte, damit es ein Bild ergab, war mir wahrhaftig ein Rätsel. Die Zeit hatte die Fakten zerstückelt wie eine große Maschine, so daß nur feine Papierfädchen geblieben waren, um die Wirklichkeit zu rekonstruieren. Ich fühlte mich unbeholfen und reizbar, und ich mußte Dampf ablassen.

Ich parkte in der Nähe der Santa Monica Pier und joggte südwärts über die Promenade, einen asphaltierten Gehweg parallel zum Strand. Ich trottete an den alten Männern vorbei, die in ihre Schachpartien vertieft waren, vorbei an dünnen schwarzen Jungen, die mit unglaublicher Anmut Skateboard liefen oder vielmehr Boogie tanzten zu der verborgenen Musik ihrer Kopfhörer, vorbei an Gitarrespielern, Potrauchern und Faulenzern, deren Blicke mir verächtlich folgten. Dieser Streifen Plaster ist das letzte Überbleibsel der Drogenkultur der sechziger Jahre – die barfüßigen, schwerlidrigen und mürrischen jungen Leute, die manchmal jetzt wie siebenunddreißig statt wie siebzehn aussehen, aber immer noch mystisch und unnahbar. Ein Hund schloß sich mir an, lief neben mir her, ließ die Zunge hängen, rollte dann und wann glücklich die Augen zu mir hoch. Sein Fell war dick und borstig, in der Farbe von Malzkaramellen, und sein Schwanz ringelte sich wie eine Faschingströte. Er war eine von diesen Boulevardmischungen mit großem Kopf, kurzem Rumpf und kleinen Stummelbeinen, aber er schien sich seines Eigenwertes durchaus bewußt. Zusammen trotteten wir über die Promenade hinaus, vorbei an Ozone, Dudley, Paloma, Sunset, Thornton und Park; bis wir Wave Crest erreichten, hatte er das Interesse verloren und drehte ab, um sich an einer Partie Frisbee draußen am Strand zu beteiligen. Zuletzt sah ich ihn, wie er nach einem unglaublichen Sprung, mit dem er ein Frisbee mitten im Flug gefangen hatte, das Maul zu einem Grinsen verzog. Ich lächelte zurück. Er war einer der wenigen Hunde seit Jahren, die ich wirklich mochte.

Am Venice Boulevard machte ich kehrt, lief noch den größten Teil der Strecke und fing erst an zu gehen, als ich wieder die Pier erreichte. Der Meereswind linderte meine Körperhitze. Ich war außer Atem, aber nicht sehr verschwitzt. Mein Mund fühlte sich trocken an, die Wangen glühten. Es war kein langer Lauf gewesen, aber ich hatte mich etwas mehr ins Zeug gelegt als sonst, und meine Lungen brannten: Verbrennungsmotor in der Brust. Ich lief aus den gleichen Gründen, aus denen ich auch lernte, einen Wagen mit Knüppelschaltung zu fahren und meinen Kaffee schwarz zu trinken; der Tag konnte kommen, an dem irgendein unverhoffter Notfall mich zu einer solchen Härteprobe zwang. Dieser Dauerlauf war außerdem eine »Zugabe«, da ich bereits beschlossen hatte, mir wegen guten Betragens einen Tag freizunehmen. Zuviel Tugend hat eine zersetzende Wirkung. Ich stieg in mein Auto, als ich abgekühlt war, und fuhr auf dem Wilshire ostwärts, zurück in mein Motel.

Als ich die Tür meines Zimmers aufschloß, begann das Telefon zu läuten. Es war mein Kumpel in Las Vegas mit Sharon Napiers Adresse.

»Fantastisch«, sagte ich. »Dafür bin ich wirklich dankbar. Verrat mir, wohin ich mich wenden kann, wenn ich runterkomme, und ich bezahle dir was für deine Zeit.«

»Postlagernd ist am besten. Ich weiß nie, wo ich lande.«

»Alles klar. Wieviel?«

»Fünfzig Piepen. Ein Sonderpreis. Für dich. Sie ist nirgends verzeichnet, und es war nicht einfach.«

»Melde dich, wenn ich den Freundschaftsdienst erwidern kann«, sagte ich, wohl wissend, daß er es tun würde.

»Ach, und Kinsey«, sagte er, »sie ist Kartengeberin beim Blackjack im Fremont, aber sie verdient sich so einiges nebenbei, wie ich höre. Ich hab sie gestern abend in Aktion gesehen. Sie ist sehr raffiniert, aber mir macht sie nichts vor.«

»Tritt sie irgendwem auf die Zehen?«

»Nicht direkt, sie ist aber nahe dran. Du weißt, in dieser Stadt juckt es niemanden, was du tust, solange du nicht betrügst. Sie sollte keine Aufmerksamkeit auf sich ziehen.«

»Danke für den Hinweis«, sagte ich.

»Aber klar«, sagte er und hing ein.

Ich duschte und zog mir eine Hose und ein Hemd an, dann ging ich über die Straße und aß gebratene, in Ketchup ertränkte Muscheln mit einer Extraportion Fritten dazu. Ich trank noch zwei Tassen Kaffee und ging zurück auf mein Zimmer. Sowie ich die Tür hinter mir schloß, begann das Telefon zu läuten. Diesmal war es Charlie Scorsoni.

»Wie geht's in Denver?« fragte ich, sobald er sich gemeldet hatte.

»Nicht schlecht. Wie geht's in L. A.?«

»Ganz gut. Heute abend fahre ich nach Las Vegas.«

»Spielfieber?«

»Überhaupt nicht. Ich habe einen Hinweis auf Sharon.«

»Großartig. Sagen Sie ihr, sie soll mir meine sechshundert Dollar zurückzahlen.«

»Ja, ja. Klar. Mit Zinsen. Ich versuche rauszufinden, was sie über einen Mord weiß, und Sie wollen, daß ich mich mit ihr wegen alter Schulden streite.«

»*Ich* werde nie dazu kommen, das steht fest. Wann sind Sie wieder in Santa Teresa?«

»Samstag vielleicht. Auf der Rückfahrt über L. A. am Freitag will ich ein paar Kisten durchsehen, die Libby Glass gehörten. Aber ich nehme an, es wird nicht lange dauern. Wieso fragen Sie?«

»Ich wollte Sie doch zu einem Drink einladen«, sagte er. »Ich verlasse Denver übermorgen, werde also vor Ihnen wieder in der Stadt sein. Rufen Sie mich an, wenn Sie zurückkommen?«

Ich zögerte ein winziges bißchen. »Okay.«

»Ich meine, vergeben Sie sich nichts, Millhone«, sagte er sarkastisch.

Ich lachte. »Ich rufe an. Ich schwör's.«

»Wunderbar. Bis dann.«

Nachdem ich eingehängt hatte, merkte ich, daß ein albernes Lächeln sich viel länger auf meinem Gesicht hielt, als es sollte. Was war nur an diesem Mann?

Las Vegas ist etwa sechs Autostunden von L. A. entfernt, und ich entschied, ich könnte eigentlich gleich losfahren. Es war kurz nach sieben und noch nicht dunkel, also warf ich meine Sachen auf den Rücksitz und sagte Arlette, ich würde für zwei Tage weg sein.

»Soll ich Ihre Anrufe weiterleiten, oder was?« fragte sie.

»Ich rufe Sie an, wenn ich dort bin, und lasse Sie wissen, wo man mich erreichen kann.«

Ich fuhr auf dem San Diego Freeway nach Norden, bog auf den Ventura, dem ich ostwärts folgte, bis er in den Colorado Freeway überging, eine der wenigen freundlichen Straßen im ganzen Autobahnnetz von L. A. Der Colorado ist breit und spärlich befahren, er durchschneidet die nördliche Grenze des Stadtgebiets von Los Angeles. Auf dem Colorado ist es möglich, die Fahrspur zu wechseln, ohne daß man Angstzustände bekommt, und die robuste Barriere, die den nach Osten gehenden Verkehr von dem nach Westen trennt, bietet die beruhigende Gewähr, daß keine Autos leichtfertig herüberschlenkern und einem frontal auf den Kühler knallen. Vom Colorado bog ich schräg nach Süden, fuhr auf den San Bernardino Freeway und nahm die 15 nordostwärts, eine lange, unregelmäßige Diagonale in Richtung

Las Vegas. Wenn ich Glück hatte, konnte ich mit Sharon Napier reden und dann weiter nach Süden zum Saltonsee fahren, wo Greg lebte. Auf dem Rückweg konnte ich den Kreis mit einem Schwenk nach Claremont schließen, um kurz mit seiner Schwester Diane zu plaudern. Noch war ich nicht sicher, was mir die Reise bringen würde, aber ich mußte die Grundlagen meiner Untersuchung vervollständigen. Und Sharon Napier erwies sich bestimmt als interessant.

Ich fahre gerne nachts. Schaulust ist nicht meine Sache, und wenn ich durch das Land fahre, verlocken mich die Sehenswürdigkeiten der Natur niemals zu Umwegen. Ich habe kein Interesse für dreißig Meter hohe Felsen in der Form krummhalsiger Kürbisse. Ich bin nicht wild darauf, in Gräben hineinzustarren, die von ehemaligen Flüssen gebildet wurden, und ich staune nicht über Löcher im Erdboden, wo einst Meteore niedergegangen sind. Fahre ich irgendwohin, sieht das für mich immer ziemlich gleich aus. Ich starre auf die betonierte Fahrbahn. Ich beobachte den gelben Strich. Ich hänge mich an dicke Brummis und an Pkws, in denen kleine Kinder auf dem Rücksitz schlafen, und ich trete das Pedal durch, bis ich mein Ziel erreiche.

12

Bis Las Vegas glitzernd am Horizont auftauchte, war es weit nach Mitternacht, und ich fühlte mich steif. Bewußt vermied ich den Strip. Ich hätte die ganze Stadt vermieden, wenn ich gekonnt hätte. Ich spiele nicht, da ich keine natürliche Begabung für Zeitvertreib habe und schon gar nicht neugierig auf ihn bin. Das Leben in Las Vegas entspricht genau meiner Vorstellung von einem eventuellen Leben in unterseeischen Städten. Tag und Nacht bedeuten nichts. Die Menschen ebben und fluten ziellos, wie von unsichtbaren warmen Strömungen bewegt, die schnell und unangenehm stark sind. Alles besteht aus Gips, aus Imitationen, ist überlebensgroß und zutiefst unpersönlich. Die ganze Stadt riecht nach gebratenen Garnelen-Dinners für 1 Dollar 89.

Ich fand ein Motel nahe dem Flugplatz, am Rand der Stadt. Das *Bagdad* sah aus wie ein Fremdenlegionsposten aus Marzipan. Der Nachtmanager war in eine goldene Satinweste und ein orangenes Satinhemd mit riesigen Puffärmeln gehüllt. Er trug einen Fez mit Quaste. Seine Atmung hatte etwas Kratziges, das in mir den Wunsch erzeugte, mich zu räuspern.

»Sind Sie ein Ehepaar aus 'nem andern Staat?« fragte er ohne aufzuschauen.

»Nein.«

»Es gibt für fünfzig Dollar Gutscheine bei Zweibettzimmern, wenn Sie ein Ehepaar aus 'nem andern Staat sind. Ich schreib's mal hin. Prüft kein Mensch.«

Ich gab ihm meine Kreditkarte, die er dazwischennahm, während ich den Meldezettel ausfüllte. Er gab mir meinen Schlüssel und einen kleinen Pappbecher voller Münzen für die Spielautomaten am Eingang. Ich ließ sie auf der Theke.

Ich parkte auf dem Platz vor meiner Tür, ließ den Wagen stehen und nahm ein Taxi ins Zentrum, durch das künstliche Tageslicht der Glitzerschlucht. Ich bezahlte das Taxi und brauchte einen Augenblick, um mich zu orientieren. Unablässiger Verkehr strömte auf der East Fremont, die Gehwege waren übervölkert von Touristen; knallgelbe Schilder und Blinkfeuer – THE MINT, THE FOUR QUEENS – beleuchteten ein lückenloses Kabinett von kleinen Gaunern: Zuhälter und Prostituierte, Taschendiebe, naive Bauernfänger aus dem Mittelwesten, die in der Überzeugung nach Vegas pilgern, daß sie mit Geduld und Spucke dem System ein Schnippchen schlagen werden. Ich ging in das *Fremont*.

Aus dem Restaurant konnte ich das chinesische Essen riechen, und der Geruch von Huhn Chow Mein vermischte sich seltsam mit dem Duftstrahl einer an mir vorbeikommenden Frau, die in ihrem bedruckten, königsblauen Polyesteranzug aussah wie ein Stück wandelnder Tapete. Ich beobachtete beiläufig, wie sie anfing, Vierteldollarmünzen in einen Spielautomaten in der Lobby zu werfen. Die Blackjacktische waren weiter links von mir. Ich fragte einen der Aufseher nach Sharon Napier, und er sagte mir, sie käme um elf Uhr früh. Ich hatte eigentlich auch nicht erwartet, sie noch an diesem Abend zu treffen, aber ich wollte ein Gefühl für die Umgebung bekommen.

Das Kasino brodelte, die Croupiers an den Würfeltischen schoben Chips mit einem Stab hin und her, als wäre es eine Art Billard mit besonderen Regeln. Ich habe einmal eine Besichtigung bei der Nevada Würfel Cie. mitgemacht und dabei fast mit Ehrfurcht beobachtet, wie die sechzig Pfund schweren, zweieinhalb Zentimeter starken Nitrozelluloseplatten getrocknet und in Würfel geschnitten wurden. Etwas größer als das Endformat, wurden sie anschließend gehärtet, poliert und auf allen Seiten ausgebohrt. Mit Spezialpinseln kam zuletzt eine weiße Harzmasse auf die vertieften Augen. Zwischendrin hatten die Würfel ausgesehen wie kleine Blöckchen Kirschgelee, die man als kalorienarmen Nachtisch hätte servieren können. Ich sah zu, wie die Leute ihre Wetten setzten. Die auf den Tisch gezeichneten Wettmöglichkeiten – *Pass, Don't, Pass, Come, Don't Come, Field, Big 6, Big 8* – waren ein Rätsel für sich, und ich drang beim besten Willen nicht durch die Serie der Gewinne, Verluste und Zahlen, die da in einem leisen Singsang gespannter Konzentration und Überraschung heruntergerasselt wurden. Über dem Ganzen hing eine fahle Wolke von Zigarettenrauch, durchsetzt mit dem Geruch von verschüttetem Scotch. Die dunklen Spiegel über den Tischen mußten ständig von zahllosen Augenpaaren beobachtet worden sein, um zweifelhaften Manövern der Gäste zuvorzukommen. Nichts konnte unbemerkt bleiben. Die Atmosphäre glich einem überfüllten *Woolworth* an Heiligabend, wo kein Verlaß darauf war, daß die Scharen hektischer Kunden nicht hier und da etwas mitgehen ließen. Selbst die Angestellten konnten lügen, betrügen, stehlen, und man durfte nichts dem Zufall überlassen. Ich empfand flüchtigen Respekt vor dem ganzen System der Kontrollen und Gegenkontrollen, das soviel Geld in Umlauf hält und so wenig in die einzelnen Taschen zurückfließen läßt, denen es entlockt worden ist. Ein plötzliches Gefühl der

Erschöpfung überkam mich. Ich ging wieder hinaus auf die Straße und rief ein Taxi.

Der »mittelöstliche« Pomp des *Bagdad* endete abrupt an der Tür zu meinem Zimmer. Der Teppichboden war aus dunkelgrüner Zottelwolle, die kunststoffbeschichtete Tapete gelbgrün mit einem Muster aus sich überschneidenden Palmen und dichten kleinen Knäueln, die entweder Datteln oder Fliegende Hunde darstellten. Ich verriegelte die Tür, kickte meine Schuhe weg, nahm den Chenille-Bezug vom Bett und kroch erleichtert unter die Decken. Ich telefonierte kurz mit meinem Auftragsdienst, danach noch mit einer geschlauchten Arlette, und gab ihnen meinen neuesten Standort sowie die Nummer durch, unter der ich zu erreichen war.

Ich erwachte um zehn Uhr früh mit leichten Kopfschmerzen – als bahnte sich ein Kater an, ohne daß ich auch nur ein Glas getrunken hatte. Vegas setzt mir oft in dieser Weise zu, eine Verbindung von Streß und Angst, auf die mein Körper mit allen Symptomen einer beginnenden Grippe reagiert. Ich nahm zwei Tylenol und duschte ausgiebig in dem Bemühen, die störenden Anklänge von Übelkeit fortzuschwemmen. Ich fühlte mich, als hätte ich ein Pfund kaltes Popcorn in Butter gegessen und es mit reichlich Süßstoff hinuntergespült.

Ich trat aus meinem Motelzimmer; draußen im Licht mußte ich die Augen zusammenkneifen. Die Luft war immerhin frisch, und dazu kam bei Tag der Eindruck einer zahmeren, geschrumpften Stadt, die ihre wahren Dimensionen zurückerhalten hatte. Die Wüste erstreckte sich hinter dem Motel in einem hellgrauen, am Horizont in Lila übergehenden Dunst. Der Wind war mild und trocken, die Hitze des Sommers kündigte sich nur in den fern schimmernden Tümpeln aus Sonnenlicht im Wüstenboden an, die sich beim Näherkommen auflösten. Vereinzelte Beifußstände durchbrachen die langen, ebenen Flächen baumlosen Ödlands, begrenzt von fernen Hügeln.

Ich fuhr am Postamt vorbei und hinterließ eine Anweisung über fünfzig Dollar für meinen Bekannten, und dann kundschaftete ich die Adresse aus, die er mir gegeben hatte. Sharon Napier wohnte in einem zweistöckigen Appartementhaus auf der anderen Seite der Stadt, lachsroter Stuck, der an den Kanten bröckelte, als wären Tiere in der Nacht herbeigekrochen, um die Ekken abzufressen. Das Dach war fast flach, mit Steinen übersät, die eiserne Brüstung schickte Rostspritzer an den Seiten des Gebäudes hinunter. Die Gartenarchitektur bestand aus Steinen, Palmlilien und Kakteen. Es gab nur zwanzig Wohneinheiten. Sie waren um ein nierenförmiges Schwimmbecken herum angeordnet, das eine graubraune Schlackensteinmauer von den Parkplätzen trennte. Ein paar kleine Kinder planschten in dem Bekken herum, und eine Frau mittleren Alters stand auf dem Treppenabsatz vor ihrer Wohnung und klemmte einen Lebensmitteltüte zwischen ihrer Hüfte und der Tür fest, während sie aufschloß. Ein Chicano-Junge spritzte die Gehwege ab. Die Gebäude zu beiden Seiten des Wohnblocks waren Einfamilienhäuser. Hinter dem Block, auf der anderen Straßenseite, gab es ein unbebautes Grundstück.

Sharons Appartement lag im Erdgeschoß, ihr Name stand säuberlich geprägt auf einem Plastikstreifen am Briefkasten. Ihre Vorhänge waren zugezogen, doch einige der Haken oben hatten sich gelöst, so daß der gefütterte Stoff nach innen gefallen war und eine Lücke bildete, durch die ich einen beigen Formicatisch und zwei beige, kunststoffbezogene Küchenstühle sehen konnte. Das Telefon stand auf einer Ecke des Tisches, zuoberst auf einem Stapel Papiere. Daneben eine Kaffeetasse mit einem wächsernen Halbmond aus knallrosa Lippenstift auf dem Rand. Eine Zigarette, ebenfalls rosa gerändert, war auf dem Unterteller ausgedrückt worden. Ich blickte mich um. Niemand schien sonderlich auf mich zu achten. Rasch ging ich durch eine Passage, die den Hof mit der Rückseite des Gebäudes verband.

Sharons Appartementnummer stand auch auf der Hintertür, und es gab in Abständen noch vier weitere Hintereingänge. Sie führten jeweils auf ein schmales, von schulterhohen Schlackensteinmauern umschlossenes Rechteck, vermutlich, um die Illusion kleiner Patios zu schaffen. Die Müllcontainer standen draußen, auf dem Gehweg vor der Mauer. Sharons Küchenvorhänge waren geschlossen. Vorsichtig betrat ich ihren Patio. Sie hatte sechs Geranientöpfe entlang der Türstufe aufgestellt. Zwei Klappstühle aus Aluminium lehnten an der Wand, ein Stapel alter Zeitungen neben der Tür. Es gab ein Fensterchen rechts und ein größeres Fenster dahinter. Ich konnte nicht abschätzen, ob es ihr Schlafzimmer oder das ihrer Nachbarn war. Ein Blick hinüber auf das unbebaute Grundstück, dann trat ich sachte aus dem Patio und bog links auf den Fußweg, der wieder in die Straße mündete. Ich stieg in mein Auto und fuhr zum *Fremont*.

Es war, als hätte ich es nie verlassen. Die Dame in Königsblau klebte immer noch an dem Vierteldollar-Automaten, ihr Haar zu einer glänzenden, mahagonibraunen Lockenpracht aufgetürmt. Die gleiche Menschenmenge schien, wie von Magnetkraft, um den Würfeltisch zusammengedrängt, wo der Croupier mit seinem Stöckchen Chips hin und her schob, als wäre es ein Besen und jemand hätte ihm den Tisch versaut. Kellnerinnen gingen mit Getränken herum, und ein stämmiger Mann, den ich dem zivilen Sicherheitsdienst zuordnete, bemühte sich, mit der Miene eines vom Glück verlassenen Touristen umherzuwandern. Aus der Carnival Hall konnte ich die etwas zu tiefe Stimme einer Sängerin hören, die ein schwungvolles Potpourri von Broadway-Melodien präsentierte. Ich bekam sie flüchtig zu sehen, wie sie Gefühle in den halbleeren Raum warf, ihr Gesicht ein strahlendes Rouge unter dem Spotlight.

Sharon Napier war nicht schwer zu finden. Sie war groß, vielleicht einsachtundsiebzig oder mehr in ihren hochhackigen Schuhen. Sie gehörte zu der Sorte Frauen, die man von unten herauf wahrnimmt: lange, wohlgeformte Beine, betont schlank in schwarzer Netzstrumpfhose und einem kurzen schwarzen Rock, der sich an den Schenkeln glockig erweiterte. Sie hatte schmale Hüften, einen flachen Bauch, die hochgeschubsten Brüste bildeten zwei ausgeprägte Hügel. Das Oberteil ihres schwarzen Dresses war eng und tief ausgeschnitten. Über der linken Brust war ihr Name eingestickt. Ihre Haare waren aschblond, farblos im Neonlicht, die Augen von einem unheimlichen Grün, einem

Leuchten, das ich auf getönte Kontaktlinsen zurückführte. Ihre Haut war hell und makellos, das Oval ihres Gesichts weiß wie Eierschale und von ebenso feiner Struktur. Ihre Lippen waren voll und breit, wobei der leuchtend rosa Lippenstift die üppigen Ausmaße noch unterstrich. Es war ein Mund, geschaffen für unnatürliche Akte. Etwas an ihrem Auftreten verhieß kühlen, improvisierten Sex zum richtigen Preis, und das würde nicht billig sein.

Sie gab die Karten mechanisch, mit erstaunlicher Geschwindigkeit. Drei Männer saßen auf Hockern um den Tisch, an dem sie arbeitete. Keiner sprach ein Wort. Die Kommunikation bestand aus einem winzigen Heben der Hand, aus umgedrehten oder unter stattliche Einsätze gelegte Karten, einem Schulterzukken, wenn die dritte Karte kam. Zwei verdeckt, eine offen. Flop, flop. Ein Mann scheuerte mit dem Rand seiner aufgedeckten Karte an der Tischplatte und verlangte noch eine. Bei der zweiten Runde deckte ein Mann einen Black Jack auf, und sie zahlte aus – Spielmarken im Wert von zweihundertfünfzig Dollar. Ich konnte sehen, wie seine Augen Sharon in sich aufnahmen, als sie die Karten zurückholte, schnell mischte und von neuem austeilte. Der Mann war dünn, mit einem schmalen, angehend kahlen Kopf und dunklem Schnurrbart, aufgerollten Hemdsärmeln, schweißbenetzten Unterarmen. Sein Blick wanderte an ihrem Körper hinunter und wieder hoch zu dem makellosen Gesicht, kalt und weiß, den funkelnden, grünen Augen. Sie schenkte ihm keine besondere Aufmerksamkeit, aber ich hatte das Gefühl, daß sich die beiden später noch näherkommen würden. Ich zog mich an einen anderen Tisch zurück und beobachtete sie aus einer günstigen Entfernung. Um halb zwei machte sie eine Pause. Ein anderer Geber nahm ihren Platz ein, und sie strebte durch das Kasino zum Fiestaraum, wo sie ein Coke bestellte und sich eine Zigarette ansteckte. Ich folgte ihr.

»Sind Sie Sharon Napier?« fragte ich.

Sie blickte auf. Ihre Augen waren von dunklen Wimpern umrandet. Unter dem fluoreszierenden Licht nahm das Grün fast einen Türkiston an.

»Ich glaube nicht, daß wir uns kennen«, sagte sie.

»Ich bin Kinsey Millhone«, sagte ich. »Darf ich mich setzen?«

Sie zuckte als Zustimmung mit den Schultern. Dann nahm sie eine Puderdose aus ihrer Tasche, prüfte ihr Augen-Make-up und entfernte einen kleinen Schattenfleck vom oberen Lid. Ihre Wimpern waren eindeutig falsch, aber von aufregender Wirkung, denn sie gaben ihren Augen eine exotische Schräge. Sie legte frischen Lippenglanz auf, indem sie den kleinen Finger in ein winziges Töpfchen mit Rosa tauchte. »Was kann ich für Sie tun?« fragte sie, kurz von ihrem Spiegel aufblickend.

»Ich untersuche den Tod von Laurence Fife.«

Das saß. Sie hielt inne, ihr ganzer Körper wurde steif. Es wäre die perfekte Pose für ein Foto gewesen. Eine Sekunde verstrich, und sie war wieder in Bewegung. Sie ließ die Puderdose zuschnappen, verstaute sie und griff zu ihrer Zigarette. Sie nahm einen tiefen Zug, während sie mich im Auge behielt. Sie schnickte Asche weg. »Er war ein echter Dreckskerl«, sagte sie und blies mit jedem Wort Rauch von sich.

»Das hörte ich schon«, erwiderte ich. »Haben Sie lange für ihn gearbeitet?«

Sie lächelte. »Na, Ihre Hausaufgaben haben Sie immerhin gemacht. Ich wette, Sie kennen auch die Antwort darauf.«

»Mehr oder weniger«, sagte ich. »Aber es gibt eine Menge, was ich nicht weiß. Geben Sie mir Auskunft?«

»Worüber?«

Ich zuckte die Achseln. »Wie es gewesen ist, für ihn zu arbeiten. Was Sie bei seinem Tod empfunden haben...«

»Als Chef war er ein Stinker. Seinen Tod fand ich großartig«, sagte sie. »Ich hasse Tippsenarbeit, falls Sie's noch nicht erraten haben.«

»Das hier muß Ihnen eher liegen«, meinte ich.

»Also, ich habe nichts mit Ihnen zu besprechen«, sagte sie rundheraus. »Wer hat Sie überhaupt hergeschickt?«

Darauf wagte ich einen Kopfsprung: »Nikki.«

Sie schien verblüfft. »Die ist doch noch in Haft. Oder nicht?«

Ich schüttelte den Kopf. »Sie ist draußen.«

Sie überlegte einen Moment, und dann wurde ihre Haltung etwas freundlicher. »Sie hat Moneten, ja?«

»Zu leiden braucht sie nicht, falls Sie das meinen.«

Sie stippte ihre Zigarette aus, knickte die Glut drunter und quetschte sie platt. »Ich höre um sieben auf. Kommen Sie doch zu mir nach Hause, da können wir plaudern.«

»Irgendwas, das Sie vorwegnehmen möchten?«

»Nicht hier«, sagte sie.

Sie rasselte ihre Adresse herunter, und ich schrieb sie brav in mein Notizbuch. Sie warf einen Blick nach links hinüber, und zuerst dachte ich, sie hebe die Hand, um einen Bekannten zu grüßen. Ihr Lächeln blitzte auf und erlosch, und sie blickte unsicher wieder zu mir, wobei sie sich leicht drehte, so daß mein Gesichtsfeld blockiert war. Ich guckte ihr unwillkürlich über die Schulter, aber sie lenkte meine Aufmerksamkeit ab, indem sie mit dem Fingernagel meinen Handrücken berührte. Ich sah sie an. Ihre Miene verriet nichts.

»Das war der Aufseher. Meine Pause ist um.«

Sie log auf die gleiche Art wie ich, mit einer ziemlichen Dreistigkeit, die keinen Widerspruch und keinen Einwand zuließ.

»Dann bis um sieben«, sagte ich.

»Kommen Sie Viertel vor acht«, meinte sie leichthin. »Ich brauche Zeit, um mich von der Arbeit zu erholen.«

Ich schrieb meinen Namen und den meines Motels auf ein Blatt, das ich aus meinem Notizbuch riß. Sie falzte den Zettel scharf und verstaute ihn in ihrer Zigarettenpackung, unter der Zellophanhülse. Sie ging mit anmutig wiegenden Hüften weg, ohne sich noch einmal umzublicken.

Die zerdrückte Kippe ihrer Zigarette entsandte immer noch einen Rauchfaden, und mein Magen meldete leisen Protest an. Ich war versucht herumzulungern, nur um sie im Auge zu behalten, aber meine Hände fühlte sich klamm an, und ich sehnte mich danach, mich hinzulegen. Es ging mir überhaupt nicht gut, so daß ich allmählich schon dachte, meine Grippesymptome könnten eher echt sein als eingebildet. Das Kopfweh kroch wieder den Nacken herauf. Ich ging durch die Lobby nach draußen. Die frische Luft half zwar, aber nur vorübergehend.

Ich fuhr zurück zum *Bagdad* und zog mir eine 7Up aus dem Automaten. Ich hätte was essen müssen, aber ich war mir nicht sicher, ob ich irgend etwas drin behalten würde. Es war früher Nachmittag, und bis zum Abend brauchte ich glücklicherweise nirgends hin. Ich hing das Schild »Bitte nicht stören« an meine Tür, kroch wieder in das ungemachte Bett und schlang die Decken eng um mich. Meine Knochen hatten angefangen weh zu tun. Es dauerte lange, bis mir warm wurde.

13

Das Telefon läutete alarmierend schrill, und ich erwachte mit einem Schlag. Das Zimmer war dunkel. Ich hatte keine Ahnung, wie spät es war, keine Ahnung, in welchem Bett ich lag. Ich tastete nach dem Hörer, fühlte mich erhitzt und rot und schob die Decken von mir, als ich mich auf die Ellenbogen stützte. Ich knipste das Licht an, schirmte meine Augen gegen den plötzlichen, grellen Glanz ab.

»Hallo?«

»Kinsey, hier ist Sharon. Haben Sie mich vergessen?«

Ich sah auf meine Uhr. Es war halb neun. Mist. »Gott, das tut mir leid«, sagte ich. »Ich bin eingeschlafen. Sind Sie noch eine Weile dort? Ich kann gleich kommen.«

»Na schön«, antwortete sie kühl, als hätte sie eigentlich etwas Besseres vor. »Oh, bleiben Sie dran. Da ist jemand an meiner Tür.«

Sie legte mit einem Klappern den Hörer hin, und ich stellte mir vor, wie er jetzt auf dem harten Formica der Tischplatte lag. Ich lauschte beiläufig, während ich darauf wartete, daß sie wiederkäme. Ich konnte es nicht fassen, daß ich verschlafen hatte, und ich ohrfeigte mich wegen meiner Blödheit. Ich hörte die Tür aufgehen und Sharons gedämpften Ausruf der Überraschung. Und dann hörte ich einen kurzen, beinah hohlen Knall.

Ich blinzelte, setzte mich jäh auf. Ich preßte das Ohr an die Muschel, drückte die Hand auf den Hörer. Was ging da vor sich? Der Hörer an ihrem Ende wurde aufgenommen. Ich erwartete ihre Stimme zu hören und hätte fast auch ihren Namen ausgesprochen, aber auf irgendeine Regung hin hielt ich den Mund. Atemgeräusche drangen an mein Ohr, die leisen, geschlechtslosen Laute von jemand leicht Abgehetztem. Es folgte ein geflüstertes »Hallo«, das mich erschauern ließ. Ich schloß die Augen, zwang mich zu schweigen; in meinem Körper hatte sich eine plötzliche Angst ausgebreitet, so daß mir das Herz bis zu den Ohren schlug. Ein leises, gehauchtes Lachen ertönte, und dann brach die Verbindung ab. Ich knallte den Hörer auf und griff nach meinen Schuhen, schnappte mir meine Jacke im Hinausgehen.

Der Adrenalinstoß hatte alle Schmerzen aus meinem Körper vertrieben. Meine Hände zitterten, aber zumindest war ich in Bewegung. Ich schloß die Tür ab und ging rüber zum Wagen; meine Schlüssel klirrten, als ich versuchte, das Zündschloß zu finden. Ich ließ den Motor an, setzte rasch zurück und nahm Kurs auf Sharons Wohnung. Ich griff nach der Taschenlampe im Handschuhfach und prüfte sie. Das Licht war gut. Ich fuhr mit zunehmender Sorge. Sie trieb entweder Spielchen, oder sie war tot, und ich glaubte die Antwort zu kennen. Ich hielt auf der anderen Straßenseite. An dem Gebäude waren keine besonderen Anzeichen von Aktivität zu erkennen. Niemand lief herum. Keine Menschenmengen waren versammelt, keine Polizeiwagen an der Straße geparkt, keine heulenden Sirenen im Anzug. Zahlreiche Autos standen in der Parkreihe, und fast in jeder Wohnung des Gebäudes, die ich sehen konnte, brannte Licht. Ich langte auf den Rücksitz und holte ein Paar Gummihandschuhe aus meiner verschlossenen Aktentasche. Meine Hände berührten den kurzen Lauf meiner kleinen Automatic, und ich sehnte mich heftig danach, sie in meiner Windjacke zu verstauen. Ich war nicht sicher, was ich in ihrer Wohnung finden würde, war nicht sicher, wer auf mich warten mochte, aber der Gedanke, dort im Besitz einer geladenen Waffe entdeckt zu werden, falls sie tot war, war das allerletzte. Ich ließ die Pistole, wo sie war, und stieg aus, schloß mein Auto ab und steckte die Schlüssel in meine Jeans.

Ich ging auf den Vorhof. Er war dunkel, aber mehrere Punktscheinwerfer waren strategisch entlang dem Gehsteig plaziert, sechs weitere, grüne und gelbe Scheinwerferkegel schossen entlang den Kakteen empor. Die Wirkung war eher bunt als lichtspendend. Sharons Appartement war dunkel, und die Lücke in den Vorhängen war zugezogen worden. Ich klopfte an die Tür. »Sharon?« Ich rief mit leiser Stimme, suchte zu erkennen, ob irgendwo in der Wohnung Licht anging. Ich zog die Gummihandschuhe an und probierte den Türknauf. Verschlossen. Ich klopfte nochmals, wiederholte ihren Namen. Von drinnen kam kein Laut. Was sollte ich machen, wenn jemand da drin war?

Ich ging über den kurzen Fußweg, der um das Gebäude herum auf die Rückseite führte. Irgendwo im ersten Stock konnte ich eine Stereo-Anlage hören. Mein Kreuz tat weh und meine Wangen fühlten sich so heiß an, als käme ich gerade von einem Lauf, aber ob es von Grippe oder von Angst herrührte, wußte ich nicht. Ich ging schnell und leise über den hinteren Fußweg. Sharons Küche war die einzige von den fünf, die im Dunkeln lag. Eine Kugelleuchte brannte über jeder Hintertür und warf ein schwaches, aber klares Licht auf die kleinen Patios. Ich probierte die Hintertür. Verschlossen. Ich klopfte an das Glas.

»Sharon?« Ich horchte auf Geräusche aus dem Inneren der Wohnung. Alles war still. Ich schaute mich am Eingang um. Wenn sie Ersatzschlüssel draußen hatte, mußten sie irgendwo in der Nähe versteckt sein. Ich blickte zurück auf die kleinen Glasscheiben an ihrer Hintertür. Sollte es gar nicht anders gehen, konnte ich eine herausbrechen. Ich ließ meine Finger über die Oberkante des Türrahmens gleiten. Zu schmal für Schlüssel. Die Blumentöpfe sahen alle unschuldig aus, und eine rasche Prüfung zeigte, daß nichts im Erdreich versteckt war. Eine Fußmatte gab es nicht. Ich hob den Packen alter Zeitungen hoch und schüttelte sie kurz, aber Schlüssel fielen keine heraus. Die Schlackensteinmauer um den Patio bestand aus durchbrochenen »Schmuckziegeln« von einem Fuß im Quadrat; ihre Muster waren vertrackt genug, um ein gräumiges, wenn auch nicht originelles Versteck für einen Schlüssel zu bieten. Ich hoffte, nicht jeden einzelnen absuchen zu müssen. Wieder schaute ich auf die kleinen Glasscheiben und fragte mich, ob es nicht angebracht wäre, mit geschützter Faust eine herauszuhauen. Ich sah nach unten. Eine Plastik-Gießkanne und ein Hohlspatel standen direkt vorn in der Ecke der Mauer. Ich hockte mich hin und ließ die rechte Hand in die einzelnen Schnörkel des Ecksteins gleiten. In einem war ein Schlüssel.

Ich langte hoch und gab der Kugelleuchte über ihrer Hintertür eine kurze Drehung nach links. Der Patio war in Dunkel getaucht. Ich steckte den Schlüssel ins Schloß und öffnete die Tür einen Spaltweit. »Sharon!« flüsterte ich belegt. Ich war versucht, das Appartement im Dunkeln zu lassen, aber ich mußte wissen, ob ich allein war. Ich hielt die Taschenlampe wie eine Keule und tastete nach links, bis ich einen Schalter fand. Das zurückgesetzte Licht über der Spüle ging an. Den Schalter für die Deckenbeleuchtung der Küche sah ich an der Wand gegenüber. Ich durchquerte das Zimmer und knipste ihn an, duckte mich und ging in Deckung. Mit dem Rücken zum Kühlschrank kauerte ich da und hielt die Luft an. Ich lauschte angestrengt. Nichts. Ich hoffte bloß, daß ich mich nicht total lächerlich machte. Soweit ich wußte, konnte das Geräusch, daß ich gehört hatte, der Knall eines Champagnerkorkens gewesen sein, und Sharon war vielleicht in dem verdunkelten Schlafzimmer und vollzog unerlaubte Sexualakte mit einem kleinen Zirkushund und einer Peitsche.

Ich spähte ins Wohnzimmer. Sharon lag in einem smaragdgrünen Verlours-Morgenrock ausgestreckt auf dem Wohnzimmerboden. Sie war entweder tot oder fest am Schlafen, und ich wußte immer noch nicht, wer sonst noch mit mir in dieser Wohnung sein mochte. Ich ging in zwei Schritten zum Wohnzimmer hinüber, drückte mich flach an die Wand und wartete einen Moment, ehe ich wieder in den dunklen Flur hinausschaute. Ich sah keinen Fitzel. Ich fand einen Lichtschalter direkt links von mir und knipste ihn an. Der Flur wurde von Licht überflutet, und der

Teil des Schlafzimmers, den ich sehen konnte, schien leer zu sein. Ich tastete nach dem Schlafzimmerschalter, knipste ihn an und sah mich rasch um. Die offene Tür nach rechts mußte das Bad sein. Es gab keinen Hinweis darauf, daß die Wohnung geplündert worden wäre. Die Schiebetüren des Wandschranks waren zu, und das gefiel mir gar nicht. Aus dem Badezimmer kam ein leises metallisches Geräusch. Ich erstarrte. Mein Herz tat einen Satz und einen halben, und ich tauchte weg. Ich und meine Taschenlampe. Ich wünschte wie der Teufel, ich hätte die Pistole mitgenommen. Das kleine metallische Quietschen setzte wieder ein und nahm einen Rhythmus an, der mir plötzlich bekannt vorkam. Ich schlich zu der Tür hinüber und leuchtete hinein. Da lief eine gottverdammte kleine Maus auf ihrem Tretrad rund. Der Käfig stand auf der Badezimmerkommode. Ich knipste das Licht an. Das Bad war leer.

Ich ging zu den Türen des Wandschranks hinüber und schob eine auf, halb darauf gefaßt, den Schädel eingeschlagen zu bekommen. Beide Seiten des Schranks waren leer bis auf Kleidungsstücke. Ich stieß den lange angehaltenen Atem aus und nahm dann eine zweite rasche Durchsuchung der Wohnung vor. Ich vergewisserte mich, daß die Hintertür abgeschlossen war, zog die Küchenvorhänge vor das Fenster über der Spüle. Dann kehrte ich zurück zu Sharon. Sie hatte ein Einschußloch am Ansatz ihrer Kehle; es sah aus wie ein kleines Medaillon mit rohem Fleisch darin statt einem Foto. Blut war unter ihrem Kopf in den Teppich gesickert und hatte ihn zu der Farbe ungekochter Hühnerleber dunkeln lassen. Kleine Knochensplitter steckten in ihrem Haar. Ich vermutete, daß beim Einschlag der Kugel ihre Halswirbel zerschmettert worden waren. Noch Glück für sie. Kein Schmerz. Sie war anscheinend glatt zurückgeworfen worden, die Arme zu beiden Seiten des Körpers ausgebreitet, die Hüften leicht gedreht. Ihre Augen standen halb offen, das leuchtende Grün erschien jetzt trüb. Ihre blonden Haare sahen grau aus im Tod. Wäre ich wie vorgesehen dorthin gekommen, wäre sie vielleicht nicht tot, und ich wollte mich für meine schlechten Manieren entschuldigen, für die Verzögerung, für meine Übelkeit, für das Zuspätkommen. Ich wollte ihre Hand halten und sie ganz sachte wieder ins Leben zurückrufen, aber es ging ja nicht, und schlagartig wurde mir klar, daß ich, wenn ich rechtzeitig dort gewesen wäre, selbst auch tot sein könnte.

Ich ließ meinen Blick aufmerksam durch das Zimmer gleiten. Der Reliefteppichboden war ausgetreten und verfilzt, so daß es keine Fußabdrücke gab. Ich ging zum Vorderfenster und zog die Vorhänge nach, um sicherzugehen, daß kein Spalt von außen Einblick gewährte, nachdem nun das Licht eingeschaltet war. Ich unternahm erneut einen kurzen Rundgang, und diesmal achtete ich mehr auf Einzelheiten. Das Bett war ungemacht. Das Bad war übersät mit feuchten Handtüchern. Schmutzige Wäsche quoll aus dem Korb. Auf dem Wannenrand stand ein Aschenbecher mit mehreren Zigarettenkippen, umgeknickt und plattgequetscht in der Art, wie ich sie es hatte tun sehen. Das Apartment bestand im Grunde nur aus diesen drei Räumen – Wohnzimmer mit Eßtisch bei den Vorderfenstern, Küche und Schlafzimmer. Das Mobiliar sah aus, als wäre es waggonweise bestellt worden, und ich nahm an, daß wenig davon ihr gehörte. Die Unordnung am Platz schien allein ihr Werk zu sein – Geschirr im Ausguß, nicht entleerter Abfall. Ich sah nieder auf die Papiere unter dem Telefon, eine Sammlung von Mahnungen und Rechnungen. Anscheinend hatte sich an ihrem Hang zu finanziellem Chaos seit den Tagen in Santa Teresa nichts geändert. Ich nahm den ganzen Stoß und stopfte ihn in meine Jackentasche.

Wieder konnte ich das leise, metallische Quietschen hören, und ich ging zurück ins Bad und starrte auf das dumme kleine Tier hinunter. Es war braun und schmächtig, mit großen, roten Augen und schob geduldig seine Runden, die es nirgendwo hinbrachten. »Tut mir leid«, flüsterte ich, und Tränen brannten kurz auf meinen Lippen. Ich schüttelte den Kopf. Das war falsche Sentimentalität, und ich wußte es. Sein Wasserbehälter war voll, aber der Plastikfreßnapf war leer. Ich füllte ihn mit kleinen grünen Körnern, dann kehrte ich zum Telefon zurück, wählte das Amt und verlangte die Polizei von Las Vegas. Con Dolans Warnung klang mir dumpf in den Ohren. Es hätte gerade noch gefehlt, daß die Kripo von Las Vegas mich zur Vernehmung bat. Eine von diesen grimmigen Behördenstimmen kam nach dem zweiten Klingeln in die Leitung.

»Ja, hallo«, sagte ich. In meiner Stimme war ein Zittern, und ich räusperte mich schnellstens. »Ich, ehm, vor 'ner Weile hab ich's in der Wohnung meiner Nachbarin krachen gehört, und jetzt antwortet sie nicht auf mein Klopfen. Ich mache mir Sorgen, daß sie sich verletzt hat. Könnten Sie da vielleicht mal nachsehen?«

Er klang gereizt und gelangweilt, aber er notierte Sharons Adresse und sagte, er würde jemand hinschicken.

Ich sah auf meine Uhr. Ich war noch keine dreißig Minuten in dem Appartement, aber es war Zeit zu verschwinden. Ich wollte nicht, daß das Telefon klingelte. Ich wollte nicht, daß jemand unerwartet an die Tür klopfte. Ich verzog mich nach hinten, drehte unterwegs die Lichter aus und horchte unbewußt auf näher kommende Geräusche. Viel Zeit verlieren durfte ich nicht mehr.

Ich warf noch einen Blick auf Sharon. Ich ließ sie nicht gern so zurück, aber abzuwarten schien mir sinnlos. Ich wollte nicht mit ihrem Tod in Verbindung gebracht werden, und ich wollte mich nicht bis zur gerichtlichen Untersuchung in Las Vegas rumdrükken. Und keinesfalls wollte ich, daß Con Dolan dahinterkam, daß ich hier gewesen war. Vielleicht hatte die Mafia sie umgebracht oder irgendein Zuhälter, vielleicht auch der Mann im Kasino, der sie mit so hungrigen Augen betrachtet hatte, als sie ihm seine zweihundertfünfzig Piepen hinblätterte. Vielleicht aber wußte sie auch etwas über den Tod von Laurence Fife, das sie nicht erzählen sollte.

Ich ging an ihr vorbei. Ihre Finger waren im Tod entspannt, sahen anmutig aus, jeder mit einem langen, rosarot lackierten Nagel. Ich hielt die Luft an. Sie hatte doch den Zettel, auf dem mein Name und das Motel notiert waren, in ihre Zigarettenpackung gesteckt. Aber wo war die? Auf der Formica-Tischplatte sah ich sie nicht, wenn da auch eine Zigarette lag, die, offenbar ungeraucht, zu einer vollkommenen Aschensäule heruntergebrannt war. Weder auf der Couchlehne noch auf dem Schrank war eine Zigarettenpackung. Ich schaute noch mal ins Bad, während ich intensiv auf Geräusche von Polizeiwagen horchte. Ich hätte schwören können, daß ich in einiger Entfernung eine Sirene hörte, und Furcht beschlich mich. Mist. Ich mußte diesen Zettel finden. Der Mülleimer im Bad war voll mit Kleenex, einer Seifenschachtel, alten Zigarettenstummeln. Keine Zigarettenpackung auf dem Nachttisch. Keine auf der Kommode. Ich kehrte ins Wohnzimmer zurück und sah mit Widerwillen auf sie runter. Da waren zwei geräumige Seitentaschen in dem grünen Velours-Morgenrock. Ich biß die Zähne zusammen, tastete vorsichtig. Die Packung war auf der rechten Seite, mit vielleicht noch sechs Zigaretten, der scharf gefaltete Zettel mit meinem Namen noch sichtbar unter dem Zellophan. Ich verstaute sie hastig in meiner Jacke.

Ich knipste die restlichen Lichter aus, glitt zur Tür zurück und öffnete sie einen Spalt. Ich konnte Stimmen hören, auffallend nah. Ein Mülleimerdeckel klapperte vor dem Appartement zu meiner Rechten.

»Man sollte dem Verwalter sagen, daß ihre Leuchte durchgebrannt ist«, bemerkte eine Frau. Es hörte sich an, als stände sie gleich neben mir.

»Warum sagst du's *ihr* denn nicht?« kam die etwas ärgerliche Antwort.

»Ich glaub nicht, daß sie daheim ist. Sie hat kein Licht an.«

»Doch, sie ist da. Ich hab eben noch Licht brennen sehen.«

»Sherman, es brennt nicht. Da ist doch alles dunkel. Sie muß vorne rausgegangen sein«, sagte die Frau. Das Heulen der Sirene war sehr laut, wie ein Grammophon spulte sie den Ton ab.

Mein Herz schlug so heftig, daß mir der Brustkorb brannte. Ich schob mich hinaus auf den dunklen Patio, hielt an, um die Schlüssel wieder in den kleinen Spalt hinter der Plastik-Gießkanne zu legen. Ich hoffte bloß, daß es nicht meine Autoschlüssel waren, die ich versteckte. Ich glitt aus dem Patio, bog nach links, näherte mich wieder der Straße. Ich mußte mich zwingen, locker an dem Streifenwagen vorbeizugehen, der jetzt auf der Vorderseite parkte. Ich schloß meinen Wagen auf, stieg ein und drückte schnell den Knopf runter, als wäre jemand hinter mir her. Ich streifte die Gummihandschuhe ab. Mein Kopf schmerzte wild, und ich spürte, wie mir der kalte Schweiß ausbrach und Galle in die Kehle stieg. Ich mußte weg hier. Ich schluckte krampfhaft. Die Übelkeit nahm zu, ich kämpfte gegen einen fast unwiderstehlichen Drang, mich zu übergeben. Meine Hände zitterten so stark, daß es mir kaum gelang, den Wagen anzulassen, aber schließlich schaffte ich es und lenkte vorsichtig vom Bordstein weg.

Als ich an der Einfahrt vorbeifuhr, konnte ich einen Streifenpolizisten sehen, der unterwegs zur Rückseite von Sharons Appartement war, die Hand auf dem Revolver an seiner Hüfte. Das schien mir etwas theatralisch für eine schlichte Unfallmeldung, und ich fragte mich schaudernd, ob da noch jemand anders angerufen hatte, der deutlicher geworden war als ich. Eine halbe Minute länger, und ich hätte in dieser Wohnung festgesessen und eine Menge erklären müssen. Die Vorstellung gefiel mir überhaupt nicht.

Ich fuhr zurück zum *Bagdad* und packte – und beseitigte alle Fingerabdrücke im Zimmer. Ich fühlte mich, als hätte ich leichtes Fieber. Eigentlich wollte ich mich nur noch in eine Decke rollen und wieder schlafen. Mit klopfenden Kopfschmerzen ging ich zur Rezeption. Diesmal war die Frau des Managers dort, herausgeputzt wie ein türkisches Haremsmädchen – falls das Wort »Mädchen« paßte. Sie war vermutlich fünfundsechzig, mit einem fein gerunzelten Gesicht wie etwas, das zu lange im Trockner geblieben war. Sie trug eine helle Satinkappe auf den grauen Haaren, die Schleier aufreizend über die Ohren drapiert.

»Ich bin morgen früh um fünf schon weg, deshalb möchte ich meine Rechnung heute abend erledigen«, sagte ich.

Ich nannte ihr meine Zimmernummer, und sie ging die Kartei durch, bis sie zu meiner Rechnungskarte kam. Ich fühlte mich rastlos, unruhig und krank, und ich wollte weiter. Statt dessen mußte ich mich zwingen, leicht und locker mit dieser Frau umzugehen, die ein Zeitlupentempo an den Tag legte.

»Wohin wollen Sie?« fragte sie beiläufig, während sie die Posten in die Rechenmaschine tippte. Sie machte einen Fehler und mußte noch mal von vorn anfangen.

»Reno«, sagte ich, mechanisch lügend.

»Glückssträhne?«

»Bitte?«

»Haben Sie viel gewonnen?«

»O ja, ich steh ganz gut da«, sagte ich. »Hätte ich mir gar nicht zugetraut.«

»Besser als die meisten«, bemerkte sie. »Sie führen doch keine Ferngespräche mehr, bevor sie abreisen?« Sie warf mir einen scharfen Blick zu.

Ich schüttelte den Kopf. »Ich werd mich hinhauen.«

»Sie sehen aus, als ob Sie etwas Schlaf gebrauchen könnten«, meinte sie. Sie füllte die Rechnung aus, ich unterschrieb und nahm meinen Durchschlag entgegen.

»Die Gutscheine für fünfzig Dollar hab ich nicht benutzt«, sagte ich. »Die können Sie ruhig wiederhaben.«

Sie packte die unbenutzten Coupons ohne ein Wort in die Schublade.

Innerhalb von Minuten war ich wunderbarerweise auf dem Highway 93, in südöstlicher Richtung unterwegs nach Boulder City, wo ich den 95 nach Süden nahm. Ich kam bis Needles, und dann war die Entspannung fällig. Ich fand ein billiges Motel und meldete mich an, kroch wieder unter die Bettdecken und schlief zehn Stunden durch. Selbst in diesem tiefen Zustand des Vergessens empfand ich eine schreckliche Furcht vor dem, was da in Gang gebracht worden war, und ein sinnloses, schmerzliches Bedürfnis, mich bei Sharon Napier zu entschuldigen, welches auch immer die Rolle war, die ich bei ihrem Tod gespielt hatte.

14

Am Morgen fühlte ich mich wiederhergestellt. Ich aß ein großes Frühstück in einer kleinen Imbißstube gegenüber dem Motel; spülte Rührei, Speck und Roggentoast mit frischem Orangensaft und drei Tassen Kaffee hinunter. Ich ließ den Wagen volltanken, den Ölstand prüfen und fuhr wieder los. Nach Las Vegas war die Wüstenreise ein Vergnügen. Das Land war karg, die Farben gedämpft: ein sanftes, sehr blasses Lila, mit feinem Staub überzogen. Der Himmel war ein reines, wolkenloses Blau, die Bergrükken wie zerknitterter Samt, mit dunkelgrauen Falten an der Vorderseite. Es war etwas Reizvolles an diesem noch immer uneroberten Land, diesem meilenweiten Terrain ohne Neonschilder. Die Bevölkerung beschränkte sich auf Beutelratten und Erdhörnchen, in den Felsenschluchten hausten der Präriefuchs und der Rotluchs. Bei fünfundfünfzig Meilen die Stunde waren keine Tiere zu sehen, aber sogar im Schlaf hatte ich die Schreie von Baumfröschen gehört, und jetzt, in meinem dahineilenden Auto, stellte ich mir vor, daß die Lehm- und Kiesablagerungen voll waren mit braungelben Eidechsen und Tausendfüßlern, Geschöpfen, deren Anpassung an die Umwelt den sparsamen Umgang mit Feuchtigkeit und eine Aversion gegen pralle Sonne einschließt. Es gibt Blattschneiderameisen in der Wüste, die getreu ihrem Namen Blätter zersäbeln und sie als Sonnenschutz auf dem Rücken tragen; später lagern sie sie wie Sonnenschirme in den unterirdischen Kammern, in denen sie wohnen. Die Vorstellung ließ mich lächeln, und ich hielt meine Gedanken entschlossen von der Erinnerung an Sharon Napiers Tod fern.

Ich fand Greg Fife in einem grauen, buckligen kleinen Campingwagen außerhalb von Durmid am Ostufer des Saltonsees. Es hatte einige Zeit gedauert, ihn aufzuspüren. Gwen hatte gesagt, daß er auf seinem Boot lebe, aber das Boot war zum Anstreichen und Reparieren aus dem Wasser gezogen worden, und Greg logierte vorübergehend in einem Aluminiumwohnwagen, der aussah wie ein Spielzeugkäfer. Das Innere war kompakt, mit einem flach an die Wand gehakten Klapptisch, einer Polsterbank, die ein Einzelbett ergab, einem Segeltuchstuhl, der völlig den Durchgang zur Spüle versperrte, einer chemischen Toilette und einer Kochplatte. Er öffnete zwei Flaschen Bier, die er aus einem kartongroßen Kühlschrank unter der Spüle geholt hatte.

Er bot mir die Polsterbank an und klappte den kleinen Tisch zwischen uns auf. Ein einzelnes Bein schwang als Stütze herunter. Ich war effektiv eingeklemmt und konnte es mir nur bequem machen, indem ich mich seitwärts drehte. Greg nahm den Segeltuchstuhl und lehnte sich zurück, so daß er mich studieren konnte, während ich ihn studierte. Er sah Laurence Fife sehr ähnlich – glatte, dunkelbraune Haare, ein kantiges, glattes Gesicht, das sauber rasiert war, dunkle Augen, dichte dunkle Brauen, eckiges Kinn. Er wirkte jünger als fünfundzwanzig, aber sein Lächeln hatte den gleichen Anflug von Arroganz, den ich von seinem Vater her kannte. Er war sehr braun, die Wangenknochen leicht getönt von Sonnenbrand. Seine Schultern waren breit, sein Körper hager, seine Füße nackt. Er trug einen roten, baumwollenen Rollkragenpullover und abgeschnittene Jeans, die unten ausgefranst waren, fast zottig von gebleichten Fäden. Er nahm einen Schluck Bier.

»Findest du, daß ich wie er aussehe?«

»Ja«, sagte ich. »Paßt dir das?«

Er zuckte die Achseln. »Ist doch kaum noch von Bedeutung«, sagte er. »Wir waren uns überhaupt nicht ähnlich.«

»Wieso?«

»Gott«, meinte er frotzelnd, »sparen wir uns die Vorreden und gehen gleich ins Persönliche, ja?«

Ich lächelte. »Ich bin nicht sehr höflich.«

»Ich auch nicht«, sagte er.

»Worüber willst du denn zuerst reden? Übers Wetter?«

»Geschenkt«, sagte er. »Ich weiß, weshalb du hier bist, also komm zur Sache.«

»Erinnerst du dich noch gut an diese Zeit deines Lebens?«

»Nicht, wenn ich es vermeiden kann.«

»Nur für die Seelenklempner«, tippte ich an.

»Da war ich, um meiner Mama eine Freude zu machen«, sagte er und lächelte flüchtig, als sei er sich bewußt, daß die Wendung »meine Mama« für sein Alter zu jungenhaft klang.

»Ich habe einige Male für deinen Vater gearbeitet«, sagte ich.

Er fing an, zum Zeichen seines Desinteresses mit dem Daumennagel das Flaschenetikett abzuschälen. Ich fragte mich, was er über seinen Vater alles gehört hatte, und beschloß kurzerhand, Laurence Fife keine posthumen Orden anzuhängen, damit ich nicht leutselig oder unaufrichtig klang.

Ich sagte: »Ich hab gehört, er war ein echter Scheißkerl.«

»Nicht verkehrt«, sagte Greg.

Ich zuckte mit den Schultern. »Ich selbst fand ihn gar nicht so übel. Er war korrekt zu mir. Ich vermute, er war ein komplizierter Mensch, und ich glaube, daß nicht viele Leute mit ihm vertraut geworden sind.«

»Sie denn?«

»Nein«, sagte ich. Ich setzte mich etwas anders. »Wie stehst du zu Nikki?«

»Nicht besonders.«

Ich lächelte. »Faß deine Antworten möglichst kurz, damit sie auch alle auf eine Zeile gehen«, sagte ich. Er biß nicht an. Ich trank eine Zeitlang Bier, dann stützte ich mein Kinn in die Faust. Manchmal bekomme ich es wirklich satt, Leuten Informationen aus der Nase zu ziehen, die nicht dazu in Stimmung sind. »Klapp doch den Tisch zusammen und laß uns nach draußen gehen«, sagte ich.

»Wozu?«

»Damit ich an die Luft komme, Ficker, oder was meinst du?«

Er kicherte plötzlich und nahm seine langen Beine weg, als ich aus meiner Ecke glitt.

Es hatte mich selbst überrascht, daß ich bissig zu ihm geworden war, aber es hängt mir zum Hals heraus, wenn die Leute glatt, mürrisch, vorsichtig oder verschlossen sind. Ich wollte offene Antworten, und zwar eine Menge. Und ich wollte wenigstens einmal eine Beziehung, die auf einer Art gegenseitigem

Austausch beruhte, anstatt immer tricksen und manipulieren zu müssen. Ich wanderte ziellos umher, Greg auf den Fersen, und gab mir Mühe, mich zu beruhigen. Ihn traf keine Schuld, das wußte ich, und es ist mir sowieso verdächtig, wenn ich mich im Recht glaube und mißverstanden fühle.

»Entschuldige, daß ich dich so angeschnauzt habe«, sagte ich.

Der Wohnwagen war etwa zweihundert Meter vom Ufer entfernt. Mehrere größere Wohnwagen standen in der Nähe, alle zum See hin, wie eine sonderbare Tierhorde, die sich eingefunden hatte, um zu trinken. Ich zog meine Tennisschuhe aus, band sie an den Schnürsenkeln zusammen und hing sie mir um den Hals. Der Saltonsee hat eine milde bis nicht vorhandene Brandung, wie ein völlig gezähmtes Meer. Im Wasser ist keine Vegetation zu sehen und allenfalls ein paar Fische. Das gibt dem Strand ein merkwürdiges Flair, als wären die Gezeiten gefügig gemacht, besänftigt und alle Lebensformen beseitigt worden. Was bleibt, ist zwar vertraut, aber auf feine Weise verändert, wie ein Blick in die Zukunft, wo bestimmte Naturgesetze sich mit der Zeit gewandelt haben. Ich tat einen Tropfen Wasser auf meine Zunge. Der Salzgeschmack war stark. »Ist das Meerwasser?«

Greg lächelte, offenbar unbeeindruckt von meinem Ausbruch vorhin. Er wirkte sogar freundlicher. »Du brauchst eine Lektion in Geologie«, sagte er. »Ich geb dir eine.« Es war das erste Mal, daß in seiner Stimme eine Spur von Begeisterung mitklang.

»Sicher, warum nicht?«

Er hob einen Stein auf und benutzte ihn wie ein Stück Kreide, als er eine grobe Karte in den nassen Sand zeichnete. »Das ist die Küste von Kalifornien, und das ist Baja. Hier drüben ist Mexiko. Direkt an der Spitze des kalifornischen Golfs liegt Yuma – mehr oder minder südöstlich von uns. Wir befinden uns hier«, sagte er deutend. »Der Colorado River kurvt direkt hier lang und da oben an Las Vegas vorbei. Das ist der Hoover-Damm. Dann geht er hier hoch und rüber nach Utah und von dort nach Colorado, aber den Teil können wir uns schenken. So«, sagte er und warf den Stein beiseite. Er begann mit der Fingerkuppe zu zeichnen und blickte zu mir auf, um zu sehen, ob ich zuhörte. »Den Bereich hier unten nennt man die Saltonsenke. Zweihundertdreiundsiebzig Fuß unter dem Meeresspiegel – so ungefähr. Würde der Colorado an der Stelle hier nicht eine Art natürlichen Damm bilden, wäre das ganze Wasser aus dem kalifornischen Golf schon längst in die Saltonsenke gelaufen – bis rauf nach Indio. Gott, ich klinke aus, wenn ich daran denke. Jedenfalls, der Saltonsee wurde vom Colorado selbst gebildet, war also ursprünglich Süßwasser. 1905 strömte er über – der Fluß eben; Millionen Hektoliter Wasser ergossen sich über einen Zeitraum von zwei Jahren hier herein. Mit Stein- und Holzdämmen wurde der Zufluß schließlich gestoppt. Das Salz, das nach und nach das Wasser gesättigt hat, stammt wahrscheinlich aus prähistorischen Zeiten, als diese ganze Gegend überschwemmt war.« Er stand auf und klopfte sich nassen Sand von den Händen. Offenbar war er zufrieden mit seinem Vortrag.

Wir gingen weiter – er auf der Strandseite, ich mit bloßen Füßen durch das seichte Wasser. »Tut mir leid, wenn ich vorhin stur war«, sagte er leichthin. »Ich bin schlechter Laune, weil mein Boot aus dem Wasser ist. Fürs Land bin ich nicht geschaffen.«

»Du hast dich immerhin noch gedreht«, bemerkte ich.

»Weil du ›Ficker‹ gesagt hast. Es kitzelt mich immer, wenn Frauen so reden. Bei dir erst recht. Es war das letzte, was ich aus deinem Mund zu hören erwartet hätte.«

»Was machst du hier unten?« fragte ich. »Angeln?«

»Das auch. Meistens segeln. Lesen. Bier trinken. Mich rumtreiben.«

»Ich würde durchdrehn.«

Greg zuckte die Achseln. »Ich kam durchgedreht hierher, also werde ich gesund.«

»Nicht wirklich ›durchgedreht‹«, sagte ich.

»Nicht nachweislich, nein.«

»Sondern?«

»Verlang nicht, daß ich den ganzen Salat erzähle«, sagte er

freundlich. »Es langweilt mich schon. Frag mich was anderes. Drei Fragen. Wie Zauberwünsche.«

»Wenn ich mich auf drei Fragen beschränken soll, kann ich gleich nach Hause fahren«, sagte ich, aber grundsätzlich war ich bereit, auf das Spiel einzugehen. Ich schaute zu ihm hinüber. Er sah weniger wie sein Vater aus und mehr wie er selbst. »Was weißt du noch aus der Zeit, unmittelbar bevor er starb?«

»Das hast du mich schon mal gefragt.«

»Ja, und prompt kamst du mir auf die mürrische Tour. Ich will dir sagen, warum ich das frage. Vielleicht kommen wir dann weiter. Ich würde gerne die Ereignisse, die seinem Tod vorausgegangen sind, rekonstruieren. Vielleicht die ganzen letzten sechs Monate, bevor er umgebracht wurde. Ich meine, vielleicht war er in irgendeinen Rechtsstreit verwickelt – eine Privatfehde. Vielleicht zankte er mit einem Nachbarn wegen einer Grundstücksgrenze. Jemand hat es ja getan, und da muß es eine Kette von Ereignissen gegeben haben.«

»Damit kenne ich mich nicht aus«, sagte er. »Ich kann dir zwar erzählen, was in der Familie war, aber sonst weiß ich nichts.«

»Das geht in Ordnung.«

»Wir fuhren damals im Herbst hier runter. Das ist mit ein Grund, warum ich wieder hergekommen bin.«

Ich hätte gern noch eine Frage eingeschoben, befürchtete aber, er würde sie als eine von meinen dreien rechnen, deshalb hielt ich den Mund. Er redete weiter.

»Ich war siebzehn. Gott, was war ich für ein Armleuchter, und ich dachte, mein Vater wäre so unglaublich vollkommen. Ich wußte nicht, was er von mir erwartete, aber ich schätzte, dem würde ich nie gewachsen sein, also schaltete ich auf stur. Er war überkritisch und hat oft meine Gefühle verletzt, aber dann hab ich einfach gemauert. Die Hälfte der Zeit hing ich an seinen Lippen, und die restliche Zeit haßte ich ihn wie die Pest. Als er dann starb, war meine Chance, mit ihm ins reine zu kommen, vertan. Ich meine, endgültig, verstehst du? Das ist es. Ich habe keine Möglichkeit, irgendwelche unerledigten Geschichten mit ihm in

Ordnung zu bringen, darum sitze ich fest. Nun dachte ich mir, wenn ich in der Zeit festsitze, kann ich ruhig auch vom Ort her festsitzen, und deshalb bin ich hergekommen. Einmal waren wir draußen am Strand – da mußte er wegen irgend etwas zum Wagen zurück, und ich erinnere mich, daß ich ihn beim Gehen beobachtet habe. Einfach ihm nachgesehen. Er hatte den Kopf geneigt, und wahrscheinlich dachte er an alles andere als an mich. Ich hätte ihn am liebsten zurückgerufen, ihm wirklich mal gesagt, wie gern ich ihn mochte, aber natürlich hab ich's nicht getan. Diese ganze Geschichte hat mich wirklich geschafft.«

»Wart nur ihr beiden da?«

»Bitte? Nein, die ganze Familie. Bis auf Diane. Sie wurde krank und blieb bei Mama. Es war das Wochenende vor Labor Day. Wir fuhren erst nach Palm Springs, bloß für einen Tag, und sind dann weiter nach hier.«

»Wie standest du zu Colin?«

»Gut, denke ich, aber ich sah nicht ein, warum die ganze Familie um ihn rotieren mußte. Der Kleine hatte ein Handikap, und das fand ich schlimm, aber ich wollte nicht mein Leben auf seine Behinderung ausrichten, verstehst du? Ich meine, herrje, ich hätte mir doch eine tödliche Krankheit zulegen müssen, um gegen ihn anzukommen. Das war ich mit siebzehn, wohlgemerkt. Jetzt bin ich etwas mitfühlender, aber damals kam ich mit diesen Sachen nicht klar. Ich wußte gar nicht, wozu. Dad und ich waren zwar nie Busenfreunde, aber ich brauchte eben auch Zeit, um mit ihm zusammenzusein. Ich hatte immer solche Phantasien, wie das wäre. Ich würde ihm etwas wirklich Wichtiges erzählen, und er würde mir wirklich zuhören. Statt dessen haben wir bloß über Scheißdreck geredet – lauter Scheißdreck. Und sechs Wochen später war er tot.«

Er warf mir einen Blick zu und schüttelte einfältig lächelnd den Kopf.

»Shakespeare hätte ein Stück schreiben sollen über dieses Zeug«, sagte er. »Ich hätte den Monolog bringen können.«

»Er hat also mit dir nie über sein persönliches Leben gesprochen?«

»Das ist übrigens Nummer drei«, bemerkte er. »Du hast diese kleine Frage dazwischengeschmuggelt, ob nur Dad und ich hier waren. Aber die Antwort ist nein. Er hat mit mir nie über irgendwas gesprochen. Ich sagte dir ja, ich könnte nicht viel helfen. Legen wir ’ne Pause ein, okay?«

Ich lächelte, warf meine Schuhe auf den Strand und fing an zu laufen.

»Joggst du?« rief ich über meine Schulter zurück.

»Ziemlich viel«, sagte er, indem er mich einholte. Er begann neben mir herzutraben.

»Was ist, wenn ich ins Schwitzen komme?« fragte ich. »Können wir uns waschen?«

»Die Nachbarn lassen mich ihre Dusche benutzen.«

»Prima«, sagte ich und legte einen Zahn zu.

Wir liefen, ohne ein Wort zu wechseln, nahmen nur Sonne und Sand und trockene Wärme in uns auf. Die ganze Zeit stellte sich mir immer wieder die gleiche Frage: Wie paßte Sharon Napier in diesen Zusammenhang? Was konnte sie nur gewußt haben, das sie nicht mehr hatte erzählen können? Bis jetzt ergab das alles keinen Sinn. Weder Fifes Tod noch der von Libby noch der von Sharon acht Jahre später. Es sei denn, sie hatte jemanden erpreßt. Ich blickte zurück nach dem kleinen Wohnwagen, der immer noch sichtbar war und in der verzerrten Perspektive der flachen Wüstenlandschaft auffallend nah erschien. Niemand sonst war in der Nähe. Weit und breit keine Fahrzeuge, kein Butzemann zu Fuß. Ich lächelte Greg an. Er war noch nicht einmal am Keuchen.

»Du bist gut in Form«, sagte ich.

»Du auch. Wie lange ziehen wir das durch?«

»Dreißig Minuten. Dreiviertelstunde.«

Wir klotzten eine Zeitlang weiter, wobei der Sandboden mir leicht in die Waden stach.

»Wie wär’s, wenn ich dir drei Fragen stelle?« sagte er.

»Okay.«

»Wie bist du mit deinem alten Herrn ausgekommen?«

»Ach, blendend«, sagte ich. »Er starb, als ich fünf war. Beide starben. Bei einem Autounfall. In der Nähe von Lompoc. Ein großer Felsbrocken rollte den Berg runter und krachte in die Windschutzscheibe. Sie brauchten sechs Stunden, um mich hinten rauszuholen. Meine Mutter weinte eine Zeitlang, und dann hörte sie auf. Ich höre sie immer noch manchmal im Schlaf. Nicht das Schluchzen. Die Stille hinterher. Ich wuchs bei meiner Tante auf. Ihrer Schwester.«

Er verdaute das. »Bist du verheiratet?«

»Gewesen.« Ich hielt zwei Finger hoch.

Er lächelte. »Heißt das ›zweimal‹ oder Frage Nummer zwei?«

Ich lachte. »Das war Nummer drei.«

»Hey, komm. Du mogelst.«

»Also gut. Noch eine. Aber daß sie zählt.«

»Hast du schon mal jemanden getötet?«

Ich warf ihm einen neugierigen Blick zu. Als Anschlußfrage schien das seltsam. »Drücken wir's mal so aus«, sagte ich. »Ich habe meinen ersten Mordfall untersucht, als ich sechsundzwanzig war. Ein Job, den ich für die Verteidigung übernahm. Eine Frau war angeklagt, ihre eigenen Kinder getötet zu haben. Drei Kinder. Mädchen. Alle unter fünf. Hatte ihnen den Mund zugeklebt, die Hände und Füße zusammengeklebt, sie dann in Mülleimer gesteckt und ersticken lassen. Ich mußte mir die großen, glänzenden Polizeifotos ansehen. Das hat mich von jeglicher Mordlust geheilt. Von dem Wunsch, Mutter zu werden, auch.«

»Himmel«, sagte er. »Und sie hat das wirklich getan?«

»Allerdings. Sie kam natürlich davon. Plädierte auf vorübergehende Unzurechnungsfähigkeit. Soviel ich weiß, könnte sie schon wieder frei herumlaufen.«

»Wie bewahrst du dich davor, zynisch zu werden?« fragte er.

»Wer sagt denn, daß ich's nicht bin?«

Während ich im Nachbarswohnwagen duschte, dachte ich darüber nach, was ich von Greg noch erfahren könnte. Ich fühlte mich unruhig, wollte dringend weiter. Wenn ich vor Einbruch der Dunkelheit bis Claremont kam, konnte ich am Morgen als allererstes mit Diane sprechen und nach dem Lunch dann zurück nach Los Angeles. Ich trocknete meine Haare und zog mich an. Greg hatte mir noch ein Bier aufgemacht, von dem ich einen Schluck trank, während ich darauf wartete, daß er vom Waschen wiederkäme. Ich sah auf meine Uhr. Es war Viertel nach drei. Greg kam in den Wohnwagen, ließ die Tür offen, schob das Fliegengitter vor. Seine dunklen Haare waren noch feucht, und er roch nach Seife.

»Du siehst fluchtbereit aus«, sagte er und holte sich ein Bier.

»Ich denke, ich sollte versuchen, nach Claremont zu kommen, bevor es dunkel wird«, sagte ich. »Soll ich deiner Schwester was ausrichten?«

»Sie weiß, wo ich bin. Wir unterhalten uns ab und zu, oft genug, um auf dem laufenden zu bleiben«, sagte er. Er setzte sich in den Segeltuchstuhl und legte seine Füße neben mir auf die Polsterbank. »Willst du noch irgend etwas fragen?«

»So ein paar Sachen, wenn's dir recht ist«, sagte ich.

»Schieß los.«

»Was weißt du noch von den Allergien deines Vater?«

»Hunde, Katzenhaare, manchmal Heuschnupfen, aber ich weiß nicht, woraus der sich eigentlich zusammensetzte.«

»Er war nicht allergisch gegen bestimmte Nahrungsmittel? Eier? Weizen?«

Greg schüttelte den Kopf. »Nicht, daß ich wüßte. Nur Sachen in der Luft – Blütenstaub und dergleichen.«

»Hatte er seine Allergiekapseln bei sich, als die Familie an dem Wochenende hierherkam?«

»Daran entsinne ich mich nicht. Aber ich denke, nein. Er wußte, daß wir in der Wüste sein würden, und die Luft hier unten ist normalerweise ziemlich sauber, auch im Spätsommer, im Frühherbst. Der Hund war nicht mit. Wir hatten ihn daheimgelassen; wegen ihm würde Dad also das Allergiepräparat nicht gebraucht haben, und ich glaube auch nicht, daß er es für etwas anderes brauchte.«

»Ich dachte, der Hund sei überfahren worden. Ich meine, Nikki hätte mir das erzählt.«

»Ja, ist er auch. Als wir fort waren, um genau zu sein.«

Ich spürte ein plötzliches Frösteln. Da war doch etwas komisch dran, irgendwie faul. »Wie habt ihr es erfahren?«

Greg zuckte die Achseln. »Als wir nach Hause kamen«, sagte er, offenbar ohne der Sache viel Bedeutung beizumessen. »Mama war mit Diane rüber zum Haus gefahren, um etwas abzuholen. Sonntag morgens, glaube ich. Wir kamen erst Montag abend zurück. Jedenfalls fanden sie Bruno am Straßenrand. Er war wohl ziemlich übel zugerichtet. Mama wollte noch nicht mal, daß Diane ihn von nahem sah. Sie rief die Abdecker, und die kamen ihn abholen. Er war schon einige Zeit tot. Es hat uns alle deprimiert. Er war ein großartiges Tier.«

»Guter Wachhund?«

»Super«, sagte er.

»Was ist mir Mrs. Voss, der Haushälterin? Was war sie für ein Typ?«

»Ganz nett wohl. Sie kam anscheinend mit jedem aus«, sagte er. »Ich wünschte, ich wüßte mehr, aber das ist so ungefähr alles, was ich sagen kann.«

Ich trank mein Bier aus, stand auf und streckte ihm meine Hand hin. »Danke, Greg. Es kann sein, daß ich dich noch mal sprechen muß. Falls du einverstanden bist.«

Er küßte meinen Handrücken, als wäre es ein Jux, aber ich war fast sicher, daß er etwas anderes meinte. »Glückliche Reise«, sagte er sanft.

Ich lächelte vor unerwartetem Vergnügen. »Hast du mal den Film *Young Bess* gesehen? Mit Jean Simmons und Stewart Granger? Da sagt er das zu ihr. Er war dem Untergang geweiht, oder vielleicht auch sie – ich hab's vergessen. Zerriß mir das Herz. Paß mal auf, ob er nicht eines Tages im Spätprogramm kommt. Ich fand ihn stark, als ich jung war.«

»Du bist bloß fünf oder sechs Jahre älter als ich«, sagte er.

»Sieben«, erwiderte ich.

»Dieselbe Ecke.«

»Ich laß dich wissen, was ich herausfinde«, sagte ich.

»Viel Erfolg.«

Als ich losfuhr, sah ich durch das Wagenfenster zurück. Greg stand im Eingang des Wohnwagens, und das Fliegengitter erzeugte noch einmal das geisterhafte Trugbild von Laurence Fife.

15

Ich erreichte Claremont um sechs Uhr, indem ich über Ontario, Montclair und Pomona fuhr; alles Stadtbezirke ohne richtige Städte, ein Phänomen, das für Kalifornien bezeichnend ist. Eine Reihe von Einkaufszonen und Siedlungsgebieten erhält eine Postleitzahl und wird auf der Landkarte Realität. Claremont ist eine Besonderheit insofern, als es einem schmucken mittelwestlichen Dorf mit Ulmen und Lattenzäunen ähnelt. Die jährliche Parade zum 4. Juli setzt sich zusammen aus Kazoo-Kapellen, einem Kinderzug auf kreppapiergeschmückten Fahrrädern und einem sich selbst karikierenden Team von Ehemännern in Bermudashorts, schwarzen Socken und Straßenschuhen, die in geschlossener Ordnung mit elektrischen Rasenmähern exerzieren. Abgesehen vom Smog, könnte man Claremont direkt als »malerisch« betrachten, mit dem Mount Baldy als ungeschlachtem Hintergrund.

Ich hielt an einer Tankstelle und rief die Nummer an, die Gwen mir von Diane gegeben hatte. Sie war nicht da, aber ihre Zimmergenossin sagte, sie käme gegen acht nach Hause. Ich lenkte den Indian Hill Boulevard hinauf und bog links in die Baughman. Meine Freunde Gideon und Nell wohnen dort im zweiten Haus mit zwei Kindern, drei Katzen und einem Whirlpool. Nell und ich kennen uns seit meinen Collegetagen. Sie ist ein Wesen von klugem Verstand und sarkastischem Humor, das gelernt hat, über mein Erscheinen vor ihrer Tür nicht allzu erstaunt zu sein. Sie schien sich ungeachtet des Überfalls zu freuen, und ich setzte mich in ihre Küche und sah ihr beim Suppenkochen zu, während wir uns unterhielten. Nach dem Abendbrot rief ich noch mal bei Diane an, und wir verabredeten uns zum Lunch. Danach schlüpften Nell und ich aus den Kleidern und stiegen in den Whirlpool auf der Terrasse. Wir hatten eisgekühlten Wein und uns noch eine Menge Neuigkeiten zu erzählen. Gideon hielt gnädig die Kinder in Schach. Ich schlief diese Nacht auf der Couch mit einer zusammengerollten Katze auf der Brust und sann darüber nach, ob es so ein Leben jemals auch für mich geben könnte.

Ich traf mich mit Diane in einem jener Roggenbrot-und-Körner-Restaurants, die alle gleich aussehen: viel leinölgestrichenes Holz und gesunde Hängepflanzen, Makramee und bleiverglaste Fenster, dazu Kellner, die keine Zigaretten rauchen, aber wahrscheinlich an allem anderen ziehen würden, was qualmt. Unserer war dünn, mit schütteren Haaren und einem dunklen Schnurrbart, den er sich unentwegt strich, und er nahm unsere Wünsche mit einem Ernst entgegen, den meines Erachtens kein Sandwich verdient. Ich bestellte Avocadobirne mit Schinken. Sie nahm ein »Vegetarisches Vergnügen«, in Pitabrot verpackt.

»Greg sagt, er hat dich erst mal wie Dreck behandelt, als du da runter kamst«, meinte sie und lachte. Irgendeine Soße troff aus einem Spalt in ihrem Pitabrot, und sie schleckte sie ab.

»Wann hast du denn mit ihm gesprochen? Gestern abend?«

»Klar.« Sie nahm wieder einen unhandlichen Mundvoll, und ich sah zu, wie sie sich die Finger leckte und das Kinn abwischte. Sie hatte Gregs frisches, gutes Aussehen, wog aber mehr; ein breites Hinterteil in engen, verwaschenen Jeans und, unerwartet für mich, Sommersprossen im Gesicht. Ihr dunkles Haar war in der Mitte gescheitelt und wurde von einem breiten Lederband, durch das ein Holzspan ging, hochgehalten.

»Wußtest du, daß Nikki auf Bewährung draußen ist?« fragte ich.

»Das hat Mama gesagt. Ist Colin wieder da?«

»Nikki war gerade auf dem Weg ihn zu holen, als ich vor ein paar Tagen mit ihr sprach.« Ich hatte Mühe, mein Sandwich zusammenzuhalten, dickes Brot, das bei jedem Bissen bröckelte, aber ich fing den Blick in ihren Augen auf. Colin interessierte sie. Nikki nicht.

»Hast du dich mit Mama getroffen?«

»Ja. Ich mochte sie sehr.«

Diane ließ ein strahlendes, stolzes Lächeln sehen. »Daddy war wirklich ein Arschloch, daß er sie für Nikki aufgegeben hat, wenn du mich fragst. Ich meine, Nikki ist okay, aber irgendwie ist sie auch kalt, findest du nicht?«

Ich murmelte etwas Unverbindliches. Diane schien sowieso nicht hinzuhören. »Deine Mutter erzählte, du hast gleich nach dem Tod deines Vaters eine Therapie angefangen«, sagte ich.

Diane verdrehte die Augen und nahm einen Schluck Pfefferminztee. »Ich bin schon mein halbes Leben lang in Therapie, und mein Kopf ist immer noch nicht klar. Es ist echt langweilig. Der Psychofuzzy, den ich jetzt habe, meint, ich soll eine Analyse machen, aber das tut doch kein Mensch mehr. Er sagt, ich muß meine ›dunkle‹ Seite ausleuchten. Er steht auf diesen urfreudianischen Quatsch. Wie die ganzen alten Knöpfe. Du weiß schon, die wollen, daß du dich hinlegst und ihnen alle deine Träume und vertrillerten Phantasien erzählst, damit sie sich auf deine Kosten geistig einen runterholen können. Davor war ich bei den Reichianern, aber ich kriegte es satt, zu schnaufen und zu hecheln und an Handtüchern zu zerren. Das kam mir einfach blöd vor.«

Ich biß ein großes Stück Sandwich an und nickte, als ob ich wüßte, wovon sie sprach. »Ich war noch nie in Therapie«, murmelte ich.

»Auch nicht in 'ner *Gruppe?*«

Ich schüttelte den Kopf.

»Gott, du mußt wirklich neurotisch sein«, sagte sie respektvoll.

»Na ja, ich kau nicht an den Nägeln und ich mach nicht ins Bett.«

»Du bist wahrscheinlich der zwanghafte Typ, vermeidest dich festzulegen und solchen Mist. Daddy war ziemlich so einer.«

»Was für einer?« sagte ich und überging getrost die Anspielung auf meinen Charakter. Es war schließlich nur eine wilde Vermutung.

»Ach. Du weißt schon. Einer, der immerzu rumgebumst hat.

Greg und ich vergleichen jetzt noch unsere Beobachtungen darüber. Mein Doktor sagt, er hätte nur Schmerz damit abgewehrt. Meine Großmama hat ihn manipuliert, daß ihm Hören und Sehen verging, also hat er den Spieß umgedreht und alle andern manipuliert, einschließlich Greg und mir. Und Mama. Und Nikki, und ich ahne nicht mal, wen noch alles. Ich glaube nicht, daß er jemals in seinem Leben irgendwen geliebt hat, außer vielleicht Colin. Zu riskant.«

Sie aß ihr Sandwich auf und verwandte einige Minuten darauf, sich das Gesicht und die Hände abzuwischen. Dann faltete sie sorgfältig die Papierserviette zusammen.

»Greg erzählte mir, daß du die Reise zum Saltonsee verpaßt hast«, sagte ich.

»Du meinst vor Daddys Tod? Ja, das stimmt. Ich hatte die Grippe, aber wirklich schlimm, also blieb ich bei Mama. Sie war toll, brachte eine Streicheleinheit nach der andern. Ich hab in meinem Leben nicht soviel geschlafen.«

»Wie kam denn der Hund raus?«

Sie legte die Hände in ihren Schoß. »Bitte?«

»Bruno. Greg sagte, er sei vor ein Auto gelaufen. Ich wollte nur wissen, wer ihn rausgelassen hat. Hielt sich Mrs. Voss in dem Haus auf, als die Familie fort war?«

Diane sah mich aufmerksam an, dann schaute sie weg. »Ich glaube nicht. Sie war in Urlaub, glaube ich.« Ihr Blick schweifte zu der Uhr an der Wand hinter mir. »Ich habe ein Seminar« sagte sie. Ihr Gesicht war rot angelaufen.

»Bist du okay?«

»Sicher. Alles klar«, sagte sie und las beiläufig ihre Tasche und ihre Bücher zusammen. Sie schien erleichtert, daß sie etwas zu tun hatte. »Ach, fast hätt ich's vergessen. Ich habe was für Colin, falls du ihn besuchen willst.« Sie hielt eine Papiertüte hoch. »Es ist ein Album, das ich für ihn zusammengestellt habe. Sonst lagen die ganzen Fotos in einer Schachtel.« Sie war jetzt ganz geschäftsmäßig, mit fahrigen Gebärden, in Gedanken woanders. Sie schenkte mir ein flüchtiges Lächeln. »Tut mir leid, daß ich keine Zeit mehr habe. Wie hoch ist mein Anteil an dem Essen?«

»Das übernehm ich schon«, sagte ich. »Kann ich dich irgendwo absetzen?«

»Ich hab ein Auto«, erwiderte sie. In ihrem Gesicht war alle Munterkeit erloschen.

»Diane, was ist los?« sagte ich.

Sie setzte sich abrupt wieder hin und blickte starr geradeaus. Ihre Stimme war um etliches dunkler geworden. »Ich hab den Hund selbst rausgelassen«, sagte sie, »am Tag, an dem sie fuhren. Nikki meinte, er bräuchte noch mal Auslauf, bevor Mama mich abholte, also ließ ich ihn laufen, aber mir ging es so beschissen. Ich legte mich im Wohnzimmer auf die Couch, um auf Mama zu warten, und als sie hupte, schnappte ich mir mein Zeug und ging vorne raus. An den Hund hab ich überhaupt nicht mehr gedacht. Er muß zwei Tage lang herumgelaufen sein, bevor es mir einfiel. Deswegen fuhren Mama und ich noch mal hin. Um ihn zu füttern und ihn reinzulassen.«

Ihre Augen begegneten endlich meinen, und sie schien den Tränen nahe. »Der arme Kerl«, sagte sie leise. Das Schuldbewußtsein ergriff offenbar vollends Besitz von ihr. »Es war mein Fehler. Deshalb wurde er überfahren. Weil ich ihn vergessen hatte.« Sie hielt sich die zitternde Hand vor den Mund, kniff die Augen zusammen. »Ich fühlte mich entsetzlich deswegen, aber ich hab nie einem davon erzählt außer Mama, und keiner hat je danach gefragt. Sie erzählen es auch nicht, ja? Die waren so durcheinander wegen seines Todes, daß mich keiner auch nur gefragt hat, wie er rausgekommen ist, und ich sagte kein Sterbenswort. Ich konnte nicht. Nikki hätte mich gehaßt.«

»Nikki wird dich nicht hassen, weil der Hund umgekommen ist, Diane«, sagte ich. »Das ist Jahre her. Wie soll das jetzt noch eine Rolle spielen?«

Ihr Blick nahm einen gehetzten Ausdruck an, und ich mußte mich vorbeugen, um zu verstehen, was sie sagte. »Weil jemand reinkam. Während der Hund draußen war. Irgend jemand kam ins Haus und vertauschte die Medizin. Und deshalb ist Daddy gestorben«, sagte sie. Sie suchte in ihrer Handtasche nach einem Kleenex, ihr Schluchzen klang wie eine Folge von Keuchlauten, unwillkürlich und heftig, ihre Schultern krümmten sich hilflos.

Zwei Typen vom Nebentisch sahen neugierig zu ihr hinüber.

»O Gott, o Gott«, flüsterte sie mit vor Kummer belegter Stimme.

»Machen wir, daß wir hier rauskommen«, sagte ich und schnappte mir ihre Habseligkeiten. Ich ließ zuviel Geld für die Rechnung auf dem Tisch. Ich nahm sie beim Arm und drängte sie zur Tür.

Bis wir hinaus auf den Parkplatz kamen, hatte sie sich fast unter Kontrolle. »Gott, es tut mir leid. Ich kann nicht glauben, daß ich das getan hab«, sagte sie. »So breche ich sonst nie zusammen.«

»Ist schon gut«, sagte ich. »Ich hatte keine Ahnung, daß ich dich so aus dem Gleis werfen würde. Es war nur etwas, das mir im Kopf herumging, nachdem Greg es erwähnt hatte. Ich wollte dir nichts *vorwerfen.*«

»Ich konnte nicht fassen, daß du es gesagt hattest«, erklärte sie, und wieder stiegen ihr die Tränen in die Augen. Sie sah mich ernst an. »Ich dachte, du wüßtest Bescheid. Ich dachte, du hättest es herausgefunden. Sonst hätte ich es niemals zugegeben. Ich hab mich so lange deswegen so gräßlich gefühlt.«

»Was kannst du denn dafür? Wenn jemand in das Haus gelangen wollte, hätte er den Hund sowieso rausgelassen. Oder ihn umgebracht und dafür gesorgt, daß es wie ein Unfall aussieht. Ich meine, wer geht denn die Treppe rauf, wenn da ein gottverdammter deutscher Schäferhund am Bellen und am Knurren ist?« sagte ich.

»Ich weiß nicht. Vielleicht. Es mag sein. Ich meine, er *war* ein guter Wachhund. Wenn er drin gewesen wäre, hätte niemand was machen können.«

Sie stieß einen langen Atemzug aus und schneuzte sich erneut in das feuchte, zerknüllte Kleenex. »Ich war so verantwortungslos zu der Zeit. Sie waren dauernd besorgt um mich, wodurch alles nur noch schlimmer wurde. Ich konnte nicht darüber reden. Und keiner schien die Verbindung herzustellen, als Daddy starb; nur ich, und da *konnte* ich es nicht zugeben.«

»Hey, es ist vorbei«, sagte ich, »es ist rum. Du kannst dich damit doch nicht totschlagen. Es ist ja nicht, als hättest du es absichtlich getan.«

»Ich weiß, ich weiß. Aber das Ergebnis war dasselbe, verstehst du?« Ihre Stimme hob sich, sie preßte wieder die Augen zu, und Tränen rollten ihr über die Wangen. »Er war so ein Scheißkerl, und ich hatte ihn so lieb. Ich weiß, Greg haßte ihn wie die Pest, aber ich fand ihn einfach toll. Mir war es egal, wenn er herumgevögelt hat. Dafür konnte er nichts. Sein ganzes Leben war einfach verkorkst. Wirklich.«

Sie putzte sich die Augen mit dem Kleenexknäuel ab und holte dann noch mal tief Luft. Sie angelte in ihrer Handtasche nach einer Puderdose.

»Warum läßt du dein Seminar nicht sausen und fährst heim?« sagte ich.

»Tu ich vielleicht«, meinte sie. Sie betrachtete sich im Spiegel. »Ach Gott, ich bin ein Wrack. So kann ich nirgends hingehen.«

»Tut mir leid, daß ich das ausgelöst habe. Ich glaub, ich fühle mich schlimmer als du«, sagte ich einfältig.

»Nein, laß mal. Es war ja nicht deine Schuld. Es war meine. Jetzt muß ich's wahrscheinlich auch noch meinem Doktor erzählen. Er wird denken, es ist kathartisch. Er liebt diesen Stuß. Wahrscheinlich wird es jetzt jeder erfahren. Gott, das hat mir noch gefehlt.«

»Hey, ich muß es vielleicht erwähnen, aber nur vielleicht. Ich weiß das wirklich noch nicht, aber ich denke, daß es keine Rolle mehr spielt. Wenn jemand entschlossen war, deinen Vater umzubringen, hätte er es so oder so getan. Das steht doch fest.«

»Wahrscheinlich. Jedenfalls ist es nett, daß du es sagst. Ich fühle mich besser. Ich wußte nicht mal, daß mich die Sache noch belastet hat, aber das muß sie wohl.«

»Bist du jetzt auch bestimmt okay?«

Sie nickte und schenkte mir ein kleines Lächeln.

Wir sagten uns auf Wiedersehen, was noch einige Minuten in

Anspruch nahm, dann ging sie zu ihrem Auto. Ich sah zu, wie sie wegfuhr, und danach warf ich das Album für Colin auf den Rücksitz meines Wagens und düste los. Obwohl ich es ungern zugab, hatte sie wahrscheinlich recht. Wäre der Hund im Haus gewesen, hätte niemand etwas anrichten können. Aber ob der Hund drinnen oder draußen war, tot oder lebend, Libby Glass hätte er mit Sicherheit nicht geschützt. Und wenigstens ein Stück aus dem Puzzlespiel paßte jetzt. Es schien zwar nicht viel auszusagen, aber offenbar legte es den ungefähren Zeitpunkt des Eindringens in das Haus fest, falls der Mörder auf diese Weise den Austausch vorgenommen hatte. Es kam mir vor, als hätte ich definitiv die erste Lücke geschlossen. Kleiner Fortschritt, doch er gab mir ein gutes Gefühl. Ich fuhr zurück zum San Bernardino Freeway in Richtung L. A.

16

Als ich zurück zum *Hacienda* kam, ging ich ins Büro, um mich nach telefonischen Nachrichten zu erkundigen. Arlette hatte vier, aber drei davon waren, wie sich herausstellte, von Charlie Scorsoni. Sie lehnte einen Ellenbogen auf die Theke, während sie etwas Klebriges und Dunkelbraunes kaute, das in Mürbeteig gegossen war.

»Was ist denn das?«

»Trimm-Line-Diät-Knabberriegel«, sagte sie. »Sechs Kalorien das Stück.« Etwas von der Füllung schien zwischen ihren Zähnen zu kleben wie Plombiermasse, und sie fuhr sich mit den Fingern über das Zahnfleisch, um wieder Klebzeug hinterherzuschieben. »Sehen Sie sich mal das Etikett an. Ich wette, in diesem Nahrungsmittel ist kein einziger natürlicher Bestandteil. Milchpulver, gehärtetes Fett, Eipulver und ein ganzer Rattenschwanz von chemischen Beimischungen und Zusätzen. Aber wissen Sie, was? Ich habe festgestellt, daß richtige Nahrung nicht so gut schmeckt wie künstliche. Ist Ihnen das mal aufgefallen? Damit muß man sich abfinden. Organisches Essen schmeckt fad und verwässert. Nehmen Sie eine Supermarkttomate. Das ist doch zum Heulen, wie die schmeckt.« Ich bemühte mich, meine Nachrichten durchzugehen, aber sie machte es mir schwer.

»Bestimmt ist in dem Ding noch nicht mal echtes Mehl«, sagte sie. »Ich meine, die Leute reden zwar, daß Fertigfutter bloß leere Kalorien enthält, aber wer braucht denn volle? Ich mag sie leer. Ich denke mir, dann ist auch Schluß mit dem Zunehmen. Dieser Charlie Scorsoni hat sich wirklich drangehalten, was? Einmal rief er von Denver an und dann von Tucson aus und gestern abend von Santa Teresa. Was er wohl möchte? Er hörte sich süß an.«

»Ich bin auf meinem Zimmer«, sagte ich.

»Na, in Ordnung. Ist recht. Falls Sie die Anrufe erwidern wollen, läuten Sie einfach hier an, und ich verbinde Sie.«

»Danke«, sagte ich.

»Ach ja, und Ihre Telefonnummer in Las Vegas hab ich ein paar Leuten gegeben, die keine Nachricht hinterlassen wollten. Das geht hoffentlich in Ordnung. Sie hatten nicht gesagt, ich dürfte keine Anrufe weiterleiten.«

»Nein, das ist prima«, sagte ich. »Irgendeine Ahnung, wer es gewesen sein könnte?«

»Männlich und weiblich, je einmal«, meinte sie leichthin.

Als ich auf mein Zimmer kam, kickte ich meine Schuhe weg und rief Charlie Scorsonis Büro an und sprach mit Ruth.

»Er sollte gestern abend wieder eintreffen«, sagte sie. »Aber er hatte nicht vor, ins Büro zu kommen. Sie könnten es bei ihm zu Hause versuchen.«

»Nun, falls ich ihn da nicht erwische, würden Sie ihm bitte sagen, daß ich wieder in Los Angeles bin? Er weiß, wo er mich da erreichen kann.«

»Mach ich«, sagte sie.

Die andere Nachricht war ein Bonus. Anscheinend war Garry Steinberg, der Prüfer von Haycraft und McNiece, ein paar Tage früher aus New York zurückgekehrt und bereit, sich am Freitagnachmittag – das war heute – mit mir zu unterhalten. Ich rief an, sprach kurz mit ihm und sagte, ich würde innerhalb der nächsten Stunde dort sein. Dann rief ich Mrs. Glass an und teilte ihr mit, daß ich kurz nach dem Abendessen zu ihr käme. Blieb noch ein weiterer Anruf, zu dem ich mich verpflichtet fühlte, so unangenehm es mir auch war. Ich saß einen Augenblick auf der Bettkante und starrte auf das Telefon, dann wünschte ich's zum Teufel und wählte meinen Bekannten in Las Vegas.

»Jesses, Kinsey«, sagte er durch die Zähne. »Ich wünschte, du würdest mir das nicht antun. Ich liefere dir die Fakten über Sharon Napier, und das nächste, was ich höre – sie ist tot.«

Ich legte ihm die Situation so klar, wie ich konnte, aber seine Ängste schien es nicht zu beschwichtigen. Meine auch nicht. »Es könnte jeder gewesen sein«, sagte ich. »Wir *wissen* nicht, ob sie wegen mir erschossen wurde.«

»Klar, aber decken muß ich mich auf jeden Fall. Irgendwer erinnert sich, daß ich nach dieser Dame herumgefragt habe, und dann findet man sie mit einer Kugel im Hals. Ich meine, wie sieht das denn aus?«

Ich entschuldigte mich ausgiebig und sagte ihm, er solle mir Bescheid geben, falls er etwas herausfände. Er schien nicht sehr erpicht darauf, in Fühlung zu bleiben. Ich wechselte die Kleider, zog einen Rock, Strumpfhose und die Hochhackigen an, dann fuhr ich zum AVCO-Gebäude und nahm den Fahrstuhl zum zehnten Stock. Ich war von neuem deprimiert wegen Sharon Napier, Schuldgefühle drückten mir auf den Bauch wie eine leichte Kolik. Wie hatte ich nur diese Verabredung verpassen können? Wie konnte mir das passieren? Sie wußte *irgend etwas*, und wenn ich pünktlich hingekommen wäre, hätte ich die Untersuchung vielleicht schon abschließen können, anstatt dort zu stehen, wo ich stand – eigentlich nirgends. Ich drang wieder in den imitierten Stallhof von Haycraft und McNiece vor und starrte auf das getrocknete Korn an der Wand, während ich mich noch etwas weiter geißelte.

Garry Steinberg erwies sich als sehr netter Mann. Ich schätzte ihn auf Anfang Dreißig, mit dunklen, lockigen Haaren, dunklen

Augen und einer schmalen Lücke zwischen den Schneidezähnen. Er war wahrscheinlich einsachtzig groß, und sein Körper sah weich aus, um die Taille aufgebläht wie treibender Brotteig.

»Sie bewundern meine Taille, hab ich recht?« fragte er.

Ich zuckte etwas einfältig mit den Schultern, da ich nicht wußte, ob er einen Kommentar von mir wünschte oder nicht. Er wies mir einen Sessel zu und nahm hinter seinem Schreibtisch Platz.

»Lassen Sie mich Ihnen etwas zeigen«, sagte er mit erhobenem Finger. Er zog die oberste Schublade des Schreibtisches auf und holte einen Schnappschuß hervor, den er mir reichte. Ich warf einen Blick darauf.

»Wer ist das?«

»Perfekt«, sagte er. »Die perfekte Reaktion. Das bin ich. Als ich dreihundertundzehn Pfund wog. Jetzt wiege ich zweisechzehn.«

»Mein Gott«, sagte ich und betrachtete das Foto noch einmal. Tatsächlich erkannte ich jetzt, daß er seinerzeit ein wenig so ausgesehen hatte wie Arlette, wenn sie sich entschließen würde, Herrenkleidung zu tragen. Ich bin vernarrt in Vorher-Nachher-Aufnahmen, ein begeisterter Fan von all diesen Illustriertenreklamen, die Frauen aufgebläht wie Reifen zeigen und dann zauberhaft dünn, einen Fuß vor den anderen gesetzt, als hätte der Gewichtsverlust zugleich den Charme und die Kunst des Modellstehens aus der Wiege gehoben. Ich hätte gern gewußt, ob es noch irgend jemanden in Kalifornien gab, der nicht von seinem Selbstbild besessen war.

»Wie haben Sie das geschafft?« fragte ich und gab ihm die Aufnahme zurück.

»Scarsdale«, sagte er. »Es war eine echte, gottserbärmliche Quälerei, aber es ging. Ich habe nur einmal – na gut, zweimal gemogelt. Das eine Mal, als ich fünfunddreißig wurde. Da fand ich, daß mir ein Hörnchen mit weichem Käse und eine Geburtstagskerze zustand. Und eines Abends vergaß ich mich, weil meine Freundin sauer auf mich geworden war und mich rausgeworfen hatte. Ich meine, stellen Sie sich das vor, als ich drei – zehn wog, hatte ich überhaupt kein Mädchen. Jetzt kriege ich Zustände, wenn sie mich rauswirft. Wir haben uns allerdings wieder vertragen, das ging also in Ordnung. Ich muß noch fünfundzwanzig Pfund runter, aber jetzt trete ich mal langsam. Streng auf Gewichthalten. Haben Sie mal Scarsdale gemacht?«

Ich schüttelte entschuldigend den Kopf. Allmählich kam es mir vor, als hätte ich überhaupt noch nie was gemacht. Kein Scarsdale, keine Therapie.

»Kein Alkohol«, sagte er. »Das ist der schwierige Teil. Bei der Haltediät können Sie hin und wieder ein Gläschen Weißwein trinken, aber damit hat es sich. Ich glaube, die ersten fünfzig Pfund bin ich dadurch los geworden. Den Verzicht auf Alkohol. Sie würden staunen, wieviel Gewicht der zuführt.«

»Klingt, als wäre es so viel besser für Sie«, meinte ich.

»Ich fühle mich auch gut«, sagte er. »Das ist das Entscheidende. So. Genug davon. Was möchten Sie über Libby Glass wissen? Die Empfangsdame sagt, Sie sind ihretwegen gekommen.«

Ich erklärte, um was es mir ging und wie es kam, daß mich die Hintergründe ihres Todes interessierten. Er hörte sich das alles an und schob die eine oder andere Frage ein. »Was soll ich Ihnen erzählen?« sagte er schließlich.

»Wie lange hatte sie Laurence Fifes Bücher betreut?«

»Ich bin froh, daß Sie mich danach fragen, denn genau das habe ich nachgesehen, als ich wußte, daß Sie kommen würden. Wir haben seine persönlichen Finanzen zunächst etwa ein Jahr betreut. Die Anwaltspraxis Fife und Scorsoni war erst sechs Monate bei uns. Genau gesagt, noch knapp darunter. Wir führten gerade unser Computersystem ein, und Libby hatte sämtliche Unterlagen für die Umstellung vorzubereiten. Sie war übrigens eine sehr gute Prüferin. Sehr gewissenhaft und sehr intelligent.

»Haben Sie sie gut gekannt?«

»Ziemlich gut. Damals war ich noch El Blimpo, aber ich war in sie verknallt, und wir hatten so eine Bruder-Schwester-Beziehung – platonisch. Wir gingen nicht miteinander. Nur einmal die Woche zusammen mittagessen, so in der Art. Manchmal nach Feierabend etwas trinken.«

»Wie viele Konten hat sie betreut?«

»Insgesamt? Ich würde sagen, fünfundzwanzig, vielleicht dreißig. Sie war ein sehr ehrgeiziges Mädchen, und sie hat wirklich geschuftet... für nichts und wieder nichts.«

»Inwiefern?«

Er stand auf, schloß die Bürotür und wies vielsagend auf die Wand des Büros nebenan.

»Also, der alte Haycraft war ein kleingeistiger Tyrann, das Urbild des männlichen Chauvinistenschweins. Libby dachte, wenn sie hart arbeitete, bekäme sie eine Beförderung und eine Gehaltserhöhung, aber von wegen. Die Typen hier und heute sind nicht viel besser. Wollen Sie wissen, wie ich zu einer Gehaltserhöhung komme? Ich drohe mit Kündigung. Alle sechs Monate drohe ich mit Kündigung. Libby hat noch nicht mal das getan.«

»Wieviel kriegte sie denn?«

»Ich weiß nicht. Ich könnte es nachsehen. Nicht soviel, wie ihr zustand, das kann ich Ihnen versichern. Fife und Scorsoni war ein großes Konto – nicht das allergrößte, aber groß. Sie fand es nicht fair.«

»Sie hat mehr für Fife gearbeitet als für Scorsoni, nehme ich an.«

»Zuerst schon. Später war es halb und halb. Daß wir ihr Geschäftsmanagement übernahmen, sollte vorrangig auch gewährleisten, daß ihnen die ganze Vermögensarbeit nicht aus den Händen glitt. Nach Libbys Angaben war das ein großer Teil ihrer laufenden Geschäfte. Der tote Fife hatte eine Menge schmutziger Scheidungsarbeit gemacht, die dicke Honorare einbrachte, aber von der Buchführung her nicht so aufwendig war. Außerdem zogen wir ihre Außenstände ein, zahlten ihre Bürokosten, behielten die Gewinne der Firma im Auge und schlugen Investitionen vor. Nun, zu der Zeit machten wir in punkto Anlagenberatung nicht viel, weil sie noch nicht so lange bei uns waren, aber das war letztendlich der Zweck der Übung. Wir halten uns gern ein wenig zurück, bis wir sehen, wie unsere Klienten stehen. Egal, ich kann darüber nicht ins Detail gehen, aber wahrscheinlich kann ich Ihnen andere allgemeine Fragen beantworten, die Sie haben.«

»Wissen Sie irgend etwas darüber, wohin das Geld aus Fifes Nachlaß gegangen ist?«

»An die Kinder. Es wurde gleichmäßig zwischen ihnen aufgeteilt. Ich habe zwar nie das Testament gesehen, war aber an der Nachlaßregelung im Sinne von Auszahlung nach der Testamentseröffnung beteiligt.«

»Sie vertreten nicht zufällig auch Scorsonis neue Anwaltspraxis?«

»Nein«, sagte Garry. »Ich traf ihn ein paarmal nach Fifes Tod. Er schien ein netter Mann zu sein.«

»Könnte ich mir unter Umständen die alten Bücher mal ansehen?«

»Nein«, sagte er. »Das ginge nur, wenn ich Scorsonis schriftliche Erlaubnis hätte, aber ich weiß ohnehin nicht, was es Ihnen bringen soll, es sei denn, Sie wären selbst Buchhalterin. Unser System ist zwar nicht allzu kompliziert, aber ich glaube nicht, daß Sie daraus schlau würden.«

»Wahrscheinlich nicht«, stimmte ich bei und versuchte mich darauf zu besinnen, was ich ihn sonst noch fragen wollte.

»Möchten Sie Kaffee? Entschuldigen Sie, ich hätte Sie längst fragen sollen.«

»Nein, danke. Nicht nötig«, sagte ich. »Was ist mit Libby Glass' persönlichen Beziehungen? Könnte es möglich sein, daß sie mit Laurence Fife geschlafen hat?«

Garry lachte. »Da fragen Sie mich zuviel. Sie war seit der High-School mit irgendeinem unheimlichen kleinen Kerl zusammen, und ich weiß, mit dem hatte sie Schluß gemacht. Auf meinen Rat, könnte ich hinzufügen.«

»Wieso das?«

»Er bewarb sich hier um einen Job. Ich war zuständig für die Überprüfung aller Bewerber. Er hätte nur Botengänge zu erledigen gehabt, aber noch nicht mal dafür sah er schlau genug aus. Obendrein war er streitlustig, und wenn Sie meine ehrliche Meinung wissen wollen, er war high.«

»Sie haben seine Bewerbung nicht vielleicht noch bei den Akten?« fragte ich mit einer leisen Aufwallung von Erregung.

Garry sah mich an. »Wir führen dieses Gespräch gar nicht, hab ich recht?«

»Sie haben.«

»Ich will sehen, was ich finden kann«, sagte er prompt. »Hier wird sie nicht sein. Sie muß drüben im Lager sein. Da haben wir alle alten Unterlagen gestapelt. Buchhalter sind echte Packratten. Wir hauen niemals irgend etwas weg, und alles wird aufgeschrieben.«

»Danke, Garry«, sagte ich. »Sie glauben gar nicht, wie sehr ich das zu schätzen weiß.«

Er lächelte glücklich. »Vielleicht schaue ich auch mal nach den alten Fife-Akten, wenn ich schon da drüben bin. Ein flüchtiger Blick wird nicht schaden. Und um Ihre Frage nach Libby zu beantworten, ich denke nein. Ich glaube nicht, daß sie ein Verhältnis mit Laurence Fife hatte.« Er blickte auf seine Uhr. »Ich habe Sitzung.«

Ich schüttelte über den Schreibtisch hinweg seine Hand, die sich gut anfühlte. »Nochmals vielen Dank«, sagte ich.

»Keine Ursache. Schauen Sie mal wieder rein. Jederzeit.«

Ich kam um halb vier zurück in mein Motelzimmer. Ich legte ein Kissen auf den Plastikstuhl stellte meine Schreibmaschine auf den wackligen Schreibtisch und verbrachte eineinhalb Stunden mit dem Abtippen meiner Notizen. Es war lange her, daß ich mich hingesetzt hatte, um Papierkram zu erledigen, aber ich mußte es nachholen. Bis ich mich durch den letzten Absatz werkelte, plagte mich ein Schmerz im unteren Rücken und noch einer zwischen den Schulterblättern. Ich zog meine Rennsachen an, und meine Körperwärme ließ den Geruch von altem Schweiß und Auspuffgasen wiederaufleben. Es wurde Zeit, daß ich mir einen Waschautomaten suchte. Ich joggte der Abwechslung halber auf dem Wilshire südwärts und lief an der 26. Straße quer rüber zum San Vicente. Als ich erst auf dem breiten Grünstreifen war, spürte ich, wie ich in Fahrt kam. Laufen tut immer weh – mir ist es gleich, was da erzählt wird –, aber es macht einen mit sämtlichen Teilen des eigenen Körpers bekannt. Diesmal konnte ich spüren, daß meine Oberschenkel protestierten, und bemerkte ein leichtes Stechen in den Schienbeinen, aber sei es drum, ich stapfte unverdrossen weiter. Für meine Tapferkeit erntete ich ein paar rüde Bemerkungen von zwei Typen in einem Lkw. Als ich zurück ins Motel kam, duschte ich, stieg wieder in meine Jeans und schaute bei McDonald's rein, um einen Viertelpfünder mit Käse, Fritten und einem mittleren Coke zu verdrükken. Inzwischen war es Viertel vor sieben. Ich tankte den Wagen voll und fuhr über den Hügel nach Sherman Oaks.

17

Mrs. Glass öffnete die Tür nach einem knappen Klingeln. Diesmal war das Wohnzimmer aufgeräumt, von ihrer Näharbeit kündete nur ein säuberlich zusammengefalteter Stapel Stoff auf der Armlehne der Couch. Raymond war nirgends zu sehen.

»Er hatte einen schlimmen Tag«, erklärte sie mir. »Lyle kam auf dem Heimweg von der Arbeit vorbei, und wir haben ihn ins Bett gesteckt.«

Auch der Fernseher war nicht eingeschaltet, und ich fragte mich, was sie mit sich an den Abenden anfing.

»Elizabeths Sachen sind im Keller«, murmelte sie. »Ich hol gerade den Schlüssel für den Verschlag.«

Gleich darauf kehrte sie zurück, und ich folgte ihr hinaus auf den Korridor. Wir gingen nach links, am Treppenhaus vorbei zu der Kellertür, die rechts in die Wand eingelassen war. Die Tür war abgeschlossen, und nachdem sie sie geöffnet hatte, knipste sie den Lichtschalter am Eingang an. Schon wehte mir der trokkene, muffige Geruch von alten Fliegenfenstern und halbleeren Eimern Latexfarbe in die Nase. Ich war etwa zwei Schritte hinter ihr, als wir die schmale Holztreppe hinuntergingen. Es folgte ein scharfer Knick nach rechts. Vom Absatz aus erhaschte ich einen Blick auf Betonboden und Lattenverschläge, die bis zu der niedrigen Decke hinaufreichten. Irgend etwas stimmte nicht, aber das Sonderbare drang erst richtig ins Bewußtsein, als der Schuß ertönte. Die Glühbirne über dem Treppenabsatz zerbarst, besprenkelte uns beide mit dünnen Glasteilchen, und augenblicklich war der Keller in Dunkel gehüllt. Grace kreischte auf, und ich packte sie, zog sie die Treppe hinauf. Dabei verlor ich das Gleichgewicht, und sie stolperte über mich. Es mußte noch einen anderen Ausgang geben, denn ich hörte das Aufreißen einer Holztür, ein Krachen und dann, wie draußen jemand mit langen Schritten die Betonstufen nahm. Ich wand mich unter Grace hervor und zerrte sie die Treppe hoch, dann ließ ich sie auf dem Flur zurück und rannte zur Haustür hinaus, um die Seite des Gebäudes herum. Irgendwer hatte einen alten Motorrasenmäher in der Auffahrt stehenlassen, und ich stürzte im Dunkeln, landete auf Händen und Knien und fluchte wild, als ich mich wieder hochrappelte. Ich erreichte die Rückseite des Gebäudes, geduckt, das Herz klopfte mir bis zum Hals. Es war stockduster, meine Augen begannen sich gerade erst anzupassen. Ein Fahrzeug startete eine Straße weiter oben, und ich konnte hören, wie es mit einer raschen Schaltung lospreschte. Ich tauchte weg, lehnte mich gegen die Hauswand, vernahm nichts als das schwächer werdende Dröhnen eines Fahrzeugs, das sich mit hoher Geschwindigkeit entfernte. Mein Mund war trocken. Ich war schweißgebadet und merkte, wie mich verspätet ein Schauder durchlief. Meine Handflächen brannten, wo der Kies die Haut aufgeritzt hatte. Ich trabte zu meinem Wagen, holte meine Taschenlampe heraus und steckte die kleine Automatic in die Tasche meiner Windjacke. Ich glaubte zwar nicht, daß noch jemand da war, der schießen würde, aber ich war es leid, überrascht zu werden.

Grace saß auf der Türschwelle, den Kopf zwischen den Knien. Sie zitterte am ganzen Körper und hatte angefangen zu weinen. Ich half ihr auf die Füße und schob die Wohnungstür auf.

»Lyle hat gewußt, daß ich die Sachen abholen wollte, stimmt's?« fuhr ich sie an. Sie warf mir einen gehetzten, flehenden Blick zu.

»Er kann es nicht gewesen sein. Er hätte mir das nicht angetan«, wimmerte sie.

»Ihr Vertrauen ist rührend«, sagte ich. »Nun setzen Sie sich. Ich bin gleich wieder da.«

Ich ging zurück zur Kellertreppe. Der Strahl der Taschenlampe durchschnitt die Schwärze. Am Fuß der Treppe war eine zweite Glühlampe, und ich zog an der Schnur. Das matte, trübe Licht aus der schaukelnden Lampe warf einen gelben Kreis, der langsam zum Stillstand kam. Ich schaltete die Taschenlampe aus. Ich wußte, welcher Verschlag Mrs. Glass gehörte. Man hatte ihn aufgebrochen, das Vorhängeschloß hing unnütz zwischen den zerschmetterten Latten. Pappkartons waren aufgerissen worden, und ihr hastig umhergestreuter Inhalt bildete ein knöcheltiefes Durcheinander, durch das ich mir einen Weg suchte. Auf allen entleerten Kartons stand entgegenkommenderweise der Name »Elizabeth« in dicken Filzschreiberstrichen. Ich hätte gern gewußt, ob wir den Eindringling gestört hatten, bevor oder nachdem er gefunden hatte, was er suchte. Ich hörte ein Geräusch hinter mir und fuhr herum, wobei ich die Taschenlampe sofort wie eine Keule hob.

Ein Mann stand da und starrte verdutzt auf mich.

»Haben Sie Schwierigkeiten hier unten?«

»O Scheiße. Wer sind Sie?«

Er war in mittleren Jahren, die Hände in den Taschen, sein Gesichtsausdruck schüchtern. »Frank Isenberg von Appartement drei«, sagte er entschuldigend. »Hat jemand eingebrochen? Soll ich die Polizei rufen?«

»Nein, tun Sie das erst mal nicht. Lassen Sie's mich oben mit Grace besprechen. Das scheint der einzige Verschlag zu sein, der beschädigt worden ist. Vielleicht waren es nur Kinder«, sagte ich, immer noch klopfenden Herzens. »Sie hätten sich doch nicht an mich heranschleichen müssen.«

»Entschuldigung. Ich dachte nur, Sie bräuchten vielleicht Hilfe.«

»Klar, na jedenfalls vielen Dank. Ich sage Ihnen Bescheid, wenn ich irgend etwas brauche.«

Er blieb noch einen Augenblick stehen, um das Chaos zu betrachten, aber dann zuckte er die Achseln und ging wieder nach oben.

Ich sah mir die hintere Kellertür an. Das Glas war herausgebrochen worden, und jemand hatte hindurchgelangt und den Riegel zurückgeschoben. Natürlich stand die Tür weit offen. Ich schloß sie und schob den Riegel wieder vor. Als ich mich umdrehte, kam Grace zaghaft die Treppe herunter, noch immer blaß im Gesicht. Sie hielt sich am Geländer fest. »Elizabeths Sachen«, sagte sie leise. »Die haben all ihre Kisten geplündert, all die Sachen, die ich aufgehoben habe.«

Sie ließ sich auf die Treppe sinken, rieb sich die Schläfen. Ihre großen braunen Augen sahen verletzt aus, bestürzt, mit einem Anflug von etwas anderem – ich hätte schwören können, es war Schuldbewußtsein.

»Vielleicht sollten wir die Polizei rufen«, sagte ich, wenn ich mir auch gemein dabei vorkam. Ich fragte mich, wie sehr sie Lyle eigentlich in Schutz zu nehmen gedachte.

»Meinen Sie wirklich?« sagte sie. Ihr Blick flatterte unschlüssig hin und her, und sie nahm ein Taschentuch heraus und drückte es auf ihre Stirn, wie um Schweißperlen zu entfernen. »Es muß ja nichts fehlen«, sagte sie hoffnungsvoll. »Vielleicht ist gar nichts weg.«

»Oder wir merken den Unterschied nicht«, sagte ich.

Sie raffte sich auf und ging zu dem Verschlag, überschaute die wirren Haufen von Papieren, Stofftieren, Kosmetika, Unterwäsche. Sie bückte sich und hob aufs Geratewohl Papiere auf, um sie zusammenzulegen. Ihre Hände zitterten immer noch, aber ich glaubte nicht, daß sie verängstigt war. Erschrocken vielleicht, und von Gedanken verfolgt.

»Ich nehme doch an, daß Raymond noch schläft«, sagte ich.

Sie nickte, und die Tränen kamen ihr, als das Ausmaß der Verwüstung mehr und mehr zutage trat. Ich spürte, wie ich Mitleid empfand. Selbst wenn Lyle es getan hatte, war es doch niederträchtig, ein Vergehen an etwas, das Grace kostbar war. Sie hatte auch so schon genug gelitten. Ich legte die Taschenlampe weg und begann einige Dinge wieder in die Kartons zu packen: Modeschmuck, Feinwäsche, alte Ausgaben von *Seventeen* und *Vogue*, Schnittmuster für Kleidungsstücke, die Libby wahrscheinlich nie angefertigt hatte. »Dürfte ich diese Kartons mal mitnehmen und sie heute abend durchgehen?« fragte ich. »Ich kann sie Ihnen morgen früh wiederbringen.«

»Na ja. Na schön. Ich wüßte jedenfalls nicht, was es jetzt noch schaden soll«, murmelte sie, ohne mich anzusehen.

Es schien mir hoffnungslos. Wer sollte bei diesem Wirrwarr beurteilen können, was fehlte? Ich mußte die Kartons durchgehen und zusehen, ob ich etwas entdeckte, aber die Aussichten standen nicht gut. Lyle konnte nicht lange dort unten gewesen sein – falls er es gewesen war. Er wußte, daß ich wegen der Sachen zurückkommen wollte, und als er früher am Tag bei ihr erschienen war, hatte Grace ihm wahrscheinlich gesagt, um welche Zeit genau ich eintreffen würde. Er hatte bis zum Einbruch der Dunkelheit warten müssen, und wahrscheinlich dachte er, wir würden uns länger oben aufhalten, bevor wir hinuntergingen. Trotzdem spielte er riskant – sofern ihm das nicht einfach egal war. Und wieso hatte er nicht in den drei Tagen eingebrochen, während ich fort war? Ich dachte an seine Unverschämtheit zurück, und ich argwöhnte, daß es ihm eine gewisse Befriedigung bereiten könnte, mir einen Strich durch die Rechnung zu machen, selbst wenn er dabei ertappt würde.

Grace half mir, die Kartons zum Auto zu schaffen, sechs insgesamt. Ich hätte das Zeug bei meinem ersten Besuch mitnehmen sollen, dachte ich, aber ich konnte mir schlecht vorstellen, mit einem Rücksitz voller Pappkartons nach Vegas zu fahren. Dennoch, dann wären sie jetzt unversehrt gewesen. Es war meine eigene verdammte Schuld, dachte ich bitter.

Ich sagte Grace, ich käme am Morgen so früh wie möglich wieder, und dann fuhr ich los. Es würde eine lange Nacht werden.

Ich kaufte mir zwei Kannen schwarzen Kaffee auf der anderen Straßenseite, sperrte die Tür meines Motelzimmers ab und schloß die Vorhänge. Ich schüttete den ersten Karton auf dem Bett aus und begann zu stapeln. Schulunterlagen auf einen Stoß für sich. Privatbriefe. Illustrierten. Stofftiere. Kleidung. Kosmetika. Rechnungen und Quittungen. Grace hatte anscheinend jeden Gegenstand aufgehoben, den Elizabeth seit dem Kindergarten angerührt hatte. Zeugnisse. Planaufgaben. Sechs Kartons schienen wirklich noch wenig, als mir aufging, was da alles war. Prüfungshefte vom College. Durchschläge von Bewerbungsschreiben. Steuerrückzahlungen. Die Anhäufung eines ganzen Lebens, und eigentlich war es nichts als Schund. Die Motivation und Energie, die darin gesteckt hatten, waren erloschen. Und doch fühlte ich mit ihr. Ich bekam eine Vorstellung von diesem jungen Mädchen, dessen Gehversuche, Triumphe und kleine Fehlschläge jetzt in einem tristen Motelzimmer aufgestapelt waren. Ich wußte nicht einmal, wonach ich suchte. Ich blätterte ein Tagebuch aus der fünften Klasse durch – die Handschrift rund und pflichtbewußt, die Eintragungen fade. Ich stellte mir vor, ich wäre selbst tot und jemand würde unbekümmert meine Habseligkeiten durchwühlen. Woraus bestand mein Leben überhaupt? Eingelöste Schecks. Getippte und abgeheftete Berichte. Alles, was von Wert war, auf knappe Prosa reduziert. Ich besaß nicht viel, hortete nichts und hob nichts auf. Zwei Scheidungsurkunden. Das war so ungefähr das Fazit bei mir. Ich sammelte mehr Informationen über das Leben anderer Leute als über mein eigenes, so als könnte ich, indem ich über die Daten anderer Leute brütete, vielleicht etwas über mich selbst herausfinden. Mein eigenes Geheimnis, unerforscht, unergründet, war in Akten aufgeteilt, die zwar säuberlich beschriftet waren, im Grunde aber nicht viel aussagten. Ich durchsuchte die letzte von Elizabeths Kisten, aber sie enthielt nichts Interessantes. Es war vier Uhr früh, als ich fertig wurde. Nichts. Wenn irgend etwas darunter gewesen war, fehlte es jetzt, und wieder war ich über mich selbst verärgert, schalt ich mich wegen meines schwachen Urteilsvermögens. Dies war das zweite Mal, daß ich zu spät kam, das zweite Mal, daß mir irgendeine wichtige Information entgangen war.

Ich begann die Kisten wieder vollzupacken, wobei ich automatisch alles nochmals kontrollierte und sichtete. Kleider in einen Karton, Stofftiere in die Zwischenräume an den Seiten. Schulunterlagen, Tagebücher, Prüfungshefte in den nächsten

Karton. Alles wanderte zurück, sauber katalogisiert diesmal, genauestens sortiert, als wäre ich Elizabeth Glass irgendeine Ordnung schuldig, nachdem ich in die verborgenen Winkel ihres früh beendeten Lebens gespäht hatte. Ich blätterte Illustrierten durch, hielt Lehrbücher am Rücken hoch und ließ die Seiten flattern. Die Stapel auf dem Bett nahmen ab. Es gab nicht allzu viele persönliche Briefe, und ich kam mir schlecht vor, weil ich sie las, aber ich tat es. Einige von einer Tante aus Arizona. Einige von einem Mädchen namens Judy, die Libby an der High-School gekannt haben mußte. Niemand schien sich auf etwas Intimes in ihrem Leben zu beziehen, und ich gelangte zu dem Schluß, daß sie anderen nur wenig anvertraute oder aber nichts weiter zu erzählen hatte. Die Enttäuschung war bitter. Ich hatte bereits den letzten Stoß Bücher erreicht, hauptsächlich Taschenbücher. So ein Geschmack. Leon Uris und Irving Stone, Victoria Holt, Georgette Heyer, ein paar ausgefallenere Sachen, die meiner Vermutung nach auf irgendeinen literarischen Grundkurs am College zurückgingen. Der Brief rutschte aus den Seiten eines eselsohrigen Exemplars von *Stolz und Vorurteil.* Fast hätte ich ihn mit dem übrigen Zeug in den Karton geworfen. Die Handschrift ging straff und zügig über zwei Seiten, in dunkelblauer Tinte. Kein Datum. Kein Umschlag. Kein Poststempel. Ich nahm den Brief an einer Ecke auf, las ihn und spürte, wie mir ein kaltes Kribbeln über den Rücken lief.

Liebste Elizabeth... ich schreibe Dir dies, damit Du etwas vorfindest, wenn Du wiederkommst. Ich weiß, diese Trennungen sind hart für Dich, und ich wünschte, es gäbe eine Möglichkeit für mich, Deinen Schmerz zu lindern. Du bist soviel ehrlicher als ich, soviel offener im Aussprechen Deiner Gefühle, als ich mir zu sein erlaube, aber ich liebe Dich, und ich möchte nicht, daß Du daran Zweifel hegst. Du hast recht, wenn Du sagst, ich sei konservativ. Ich bekenne mich schuldig, Euer Ehren, aber ich bin nicht immun gegen Leiden, und sooft man mir auch Selbstsucht vorgeworfen hat, ich bin nicht so rücksichtslos gegen andere, wie Du vielleicht annimmst. Ich möchte gerne, daß wir uns mit dieser Sache Zeit lassen und sichergehen, daß es etwas ist, das wir beide wollen. Was wir jetzt haben, ist mir sehr teuer, und ich sage nicht – bitte glaube mir –, daß ich nicht mein Leben für Dich ändern würde, wenn es darauf ankommt. Andererseits denke ich, wir sollten uns beide sicher sein, daß wir die alltäglichen Absurditäten des Zusammenseins überstehen können. Gegenwärtig blendet die Intensität, und es erscheint ganz einfach, alles hinzuschmeißen und ein neues Leben anzufangen, doch wir kennen uns weder lange noch gut genug. Ich kann mir nicht erlauben, in der Hitze des Augenblicks Frau, Kinder und Karriere aufs Spiel zu setzen, obwohl Du weißt, daß es mich lockt. Bitte laß uns die Sache langsam angehen. Ich liebe Dich mehr, als ich sagen kann, und ich möchte Dich nicht verlieren – so selbstsüchtig das nun auch wieder sein mag. Du hast recht, wenn Du drängst, übersieh aber bitte auch nicht, was für Dich wie für mich auf dem Spiel steht. Toleriere meine Vorsicht, wenn Du kannst. Ich liebe Dich. *Laurence.*

Ich wußte nicht, was ich davon halten sollte. Mir wurde plötzlich klar, daß ich nicht nur einfach nicht an ein Verhältnis zwischen Laurence und Elizabeth geglaubt hatte. Ich hatte nicht daran glauben *wollen*. Ich war mir immer noch nicht sicher, ob ich daran glaubte, aber warum dieser Widerstand? Es war doch so schön. So praktisch. Es paßte so gut zu den Fakten, die ich kannte, und dennoch starrte ich auf den Brief und hielt ihn behutsam an einer Ecke, während ich ihn noch einmal las. Ich lehnte mich aufs Bett zurück. Was war los mit mir? Ich war erschöpft, und ich wußte, ich hatte in den letzten Tagen zuviel durchgemacht, aber irgend etwas nagte an mir, und ich war mir nicht sicher, ob es direkt mit dem Brief zu tun hatte oder mehr mit mir selbst, mit irgend etwas in meinem Wesen – einem kleinen, lästigen Stück Selbsterkenntnis, gegen das ich mich heftig sträubte. Der Brief war entweder echt oder er war es nicht, und es gab Möglichkeiten, das festzustellen. Müde riß ich mich zusammen. Ich suchte einen großen Umschlag und legte den Brief hinein, wobei ich achtgab, keine Fingerabdrücke zu verwischen. Im voraus dachte ich schon an Con Dolan, der sich für ihn begeistern würde, weil er noch seine häßlichsten Vermutungen über das Geschehen von damals bestätigte. War es das, was Sharon Napier herausgekriegt hatte? War es das, was sie hätte erhärten können, wenn sie lange genug gelebt hätte?

Ich lag voll angekleidet auf dem Bett, mein Körper angespannt, mein Hirn überdreht. Wen hätte sie mit dieser Information erpressen können, falls sie ihr bekannt war? Denn darauf mußte sie aus gewesen sein. Das mußte der Grund sein, weshalb sie umgebracht wurde. Irgend jemand war mir nach Las Vegas gefolgt in dem Wissen, daß ich sie treffen würde, in dem Wissen, daß sie bestätigen könnte, was ich nicht hatte glauben wollen. Ich konnte es natürlich nicht beweisen, aber ich hätte gern gewußt, ob ich der Wahrheit schon nahe genug war, um selbst in Gefahr zu schweben. Ich wollte nach Hause. Ich wollte mich in die Sicherheit meines kleinen Zimmers zurückziehen. Ich dachte noch nicht klar, aber ich war nah dran. Acht Jahre lang war nichts passiert, und jetzt ging alles wieder los. Wenn Nikki unschuldig war, dann hatte die ganze Zeit jemand hübsch warm gesessen, jemand, dem jetzt die Gefahr der Entlarvung drohte.

Ich sah eine Sekunde lang den Blick, der in Nikkis Augen aufgeflackert war, blinde Feindseligkeit, ein böser, irrationaler Zorn. Sie hatte das alles in Gang gesetzt. Ich mußte die Möglichkeit in Betracht ziehen, daß Sharon Napier sie erpreßt hatte, daß Sharon etwas wußte, was Nikki mit dem Tod von Libby in Verbindung gebracht hätte. Wenn Sharon von der Bildfläche verschwunden war, war es möglich, daß Nikki mich engagiert hatte, um sie aufzustöbern, und daß Nikki dann jegliche Bedrohung mit einem schnellen Schuß beseitigt hatte. Sie konnte mir auch nach Sherman Oaks gefolgt sein, um Libbys Habseligkeiten kopflos nach irgend etwas zu durchsuchen, das Libby mit Laurence Fife in Verbindung hätte bringen können. Einzelheiten fehlten noch, aber sie würden sich einstellen, und dann würde das Ganze vielleicht einen Sinn ergeben. Vorausgesetzt, ich lebte lange genug, um dahinterzukommen…

18

Ich schleppte mich um sechs Uhr aus dem Bett. Ich hatte überhaupt nicht geschlafen. Mein Mund fühlte sich schal an, und ich putzte mir die Zähne. Ich duschte und zog mich an. Wie gerne wäre ich gelaufen, aber ich fühlte mich zu verwundbar, um zu dieser Zeit mitten über den San Vicente zu joggen. Ich packte, räumte meine Schreibmaschine ein, stopfte die Seiten meines Berichts in die Aktentasche. Ich lud die Kartons zusammen mit meinem Koffer wieder ins Auto. Das Licht im Büro brannte, und ich konnte Arlette sehen, die gefüllte Krapfen aus einer Konditoreischachtel nahm und sie auf eine Kunststoffplatte mit durchsichtiger Haube legte. Auf dem Herd stand bereits Wasser für den schrecklichen, faden Instantkaffee. Sie leckte Puderzucker von ihren Fingern, als ich hereinkam.

»Gott, sind Sie früh auf«, sagte sie. »Möchten Sie Frühstück?«

Ich schüttelte den Kopf. Selbst bei meiner Vorliebe für Junkfood würde ich keinen gefüllten Krapfen essen. »Nein, danke«, sagte ich. »Ich wollte mich abmelden.«

»Jetzt gleich?«

Ich nickte, fast zu müde zum Reden. Sie schien wohl auch zu spüren, daß es die falsche Zeit für ein Schwätzchen war. Sie machte meine Rechnung fertig, und ich unterschrieb, ohne die Summen auch nur zu überschlagen. Normalerweise verzählte sie sich, aber das kümmerte mich nicht.

Ich stieg in mein Auto und fuhr nach Sherman Oaks. In Graces Küche brannte Licht, als ich um die Seite des Gebäudes herumkam. Ich klopfte an das Fenster, und wenig später war sie am Lieferanteneingang und öffnete die Seitentür. Sie wirkte in einem ausgestellten Cordrock und mokkafarbenem Rollkragenpullover klein und zierlich an diesem Morgen. Sie sprach leise.

»Raymond ist noch nicht wach, aber es ist Kaffee da, wenn Sie möchten«, sagte sie.

»Danke, aber ich bin um acht zum Frühstück verabredet«, log ich, ohne viel nachzudenken. Was immer ich sagte, würde an Lyle weitergegeben werden, und meine Pläne gingen ihn nichts an – und sie auch nicht. »Ich wollte nur die Kartons vorbeibringen.«

»Haben Sie etwas gefunden?« fragte sie. Ihr Blick begegnete kurz dem meinen, dann blinzelte sie, schaute auf den Boden, sah links an mir vorbei.

»Zu spät«, sagte ich und versuchte die Erleichterung nicht zu beachten, die sich auf ihren Zügen widerspiegelte.

»Das ist bedauerlich«, murmelte sie und faßte sich an den Hals. »Ich bin ... ehm ... sicher, daß es nicht Lyle war.«

»Es spielt sowieso keine große Rolle«, sagte ich. Sie tat mir unwillkürlich leid. »Ich habe alles so ordentlich wieder eingepackt, wie ich konnte. Ich bringe die Kartons eben noch in den Keller und setze sie in den Verschlag. Den werden Sie wahrscheinlich ja reparieren lassen, wenn die Außentür wieder ganz ist.«

Sie nickte. Sie machte Anstalten, die Tür zu schließen, und ich trat zurück und beobachtete, wie sie in ihren weichbesohlten Slippern wieder in die Küche tappte. Es kam mir vor, als hätte ich persönlich irgendwie den Frieden ihres Lebens gestört, so daß jetzt alles mit einem Mißklang endete. Sie war so hilfsbereit gewesen, wie sie konnte, und sie hatte wenig dafür erhalten. Ich mußte darüber hinweggehen. Im Augenblick konnte ich nichts tun. Ich lud in mehreren Etappen den Wagen aus und stapelte die Kartons gleich vorne in dem beschädigten Verschlag. Unbewußt horchte ich auf Lyle. Das Licht im Keller war bei Tag kalt und grau, doch abgesehen von dem zersplitterten Lattengitter und der zerbrochenen Glasscheibe wies nichts mehr auf den Eindringling hin. Nach meiner letzten Tour in den Keller ging ich zum Hinterausgang und hielt beiläufig Ausschau nach zerdrückten Zigarettenkippen, blutigen Fingerabdrücken, vielleicht einer kleinen gedruckten Visitenkarte, die der Einbrecher verloren hatte. Ich ging draußen die Betonstufen hoch, blickte nach rechts auf den Weg, den der Einbrecher genommen hatte – über das stoppelige Gras im Hinterhof, über einen durchhängenden Drahtzaun, durch ein Gewirr von Büschen. Ich konnte bis zur nächsten Straße sehen, wo sein Wagen gestanden haben mußte. Es war noch früh am Morgen, und das Sonnenlicht war matt und unbewegt. Ich konnte starken Verkehr auf dem Ventura Freeway hören, der weiter rechts zwischen den Baumgruppen schimmerte. Der Erdboden war zu hart für Fußspuren. Ich ging links um das Gebäude herum zu der Auffahrt und bemerkte mit Interesse, daß der Rasenmäher jetzt auf die Seite gerückt worden war. Meine Handflächen waren stellenweise immer noch aufgerissen, fünf Zentimeter breite Schrammen, wo ich auf den Händen über den Kies gerutscht war. Ich hatte noch nicht einmal daran gedacht, Bactin aufzutragen, und ich hoffte, ich würde mir keinen Wundbrand, eine gefährliche Entzündung oder Blutvergiftung zuziehen – Gefahren, vor denen meine Tante mich fast jedesmal gewarnt hatte, wenn ich mir das Knie aufschürfte.

Ich setzte mich wieder ins Auto und fuhr los nach Santa Teresa, hielt aber in Thousand Oaks zum Frühstück. Um zehn war ich dann zu Hause. Ich wickelte mich auf der Couch in eine Decke und schlief den größten Teil des Tages.

Um vier Uhr fuhr ich hinaus zu Nikkis Strandhaus. Ich hatte angerufen, um ihr mitzuteilen, daß ich wieder in der Stadt sei, und sie hatte mich zu einem Drink eingeladen. Ich war mir noch nicht sicher, wieviel ich ihr erzählen oder wieviel ich eventuell zurückhalten würde, aber nachdem mich zuletzt solches Mißtrauen gegen sie gequält hatte, wollte ich meine Wahrnehmungen auf die Probe stellen. Es gibt bei jeder Ermittlung Momente, da verbauen und vernebeln meine Spekulationen über das, was möglich ist, mir jeden Rest Gefühl dafür, was tatsächlich der Fall ist. Ich wollte meine Eingebungen prüfen.

Das Haus lag an einem Steilufer mit Blick auf das Meer. Das Grundstück war klein, unregelmäßig in der Form, umgeben von

Eukalyptusbäumen. Das Haus war in die Gartenlandschaft eingebettet – Lorbeer und Eiben, mit rosa und roten Geranien entlang dem Pfad –, sein Äußeres bestand aus Zedernholzschindeln in naturbelassenem Braunton, das Dach verlief in einer sanften Wellenlinie. Auf der Vorderseite war ein breites, ovales Fenster, flankiert von zwei Bogenfenstern, alle ohne Vorhänge. Der Rasen war hellgrün, zarte Grashalme, die beinah eßbar wirkten, vermischt mit Kringeln von Eukalyptusrinde wie mit Sägespänen. Weiße Gänseblümchen bildeten verstreute Inseln. Der Gesamteindruck war der einer subtilen Nachlässigkeit, einer veredelten Wildnis, ungepflegt, aber gezähmt, eigenartig reizvoll durch den schweren Duft des Ozeans, der darüber lag, und das dumpfe Grollen der in der Tiefe anbrandenden Wellen. Die Luft war feucht und roch nach Salz, der Wind schüttelte das zerzauste Gras. War das Haus in Montebello ein biederer, konventioneller, schlichter Kasten, so war dies hier ein schrulliges Cottage, lauter weite Winkel, Fenster und Naturholz. Die Eingangstür hatte ein hohes, ovales Bleiglasfenster mit Tulpenmotiven, und die Klingel hörte sich an wie ein Glockenspiel.

Nikki erschien sofort. Sie trug einen schilfgrünen Kaftan mit aufgestickten Spiegeln am Oberteil, groß wie Zehncentmünzen, und weiten Ärmeln. Ihre Haare waren aus dem Gesicht nach hinten gekämmt und wurden von einem hellgrünen Samtband zusammengehalten. Sie wirkte entspannt, ihre breite Stirn faltenlos, die grauen Augen blickten hell und klar, die Lippen waren leicht rosa angemalt, die Mundwinkel nach oben gebogen wie in heimlicher Freude. Die Trägheit war aus ihren Gebärden verschwunden, und sie war munter, lebhaft. Ich hatte das Fotoalbum von Diane mitgebracht und gab es ihr, als sie die Tür hinter mir schloß.

»Was ist das?« fragte sie.

»Diane hat es für Colin zusammengestellt«, sagte ich.

»Kommen Sie mit zu ihm«, sagte sie. »Wir backen gerade Brot.«

Ich folgte ihr durch das Haus. Es gab überhaupt keine vierekkigen Zimmer. Die Räume flossen ineinander über, verbunden durch hell schimmernde Holzfußböden und farbenfrohe Wollteppiche. Überall waren Fenster, Pflanzen, Oberlichter. Ein unorthodoxer Kamin im Wohnzimmer sah aus, als wäre er aus graubraunen Kopfsteinen zusammengebaut, die man willkürlich aufgeschichtet hatte wie einen Höhleneingang. An der hinteren Wand führte eine robuste Leiter zu einem Dachboden, der das Meer überblickte. Nikki lächelte mir glücklich zu und legte im Vorbeigehen das Album auf den gläsernen Couchtisch.

Die Küche war halbkreisförmig, aus Holz und weißem Formica mit strotzend gesunden Zimmerpflanzen. Nach drei Seiten gingen Fenster auf eine Terrasse, hinter der sich, weit und grau am späten Nachmittag, das Meer erstreckte. Colin stand mit dem Rücken zu mir und knetete Brot mit vollendeter Konzentration. Sein Haar hatte den gleichen hellen, farblosen Ton wie das von Nikki und kräuselte sich ebenso seidig an seinem Nacken herunter. Seine Arme wirkten drahtig und stark, seine Hände geschickt, die Finger waren lang. Er nahm den Teig an den Rändern auf, drückte ihn zusammen und wendete ihn. Er sah aus, als stände er gerade an der Grenze zur Pubertät, so daß er zwar schon in die Höhe schoß, aber noch nicht linkisch war. Nikki berührte ihn, und er drehte sich rasch um; sein Blick glitt sofort zu mir herüber. Ich war verblüfft. Er hatte große, etwas schrägliegende Augen, beinah olivgrün, und dichte, dunkle Brauen. Sein Gesicht war schmal, das Kinn spitz, die Ohren bildeten zierliche Spitzen, ein koboldhafter Effekt, da auch das feine Haar auf seiner Stirn spitz zulief. Diese beiden sahen aus wie eine Illustration aus einem Märchenbuch – zerbrechlich und schön und seltsam. Seine Augen waren friedlich, leer, strahlend vor wacher Intelligenz. Ich habe den gleichen Ausdruck bei Katzen gesehen, in ihrem weisen, distanzierten, ernsten Blick.

Als ich mit Nikki sprach, beobachtete er unsere Lippen, während seine eigenen sich atemlos teilten, so daß die Wirkung merkwürdig sexuell war.

»Ich glaube, ich hab mich gerade verliebt«, sagte ich lachend. Nikki lächelte und gab Colin knappe Zeichen mit grazilen Fingern. Colin warf mir ein Lächeln zu, viel älter, als er an Jahren war. Ich merkte, wie ich rot wurde.

»Sie haben ihm das hoffentlich nicht gesagt«, meinte ich. »Wir müßten wahrscheinlich zusammen abhauen.«

»Ich sagte ihm, Sie wären meine erste Freundin seit dem Gefängnis. Ich sagte ihm, Sie bräuchten was zu trinken«, erwiderte sie, immer noch Zeichen gebend; ihre Augen ruhten auf Colins Gesicht. »Meistens verständigen wir uns nicht soviel durch Zeichen. Ich frische nur meine Kenntnisse auf.«

Während Nikki eine Flasche Wein öffnete, sah ich Colin beim Kneten des Brotteigs zu. Er bot mir an, ihm zu helfen, und ich schüttelte den Kopf, da ich lieber seinen agilen Händen zuschaute, unter denen der Teig auf fast magische Weise glatt wurde. Während er knetete, gab er hin und wieder rauhe, unverständliche Laute von sich, offenbar ohne sich dessen bewußt zu sein.

Nikki schenkte mir gekühlten Weißwein in ein Glas mit langem Stiel, nahm selbst aber Perrier. »Auf die Bewährung«, sagte sie.

»Sie sehen sehr viel entspannter aus«, sagte ich.

»Oh, das bin ich auch. Ich fühle mich großartig. Es ist so gut, ihn hierzuhaben. Ich laufe ihm überallhin nach. Ich komme mir vor wie ein junger Hund. Er kriegt keine Ruhe.«

Ihre Hände bewegten sich automatisch, und ich konnte sehen, daß sie die an mich gerichteten Worte simultan für ihn übersetzte. Ich empfand mich als plump und unbeholfen, weil ich nicht auch in Zeichen sprechen konnte. Mir schien, als gäbe es Dinge, die ich ihm selbst sagen wollte, Fragen, die ich ihm stellen wollte, über das Schweigen in seinem Kopf. Es war wie eine Art Scharade: Nikki, die Körper, Arme und Gesicht gebrauchte, ihr ganzes Selbst einsetzte, Colin, der beiläufig zurücksignalisierte. Er schien viel schneller zu sprechen als sie, ohne Überlegung. Manchmal geriet Nikki ins Stocken, rang um ein Wort, fand es und lachte über sich selber, wenn sie ihm ihre Vergeßlichkeit zu verstehen gab. Ihr Lächeln in diesen Momenten war sanft, voller Zuneigung, und ich beneidete sie beide um diese besondere Welt der Geheimnisse, der Selbstironie, worin Colin der Meister und Nikki der Lehrling war. Ich konnte mir Nikki mit keinem anderen Kind vorstellen.

Colin legte den weichen Teig in die Schüssel und drehte ihn einmal, um seine helle Oberfläche mit Butter zu bestreichen, worauf er ihn sorgfältig mit einem sauberen weißen Handtuch abdeckte. Nikki winkte ihn ins Wohnzimmer, wo sie ihm das Fotoalbum zeigte. Colin ließ sich auf dem Rand der Couch nieder und beugte sich vor, die Ellbogen auf seinen Knien, das offene Album vor sich auf dem Tisch. Sein Gesicht war unbewegt, doch seine Augen erfaßten alles, und er war bereits in die Schnappschüsse vertieft.

Nikki und ich gingen auf die Terrasse. Es wurde spät, aber das Sonnenlicht war noch hell genug, um die Illusion von Wärme zu erzeugen. Sie stand am Geländer und schaute hinaus auf den unter uns grollenden Ozean. Stellenweise konnte ich Tangknäuel dicht unter der Oberfläche sehen, dunkle Stränge, die sich in Wellen von hellerem Grün bewegten.

»Nikki, haben Sie mit irgendwem darüber gesprochen, wo ich war und was ich vorhatte?« fragte ich.

»Überhaupt nicht«, sagte sie verblüfft. »Weshalb fragen Sie?«

Ich berichtete ihr von den Ereignissen der letzten Tage – Sharon Napiers Tod, meinen Gesprächen mit Greg und Diane, dem Brief, den ich unter Libby Glass' Habseligkeiten gefunden hatte. Mein Vertrauen zu ihr war instinktiv.

»Würden Sie seine Handschrift erkennen?«

»Natürlich.«

Ich holte den braunen Umschlag aus meiner Tasche, nahm vorsichtig den Brief heraus und faltete ihn für sie auseinander. Sie blickte kurz darauf.

»Das ist er«, sagte sie.

»Ich hätte gern, daß Sie es lesen«, sagte ich. »Ich möchte sehen, ob es mit Ihren Vorstellungen von dem, was im Gange war, übereinstimmt.«

Widerstrebend richtete sie den Blick wieder auf die hellblauen Seiten. Als sie fertig war, erschien sie fast verlegen. »Ich hätte nicht gedacht, daß es so ernst war. Seine anderen Affären waren es nicht.«

»Was ist mit Charlotte Mercer?«

»Sie ist ein Aas. Eine Alkoholikerin. Sie rief mich mal an. Ich haßte sie. Und sie haßte ihn. Sie hätten mal hören sollen, was sie sagte.«

Ich faltete den Brief sorgfältig zusammen. »Ich kapiere das nicht. Von Charlotte Mercer zu Libby Glass. Das ist ein ziemlicher Sprung. Ich hielt ihn für einen Mann von Geschmack.«

Nikki zuckte die Achseln. »Er war leicht zu verführen. Das lag an seiner Eitelkeit. Charlotte *ist* schön... auf ihre Weise.«

»Wollte sie sich scheiden lassen? Lernten sie sich dadurch kennen?«

Nikki schüttelte den Kopf. »Wir verkehrten gesellschaftlich mit ihnen. Richter Mercer war mal so was wie ein Mentor von Laurence. Ich denke nicht, daß er je von dem Verhältnis erfahren hat – es hätte ihn umgebracht, glaube ich. Er ist jedenfalls der einzige anständige Richter, den wir haben. Sie wissen, wie die andern sind.«

»Ich habe nur kurz mit ihr gesprochen«, sagte ich, »aber ich wüßte nicht, wie sie in die Sache verwickelt sein soll. Es muß jemand gewesen sein, der wußte, wo ich war, und woher hätte sie das haben sollen? Irgend jemand muß mir nach Las Vegas gefolgt sein. Sharons Ermordung war zeitlich zu genau abgestimmt, als daß es ein Zufall gewesen sein könnte.«

Colin erschien an Nikkis Seite und legte das offene Fotoalbum oben aufs Geländer. Er deutete auf einen der Schnappschüsse und sagte etwas, das ich überhaupt nicht verstehen konnte, ein verworrenes Gemisch von Vokalen. Es war das erste Mal, daß ich ihn sprechen hörte. Seine Stimme war tiefer, als ich es bei einem Zwölfjährigen erwartet hätte.

»Das ist Dianes Schlußfeier an der Aufbauschule«, sagte sie zu ihm. Colin sah sie einen Moment an und deutete dann nochmals, eindringlicher. Er hob den Zeigefinger an seinen Mund und bewegte ihn schnell rauf und runter. Nikki krauste die Stirn.

»›Wer‹ wo, Liebling?«

Colin legte den Finger auf das Foto einer Gruppe von Leuten.

»Das sind Diane und Greg und Dianes Freundin Terri und Dianes Mutter«, sagte sie mit ausgesuchter Deutlichkeit zu ihm und gab ihm zugleich Zeichen.

Ein verwirrtes Lächeln trat in Colins Gesicht. Colin breitete die Hände aus, legte den Daumen erst an die Stirn und dann aufs Kinn.

Diesmal lachte Nikki, ihr Gesichtsausdruck war ebenso verwirrt wie seiner.

»Nein, *das* ist Großmama«, sagte sie, indem sie auf ein Foto auf der vorhergehenden Seite zeigte. »Dies hier ist *Dianes* Mutter, nicht die von Papa. Die Mutter von Greg und Diane. Erinnerst du dich nicht an Oma? Ach Gott, wie sollte er.« Nikki warf mir einen Blick zu. »Er war erst ein Jahr alt, als sie starb.« Sie schaute wieder auf ihn.

Colin gab ein paar Kehllaute von sich, etwas Verneinendes und Enttäuschtes. Ich fragte mich, was mit seiner Laune passieren würde, wenn die Pubertät ihn erst richtig einholte. Wieder der Daumen an die Stirn, dann aufs Kinn. Nikki warf mir erneut einen Blick zu. »Er sagt dauernd ›Papas Mutter‹ zu Gwen. Wie erklärt man bloß ›Exfrau‹?« Sie gab nochmals geduldig Zeichen.

Colin schüttelte leicht den Kopf, war plötzlich verunsichert. Er beobachtete sie noch einen Moment, als könnte vielleicht noch irgendeine andere Erklärung folgen. Dann nahm er das Album und zog sich zurück, die Augen weiterhin auf Nikkis Gesicht geheftet. Er gab noch einmal Zeichen und errötete verlegen. Anscheinend wollte er vor mir nicht dumm dastehen.

»Wir gehen die gleich alle mal durch«, signalisierte sie ihm, für mich übersetzend.

Colin trat langsam durch die gläserne Schiebetür und schob das Fliegengitter vor.

»Entschuldigen Sie die Unterbrechung«, sagte sie knapp.

»Macht doch nichts, ich muß sowieso wieder los«, sagte ich.

»Sie können zum Abendessen bleiben, wenn Sie möchten. Ich habe einen großen Topf Beef Bourguignon fertig. Das schmeckt ausgezeichnet mit Colins Brot.«

»Danke, aber ich habe noch allerhand zu erledigen«, sagte ich.
Nikki begleitete mich zur Tür und übertrug dabei unser Abschiedsgeplauder in die Zeichensprache, ohne es überhaupt zu merken.

Ich stieg ins Auto und saß da erst mal einen Moment, verwirrt über Colins Verwirrung wegen Gwen. Das war doch komisch. Sehr komisch.

19

Als ich zurück zu meiner Wohnung kam, saß Charlie Scorsoni vor der Tür. Ich fühlte mich schmuddelig und unvorbereitet, und zu meiner Bestürzung erkannte ich, daß ich eine Wunschvorstellung darüber gehegt hatte, wie wir uns wiedersehen würden und daß es nicht so war.

»Gott, fallen Sie nicht aus allen Wolken, Millhone«, sagte er, als er den Ausdruck auf meinen Gesicht sah.

Ich holte meinen Schlüssel heraus. »Tut mir leid«, sagte ich, »aber Sie erwischen mich zur unmöglichsten Zeit.«

»Sie haben eine Verabredung«, sagte er.

»Nein, ich habe keine Verabredung. Ich sehe beschissen aus.« Ich schloß die Tür auf, knipste die Schreibtischlampe an und ließ ihn hinter mir herein.

»Wenigstens habe ich Sie bei guter Laune erwischt«, meinte er und tat auch schon, als ob er zu Hause wäre. Er schlenderte in die Küche und holte das letzte Bier heraus. Die Vertraulichkeit in seinem Auftreten ärgerte mich.

»Hören Sie, ich habe Wäsche zu erledigen. Ich war seit einer Woche nicht einkaufen. Meine Post türmt sich, die ganze Wohnung ist verstaubt. Ich hab noch nicht mal meine Beine rasiert, seit ich Sie zuletzt gesehen habe.«

»Zum Friseur müssen Sie auch.«

»Muß ich nicht. Ich laufe immer so rum.«

Er lächelte kopfschüttelnd. »Ziehen Sie sich was an. Wir gehen aus.«

»Ich möchte nicht ausgehen. Ich möchte Ordnung in mein Leben bringen.«

»Das können Sie auch morgen noch. Dann ist Sonntag. Ich wette, Sie machen solchen Mist sowieso immer sonntags.«

Ich starrte ihn an. Es stimmte. »Einen Moment mal. Hier ist mein Vorschlag«, sagte ich geduldig. »Ich bin grad nach Haus gekommen. Ich erledige alle meine Pflichten, schlafe mich gut aus, was ich bitter nötig habe, morgen rufe ich Sie dann an und wir sehen uns morgen abend.«

»Ich muß morgen abend ins Büro. Ich bin mit einem Klienten verabredet.«

»Am Sonntagabend?«

»Wir müssen Montag in aller Frühe vor Gericht erscheinen und konnten es nicht anders legen. Ich bin selber erst seit Donnerstag abend wieder hier, und ich stecke bis zum Hals drin.«

Ich starrte ihn noch etwas länger an, geriet aber ins Wanken. »Wohin würden wir denn gehen? Müßte ich mich in Schale werfen?«

»Na ja, *so* nehme ich Sie nirgends mit hin«, sagte er.

Ich schaute an mir hinunter. Ich trug immer noch Jeans und das Hemd, in dem ich geschlafen hatte, aber ich war noch nicht bereit, klein beizugeben. »Was ist denn daran verkehrt?« fragte ich zänkisch.

»Duschen Sie und ziehen Sie sich um. Ich hole was im Lebensmittelladen, wenn Sie mir einen Zettel schreiben. Bis ich das erledigt habe, sind Sie soweit, ja?«

»Ich kaufe ganz gern selber ein. Aber ich brauche sowieso nur Milch und Bier.«

»Dann fahre ich mit Ihnen zu einem Supermarkt, wenn wir gegessen haben«, sagte er und betonte jedes einzelne Wort.

Wir fuhren hinunter zum *Ranch House* in Ojai, einem jener eleganten Restaurants, wo sich der Kellner an den Tisch stellt und die Speisekarte vorträgt wie eine Ballade.

»Soll ich für uns bestellen, oder würde das Ihre emanzipierten Gefühle verletzen?«

»Machen Sie nur«, sagte ich seltsam erleichtert. »Das wäre mir lieb.« Während er und der Kellner konferierten, musterte ich heimlich Charlies Gesicht. Es war kräftig und breit, gute Kinnbacken, sichtbar gespaltenes Kinn, voller Mund. Eine kaum erkennbare Narbe unterhalb des Nasenrückens ließ vermuten, daß seine Nase einmal gebrochen, aber geschickt wieder zusammengeflickt worden war. Seine Brille hatte große, blaugrau getönte Gläser, und hinter ihnen waren seine blauen Augen klar wie der Himmel. Blonde Wimpern, blonde Brauen, sein dichtes sandfarbenes Haar fing erst an, aus der Stirn zurückzuweichen. Er hatte große Hände, starke Knochen an den Handgelenken, und an der Manschette konnte ich federartigen blonden Flaum sehen. Da war auch noch etwas anderes an ihm, schwelend und dunkel; erneut hatte ich diesen Eindruck von Sexualität, die hin und wieder an die Oberfläche kam. Manchmal schien er einen fast hörbaren Summton auszusenden, wie eine Formation von Kraftwerken, die unerbittlich einen Berg entlangmarschiert, unheilvoll und mit Warnschildern versehen. Ich hatte Angst vor ihm.

Der Kellner nickte und ging fort. Charlie wandte sich mit hintergründiger Belustigung wieder mir zu. Ich spürte, wie mir die Worte wegblieben, aber er tat, als ob er es nicht merkte, und ich empfand undeutlich, daß ich ihm dafür dankbar war, und errötete leicht. Ich war mit der gleichen Befangenheit geschlagen, die ich einmal auf einer Geburtstagsparty im sechsten Schuljahr erlebt hatte, als mir aufging, daß all die andern kleinen Mädchen in Nylonstrümpfen gekommen waren und ich immer noch alberne weiße Socken trug.

Der Kellner kehrte mit einer Flasche Wein zurück, und Charlie vollzog das übliche Ritual. Als unsere Gläser gefüllt waren, stieß er mit mir an, die Augen auf meinem Gesicht. Ich nahm einen Schluck und staunte über die Köstlichkeit des hellen und kühlen Weins.

»Wie laufen denn die Nachforschungen?« fragte er, als der Kellner gegangen war.

Ich schüttelte den Kopf, brauchte einen Moment, um mich zu orientieren. »Darüber will ich nicht reden«, sagte ich brüsk, fing mich dann aber. »Ich möchte nicht unhöflich sein«, fügte ich in sanfterem Ton hinzu. »Ich glaube nur nicht, daß es etwas nützt, darüber zu reden. Es läuft nicht gut.«

»Tut mir leid, das zu hören«, sagte er. »Es wird bestimmt besser.«

Ich zuckte mit den Schultern und sah zu, wie er sich eine Zigarette anzündete und das Feuerzeug zuschnappen ließ. »Ich wußte nicht, daß Sie rauchen«, bemerkte ich.

»Hin und wieder«, sagte er. Er bot mir das Päckchen an, und ich schüttelte erneut den Kopf. Er wirkte entspannt, selbstbeherrscht, ein Mann von Charme und Niveau. Ich kam mir dumm und mundfaul vor, aber er schien keine Erwartungen an mich zu stellen und redete weiter über belanglose Dinge. Es war, als ob er mit halber Geschwindigkeit agierte, sich mit allem Zeit ließe. Dadurch wurde mir die gewohnheitsmäßige Anspannung bewußt, mit der ich lebe, dieser krasse Zustand bloßliegender Nerven, der mich im Schlaf mit den Zähnen knirschen läßt. Manchmal bin ich derart überreizt, daß ich ganz vergesse zu essen, erst abends fällt es mir ein, und selbst dann habe ich keinen Hunger, schlinge aber trotzdem Nahrungsmittel in mich hinein, als könnte ich durch Masse und Geschwindigkeit das Versäumte aufholen. In Charlies Gegenwart merkte ich, wie meine innere Uhr sich umstellte, mein Rhythmus sich dem seinen anglich. Nach dem zweiten Glas Wein seufzte ich auf, und da erst wurde mir klar, daß ich mich verkrampft hatte wie ein Springteufel, der darauf wartet, aus dem Kasten zu schnellen.

»Fühlen Sie sich besser?« sagte er.

»Ja.«

»Gut. Dann essen wir.«

Die Mahlzeit, die folgte, war eine der sinnlichsten, die ich jemals erlebt hatte: frisches, zartes Brot mit blättriger Kruste, bestrichen mit einer sahnigen Pastete; Boston-Salat mit einer köstlichen Vinaigrette; in Butter gebratene Seezungen, serviert mit saftigen grünen Trauben. Zum Nachtisch gab es frische Erdbeeren mit einem Schlag Sahne, und die ganze Zeit hatte ich Charlies Gesicht vor mir, verdunkelt von diesem Schatten einer Warnung, dieser Andeutung von etwas Starkem, Furchtbarem, das er zurückhielt und das mich zu ihm zog, noch während ich mich in Schach gehalten fühlte.

»Wie sind Sie in der juristischen Fakultät gelandet?« fragte ich, als der Kaffee kam.

»Durch Zufall vermutlich. Mein Vater war ein Säufer und Penner, ein echtes Mistvieh. Hat mich viel herumgestoßen. Nicht ernsthaft. Mehr wie ein Möbelstück, das ihm im Weg stand. Meine Mutter hat er auch geschlagen.«

»Fördert nicht gerade die Selbstachtung«, tippte ich an.

Charlie zuckte die Achseln. »Für mich war es eigentlich gut. Es hat mich gestählt. Hat mir klargemacht, daß ich mich auf niemanden als mich selbst verlassen konnte. Das kann man ruhig schon mit zehn lernen. Ich nahm mein Leben in die Hand.«

»Sie haben Schule und Studium selbst finanziert?«

»Cent für Cent. Ich verdiente mir Geld als Ghostwriter für Holzköpfe. Half ihnen bei Prüfungen aus und schrieb Drei-minus-Arbeiten für sie, damit niemand Verdacht schöpfte. Sie würden staunen, wie knifflig es ist, gerade so viele Antworten zu verpatzen, daß es echt erscheint. Ich nahm auch richtige Jobs an, aber nachdem ich zugesehen hatte, wie eine halbe Bruderschaft durch meine Kunst zum Jurastudium gekommen war, dachte ich mir, ich könnte es genausogut selbst versuchen.«

»Was machte Ihr Vater, wenn er nicht trank?«

»Bauarbeiter, bis seine Gesundheit ruiniert war. Er starb schließlich an Krebs. Sechs Jahre lang. Üble Geschichte. Mir war es scheißegal, und er wußte es. All diese Schmerzen. Geschah ihm recht«, sagte er und schüttelte den Kopf. »Meine Mutter starb vier Monate nach ihm. Ich dachte, sie wäre erleichtert, ihn los zu sein. Nichts da, sie war abhängig von den Mißhandlungen.«

»Wieso machen Sie Vermögensrecht? Das sieht Ihnen nicht ähnlich. Ich stelle mir Sie als Strafrechtler vor, so in der Richtung.«

»Hören Sie, mein Vater hat alles verpraßt, was er besaß. Ich hatte zum Schluß nichts – weniger als nichts. Ich brauchte Jahre, um seine Krankenhauskosten und seine verfluchten Schulden abzuzahlen. Ich mußte auch den Tod meiner Mutter tragen, der wenigstens schnell kam, Gott segne sie, aber nicht gerade billig war. Also zeige ich den Leuten jetzt, wie man sogar im Tod noch die Regierung überlistet. Eine Menge meiner Klienten sind tot, deshalb verstehen wir uns sehr gut, und ich sorge dafür, daß ihre habgierigen Erben mehr bekommen, als ihnen zusteht. Außerdem werden Sie als Testamentsvollstrecker pünktlich bezahlt, und niemand ruft Sie wegen Ihrer Rechnung an.«

»Kein schlechtes Geschäft«, sagte ich.

»Ganz und gar nicht«, pflichtete er bei.

»Waren Sie schon mal verheiratet?«

»Nein. Dazu hatte ich nie Zeit. Ich arbeite. Das ist das einzige, was mich interessiert. Mir paßt die Vorstellung nicht, jemand anderem das Recht zu geben, Ansprüche zu stellen. Wofür denn?«

Ich mußte lachen. Ich dachte genauso. Sein Ton war durchweg ironisch, und die Blicke, die er auf mir ruhen ließ, waren merkwürdig sexuell, erfüllt von einer ungewohnten, unwiderstehlichen männlichen Glut, so als wären Geld, Macht und Sexualität für ihn irgendwie alle miteinander verwoben und bedingten sich gegegenseitig. Im Grunde war nichts an ihm offen, spontan oder locker, so freimütig er sich auch gab, aber ich wußte, daß es gerade seine Undurchsichtigkeit war, die mich ansprach. Wußte er, daß ich mich zu ihm hingezogen fühlte? Von seinen Empfindungen für mich ließ er wenig erkennen.

Wir tranken unseren Kaffee aus, er winkte wortlos nach dem Kellner und zahlte die Rechnung. Die Unterhaltung zwischen uns erlahmte ohnehin, und ich ließ es geschehen, war abwartend, ruhig, sogar wieder argwöhnisch ihm gegenüber. Wir gingen durch das Restaurant, unsere Körper nah beieinander, aber unser Verhalten war höflich, rücksichtsvoll. Er hielt mir die Tür auf. Ich trat hindurch. Er war mit keiner Geste auf mich zugegangen, weder verbal noch sonstwie, und ich war plötzlich beunruhigt, seine Anziehungskraft könnte sich als ein Werk meiner Phantasie herausstellen, das nicht auf Gegenseitigkeit beruhte.

Charlie nahm mich kurz beim Arm und lenkte mich eine flache Stufe hinauf, aber sobald wir auf glattem Asphalt waren, ließ er die Hand sinken. Wir gingen um den Wagen herum auf meine Seite. Er öffnete den Schlag, und ich stieg ein. Ich glaubte nicht, daß ich irgend etwas Kokettes gesagt hatte, und darüber war ich froh, wollte aber immer noch gern wissen, was er mit mir im Sinn hatte. Er war so nüchtern, so distanziert.

Wir fuhren zurück nach Santa Teresa und redeten wenig. Ich fühlte mich wieder zungenlahm, nicht unbehaglich, sondern matt. Als wir uns dem Stadtrand näherten, langte er herüber und nahm so nebenbei meine Hand. Es war, als würde meine linke Körperseite aufgeladen. Er behielt die linke Hand am Steuer. Mit der rechten strich er nachlässig, beiläufig über meine Finger, seine Miene war gleichgültig. Ich versuche so lässig zu sein wie er, versuchte so zu tun, als gäbe es irgendeine andere Möglichkeit, diese schwelenden sexuellen Signale zu deuten, von denen die Luft zwischen uns knisterte und die mir den Mund austrocknen ließen. Was, wenn ich mich irre, dachte ich, was, wenn ich mich auf den Mann stürze wie ein Hund auf einen Knochen und feststellen muß, daß er es nur freundlich oder unpersönlich gemeint hat oder mit dem Kopf woanders ist? Ich konnte an nichts denken, weil es völlig still zwischen uns war, Schweigen, nichts worauf ich reagieren oder mich konzentrieren konnte – keine Möglichkeit mich abzulenken. Schon das Atmen fiel schwer. Ich fühlte mich, wie wenn ein Glasstab über Seide streift. Aus dem Augenwinkel meinte ich zu sehen, daß sein Gesicht sich mir zuwandte. Ich blickte ihn an.

»Hey«, sagte er sanft. »Weißt du, was wir jetzt machen?«

Charlie bewegte sich leicht auf seinem Sitz und drückte meine Hand zwischen seine Beine. Ein Schlag durchfuhr mich und ich stöhnte unwillkürlich. Charlie lachte, ein leiser, erregter Laut, und dann schaute er wieder auf die Straße. Mit Charlie zu lieben, das war, wie von einer großen, warmen Maschine umfangen zu sein. Nichts wurde von mir verlangt. Alles ging so leicht, so fließend. Es gab keine verlegenen Momente. Es gab kein Zurückhalten, keine Befangenheit, kein Zögern, keine Vorsicht. Es war, als hätte sich ein Kanal zwischen uns geöffnet, durch den die sexuelle Energie nach beiden Seiten ungehindert strömte. Wir liebten uns mehr als einmal. Zuerst war zuviel Hunger dabei, zuviel Hitze. Wir fielen übereinander her mit einer Wucht, einer Intensität, die keine Zärtlichkeit zuließ. Wir prallten gegeneinander wie Wellen auf einen Wellenbrecher, Sturzseen des Vergnügens, die hoch aufbrausten und sich zerteilten. Die Gefühlsbilder handelten alle von vernichtender Gewalt, von Donnern und Tosen und Sturmböcken, mit denen er zu mir durchstieß, sich von mir wälzte und wieder über mich, bis alle meine Mauern in Schutt und Asche gelegt waren. Dann richtete er sich auf dem Ellbogen auf und küßte mich lange und zart, und alles begann von vorn, nur diesmal in seinem Rhythmus, mit halber Geschwindigkeit, quälend langsam wie das Reifen eines Pfirsichs an einem Zweig. Ich spürte, wie ich ganz rosenrot wurde, mich in Honig und Öl verwandelte – ein wohliges Behagen, das mich allmählich durchdrang wie ein Beruhigungsmittel. Hinterher lagen wir lachend und verschwitzt und außer Atem beieinander, und dann umfing er mich im Schlaf, das Gewicht seiner großen Arme nagelte mich ans Bett. Aber weit davon entfernt, mich eingeschlossen zu fühlen, fühlte ich mich sicher und behütet, als könnte mir nie etwas geschehen, solange ich im Schatten dieses Mannes blieb, dieser schützenden Höhle aus Wärme und Haut, in die ich bis zum Morgen eingebettet war, ohne auch nur einmal aufzuwachen.

Um sieben Uhr spürte ich, wie er mich leicht auf die Stirn küßte, und danach schloß sich leise die Tür. Bis ich mich wachgerüttelt hatte, war er fort.

20

Ich stand um neun Uhr auf und verwandte den Sonntag darauf, mich um häusliche Pflichten zu kümmern. Ich putzte meine Wohnung, machte Wäsche, ging zum Supermarkt und hatte einen netten Plausch mit meinem Vermieter, der sich im Hintergarten sonnte. Für einen Mann von einundachtzig hat Henry

Pitts ganz erstaunliche Beine. Er hat außerdem eine wundervolle Hakennase, ein dünnes, aristokratisches Gesicht, unerhört weiße Haare und Augen, die uferschneckenblau sind. Der Gesamteindruck ist sehr sexy, elektrisierend, und die Fotos, die ich von ihm aus seinen jüngeren Jahren gesehen habe, sind überhaupt kein Vergleich. Mit zwanzig, dreißig und vierzig wirkt Henrys Gesicht zu voll, zu unentwickelt. Mit dem Vergehen der Jahrzehnte beginnen die Fotos einen Mann abzubilden, der hager und grimmig wird, bis er nunmehr in reinster Konzentration erscheint, wie ein Grundstock, der zu einem kräftigen Elixier eingekocht worden ist.

»Hören Sie, Henry«, sagte ich und ließ mich neben seiner Liege ins Gras plumpsen. »Sie führen ein viel zu faules Leben.«

»Sünde und Verfall«, meinte er lässig, ohne auch nur die Augen aufzuschlagen. »Sie hatten letzte Nacht Besuch.«

»Ein Freund, der über Nacht blieb. Genau das, wovor unsere Mütter uns immer gewarnt haben.«

»Wie war's?«

»Sag ich nicht. Was für ein Kreuzworträtsel haben Sie diese Woche ausgebrütet?«

»Ein leichtes. Lauter Paariges. Vorsilben ›bi‹, ›di‹, ›du‹, ›dis‹. Zwo. Zwilling. Binär. Dergleichen Dinge. Versuchen Sie's mal hiermit: sieben Buchstaben, ›doppelter Druck‹.«

»Schon geb ich auf.«

»›Schmitz‹. Der Begriff kommt aus der Druckersprache. Ein bißchen irreführend zwar, aber es paßte so schön. Auf ein neues: ›Doppelsinn‹. Elf Buchstaben.«

»Henry, würden Sie damit *aufhören?*«

»›Ambiguität‹. Ich leg es Ihnen vor die Tür.«

»Nur nicht. Diese Sachen setzen sich mir in den Kopf, und ich werde sie nicht mehr los.«

Er lächelte. »Sind Sie schon gelaufen?«

»Nein, aber ich bin auf dem Weg dahin«, sagte ich, wieder aufspringend. Ich überquerte den Rasen und blickte mich grinsend nach ihm um. Er war damit beschäftigt, Sonnenöl auf seine Knie aufzutragen, die bereits einen prächtigen Karamelton hatten. Ich fragte mich, wieviel es eigentlich ausmachte, daß wir fünfzig Jahre auseinanderlagen. Aber andererseits hatte ich über Charlie Scorsoni nachzudenken. Ich zog mich um und absolvierte meinen Lauf. Und dachte über ihn nach.

Am Montagmorgen stattete ich Con Dolan im Morddezernat einen Besuch ab. Er telefonierte gerade, als ich hinkam, also setzte ich mich vor seinen Schreibtisch. Er saß zurückgekippt auf seinem Stuhl, die Füße gegen die Schreibtischkante gestemmt, den Hörer locker hinterm Ohr. Er sagte dauernd »m-hm, m-hm, m-hm« und sah gelangweilt aus. Er musterte mich sorgfältig, nahm jede Einzelheit meines Gesichtes in sich auf, als würde er mich noch mal neu in seinem Gedächtnis speichern, mich durch eine Verbrecherdatei laufen lassen und nach dem Gegenstück suchen. Ich erwiderte sein Starren. Mitunter konnte ich den jungen Mann in seinem Gesicht erkennen, das jetzt eingefallen und verbraucht war – Säcke unter den Augen, gelichtetes Haar, aufweichende Wangen, als ob das Fleisch um die Kinnpartie anfinge, sich zu erwärmen und zu schmelzen. Die Haut an seinem Hals war zu einer Reihe feiner geröteter Falten geprägt, die sich über seinem gestärkten Hemdkragen leicht stauten. Ich spüre eine Verwandtschaft mit Widerhaken zu ihm, die ich nie ganz erklären kann. Er ist hart, gefühllos, distanziert, berechnend, grob. Ich habe gehört, er soll auch link sein, aber was ich bei ihm sehe, ist die überragende Kompetenz. Er versteht sein Geschäft und läßt sich nicht verschaukeln, und ungeachtet dessen, daß er mir das Leben schwermacht, wo er nur kann, weiß ich doch, daß er mich, wenn auch widerstrebend, mag. Ich sah, daß seine Aufmerksamkeit anstieg. Er konzentrierte sich auf das, was ihm gesagt wurde, und es brachte ihn auf die Palme.

»In Ordnung, jetzt hör mir mal zu, Mitch, denn ich hab alles gesagt, was ich zu sagen gedenke. Wir haben die Sache fast im Kasten, und ich möchte nicht, daß ihr mir meinen Fall vermurkst. Jaha, das weiß ich. Ja, das sagtest du schon. Ich will nur Klarheit zwischen uns. Ich hab deinem Knaben alle Chancen gegeben, die er von mir kriegt, also entweder zieht er mit, oder wir stecken ihn wieder dahin, wo er herkommt. Jaha, dann sprich eben noch mal mit ihm!«

Con ließ den Hörer von oben heruntersausen, knallte ihn zwar nicht direkt auf, setzte aber einen deutlichen Schlußakkord. Er war fertig. Durch einen Nebel von Gereiztheit blickte er mich an. Ich legte den braunen Umschlag auf seinen Schreibtisch. Er stellte seine Füße auf den Boden.

»Was *ist* das?« sagte er barsch. Er lugte durch die Klappe und holte den Brief heraus, den ich unter den Habseligkeiten von Libby Glass gefunden hatte. Obwohl er nicht wußte, was es war, hielt er ihn an den Rändern fest, während seine Augen den Inhalt überflogen, und ging ihn dann aufmerksam noch einmal durch. Er warf mir einen scharfen Blick zu. Er steckte ihn zurück in den Umschlag.

»Wo haben Sie den her?«

»Die Mutter von Libby Glass bewahrt noch ihre ganzen Sachen auf. Er lag in einem Taschenbuch. Ich habe ihn am Freitag geholt. Können Sie ihn auf Fingerabdrücke untersuchen lassen?«

Der Blick, den er mir zuwarf, war kalt. »Warum reden wir nicht erst mal über Sharon Napier?«

Ich bekam einen Schreck, aber ich zögerte nicht. »Sie ist tot«, sagte ich, indem ich nach dem Umschlag griff. Er schlug mit der Faust drauf, und ich zog meine Hand zurück. Unsere Augen verbissen sich ineinander. »Ein Bekannter aus Vegas hat's mir erzählt«, sagte ich. »Daher wußte ich es.«

»Blödsinn. Sie sind da hingefahren.«

»Falsch.«

»Zum Donnerwetter, lügen Sie mich nicht an«, schnappte er.

Ich spürte, wie ich in Rage geriet. »Wollen Sie mir meine Rechte vorlesen, Lieutenant Dolan? Wollen Sie mir eine amtliche Erklärung vorlegen, daß Sie mich über meine verfassungsmäßigen Rechte belehrt haben? Die lese und unterschreibe ich nämlich, wenn Sie möchten. Und dann rufe ich meinen Anwalt an, und wenn er hier ist, können wir plaudern. Was halten Sie davon?«

»Sie sind jetzt zwei Wochen an der Geschichte dran, und es

gibt eine Tote. Wenn Sie mich reinlegen, krieg ich Sie am Arsch. Jetzt reden Sie offen mit mir. Ich sagte Ihnen, Sie sollten sich da raushalten.«

»M-hm. Sie sagten mir, ich sollte mich nicht in Schwierigkeiten bringen, was ich auch nicht tue. Sie sagten, Sie hätten gern ein wenig Hilfe, um die Verbindung zwischen Libby Glass und Laurence Fife herzustellen, und die habe ich Ihnen serviert«, ich zeigte auf den braunen Umschlag.

Er ergriff ihn und warf ihn in den Papierkorb. Ich wußte, das war nur auf Effekt berechnet. Ich versuchte es anders.

»Kommen Sie, Con«, sagte ich. »Ich hatte mit Sharon Napiers Tod nichts zu tun. In keinster Weise, Form oder Gestalt. Was glauben Sie denn? Daß ich losflitze und jemanden umbringe, der nützlich sein könnte? Sie sind doch verrückt! Ich war überhaupt nicht in Vegas. Ich war unten am Saltonsee, um mit Greg Fife zu reden, und wenn Sie mir keinen Glauben schenken, rufen Sie *ihn* an!« Darauf schloß ich den Mund, starrte ihn hitzig an und ließ diese dreiste Mischung aus Wahrem und ausgesprochen Falschem sein finsteres Gesicht durchdringen.

»Woher wußten Sie denn, wo sie war?«

»Weil ich über einen Detektiv aus Nevada, der Bob Dietz heißt, anderthalb Tage einer Spur gefolgt bin. Ich wollte im Anschluß an das Gespräch mit Greg nach Vegas fahren. Ich rief vorher an und bekam heraus, daß ihr jemand eine Kugel verpaßt hatte. Was glauben Sie, wie *ich* das finde? Sie hätte vielleicht ein paar Lücken für mich schließen können. Ich hab's ohnehin schwer genug. Dieser verfluchte Fall ist acht Jahre alt, also geben Sie mir eine Chance!«

»Wer wußte, daß Sie vorhatten, mit ihr zu reden?«

»Das weiß ich nicht. Falls Sie andeuten wollen, daß jemand sie umgebracht hatte, damit sie mir nichts sagen kann, glaube ich zwar, daß Sie sich irren, aber beschwören könnte ich es nicht. Soviel ich hörte, hat sie's da oben an der nötigen Zurückhaltung fehlen lassen. Und fragen Sie mich nicht nach den Einzelheiten, denn die kenne ich nicht. Ich hörte nur, daß sie jemandem in die Quere geraten sein soll.«

Er saß da und starrte mich an, und ich erriet, daß ich in eine Kerbe geschlagen haben mußte. Die Gerüchte, die mir mein Bekannter in Vegas überliefert hatte, mußten mit den Erkenntnissen, zu denen die Polizei in Vegas gelangt war, auf einer Linie liegen. Ich persönlich war überzeugt, daß man sie ermordet hatte, um ihr den Mund zu stopfen; daß mir jemand gefolgt und gerade noch rechtzeitig zu ihr gekommen war, aber ich wollte verdammt sein, wenn ich mit dem Finger auf mich zeigte. Ich sah nicht ein, wem es nützen sollte, und mich hätte es nur in meinen Nachforschungen behindert. Mir war immer noch nicht ganz wohl bei dem Gedanken, daß wahrscheinlich jemand anders der Polizei von Vegas einen Tip hinsichtlich des Mordes gegeben hatte. Eine Minute länger in ihrer Wohnung, und ich hätte voll in der Klemme gesessen; für meine Ermittlungen wäre es wohl das Aus gewesen. Sosehr ich meine Verwicklung in ihren Tod auch bedauerte, es war nicht dadurch wiedergutzumachen, daß ich mich nachträglich festnageln ließ.

»Was haben Sie sonst über Libby Glass herausgefunden?« fragte er mich jetzt, wobei sich mit dem Thema auch sein Ton leicht veränderte.

»Nicht sehr viel. Im Moment versuche ich noch, ein paar Bruchstücke richtig zusammenzusetzen, aber bisher hatte ich wenig Glück. Wenn dieser Brief wirklich von Laurence Fife geschrieben wurde, dann können wir uns wenigstens daran halten. Offen gesagt, ich hoffe, er stammt nicht von ihm, aber Nikki hält es anscheinend für seine Handschrift. Irgendwas gefällt mir daran nicht. Können Sie mich wissen lassen, ob die Fingerspuren stimmen?«

Con boxte ungeduldig gegen einen Aktenstapel auf seinem Schreibtisch. »Das überlege ich mir«, sagte er. »Ich möchte nicht, daß wir uns bei dieser Sache allzu nahekommen.«

»Glauben Sie mir, enge Freunde werden wir nie«, meinte ich, und aus irgendeinem Grund wurde sein Gesichtsausdruck ein wenig sanfter; ich dachte fast, er würde lächeln.

»Raus mit Ihnen«, sagte er ruppig.

Ich ging.

Ich setzte mich ins Auto, verließ die Innenstadt und bog von der Anaconda links ab und zum Strand hinunter. Es war ein herrlicher Tag, sonnig und kühl, am Horizont kauerten dicke Wolken. Hier und dort sah man Segelboote, wahrscheinlich eine Idee der Handelskammer, um den Touristen etwas Malerisches zu bieten, die über den Gehsteig schlenderten und Fotos von anderen Touristen schossen, die im Gras saßen.

Bei Ludlow Beach folgte ich dem Hügelhang und bog dann auf die steile Nebenstraße ab, in der Marcia Threadgill wohnte. Ich parkte, nahm mein Fernglas heraus und betrachtete prüfend ihren Patio. Alle ihre Pflanzen waren an Ort und Stelle, und alle sahen gesünder aus, als mir lieb war. Von Marcia oder der Nachbarin, mit der sie sich befehdete, war nichts zu sehen. Ich wünschte, sie würde umziehen, damit ich im Bild festhalten könnte, wie sie fünfzig Pfund schwere Kartons mit Büchern zu einem Möbelwagen runterschleppte. Es hätte mir auch schon genügt, sie mit einer großen Doppeltüte voller Konserven, unter deren Gewicht der Tütenboden riß, vom Einkaufen kommen zu sehen. Ich konzentrierte mich wieder auf ihren Patio und bemerkte zum erstenmal, daß an dem hölzernen Überhang des darübergelegenen Patios vier Schraubhaken angebracht waren. An dem Haken auf der linken Seite hing die Mammutpflanze, die ich bereits kannte, aber die drei anderen Haken waren leer.

Ich legte das Fernglas weg und ging in das Gebäude, auf dem Treppenabsatz zwischen der ersten und zweiten Etage hielt ich an. Ich spähte durch das Geländer hinab. Wenn ich mich vernünftig postierte, konnte ich Marcias Eingangstür genau im richtigen Winkel vor die Linse meiner Kamera bekommen. Nachdem ich mich dessen versichert hatte, ging ich runter zu meinem Wagen und fuhr zum Gateway Supermarkt. Ich hob ein paar Zimmerpflanzen in Plastiktöpfen hoch und fand eine, die für meine Zwecke genau richtig war – fünfundzwanzig Pfund robuster Stamm mit einer Reihe scheußlich schwertähnlicher Blätter, die in Abständen hervorstachen. Ich kaufte noch ein paar vorgeschnürte Geschenkbänder in Feuerwehrrot und eine Genesungskarte mit einem sentimentalen Vers. All dies nahm kostbare Zeit in Anspruch, die ich lieber der Sache Nikki Fifes gewidmet hätte, aber ich bin für meine Miete verantwortlich und ich hatte so ein Gefühl, als schuldete ich California Fidelity mindestens noch einen halben Monat.

Ich fuhr zurück zu Marcias Wohnung und parkte davor. Ich kontrollierte meine Kamera, riß das Päckchen mit den Geschenkbändern auf, klebte mehrere davon fesch auf den Plastiktopf und legte die Karte mit einer gekritzelten Unterschrift, die noch nicht einmal ich lesen konnte, hinein. Mit etwas klopfendem Herzen schleppte ich die Pflanze, die Kamera und mich selbst die steile Betontreppe hinauf, in das Gebäude und hoch zum ersten Stock. Ich stellte die Pflanze dicht vor Marcias Tür und ging zu dem Absatz hinauf, wo ich meinen Belichtungsmesser prüfte, die Kamera startklar machte und die Schärfentiefe einstellte. Hübscher Winkel, dachte ich. Ein Kunstwerk würde das. Ich trabte hinunter, holte tief Luft und klingelte bei Miss Threadgill, um sogleich in halsbrecherischem Tempo die Treppe wieder hochzusausen. Ich ergriff die Kamera und prüfte nochmals die Schärfeneinstellung. Mein Timing war perfekt.

Marcia Threadgill öffnete ihre Wohnungstür und starrte voller Überraschung und Verwirrung nieder. Sie trug Shorts und einen gehäkelten Büstenhalter, und im Hintergrund dröhnte die Stimme von Olivia Newton-John wie ein tönender Lutscher. Ich zögerte einen Moment und spähte dann über das Geländer. Marcia beugte sich gerade vor, um die Karte herauszuholen. Sie las sie, drehte sich um, studierte nochmals die Vorderseite und zuckte verblüfft die Achseln. Sie blickte links den Gang runter, dann trat sie vor und spähte hinab ins Treppenhaus, als könnte sie den Überbringer vielleicht noch sehen. Ich begann Fotos zu schießen, das Surren der 35-mm-Kamera wurde übertönt von der zu laut laufenden Schallplatte. Marcia tappte an ihre Tür zurück, bückte sich ganz nebenbei aus der Taille und hob fünfundzwanzig Pfund Gewächs hoch, ohne dabei auch nur die Knie zu beugen, wie uns allen das im Turnunterricht erklärt worden ist. Sobald sie die Pflanze hineingeschafft hatte, rannte ich die Treppe runter und hinaus auf die Straße, um sie vom Gehsteig aus anzupeilen, gerade als sie auf dem Patio erschien und die Pflanze auf das Geländer stellte. Sie verschwand. Ich trat mehrere Meter zurück, setzte das Teleobjektiv auf und wartete mit angehaltenem Atem.

Sie kam mit etwas wieder, das ein Küchenstuhl sein mußte. Ich fing sehr schön ein, wie sie ihn bestieg. Tatsächlich; sie packte die Pflanze beim Draht, hob sie in Schulterhöhe und drückte mit angespannten Muskeln nach, bis sich die Drahtschlinge in dem Haken über ihr verfing. Das war so anstrengend, daß ihr BH dabei nach oben verrutschte und ich ein hübsches Foto von Marcia Threadgills ziemlich großem, herausschauendem Busen erhielt. Ich drehte mich wohl gerade noch rechtzeitig weg, denn nur im Ansatz bekam ich mit, wie sie sich rasch umblickte, um zu sehen, ob irgend jemand ihre Entblößung bemerkt hatte. Als ich beiläufig wieder hinsah, war sie fort.

Ich brachte den Film zum Entwickeln und vergewisserte mich, daß er ordnungsgemäß datiert und beschriftet war. Standfotos würden uns nicht viel nützen, schon gar nicht ohne einen Zeugen, der meine Angaben hinsichtlich Zeit, Datum und Umständen bestätigte, aber die Aufnahmen würden vielleicht immerhin den Schaden-Sachbearbeiter von California Fidelity dazu bringen, daß er dem Fall weiter nachging; mehr durfte ich im Moment nicht hoffen. Hatte ich seine Vollmacht, konnte ich mit Video und einem Fotoprofi wiederkommen und einige Filmmeter aufnehmen, die vor Gericht bestehen würden.

Ich hätte wissen müssen, daß er es nicht so sehen würde. Andy Motycka ist Anfang Vierzig und kaut noch immer an den Nägeln. An diesem Tag bearbeitete er gerade seine rechte Hand in dem Versuch, das abzunagen, was noch vom Daumen übrig war. Ihn nur anzusehen, machte mich schon nervös. Dauernd rechnete ich damit, er würde sich an der Ecke der Nagelhaut ein großes Fleischdreieck losreißen. Ich spürte, wie ich angewidert das Gesicht verzog, und ich mußte starr nach links über seine Schulter hinwegblicken. Bevor ich mit meiner Erklärung auch nur halbwegs fertig war, schüttelte er den Kopf.

»Können wir nicht bringen«, sagte er unwirsch. »Die Kleine hat noch nicht mal einen Anwalt. Nächste Woche sollen wir ein schriftliches Attest von dem Arzt bekommen. Nichts drin. Ich will die Sache nicht vermasseln. Viertausendachthundert Dollar sind Kleingeld. Vor Gericht zu gehen, würde uns zehn Riesen kosten. Das wissen Sie.«

»Gut, ich weiß, aber –«

»Kein Aber. Das Risiko ist zu groß. Ich begreife nicht mal, warum Mac Sie auf die Sache angesetzt hat. Bitte, mir ist schon klar, daß es Ihnen stinkt, aber was soll's? Bringen Sie die in Fahrt, läuft sie los und nimmt sich einen Rechtsanwalt, und ehe man sich's versieht, verklagt sie uns auf eine Million Dollar. Vergessens Sie's.«

»Dann macht sie das woanders wieder«, sagte ich.

Andy zuckte mit den Schultern.

Ich hob die Stimme vor Enttäuschung. »Warum vergeude ich meine Zeit mit diesem Scheiß?!«

»Da bin ich überfragt«, meinte er im Plauderton. »Lassen Sie mich die Fotos aber mal sehen, wenn Sie sie abholen. Sie hat mächtige Titten.«

»Scheren Sie sich zum Teufel«, sagte ich und ging rüber in mein Büro.

21

Mein Antwortdienst hatte zwei Nachrichten. Die erste war von Garry Steinberg. Ich rief ihn zurück.

»Hey, Kinsey«, sagte er, als man mich zu ihm durchgestellt hatte.

»Hallo, Garry. Wie geht's Ihnen?«

»Nicht schlecht. Ich habe eine kleine Information für Sie«, sagte er. Seinem Tonfall konnte ich entnehmen, daß er mit sich zufrieden war, aber was er als nächstes sagte, überraschte mich dennoch.

»Ich habe heute morgen die Bewerbung von Lyle Abernathy

herausgesucht. Offenbar hat er eine Zeitlang als Lehrling bei einem Schlosser gearbeitet. Ein alter Bursche namens Fears.«

»Ein Schlosser?«

»So ist es. Ich rief den Mann heute morgen an. Es hätte Ihnen gefallen. Ich sagte, Abernathy habe sich um eine Stelle als Wachmann beworben, und ich sei dabei, seinen Hintergrund zu überprüfen. Fears stotterte ein bißchen herum und sagte schließlich, er habe den Jungen rauswerfen müssen. Fears bekam nämlich eine Menge Klagen über verschwundenes Geld von Auftraggebern, bei denen Lyle gearbeitet hatte, und schöpfte daher den Verdacht, daß er lange Finger machte. Er konnte das zwar nie nachweisen, aber er durfte das Risiko nicht eingehen, darum trennte er sich von Lyle.«

»O Gott, das ist fabelhaft«, sagte ich. »Das bedeutet, Lyle hätte jederzeit in das Haus der Fifes eindringen können, wenn er gewollt hätte. Auch in das von Libby.«

»Es sieht so aus. Er war acht Monate bei Fears, und nach dem, was Fears sagte, hat er zweifellos genug Kenntnisse aufgeschnappt, um sich da heranzuwagen. Es sei denn, sie hatten Alarmanlagen oder so etwas.«

»Also, der einzige Einbrecherschutz, den sie effektiv hatten, war ein großer deutscher Schäferhund, der sechs Wochen vor dem Tod von Laurence Fife überfahren wurde. Er war mit Frau und Kindern fort, als der Hund starb.«

»Hübsch«, meinte Garry. »Nichts, was sich nach all der Zeit beweisen ließe, aber auf jeden Fall könnte es Sie auf die richtige Spur führen. Was ist mit der Bewerbung? Möchten Sie eine Kopie davon?«

»Liebend gern. Wie steht's mit Fifes Geschäftsbüchern?«

»Die habe ich zu Hause, und ich schaue sie mir an, wenn ich dazu komme. Es ist eine Menge Zeug. Einstweilen, dachte ich, würden Sie gern von dieser Schlosserlehre erfahren.«

»Ich weiß Ihre Hilfe zu schätzen. Meine Güte, das ist vielleicht ein Früchtchen.«

»Sie sagen es. Hey, ich kriege gerade einen andern Anruf. Sie hören von mir.« Er gab mir seine Privatnummer.

»Sie sind großartig. Schönen Dank.«

Die zweite Nachricht war von Gwen aus *K-9 Korners*. Eine ihrer Assistentinnen meldete sich, und ich hörte dem Bellen und Winseln verschiedener Hunde zu, bis Gwen an den Apparat kam.

»Kinsey?«

»Ja, ich bin's. Ich habe Ihren Anruf bekommen. Was ist los?«

»Sind Sie zum Mittagessen frei?«

»Einen Moment. Ich schau mal im Terminkalender nach.« Ich legte meine Hand auf die Sprechmuschel und sah auf meine Armbanduhr. Es war Viertel vor zwei. *Hatte* ich schon zu Mittag gegessen? Hatte ich überhaupt gefrühstückt heute? »Ja, ich bin frei.«

»Gut. Ich treffe Sie in einer Viertelstunde im *Palmgarten*, wenn es Ihnen recht ist.«

»Sicher. Prima. Dann bis gleich.«

Mein Glas Weißwein war gerade eingetroffen, als ich aufblickte und Gwen von der anderen Seite des Hofes herankommen sah: groß und hager, ihr graues Haar straff aus dem Gesicht gekämmt. Die Bluse, die sie trug, war aus grauer Seide, mit langen weiten Ärmeln, an den Bündchen gerafft, der dunkelgraue Rock betonte die Schlankheit ihrer Taille und Hüften. Sie war elegant und selbstbewußt – darin glich sie Nikki –, und ich konnte verstehen, worin beide Frauen für Laurence Fife anziehend gewesen sein mußten. Ich vermutete, daß auch Charlotte Mercer einmal in die gleiche Schablone gepaßt hatte: eine Frau von Format, eine Frau von Geschmack. Ich fragte mich vergeblich, ob Libby Glass ebensogut gealtert wäre, wenn sie länger gelebt hätte. Bestimmt war sie mit vierundzwanzig viel weniger selbstsicher gewesen, aber klug – eine Person, deren Frische und Ehrgeiz Laurence Fife angesprochen haben mochten, als er sich den Vierzig näherte. Gott schütze uns alle vor den Folgen der männlichen Wechseljahre, dachte ich.

»Hallo. Wie geht's?« sagte Gwen munter, als sie sich hinsetzte. Sie nahm die Serviette neben ihrem Teller weg und bestellte Wein, als die Kellnerin vorbeikam. Aus der Nähe erschien sie weicher; das Eckige ihrer Wangenknochen wurde ausgeglichen durch die großen braunen Augen, der energische Mund war zartrosa angemalt. Aber vor allem war da ihr Auftreten: amüsiert, intelligent, feminin, kultiviert.

»Wie geht's den vielen Hunden?« sagte ich.

Sie lachte. »Dreckig. Gott sei Dank. Wir sind überlaufen heute, aber ich wollte mit Ihnen reden. Sie waren verreist.«

»Ich bin erst seit Samstag zurück. Haben Sie versucht, sich mit mir in Verbindung zu setzen?«

Sie nickte. »Ich rief am Dienstag im Büro an. Ihr Auftragsdienst sagte, Sie seien in Los Angeles, also versuchte ich, Sie dort zu erreichen. Irgendein ausgemachtes Trampel antwortete –«

»Arlette.«

»Nun, wer immer es war, sie verstand zweimal meinen Namen falsch, also legte ich auf.«

Die Kellnerin erschien mit Gwens Wein.

»Haben Sie schon bestellt?«

Ich schüttelte den Kopf. »Ich wollte auf Sie warten.«

Die Kellnerin nahm ihren Bestellblock heraus und warf mir einen Blick zu.

»Ich nehme den Salat à la carte«, sagte ich.

»Den bitte zweimal.«

»Dressing?«

»Roquefort«, sagte ich.

»Für mich Öl und Essig«, sagte Gwen und übergab beide Karten der Kellnerin, die fortging. Gwen wandte ihre Aufmerksamkeit mir zu.

»Ich habe beschlossen, ehrlich mit Ihnen zu sein.«

»In welcher Beziehung?«

»In bezug auf meinen ehemaligen Liebhaber«, sagte sie. Ihre Wangen hatten sich etwas gerötet. »Mir ist klargeworden, daß ich Sie nur in die Irre führe, wenn ich Ihnen nicht sage, wer es war, und daß Sie eine Menge Zeit damit verschwenden würden, seinen Namen herauszufinden. Soviel Geheimnistuerei ist die Sache gar nicht wert.«

»Wieso?«

»Er starb vor ein paar Monaten an einem Herzanfall«, sagte sie, jetzt wieder ganz munter. »Nachdem ich mit Ihnen gesprochen hatte, versuchte ich ihn selbst aufzuspüren. Er hieß David Ray. Er war Lehrer. Gregs Lehrer, um genau zu sein; so hatten wir uns auch kennengelernt. Ich fand, er sollte wissen, daß Sie Erkundigungen wegen Laurences Tod einziehen, oder zumindest, daß Ihre Neugierde Sie zu ihm führen könnte.«

»Wie haben Sie ihn gefunden?«

»Ich hatte gehört, daß er und seine Frau nach San Francisco gezogen waren. Anscheinend lebte er an der Bucht und war Rektor an einer Schule in Oakland.«

»Warum konnten Sie mir das nicht gleich sagen?«

Sie zuckte die Achseln. »Falsch angebrachte Loyalität. Beschützergeist. Es war eine sehr wichtige Beziehung, und ich wollte nicht, daß er nach so langer Zeit da hineingezogen wird.«

Sie schaute mich an, und sie muß die Skepsis in meinem Gesicht gelesen haben. Die Röte auf ihren Wangen verstärkte sich fast unmerklich.

»Ich weiß, wie das aussieht«, sagte sie. »Erst weigere ich mich, Ihnen seinen Namen zu nennen, und dann ist er tot und unerreichbar, aber genau das ist der springende Punkt. Wenn er noch am Leben wäre, weiß ich nicht, ob ich jetzt darüber sprechen würde.«

Das stimmte wahrscheinlich, aber da spielte noch etwas anderes mit, und ich war nicht sicher, was. Die Kellnerin kam mit unseren Salaten, und es folgten ein paar Minuten Redepause, in denen wir uns mit Melba Toast befaßten. Gwen mischte ihren Salat durch, aß aber nicht viel. Ich war neugierig zu erfahren, was sie noch zu sagen hatte, und zu hungrig, um mich groß darum zu kümmern, bis ich etwas gegessen hatte.

»Wußten Sie, daß er herzkrank war?« fragte ich schließlich.

»Ich hatte keine Ahnung, aber offenbar war er seit Jahren krank.«

»Hat er die Beziehung abgebrochen oder Sie?«

Gwen lächelte bitter. »Das hat Laurence getan, aber inzwischen frage ich mich, ob David es nicht zu einem gewissen Grad eingefädelt hat. Die ganze Geschichte muß sein Leben unerträglich kompliziert haben.«

»Hatte er es seiner Frau erzählt?«

»Ich denke. Sie war sehr freundlich am Telefon. Ich sagte ihr, Greg hätte mich gebeten, die Verbindung aufzunehmen, und sie spielte prompt mit. Als sie mir sagte, David sei gestorben, war ich ... ich wußte nicht einmal, was ich ihr antworten sollte, aber natürlich mußte ich brav weiterplappern – das tut mir leid, mein Beileid ... wie irgendein unbeteiligter Dritter was Passendes von mir geben. Es war schrecklich. Furchtbar.«

»Sie selbst hat von Ihrer Beziehung nichts erwähnt?«

»O nein. Dazu war sie viel zu beherrscht, aber sie wußte ganz genau, wer ich war. Jedenfalls, entschuldigen Sie, daß ich erst jetzt damit herausrücke.«

»Nicht weiter schlimm«, sagte ich.

»Wie läuft es sonst?« fragte sie.

Ich merkte, wie ich zögerte. »Stückwerk. Nichts Konkretes.«

»Hoffen Sie denn wirklich, nach all der Zeit noch irgend etwas auszugraben?«

Ich lächelte. »Man kann nie wissen. Die Leute werden unvorsichtig, wenn sie glauben, sie sind aus dem Schneider.«

»Da mag was dran sein.«

Wir sprachen kurz über Greg und Diane und meine Plaudereien mit ihnen, die ich stark frisiert wiedergab. Um zehn vor drei blickte Gwen auf die Uhr.

»Ich muß wieder zurück«, sagte sie und angelte nach ihrer Brieftasche. Sie zog einen Fünfdollarschein heraus. »Bleiben Sie in Verbindung?«

»Klar«, sagte ich. Ich trank einen Schluck Wein und beobachtete, wie sie aufstand. »Wann haben Sie Colin zuletzt gesehen?«

Ihre Augen schwenkten abrupt auf mein Gesicht. »Colin?«

»Ich habe ihn Samstag kennengelernt«, sagte ich, als wäre das eine Erklärung. »Ich dachte, Diane würde vielleicht gerne erfahren, daß er wieder da ist. Sie mag ihn.«

»Ja, das stimmt«, sagte Gwen. »Ich weiß nicht, wann ich ihn

selbst zuletzt gesehen habe. Bei Dianes Abschlußfeier wahrscheinlich. Ihrer Schlußfeier an der Aufbauschule. Wieso fragen Sie?«

Ich zuckte die Achseln. »Reine Neugier«, sagte ich. Ich warf ihr meinen, wie ich hoffte, treuherzigsten Blick zu. Ein zartroter Fleck war auf ihrem Hals erschienen, und ich fragte mich, ob der vor Gericht als eine Art Lügendetektor eingeführt werden könnte. »Ich kümmere mich um das Trinkgeld«, sagte ich.

»Lassen Sie mich wissen, wie es vorangeht«, sagte sie, wieder ganz beiläufig. Sie schob das Geld unter ihren Teller und entfernte sich, wie sie gekommen war, mit zielbewußten Schritten. Ich beobachtete ihren Abgang und dachte bei mir, daß etwas Entscheidendes unausgesprochen geblieben war. Von David Ray hätte sie mir auch am Telefon erzählen können. Und ich war nicht völlig überzeugt, daß sie von seinem Tod nicht schon vorher gewußt hatte. Colin schoß mir in den Kopf.

Ich ging die zwei Blocks bis zu Charlies Büro zu Fuß. Ruth tippte nach einem Diktiergerät, ihre Finger glitten leicht über die Tasten. Sie war sehr schnell.

»Ist er da?«

Sie lächelte und nickte mich nach hinten, ohne ein Wort zu verpassen, mit nach innen gerichtetem Blick, während sie Gehörtes ohne zeitliche Verzögerung in Schrift übertrug.

Ich steckte meinen Kopf in das Büro. Er saß an seinem Schreibtisch, hatte das Jackett abgelegt, ein Gesetzbuch offen vor sich. Beigefarbenes Hemd, dunkelbraune Weste. Als er mich sah, bildete sich ein langsames Lächeln, und er lehnte sich zurück, wobei er einen Arm über die Rückenlehne des Drehstuhls legte. Er warf den Bleistift auf seinen Schreibtisch.

»Bist du zum Abendessen frei?« sagte ich.

»Was liegt an?«

»Nichts liegt an. Es ist ein Vorschlag«, sagte ich.

»Viertel nach sechs.«

»Ich komme wieder«, sagte ich und dachte, als ich die Bürotür schloß, immer noch an dieses helle Hemd und die dunkelbraune Weste. Das war sexy. Ein Mann in einer Nylonbadehose, mit diesem kleinen vorstehenden Knubbel vorne, ist nicht halb so interessant wie ein Mann in einem gutgeschnittenen Straßenanzug. Charlies Aufmachung erinnerte mich an ein Erdnußbuttertörtchen, das angebissen war, und ich wollte den Rest haben.

Ich fuhr hinaus zu Nikkis Strandhaus.

22

Nikki öffnete die Tür in einem alten grauen Sweatshirt und verwaschenen Jeans. Sie war barfuß, mit offenen Haaren, einen Pinsel in der einen Hand, ihre Finger bekleckert in der Farbe von Pekannußschalen.

»O hallo, Kinsey. Kommen Sie rein«, sagte sie. Schon war sie unterwegs zur Terrasse, und ich folgte ihr durch das Haus. Auf der anderen Seite der gläsernen Schiebetür konnte ich Colin sehen; ohne Hemd, in einer Latzhose, saß er mit gekreuzten Beinen vor einer Kommode, die sie beide offenbar gerade aufpolierten. Die herausgezogenen Schubladen lehnten aufrecht an der Wand, alle Metallteile waren abgeschraubt. Die Luft roch nach Abbeizmittel und Terpentin, was sich gar nicht übel mit dem Geruch von Eukalyptusrinde vermischte. Mehrere Bögen feines Sandpapier waren zusammengefaltet und beiseite geworfen, in den Falten ausgebleicht von Holzstaub, sie sahen weich aus vom vielen Gebrauch. Die Sonne schien heiß auf das Geländer, und unter der Kommode waren Zeitungen ausgebreitet, um die Terrasse zu schützen.

Colin blickte zu mir hoch und lächelte, als ich nach draußen kam. Seine Nase und die Wangen waren leicht gerötet von Sonnenbrand, seine Augen grün wie Meerwasser, die nackten Arme rosig; da war noch nicht einmal ein Hauch von Gesichtsbehaarung. Er ging wieder an seine Arbeit.

»Ich möchte Colin etwas fragen, aber ich dachte, zuerst probier ich's mal mit Ihnen«, sagte ich zu Nikki.

»Klar, schießen Sie los«, erwiderte sie. Ich lehnte mich gegen das Geländer, während sie die Spitze ihres Pinsels wieder in eine kleine Dose mit Beize tauchte und den Überschuß entlang dem Rand abstrich. Colin schien sich mehr für das Anstreichen als für unser Gespräch zu interessieren. Ich nahm an, daß es doch etwas anstrengend war, einer Unterhaltung zu folgen, auch wenn er gut Lippen lesen konnte, oder vielleicht fand er Erwachsene einfach langweilig.

»Können Sie sich spontan erinnern, ob Sie in den letzten vier bis sechs Monaten, bevor Laurence starb, mal länger auswärts gewesen sind?«

Nikki sah mich überrascht an und blinzelte; offenbar hatte sie damit nicht gerechnet. »Einmal war ich für eine Woche weg. Mein Vater hatte damals im Juni einen Herzanfall, und ich flog zu ihm nach Connecticut«, sagte sie. Dann hielt sie inne und schüttelte den Kopf. »Das war das einzige Mal, denke ich. Worauf wollen Sie hinaus?«

»Ich bin mir nicht sicher. Ich meine, es wird Ihnen weit hergeholt vorkommen, aber mir läßt es keine Ruhe, daß Colin Gwen als ›Papas Mutter‹ bezeichnet hat. Ist er darauf noch mal zu sprechen gekommen?«

»Nein. Mit keinem Wort.«

»Tja, ich frage mich eben, ob er Gwen nicht bei irgendeiner Gelegenheit gesehen hat, während Sie fort waren. Er ist zu gescheit, um sie mit seiner Großmutter durcheinanderzubringen, es sei denn, jemand hätte sie ihm als solche vorgestellt.«

Nikki gab mir einen skeptischen Blick. »Mann, das geht aber *wirklich* sehr weit. Er könnte höchstens dreieinhalb gewesen sein.«

»Ja, ich weiß, aber vor einer kleinen Weile fragte ich Gwen, wann sie ihn zuletzt gesehen hätte, und sie behauptet, es war bei Dianes Schlußfeier an der Aufbauschule.«

»Das stimmt wahrscheinlich«, sagte Nikki.

»Nikki, zu der Zeit muß Colin vierzehn Monate gewesen sein. Ich hab die Bilder ja selbst gesehen. Er war noch ein Baby, das im Arm gehalten wurde.«

»Und?«

»Und wieso hat er sich dann überhaupt an sie erinnert?«

Nikki trug einen Streifen Beize auf, während sie darüber nachdachte. »Vielleicht hat sie ihn in einem Supermarkt gesehen oder ihn zufällig mal mit Diane getroffen. Sie könnte ihn oder er könnte sie ja doch gesehen haben, ohne daß dem eine besondere Bedeutung beizumessen wäre.«

»Mag sein. Aber ich glaube, daß Gwen mich belogen hat, als ich danach fragte. Wenn nichts dabei war, hätte sie es doch sagen können. Warum vertuscht sie es?«

Nikki gab mir einen langen Blick. »Vielleicht hat sie's einfach vergessen.«

»Was dagegen, wenn ich ihn frage?«

»Nein, nur zu.«

»Wo ist das Album?«

Sie deutete über ihre Schulter, und ich ging zurück ins Wohnzimmer. Das Fotoalbum lag auf dem Couchtisch, und ich blätterte es durch, bis ich den Schnappschuß von Gwen fand. Ich zog ihn aus den vier kleinen Fotoecken, in denen er steckte, und ging wieder auf die Veranda. Ich hielt ihn Colin hin.

»Fragen Sie ihn, ob er sich erinnern kann, was geschah, als er sie zuletzt gesehen hat«, sagte ich.

Nikki langte herüber und gab ihm einen leichten Klaps. Er schaute erst auf sie, dann auf das Foto, und forschend begegneten seine Augen den meinen. Nikki stellte ihm die Frage in der Zeichensprache. Sein Gesicht verschloß sich wie eine Iris, wenn die Sonne untergeht.

»Colin?«

Er begann mit abgewandtem Gesicht wieder zu streichen.

»So ein kleiner Scheißkerl«, sagte ich gutmütig. Sie stupste ihn an und fragte ihn nochmals.

Colin ignorierte es. Ich beobachtete seine Reaktion genau.

»Fragen Sie ihn, ob sie hier war.«

»Wer, Gwen? Warum sollte sie hier gewesen sein?«

»Ich weiß es nicht. Deshalb fragen wir ihn.«

Der Blick, mit dem sie mich bedachte, war halb zweifelnd, halb ungläubig. Zögernd sah sie wieder Colin an. Sie gab ihm

Zeichen und übersetzte sie für mich. Sehr gern schien sie es nicht zu tun.

»War Gwen jemals hier oder in dem anderen Haus?«

Colin beobachtete ihr Gesicht; sein eigenes war ein bemerkenswerter Spiegel von Unsicherheit und etwas anderem – Unbehagen, Verschlossenheit, Bestürzung.

»Ich weiß nicht«, sagte er laut. Die Konsonanten verschwammen miteinander wie Tinte auf nassem Papier, aus seinem Tonfall sprach eine Art hartnäckiges Mißtrauen.

Sein Blick glitt zu mir herüber. Ich dachte plötzlich an die Zeit im vierten Schuljahr, als ich zum erstenmal das Wort »ficken« hörte. Eine Klassenkameradin sagte mir, ich solle mal meine Tante fragen, was es bedeutete. Ich konnte die Falle spüren, obwohl ich keine Ahnung hatte, worin sie bestand.

»Sagen Sie ihm, daß es okay ist«, bat ich Nikki. »Sagen Sie ihm, daß es für Sie keine Rolle spielt.«

»Na, und ob es das tut«, schnappte sie.

»Ach, kommen Sie, Nikki. Es ist wichtig, und was ändert es nach dieser ganzen Zeit?«

Hierauf geriet sie in eine kurze Diskussion mit ihm, nur sie beide, es hagelte Gebärden – ein Wortstreit mit Fingern. »Er möchte nicht darüber sprechen«, sagte sie schließlich zurückhaltend. »Er hat sich geirrt.«

Ich glaubte nicht daran, und ich spürte eine aufkeimende Erregung. Er beobachtete uns jetzt, versuchte unseren Dialog gefühlsmäßig zu entschlüsseln.

»Ich weiß, es klingt abwegig«, sagte ich zögernd zu ihr, »aber ich frage mich, ob Laurence ihm das gesagt hat – daß sie seine Mutter wäre.«

»Warum hätte er das tun sollen?«

Ich schaute sie an. »Vielleicht hat Colin sie bei einer Umarmung überrascht oder etwas dergleichen.«

Nikkis Gesichtsausdruck war einen Moment verständnislos, dann krauste sie die Stirn. Colin wartete unsicher und sah von ihr zu mir. Nikki gab ihm nochmals Zeichen. Er wirkte jetzt verlegen und hielt den Kopf gesenkt. Sie signalisierte ihm erneut, eindringlicher. Colin schüttelte den Kopf, doch die Geste kam offenbar aus Vorsicht, nicht aus Unwissenheit.

Nikkis Gesichtsausdruck wandelte sich. »Mir ist gerade etwas eingefallen«, sagte sie. Sie blinzelte rasch, und Farbe stieg ihr ins Gesicht. »Laurence war tatsächlich hier. Er sagte mir, daß er mit Colin an dem Wochenende, als ich im Osten war, hergefahren sei. Greg und Diane blieben daheim bei Mrs. Voss. Die hatten irgendwas vor oder so, aber Laurence sagte, sie beide – er und Colin – seien zum Strand gefahren, um mal ein bißchen rauszukommen.«

»Hübsch«, sagte ich ironisch. »Mit dreieinhalb konnte er aus der Geschichte sowieso nicht schlau werden. Nehmen wir mal an, daß es stimmt. Nehmen wir mal an, sie war mit hier –«

»Ich möchte dem wirklich nicht weiter nachgehen.«

»Nur eins noch«, sagte ich. »Fragen Sie ihn nur noch, warum er sie ›Papas Mutter‹ genannt hat. Fragen Sie ihn, wie er auf ›Papas Mutter‹ kommt.«

Widerstrebend gab sie die Frage an Colin weiter, doch sein Gesicht hellte sich vor Erleichterung auf. Er signalisierte sofort zurück, indem er seinen Kopf umfaßte.

»Sie hatte graue Haare«, berichtete mir Nikki. »die *sah* für ihn *aus* wie eine Großmutter, als sie hier war.«

Ich hörte einen Anflug von Zorn in ihrer Stimme, aber sie fing sich offenbar seinetwegen. Sie verwuschelte ihm zärtlich die Haare.

»Ich liebe dich«, sagte sie. »Es ist alles prima. Es ist alles gut.«

Colin schien sich zu beruhigen, aber die Anspannung hatte Nikkis Augen holzkohlengrau werden lassen.

»Laurence hat sie gehaßt«, sagte sie. »Er *kann* gar nicht –«

»Ich stelle ja nur eine schlaue Vermutung an«, sagte ich. »Es könnte völlig harmlos gewesen sein. Vielleicht haben sie etwas zusammen getrunken und sich über die Schularbeiten der Kinder unterhalten. Wir wissen wirklich nichts *Genaues*.«

»So ein Quatsch«, murmelte sie. Ihre Laune war hin.

»Werden Sie nicht sauer auf mich«, sagte ich. »Ich versuche

doch nur alles auf die Reihe zu bringen, damit es einen Sinn ergibt.«

»Also, ich glaube kein Wort davon«, sagte sie gepreßt.

»Wollen Sie mir erzählen, daß er ein zu netter Mann war, um so etwas zu tun?«

Sie legte den Malerpinsel auf die Zeitung und wischte ihre Hände an einem Lappen ab.

»Vielleicht möchte ich, daß mir ein paar Illusionen erhalten bleiben.«

»Ich will Ihnen überhaupt nichts«, sagte ich. »Aber ich verstehe nicht, warum es Sie aufregt. Charlotte Mercer hat mich darauf gebracht. Sie sagte, er war wie ein alter Kater, der immer wieder um dieselbe Hintertür rumschnüffelt.«

»Ist gut, Kinsey. Sie waren deutlich genug.«

»Nein, das scheint mir nicht so. Sie haben mir Fünftausend bezahlt, damit ich herausfinde, was passiert ist. Sie mögen die Antworten nicht. Ich kann Ihnen Ihr Geld zurückgeben.«

»Nein, lassen Sie. Vergessen wir's. Sie haben recht«, sagte sie.

»Möchten Sie, daß ich dranbleibe, oder nicht?«

»Ja«, erwiderte sie tonlos, aber sie sah mich nicht noch einmal richtig an. Ich entschuldigte mich bald darauf und ging in fast niedergeschlagener Stimmung. Ihr lag immer noch an dem Mann, und ich wußte nicht, was ich davon halten sollte. Außer, daß niemals etwas endgültig vorbei ist, zumal zwischen Männern und Frauen. Warum hatte ich dann Schuldgefühle, wenn ich meine Arbeit tat?

Ich ging in Charlies Bürogebäude. Er wartete am Kopf der Treppe, das Jackett über der einen Schulter, den Schlips gelokkert.

»Was ist denn mit dir passiert?« fragte er, als er mein Gesicht sah.

»Frag nicht«, sagte ich. »Ich besorge mir ein Stipendium für die Bürofachschule. Irgendwas Nettes und Einfaches. Irgendwas von neun bis fünf.«

Ich kam auf gleiche Höhe mit ihm und legte den Kopf etwas

schräg, um ihn anzusehen. Es war, als wäre ich plötzlich in ein Kraftfeld eingetreten, wie bei diesen magnetischen Hündchen, als ich klein war – eins schwarz, eins weiß. Hielt man sie an den positiven Polen einen Zentimeter auseinander, saugten sie sich mit einem leisen Klicken aneinander fest. Sein Gesicht war so ernst, so nah, die Augen ruhten auf meinem Mund, als wollte er mich vorwärtszwingen. Volle zehn Sekunden standen wir wie gebannt, dann zog er mich etwas zurück, überfordert von dieser Intensität.

»Himmel«, sagte er fast überrascht und lachte glucksend, ein Laut, den ich gut kannte.

»Ich brauche was zu trinken«, sagte ich.

»Das ist nicht alles, was du brauchst«, sagte er sanft.

Ich lächelte, ohne darauf einzugehen. »Du kannst hoffentlich kochen, ich kann's nämlich nicht.«

»Hör zu, die Sache hat nur einen kleinen Haken«, sagte er. »Ich hüte für meinen Partner das Haus. Er ist auswärts, und ich muß seine Hunde versorgen. Wir können bei ihm was essen.«

»Einverstanden«, sagte ich.

Er schloß das Büro ab, und wir gingen über die Hintertreppe zu dem kleinen, an das Bürogebäude grenzenden Parkplatz. Er hielt den Schlag seines Wagens auf, aber ich war schon unterwegs zu meinem, der an der Straße stand.

»Traust du dich nicht, mit mir zu fahren?«

»Ich hole mir einen Strafzettel, wenn ich hier draußen stehenbleibe. Ich fahre hinter dir her. Ich will nicht ohne meine Kiste dastehen.«

»Kiste? Du bezeichnest wie in den sechziger Jahren dein Auto als *Kiste?*«

»Ja, das hab ich aus einem Buch«, sagte ich trocken.

Er rollte mit den Augen und lächelte nachsichtig, ohne weitere Diskussionen. Er stieg in seinen Wagen und wartete ostentativ, bis ich meinen erreicht hatte. Dann fuhr er los, und zwar langsam, damit ich ihm auch folgen konnte, ohne abhanden zu kommen. Von Zeit zu Zeit konnte ich sehen, wie er mich im Rückspiegel beobachtete.

»Du sexy Schweinehund«, sagte ich im Flüsterton und zitterte dann unwillkürlich. Er hatte diese Wirkung.

Wir nahmen Kurs auf John Powers' Haus am Strand, und Charlie behielt ein gemächliches Tempo bei. Wie gewohnt agierte er mit halber Geschwindigkeit. Die Straße wurde kurvenreicher, und schließlich verlangsamte er und bog links ab, eine steile Auffahrt hinunter. Wenn meine Schätzungen stimmten, konnten wir nicht weit von Nikkis Strandhaus sein. Ich stoppte meinen Wagen mit der Schnauze nach unten neben seinem und hoffte, daß meine Handbremse standhalten würde. Powers' Haus war rechter Hand an den Hügel gebaut, direkt vor uns waren eine Behelfsgarage und Parkfläche für zwei Wagen. Ein weißer Lattenzaun, dessen beide Flügel ein Tor bildeten, verschloß die Garage, und das Auto, das drinnen stand, war vermutlich das von Powers.

Charlie stieg aus und wartete, als ich vorn um meinen Wagen herumkam. Wie Nikkis Grundstück lag auch dieses an der Steilküste, wahrscheinlich zwanzig oder fünfundzwanzig Meter über dem Strand. Durch die Behelfsgarage konnte ich eine unregelmäßige Grasdecke sehen, den Halbmond eines Hofes. Wir gingen über einen schmalen Fußweg hinter das Haus, und Charlie schloß die Küche auf. John Powers' Hunde waren so, wie ich sie hasse: die springende, bellende, geifernde Sorte mit Krallen wie Haifischzähne. Sie rochen aus dem Maul. Einer war schwarz, und der andere hatte die Farbe eines gestrandeten Wals, der seit einem Monat vor sich hin modert. Beide waren groß und mußten sich unbedingt auf die Hinterbeine stellen, um mir ins Gesicht zu starren. Ich hielt meinen Kopf zurück und die Lippen geschlossen, damit ich keine nassen Schlabberküsse einfinge.

»Charlie, könntest du mir mal helfen?« preßte ich zwischen den Zähnen hervor. Der eine leckte mir voll über den Mund, als ich sprach.

»Tootsie! Moe! Schluß damit!« rief er.

Ich wischte mir die Lippen. »Tootsie und Moe?«

Charlie lachte und zerrte die beiden an ihren Halsketten in

den Abstellraum, wo er sie einschloß. Einer begann zu heulen, während der andere bellte.

»O Himmel. Laß sie raus«, sagte ich. Er öffnete die Tür, und beide kamen angesprungen, ihre Zungen hingen herunter wie Cornedbeef-Scheiben. Einer der Hunde kapriolte ins andere Zimmer und kehrte mit einer Leine im Maul wieder zurück. Das sollte nun niedlich sein. Charlie legte beide an die Leine, und sie tollten umher, wobei sie stellenweise den Fußboden naßmachten.

»Wenn ich sie spazierenführe, regen sie sich ab«, bemerkte Charlie. »Ähnlich wie du.«

Ich schnitt ihm ein Gesicht, aber anscheinend blieb mir nichts anderes übrig, als mit ihm vorn hinauszugehen. Da lagen mehrere Hundehaufen im Gras. Eine schmale Holztreppe wand sich zum Strand hinunter, stellenweise unterbrochen von nacktem Erdboden und Fels. Es war ein gefahrvoller Abstieg, besonders mit zwei fünfundneunzigpfündigen Schwachköpfen, die auf Schritt und Tritt Sätze und Pirouetten vollführten.

»John kommt in der Mittagspause immer heim und läßt sie laufen«, sagte Charlie über seine Schulter hinweg.

»Schön für ihn«, meinte ich und konzentrierte mich, während ich mir einen Weg über den Steilhang suchte, auf meine Füße. Zum Glück trug ich Tennisschuhe; sie griffen zwar nicht, hatten aber wenigstens keine Absätze, die in den morschen Stufen hängenbleiben konnten, um mich kopfüber in den Pazifik zu schleudern.

Der Strand unten war lang und schmal, begrenzt von schroffen Felsen. Die Hunde sprangen von einem Ende zum andern, der Schwarze hielt an, um mit krummem Rücken und schamhaft niedergeschlagenen Augen einen großen, dampfenden Haufen zu setzen. Himmel, dachte ich, ist das denn das einzige, was Hunde können? Ich wandte den Blick ab. Wirklich, es war alles so schlimm. Ich fand einen Sitzplatz auf einem Stein und versuchte meinen Verstand abzuschalten. Ich brauchte eine Pause, eine längere Zeit, in der ich mich um nichts als um mich selbst zu kümmern hatte. Charlie warf Stöcke, die den Hunden unweigerlich verlorengingen.

Schließlich, nach Beendigung des Hundetrainings, kraxelten wir zusammen die Treppe wieder hoch. Sobald wir im Haus waren, lümmelten sich die Hunde auf einen großen ovalen Teppich im Wohnzimmer und fingen an, ihn zu Fransen zu zerkauen. Charlie ging in die Küche, und ich hörte Eiswürfel knacken.

»Was möchtest du trinken?« rief er.

Ich trat an die Küchentür. »Wein, wenn du welchen hast.«

»Großartig. Es ist welcher im Kühlschrank.«

»Machst du das öfter?« fragte ich, auf die jungen Köter deutend.

Er zuckte mit den Schultern und füllte die Eistabletts auf. »Alle drei bis vier Wochen. Es kommt drauf an«, sagte er und lächelte zu mir herüber. »Siehst du? Ich bin netter, als du dachtest.«

Ich wirbelte einen Zeigefinger durch die Luft, bloß um anzudeuten, wie beeindruckt ich war, aber ich fand es tatsächlich nett von ihm, die Hunde zu hüten. Ich konnte mir nicht vorstellen, daß Powers einen Zwinger finden würde, der sie in Verwahrung nahm. Er hätte sie schon in den Zoo bringen müssen. Charlie gab mir ein Glas Wein und schenkte sich selbst eine Bourbon on the Rocks ein. Ich lehnte mich gegen den Türrahmen.

»Wußtest du, daß Laurence mal ein Verhältnis mit Sharon Napiers Mutter hatte?«

Er warf mir einen überraschten Blick zu. »Du scherzt.«

»Nein, gar nicht. Anscheinend war das einige Zeit, bevor Sharon anfing, für ihn zu arbeiten. Wie ich es mir zusammenreime, war ihre ›Anstellung‹ eine Kombination von Erpressung und Rache. Was die Art und Weise erklären dürfte, wie sie ihn behandelt hat.«

»Wer hat dir denn das erzählt?«

»Wieso spielt das eine Rolle?«

»Weil es sich nach Krampf anhört«, sagte er. »Der Name

Napier hat mir nie was gesagt, und ich kannte Laurence seit Jahren.«

Ich zuckte mit den Schultern. »Dasselbe hast du auch von Libby Glass behauptet«, gab ich zurück.

Charlies Lächeln fror ein. »Himmel, du verzeihst einem auch gar nichts, was?« Er ging ins Wohnzimmer, und ich folgte ihm. Er setzte sich in einen Korbstuhl, der unter seinem Gewicht knarrte.

»Bist du deshalb hier? Um zu arbeiten?« fragte er.

»Eigentlich nicht. Eigentlich ganz im Gegenteil.«

»Das heißt?«

»Ich bin hierhergekommen, um der Sache zu entfliehen«, sagte ich.

»Weshalb dann die Fragen? Du weißt, wie ich zu Laurence stehe, und ich mag nicht benutzt werden.«

Ich spürte, wie mir selbst das Lächeln verging und Verlegenheit in mein Gesicht trat. »Siehst du das so?« fragte ich.

Er blickte auf sein Glas nieder und sprach mit Bedacht. »Ich sehe ein, daß du einen Auftrag zu erfüllen hast. Damit bin ich einverstanden, und darüber beklage ich mich nicht. Ich will dir helfen, wo ich kann, aber auf das ständige Verhör kann ich verzichten. Ich glaube, du hast keine Ahnung, wie das ist. Du müßtest mal sehen, wie anders du wirst, wenn du anfängst über Mord zu reden.«

»Entschuldige«, sagte ich steif. »Ich bin nicht absichtlich so zu dir. Ich bekomme Informationen, und die muß ich nachprüfen. Ich kann es mir nicht erlauben, etwas für bare Münze zu nehmen.«

»Nicht einmal mich?«

»Was soll das jetzt?« sagte ich, und meine Stimme war fast zu einem Flüstern geworden.

»Ich versuche nur einiges klarzustellen.«

»Hey. Du warst es, der mir nachgelaufen ist. Erinnerst du dich?«

»Am Samstag. Und heute bist du mir nachgelaufen. Und jetzt holst du mich aus, und dagegen hab ich was.«

Ich starrte auf den Fußboden, fühlte mich schwach und verletzt. Ich ließ mich nicht gerne unterbuttern, und es machte mich sauer. Sehr sauer. Ich schüttelte den Kopf. »Ich hatte einen schweren Tag«, sagte ich. »Diesen Scheiß hab ich wirklich nicht nötig.«

»Ich hatte auch einen schweren Tag«, sagte er. »Na und?«

Ich stellte mein Weinglas auf den Tisch und schnappte mir meine Tasche.

»Leck mich«, sagte ich leise. »Leck mich doch.«

Ich ging zur Küche. Die Hunde hoben den Kopf und beobachteten mich im Vorbeigehen. Ich war erbost, und sie schlugen unterwürfig die Augen nieder, als hätten sie das immerhin erfaßt. Charlie rührte sich nicht. Ich warf die Hintertür hinter mir zu und stieg in mein Auto, ließ es energisch an und düste mit einem Quietschen die Auffahrt hoch. Als ich auf die Straße zurücksetzte, erhaschte ich einen Blick auf Charlie, der neben der Behelfsgarage stand. Ich legte den ersten Gang ein und fuhr davon.

23

Ich habe noch nie gut einstecken können, besonders nicht von Männern. Erst eine Stunde, nachdem ich heimgekommen war, beruhigte ich mich. Acht Uhr, und gegessen hatte ich immer noch nichts. Ich goß mir ein großes Glas Wein ein und setzte mich an meinen Schreibtisch. Ich holte ein paar leere Karteikarten heraus und fing an zu arbeiten. Um zehn aß ich zu Abend – ein hartgekochtes, in Scheiben geschnittenes Ei, noch heiß auf Weizenbrot, mit reichlich Mayonnaise und Salz, wozu ich eine Pepsi und eine Tüte Mais-Chips aufmachte. Bis dahin hatte ich alle Informationen, die ich besaß, auf die Karteikarten übertragen und sie an mein Pinbrett geheftet.

Ich sagte mir die Geschichte in großen Zügen vor und ließ meinen Spekulationen freien Lauf. Ich meine, warum nicht? Viel mehr blieb mir im Augenblick nicht übrig. Es schien wahrscheinlich, daß jemand an dem Wochenende, als der deutsche Schäferhund überfahren wurde, in das Haus der Fifes eingebrochen war, während Nikki und Laurence mit Colin und Greg am Saltonsee waren. Es schien außerdem wahrscheinlich, daß Sharon Napier nach dem Tod von Laurence irgend etwas herausgebracht hatte – was (vielleicht) der Grund war, weshalb auch sie sterben mußte. Ich fing an Listen zu machen und brachte meine Informationen, zusammen mit den halbgaren Gedanken, die mir im Hinterkopf rumorten, in ein System. Ich tippte meine Seiten ab und ordnete sie alphabetisch, beginnend bei Lyle Abernathy und Gwen.

Ich verwarf nicht den Gedanken, daß Diane und Greg möglicherweise beteiligt waren, wenn mir auch die Vorstellung, daß einer von beiden ihn oder gar Libby Glass getötet haben könnte, irrig erschien. Ich schloß Charlotte Mercer in meine Liste ein. Sie war boshaft und verdorben, und ich glaubte nicht, daß sie irgendwelche Energien oder Kosten gescheut hätte, um die Welt genauso hinzudrehen, wie sie sie haben wollte. Sie konnte jemanden beauftragt haben, wenn sie sich nicht die Mühe machen wollte, ihn selbst umzubringen. Und wenn sie ihn umgebracht hatte, warum dann nicht auch Libby Glass? Warum nicht Sharon Napier, wenn Sharon dahintergekommen war? Ich kam zu dem Schluß, daß es sich empfehlen könnte, bei den Fluggesellschaften nachzufragen, ob ihr Name um die Zeit von Sharons Tod auf irgendeiner Passagierliste für Las Vegas erschien. Das war eine Quelle, an die ich noch nicht gedacht hatte. Ich merkte sie mir vor. Charlie Scorsoni stand noch immer auf meiner Liste, und diese Erkenntnis hatte eine beunruhigende Wirkung.

Es klopfte an die Tür, und ich zuckte unwillkürlich zusammen, ein Adrenalinstoß durchfuhr mich. Ich sah auf meine Uhr: fünf vor halb zwei. Mein Herz klopfte so stark, daß mir die Hände zitterten. Ich ging an die Tür und beugte den Kopf vor.

»Ja?«

»Ich bin's«, sagte Charlie. »Kann ich reinkommen?«

Ich öffnete die Tür. Charlie lehnte am Rahmen. Kein Jackett. Kein Schlips. Tennisschuhe ohne Socken. Sein breites, gut geschnittenes Gesicht sah ernst und milde aus. Er betrachtete mich forschend und sah dann weg. »Ich bin dir zu sehr aufs Dach gestiegen, und es tut mir leid«, sagte er.

Ich musterte sein Gesicht. »Du hattest eine berechtigte Klage«, erwiderte ich. Ich wußte, daß mein Tonfall trotz des Inhalts meiner Worte unversöhnlich war, und ich wußte, daß ich ihn strafen wollte. Er brauchte mich nur anzusehen, um meine wahre Einstellung zu erraten, und es frustrierte ihn ziemlich.

»Himmel Herrgott, können wir nicht einfach mal reden?« sagte er.

Ich warf ihm einen kurzen Blick zu und ging von der Tür weg. Er kam herein und schloß sie hinter sich. Mit dem Rükken zur Tür, die Hände in den Taschen, sah er zu, wie ich durch das Zimmer strich und an meinen Schreibtisch zurückschwenkte, wo ich anfing, Karteikarten abzuhängen, Papiere wegzuräumen.

»Was willst du von mir?« sagte er hilflos.

»Was willst du denn von *mir?*« blaffte ich zurück. Ich fing mich und hob die Hand. »Entschuldige. Ich wollte nicht diesen Ton anschlagen.«

Er starrte auf den Fußboden, als versuchte er, seine nächsten Schritte auszuknobeln. Ich setzte mich in den Polsterstuhl neben der Couch und schwang die Beine über die Lehne.

»Was zu trinken?« fragte ich.

Er schüttelte den Kopf. Er ging zur Couch hinüber, setzte sich schwer und legte den Kopf zurück. Sein Gesicht wirkte faltig, die Stirn zerfurcht. Seine blonden Haare sahen aus, als ob er mehr als einmal mit der Hand durchgefahren wäre. »Ich weiß nicht, was ich mit dir machen soll«, sagte er.

»Was gibt's da zu machen?« fragte ich. »Ich weiß, daß ich manchmal ein Biest bin, aber warum auch nicht? Ich meine es ernst, Charlie. Ich bin zu alt, um mich von irgendwem anblöden zu lassen. Und in unserem Fall weiß ich wirklich nicht, wer hier wem was getan hat. Hast du diesen Streit angefangen oder ich?«

Er lächelte ein wenig. »Gut, wir sind eben beide hin und wieder empfindlich. Ist das annehmbar?«

»Ich weiß nicht mehr, was annehmbar ist. Ich verstehe von alledem nichts.«

»Hast du noch nie was von Kompromiß gehört?«

»Doch, klar«, sagte ich. »So heißt das, wenn du die Hälfte von dem, was du haben willst, aufgibst. So heißt das, wenn du dem andern die Hälfte von dem gibst, was dir zusteht. Ich habe das sehr oft getan. Es stinkt.«

Er schüttelte den Kopf mit einem müden Lächeln. Ich starrte ihn an und kam mir stur und streitlustig vor. Er hatte bereits mehr nachgegeben als ich, und ich konnte mich immer noch nicht beugen. Er betrachtete mich skeptisch.

»Wo bist du, wenn du mich so ansiehst?« fragte er. Ich wußte nichts darauf zu sagen, deshalb hielt ich den Mund. Er langte herüber und bewegte meinen nackten Fuß hin und her, wie um meine Aufmerksamkeit zu erlangen.

»Weißt du, du hältst mich auf Abstand.«

»Ach ja? Findest du, Samstagnacht hab ich das getan?«

»Kinsey, Sex war das einzige, wo du mich hast näherkommen lassen. Was fange ich damit an? Soll ich mit raushängendem Pimmel hinter dir herjagen?«

Ich lächelte innerlich und hoffte, es würde sich nicht in meinem Gesicht zeigen. Er las es dennoch in meinen Augen. »Ja, warum nicht?« sagte ich.

»Ich glaube, du bist Männer nicht gewöhnt«, sagte er, ohne Blickkontakt herzustellen, und dann berichtigte er sich. »Nicht Männer«, sagte er. »Ich glaube, du bist es nicht gewohnt, jemanden in deinem Leben zu haben. Ich glaube, du bist Ungebundenheit gewohnt. Und das geht in Ordnung. Im wesentlichen lebe ich genauso, aber das hier ist anders. Ich finde, wir sollten behutsam damit umgehen.«

»Mit was?«

»Mit dieser Beziehung«, sagte er. »Ich möchte nicht, daß du mich ausschließt. So schwer bist du doch nicht zu verstehen. Manchmal verschwindest du wie ein Blitz, und damit werde ich nicht fertig. Ich will versuchen, vorsichtig vorzugehen. Ich will kein Hornochse sein. Das verspreche ich dir. Nur, lauf nicht weg. Kneif nicht. Du schottest dich so total ab, wie eine Auster –« Dann schwieg er.

Ich wurde sanfter, fragte mich, ob ich ihn falsch beurteilt hatte. Ich war zu ungerecht, zu schnell. Ich behandle Leute hart, und ich weiß es.

»Entschuldige«, sagte ich. Ich mußte mich räuspern. »Entschuldige. Ich weiß, daß ich das tue. Ich weiß nicht, wer schuld war, aber du hast mich zusammengestaucht, und ich bin explodiert.«

Ich streckte die Hand aus, und er nahm sie und drückte meine Finger. Er sah mich lange an. Er nahm meine Fingerspitzen und küßte sie leicht, beiläufig, während er mich unentwegt anschaute. Es war, als würde ein Schalter an der Basis meines Rückgrats angeknipst. Er drehte meine Hand um und drückte den Mund in meine Handfläche. Ich wollte nicht, daß er das tat, bemerkte aber, daß ich die Hand nicht wegzog. Ich beobachtete ihn wie hypnotisiert, mein Verstand war eingenebelt von der Hitze, die ganz weit, ganz tief in mir aufstieg. Es war wie ein Stoß Lumpen, der zu schwelen anfing, irgendein dunkler, in einer Nische verborgener Teil von mir, etwas, wovor uns die Feuerwehrleute in der Grundschule gewarnt hatten. Lackdosen, Benzinkanister – Gase unter Druck. Was fehlt, ist nur ein Funke, mitunter nicht mal das. Ich merkte, daß sich meine Augen schlossen, mein Mund sich bewegte, aber ich sah es nicht mehr, und das nächste, was ich mitbekam, war, daß er auf den Knien zwischen meinen lag, den Ausschnitt meines T-Shirts herunterzog, sein Mund auf meiner nackten Brust. Ich umklammerte ihn krampfhaft, glitt ihm entgegen, und er hob mich halb hoch, die Hände unter meinen Hintern gewölbt. Ich hatte nicht gewußt, wie sehr ich ihn haben wollte, nicht bis zu diesem Moment, aber der Laut, den ich ausstieß, war primitiv, und seine Antwort war unmittelbar und wild, und danach im Halbdunkel, vor dem weggeschobenen Tisch, liebten wir uns auf dem Fußboden. Er machte Sachen mit mir, von denen ich nur in Büchern gelesen hatte, und am Ende, mit zitternden Beinen und hämmerndem Herzen, lachte ich, und er vergrub sein Gesicht in meinem Bauch und lachte auch.

Gegen zwei Uhr früh war er wieder fort. Er mußte am nächsten Tag arbeiten und ich ebenso. Trotzdem vermißte ich ihn, als ich mir die Zähne putzte und mein Ebenbild im Badezimmerspiegel angrinste. Mein Kinn war rot zerkratzt. Meine Haare schienen nach allen Seiten abzustehen. Es gibt nichts Selbstgefälligeres als die Glückwünsche, mit denen man sich überhäuft, wenn man gründlich und virtuos gevögelt worden ist, aber ich war dennoch ein bißchen bestürzt über mich. In der Regel vermeide ich gewissenhaft den persönlichen Kontakt zu jedem, der mit einem Fall zu tun hat. Mein sexuelles Gerangel mit Charlie war töricht, unprofessionell, und theoretisch konnte es gefährlich sein. In irgendeinem kleinen, wiederspenstigen Teil meines Kopfes erschien es mir nicht richtig, aber ich mochte seine *Bewegungen*. Ich konnte mich nicht erinnern, wann ich zuletzt einen Mann getroffen hatte, der so erfinderisch war. Meine Reaktion auf ihn war elementare Chemie – wie in ein Schwimmbecken geworfene Natriumkristalle: die Funken sprühen und tanzen lichtergleich über das Wasser. Ich hatte mal einen Freund, der sagte zu mir: »Wo Sex ist, sind wir immer bestrebt, eine Beziehung herzustellen, die ihn verdient.« Daran dachte ich jetzt, denn ich spürte, daß ich das auch bald bei Charlie machen würde – Bande knüpfen, Phantasien spinnen, emotionale Ranken auswerfen wie Reif, der sich um einen Draht windet. Ich mußte mich davor hüten. Der Sex war sehr gut und sehr intensiv, aber die Tatsache blieb bestehen, daß ich noch mitten in einer Untersuchung steckte und er noch nicht von meiner Liste gestrichen war. Ich glaubte zwar nicht, daß unsere körperliche Beziehung mein Urteil über ihn getrübt hatte, aber wie sollte ich das wissen? Ich durfte es wirklich nicht darauf ankommen lassen. Sofern ich nicht nur eine rationale Erklärung für meine Neigung, mich zurückzuhalten, suchte. War ich neuerdings schon *so* besorgt um mich? Wollte ich in Wirklichkeit nur der Intimität ausweichen? Hätte ich ihn gern auf die Rolle des »möglichen Verdächtigen«

abgestellt, um meine eigene Risikoscheu zu rechtfertigen? Er war ein netter Mann – klug, einfühlsam, verantwortungsvoll, attraktiv, scharfsichtig. Was, in Gottes Namen, wollte ich?

Ich knipste das Licht im Badezimmer aus und machte mein Bett, das eigentlich nur aus einer längsgefalteten Decke auf der Couch bestand. Ich hätte die Bettcouch ausziehen und es richtig machen können – Laken, Kopfkissen, ein ordentliches Nachthemd. Statt dessen zog ich mir das T-Shirt über den Kopf und wickelte mich in die Decke ein. Meine Körperwärme ließ einen sinnlichen Duft zwischen meinen Beinen heraufwehen. Ich knipste die Lampe auf dem Schreibtisch aus und lächelte in der Dunkelheit, bebte in der Erinnerung an die Berührung seines Mundes. Vielleicht war jetzt nicht der Moment, um zu analysieren, dachte ich. Vielleicht war es eher eine Zeit, um nachzudenken und zu verarbeiten. Ich schlief wie eine Tote.

Am Morgen duschte ich, ließ das Frühstück weg und erreichte um neun das Büro. Ich schloß auf und checkte meinen Auftragsdienst. Con Dolan hatte angerufen. Ich wählte die Polizei von Santa Teresa und ließ mich mit ihm verbinden.

»Was ist«, bellte er, schon wieder mit der Welt hadernd.

»Kinsey Millhone hier«, sagte ich.

»Ach ja? Was wollen Sie?«

»Lieutenant, Sie hatten mich angerufen!« Ich konnte hören, wie der Groschen fiel.

»Oh. Stimmt. Ich habe hier einen Laborbericht über diesen Brief. Keine Abdrücke. Nur Schmierflecke, das nützt uns also nichts.«

»Mist. Was ist mit der Handschrift? Stimmt die überein?«

»Hinreichend«, sagte er. »Ich habe sie von Jimmy prüfen lassen, und er sagt, sie sei authentisch. Was haben sie sonst noch?«

»Nichts im Moment. Ich komme aber vielleicht in ein paar Tagen rein und unterhalte mich mit Ihnen, wenn's recht ist.«

»Rufen Sie vorher an«, sagte er.

»Verlassen Sie sich drauf«, erwiderte ich.

Ich ging raus auf den Balkon und starrte auf die Straße hinunter. Irgend etwas stimmte nicht. Ich war halb überzeugt gewesen, daß der Brief eine Fälschung sei, aber jetzt war er überprüft und seine Echtheit bestätigt worden. Das gefiel mir nicht. Ich ging wieder hinein und setzte mich in meinen Drehstuhl, kippte ihn leicht vor und zurück, lauschte auf sein Knarren. Ich schüttelte den Kopf. Kapierte ich nicht. Ich warf einen Blick auf den Kalender. Seit zwei Wochen arbeitete ich jetzt für Nikki. Es kam mir vor, als hätte sie mich erst vor einer Minute angeheuert, und es kam mir vor, als wäre ich schon mein Leben lang an diesem Fall. Ich ließ mich nach vorn kippen und schnappte mir einen Notizblock, rechnete die Zeit zusammen, die ich aufgewendet hatte, und zählte die Spesen hinzu. Ich tippte das alles ab, kopierte meine Quittungen und steckte die ganze Loseblattsammlung in einen Umschlag, den ich ihr mit der Post an den Strand schickte. Ich ging in die Büros von California Fidelity und palaverte mit Vera, die Schadensanträge bei ihnen bearbeitet.

Ich ließ das Mittagessen sausen und machte um drei Feierabend. Auf dem Heimweg hielt ich an, um die großformatigen Farbfotos von Marcia Threadgill abzuholen, und einen Augenblick blieb ich im Auto sitzen und betrachtete mein Werk. Ein so fesselndes Zeugnis von Habgier und Betrug wird mir nicht oft geboten. Die beste Aufnahme (ich hätte sie »Porträt einer Nassauerin« nennen können) war die, wo Marcia auf ihrem Küchenstuhl stand und unter dem Gewicht der Pflanze, die sie hochhob, die Schultern spannte. Ihre Brüste hingen unter dem gehäkelten Oberteil herunter wie fleischige Melonen, die den Boden eines Einkaufsnetzes durchbrochen haben. Das Bild war so deutlich, daß ich erkennen konnte, wo die Wimperntusche schwarze Pünktchen auf ihren Lidern hinterlassen hatte wie die Spuren eines winzigen Tieres. So ein Miststück. Ich lächelte grimmig in mich hinein. Wenn so die Welt funktionierte, dann wollte ich das nicht vergessen. Ich hatte mich inzwischen damit abgefunden, daß Miss Threadgill ihren Kopf durchsetzen würde. Schwindler gewinnen andauernd. Das war nichts sonderlich Neues, aber es war wert, daß man es sich merkte. Ich schob alle Aufnahmen wieder in den braunen Umschlag. Ich ließ den Wagen an und fuhr nach Hause. Nach Laufen war mir heute nicht zumute. Ich wollte mich hinsetzen und grübeln.

24

Ich heftete das Foto von Marcia Threadgill an mein Pinbrett und starrte darauf. Ich kickte meine Schuhe weg und ging umher. Den ganzen Tag hatte ich nachgedacht, und es führte zu nichts, deshalb holte ich das Kreuzworträtsel hervor, das Henry mir vor die Tür gelegt hatte. Ich schaffte es sogar, 6 Senkrecht zu erraten – »falsches Spiel« mit elf Buchstaben, das war »Doppelspiel«, und ich schaffte 14 Waagerecht, »Musikstück für 2 Stimmen«, fünf Buchstaben – »Duett«. Wie reizend. Ich biß mich fest an »Doppelhelix«, drei Buchstaben, die spätere Lösung dafür hieß »DNA«, ein Schwindel, wenn Sie mich fragen. Um fünf nach sieben hatte ich einen Einfall, der wie eine kleine elektrische Entladung aus den Winkeln meines Gehirns hervorblitzte.

Ich schlug die Telefonnummer von Charlotte Mercer nach und wählte ihren Privatanschluß. Die Haushälterin meldete sich, und ich fragte nach Charlotte.

»Der Richter und Mrs. Mercer sind beim Abendessen«, meinte sie mißbilligend.

»Würden Sie sie bitte trotzdem rufen? Ich habe nur eine kurze Frage. Es wird ihr bestimmt nichts ausmachen.«

»Was soll ich dann sagen, wer anruft?« fragte sie. Ich nannte ihr meinen Namen.

»Einen Moment.« Sie legte den Hörer hin.

Ich korrigierte sie im stillen. *Denn*, Süße. Was soll ich *denn* sagen, wer anruft...

Charlotte klang betrunken, als sie an den Apparat kam. »Ich muß doch sehr bitten«, fauchte sie.

»Tut mir leid«, sagte ich. »Aber ich brauche eine Information.«

»Ich habe Ihnen gesagt, was ich weiß, und ich will nicht, daß Sie anrufen, wenn der Richter hier ist.«

»Gut. Schön. Nur eine Sache«, sagte ich hastig, bevor sie auflegen konnte. »Erinnern Sie sich zufällig, wie Mrs. Napier mit Vornamen hieß?«

Stille. Ich konnte förmlich sehen, wie sie den Hörer von sich hielt, um ihn anzuschauen.

»Elizabeth«, sagte sie und knallte ihn auf die Gabel.

Ich hängte ein. Das fehlende Teil, das ich suchte, war soeben an seinen Platz gerückt. Der Brief war gar nicht an Libby Glass gerichtet. Laurence Fife hatte ihn vor Jahren an Elizabeth Napier geschrieben. Darauf hätte ich gewettet. Die Frage war jetzt vielmehr, wie er in den Besitz von Libby Glass gelangt war und wer ihn hatte zurückhaben wollen.

Ich holte meine Notizkarten heraus und nahm mir meine Liste noch einmal vor. Raymond und Grace Glass hatte ich bewußt gestrichen. Ich glaubte nicht, daß einer von ihnen ihr eigenes Kind umgebracht hatte, und wenn sich meine Vermutung in bezug auf diesen Brief bestätigte, dann war es möglich, daß Libby und Laurence niemals eine Liebesaffäre miteinander gehabt hatten. Das hieß, daß die Gründe für ihren Tod woanders liegen mußten. Aber wo? Angenommen, sagte ich zu mir, nur mal angenommen, Laurence Fife und *Lyle* waren in irgend etwas verwickelt. Vielleicht war Libby darauf gestoßen, und Lyle hatte sie beide umgebracht, um sich zu schützen. Vielleicht bekam Sharon Wind davon, und er brachte auch sie um. Ganz plausibel klang es mir in dieser Form zwar nicht, aber nach acht Jahren mußten die schlüssigen Beweise weitgehend verlorengegangen oder beseitigt worden sein. Naheliegende Zusammenhänge mußten sich verflüchtigt haben. Ich warf ein paar Notizen hin und checkte die Liste.

Als ich zu Charlie Scorsonis Namen kam, empfand ich das gleiche Unbehagen wie zuvor. Ich hatte ihn vor zwei Wochen ja überprüft, noch ehe ich ihn kennenlernte, und demnach war er sauber, doch der Schein kann trügen. So komisch mir auch dabei war, ich hielt es für angebracht zu klären, wo er sich am Abend von Sharons Tod aufgehalten hatte. Ich wußte, er war in Denver gewesen, denn dort hatte ich ihn selbst angerufen, doch über seinen weiteren Weg war ich mir eigentlich nicht sicher. Arlette sagte zwar, er habe Nachricht aus Tucson und dann wieder aus Santa Teresa hinterlassen, aber sie hatte nur sein Wort dafür. Was den Mord an Laurence Fife anging, dazu *hatte* er die Gelegenheit. Das war von Anfang an ein Fall gewesen, bei dem Motiv und Alibi auf merkwürdige Weise zusammenfielen. Normalerweise ist ein Alibi der Nachweis des Aufenthaltsortes eines Verdächtigen zum Zeitpunkt einer Tat, und es dient als Beweis für seine Unschuld, aber hier spielte es keine Rolle, wo irgend jemand war. Bei einem Giftmord kam es nur darauf an, ob jemand *Grund* hatte, den Tod eines anderen herbeizuwünschen – Zugang zu dem Gift, Zugang zum Opfer und den Vorsatz zu töten. Daran knabberte ich noch herum. Ich war geneigt, Charlie kurzerhand von meiner Liste zu entfernen, aber das warf eine Frage auf. Glaubte ich wirklich, daß er unschuldig war, oder wollte ich mich einfach von meinem Unbehagen befreien? Ich versuchte an etwas anderes zu denken. Ich versuchte weiterzugehen, aber meine Gedanken kehrten ständig zu der gleichen Frage zurück. Ich glaubte, nicht, daß ich mich klug verhielt. Ich wußte nicht genau, ob ich ehrlich zu mir war. Und plötzlich mißfiel mir der Gedanke, daß ich vielleicht keinen klaren Kopf hatte. Die ganze Situation gab mir ein ungutes Gefühl in den Knochen. Ich schlug seinen Privatanschluß im Telefonbuch nach. Ich zögerte, dann überwand ich mich und wählte. Ich mußte es tun.

Das Telefon läutete viermal. Ich dachte, er wäre vielleicht in Powers' Haus am Strand, aber die Nummer hatte ich nicht. Sei fort, sei weit weg, wünschte ich ihm. Er nahm beim fünften Läuten ab, und ich spürte, wie sich mir der Magen drehte. Es aufzuschieben war zwecklos.

»Tag, hier ist Kinsey«, sagte ich.

»Ja, hallo«, sagte er sanft. Die Freude in seiner Stimme war unüberhörbar, und ich konnte mir sein Gesicht vorstellen. »Gott, ich hatte gehofft, von dir zu hören. Hast du Zeit?«

»Nein, eigentlich nicht. Ehm, hör zu, Charlie. Ich finde, ich sollte dich eine Weile nicht sehen. Bis ich die Sache abgeschlossen habe.«

Das Schweigen war inhaltsschwer.

»In Ordnung«, sagte er schließlich.

»Schau, es ist nichts Persönliches«, sagte ich. »Es geht ums Prinzip.«

»Ich widerspreche ja nicht«, sagte er. »Tu, was du willst. Es ist zu schade, daß du nicht vorher schon an ›Prinzipien‹ gedacht hast.«

»Charlie, du irrst dich«, sagte ich verzweifelt. »Es kann alles gut ausgehen, und es ist auch kein Beinbruch, aber es hat mich beunruhigt. Sehr. Ich tu so was nicht. Das ist einer meiner Grundsätze. Ich kann mich nicht weiter mit dir treffen, bis ich verstehe, wie diese Geschichte zusammenhängt.

»Kind, ich habe verstanden«, sagte er. »Wenn du es nicht für richtig hältst, dann hat es sowieso keinen Zweck. Ruf mich an, falls du irgendwann deine Meinung änderst.«

»Warte«, sagte ich. »Verdammt noch mal, was fällt dir ein? Ich weise dich doch nicht zurück.«

»Ach, wirklich«, versetzte er ungläubig.

»Ich wollte nur, daß du Bescheid weißt.«

»Gut. Jetzt weiß ich Bescheid. Ich danke für deine Aufrichtigkeit.«

»Ich melde mich, sobald ich kann.«

»Laß es dir gut gehn«, sagte er, und der Hörer klickte leise an meinem Ohr.

Ich saß da mit der einen Hand am Telefon, von Zweifeln geplagt, und hätte am liebsten noch mal angerufen, alles wieder ausgelöscht, was ich gerade gesagt hatte. Ich hatte Erleichterung gesucht, eine Möglichkeit gesucht, der Unruhe, die ich empfand, zu entkommen. Ich glaube, ich hatte sogar gewollt, daß er mir hart zusetzt, damit ich standhalten und mich im Recht fühlen konnte. Es ging doch um meine Integrität. Oder nicht? Sein gekränkter Tonfall war schrecklich gewesen nach dem, was wir miteinander erlebt hatten. Und vielleicht hatte er recht mit seiner Annahme, daß ich ihn zurückwies. Vielleicht war ich einfach launisch und stieß ihn von mir, weil ich Luft brauchte zwischen mir und der Welt. Der Job lieferte ja die perfekte Ausrede dazu.

Ich lerne die meisten Menschen bei meiner Arbeit kennen, und wenn ich mich dort nicht gefühlsmäßig einlassen kann, was bleibt mir dann noch? Die Detektivarbeit ist mein ganzes Leben. Ich stehe mit ihr auf und gehe mit ihr schlafen. Die meiste Zeit bin ich allein, aber was ist dabei? Ich bin nicht unglücklich, und ich bin nicht unzufrieden. Ich mußte frei sein, bis ich wußte, was vor sich ging. Sollte er mich eben mißverstehen und zum Teufel gehen, bis ich diesen verflixten Fall geklärt hatte, und danach konnten wir vielleicht sehen, wie es mit uns stand – falls es dann nicht zu spät war. Selbst wenn er recht hatte, selbst wenn mein Bruch mit ihm mehr war als Gewissenhaftigkeit, ein Deckmantel für etwas anderes – na und? Es gab keine Gelöbnisse zwischen uns, keine Verpflichtungen. Ich war zweimal mit ihm ins Bett gegangen. Was schuldete ich ihm? Ich weiß nicht, was Liebe ist, und ich bin mir nicht sicher, ob ich überhaupt an sie glaube. »Warum dann so defensiv?« fragte eine leise Stimme darauf, aber ich beachtete sie nicht.

Ich mußte die Sache vorantreiben. Anders war da jetzt nicht mehr herauszukommen. Ich griff zum Telefon und rief Gwen an.

»Hallo?«

»Gwen, hier ist Kinsey«, sagte ich in neutralem Ton. »Es hat sich was ergeben, und ich denke, wir sollten uns mal unterhalten.«

»Um was geht's?«

»Ich möchte lieber nicht am Telefon mit Ihnen sprechen. Wissen Sie, wo hier am Strand *Rosie's* ist?«

»Ja, ich glaube, ich kenne das Lokal«, sagte sie zögernd.

»Können Sie mich dort in einer halben Stunde treffen? Es ist wichtig.«

»Na ja, klar. Lassen Sie mich nur die Schuhe anziehen. Ich komme, so schnell ich kann.«

»Danke«, sagte ich.

Ich blickte auf meine Uhr. Es war Viertel vor acht. Dieses Mal wollte ich sie auf meinem Terrain.

Rosie's war leer, das Licht schummrig, das ganze Lokal roch nach dem Zigarettenrauch von gestern. Ich bin oft ins Kino gegangen, als ich klein war, und die Damentoilette in dem Kino roch auch immer so. Rosie trug ein hawaianisches Hängekleid, dessen Stoff mit zahlreichen auf einem Bein stehenden Flamingos bedruckt war. Sie saß am Ende des Tresens und las Zeitung beim Licht eines kleinen, ohne Ton laufenden Fernsehgerätes, das sie auf die Bar gestellt hatte. Sie blickte auf, als ich hereinkam, und legte die Zeitung weg.

»Zum Dinner ist es zu spät. Die Küche ist geschlossen. Ich hab mir heute abend frei gegeben«, verkündete sie quer durch den Raum. »Wenn du was essen willst, mußt du's dir zu Hause kochen. Frag Henry Pitts. Der macht dir was Gutes.«

»Ich bin mit jemand auf einen Drink verabredet«, sagte ich. »Mächtig Betrieb hier.«

Sie schaute sich um, als wäre ihr vielleicht jemand entgangen. Ich trat zu ihr an den Tresen. Sie sah aus, als hätte sie gerade ihre Haare neu gefärbt, denn ihre Kopfhaut war rötlich. Sie benutzte einen Maybelline-Brauenstift für ihre Augenbrauen, die sie in einem koketten Bogen anscheinend jedesmal etwas näher zusammenbrachte. Bald würde sie nur noch eine einzige Wellenlinie zu ziehen brauchen.

»Hast du endlich einen Mann?« fragte sie.

»Sechs bis acht die Woche«, sagte ich. »Und hast du gekühlten Chablis?«

»Nur das miese Zeug. Bedien dich.«

Ich ging um den Tresen herum, nahm mir ein Glas und holte die große 6-Liter-Flasche Weißwein aus dem Kühlschrank unter der Bar. Ich goß mir das Glas voll und gab Eis dazu. Ich ging hinüber zu meiner Lieblingsnische und setzte mich, um mich geistig einzustimmen wie ein Schauspieler vor seinem Auftritt. Es war Zeit, auf Höflichkeiten zu verzichten.

Gwen erschien vierzig Minuten später, frisch und flott. Sie begrüßte mich recht freundlich, aber dahinter meinte ich auch Anspannung zu erkennen, als hätte sie eine dunkle Ahnung, was ich ihr sagen wollte. Rosie schlurfte herbei und warf Gwen einen kurzen, abschätzenden Blick zu. Sie mußte entschieden haben, daß Gwen okay aussah, denn sie ehrte sie mit einer direkten Frage.

»Möchten Sie was trinken?«

»Scotch on the Rocks. Und kann ich bitte auch ein Glas Wasser haben?«

Rosie zuckte die Achseln. Ihr war es gleich, was die Leute tranken. »Willst du einen Deckel?« fragte sie mich.

Ich schüttelte den Kopf. »Ich zahle gleich.« Rosie entfernte sich zum Tresen. Der Blick, den Gwen und ich austauschten, verriet unabsichtlich, daß wir uns beide an ihre Äußerung erinnerten, sie hätte Scotch einmal in den alten Zeiten getrunken, als sie noch mit Laurence Fife verheiratet war und die perfekte Ehefrau spielte. Ich fragte mich, was sie wohl jetzt gerade spielte.

»Ab und zu greife ich auf die starken Sachen zurück«, sagte sie, meinen Gedanken erfassend.

»Warum auch nicht«, erwiderte ich.

Sie musterte mich kurz. »Was liegt an?«

Die Frage war tapfer. Ich glaubte nicht, daß sie es wirklich wissen wollte, aber ich hatte sie schon immer für den Typ gehalten, der aufs Ganze ging. Wahrscheinlich legte sie den gleichen Elan auch beim Gemüsehacken an den Tag, bloß um es hinter sich zu bringen.

»Ich habe mit Colin gesprochen«, sagte ich. »Er erinnert sich an Sie.«

Die Veränderung in ihrem Verhalten war gering, und kein beunruhigter, sondern ein wachsamer Blick flackerte in ihren Augen auf.

»Das ist aber schön«, meinte sie. »Ich habe ihn ja schon Jahre nicht gesehen. Das sagte ich Ihnen.« Sie griff in ihre Handtasche, nahm eine Puderdose heraus und prüfte rasch ihr Aussehen im Spiegel, wobei sie ihr Haar in Form drückte. Rosie kam mit ihrem Scotch und dem Glas Wasser. Ich zahlte für uns beide. Rosie verstaute das Geld in der Tasche ihres Hängekleids und schlenderte zurück an die Bar, während Gwen einen Schluck Wasser trank. Sie hielt sich offenbar zurück, traute sich nicht, das Gespräch dort aufzunehmen, wo wir stehengeblieben waren. Der Überraschung halber stupste ich sie weiter.

»Sie haben nie erwähnt, daß Sie eine Affäre mit Laurence hatten«, sagte ich.

Ein Lachen sprudelte hervor. »Wer, ich? Mit ihm? Das meinen Sie doch nicht im *Ernst.*«

Ich mußte ihr den Spaß verderben. »Colin hat Sie im Strandhaus gesehen; an dem Wochenende, als Nikki verreist war. Ich kenne zwar nicht alle Einzelheiten, aber ich kann sie mir denken.«

Ich sah zu, wie sie das verdaute und den Gang wechselte. Sie war selbst eine ausgezeichnete kleine Schauspielerin, aber die raffinierte Tarnung, die sie sich zugelegt hatte, war durch mangelnden Gebrauch angestaubt. Es war lange her, daß sie dieses Spiel hatte spielen müssen, und sie schaltete etwas langsam. Sie hatte alle passenden Sprüche auf Lager, aber nach acht Jahren Pause fiel es ihr schwer, in der Rolle zu überzeugen. Sie durchschaute offenbar meinen Bluff nicht, und ich hielt den Mund. Ich konnte beinah sehen, was in ihrem Kopf ablief. Das schreckliche Bedürfnis, zu gestehen und es hinter sich zu bringen, der Drang, alles herauszusprudeln, war zu verlockend, um ihm zu widerstehen. Sie hatte ein paar Runden mit mir absolviert, und sie hatte das wunderschön hinbekommen, aber auch nur, weil ich nicht gewußt hatte, welche Knöpfe ich drücken mußte.

»Also schön«, platzte sie trotzig heraus, »ich bin einmal mit ihm ins Bett gegangen. Na und? Ich traf ihn zufällig im *Palmgarten*, um die Wahrheit zu sagen. Ich hätte es Ihnen schon neulich fast erzählt. Er war es nämlich, der mir sagte, daß Nikki verreist sei. Ich war empört, daß er mich überhaupt ansprach.« Sie wandte sich dem Scotch zu und nahm einen großen Schluck.

Sie fabulierte, so schnell sie konnte, und es klang auch ganz nett, aber es war, als hörte ich mir ein Plattenalbum an. Ich beschloß, die Stücke zu übergehen, die ich nicht hören wollte. Ich stupste sie erneut.

»Es war mehr als einmal, Gwen«, sagte ich. »Sie hatten eine ausgewachsene Affäre mit ihm. Damals war Charlotte Mercer noch mit ihm zugange, aber er gab ihr den Laufpaß. Sie sagte, er fing etwas sehr Verschwiegenes an. ›Sehr heiß‹, um sie zu zitieren. Ich glaube, das waren Sie.«

»Was macht es schon, wenn wir ein Verhältnis hatten? Er trieb das doch seit Jahren so.«

Ich ließ ein wenig Zeit verstreichen, und als ich sprach, senkte ich die Stimme und beugte mich leicht vor, um ihr die volle Ladung zu verpassen.

»Ich glaube, Sie haben ihn umgebracht.«

Alles Lebhafte wich aus ihrem Gesicht, als wäre ein Stöpsel gezogen worden. Sie wollte etwas sagen, brachte es aber nicht heraus. Ich konnte sehen, daß ihr Verstand arbeitete, aber so schnell bekam sie nichts zusammen. Sie wand sich, und ich drängte nach.

»Wollen Sie mir davon erzählen?« sagte ich. Dabei klopfte mir das Herz, und ich merkte, wie sich feuchte Schweißringe unter meinen Armen bildeten.

Sie schüttelte den Kopf, aber das war alles, was sie zuwege brachte. Sie war wie versteinert. Ihr Gesicht hatte sich verändert, hatte den Ausdruck angenommen, den Menschen im Schlaf haben, wenn sie vor nichts mehr auf der Hut sind. Ihre Augen strahlten dunkel, und zwei leuchtend rosa Flecke traten jetzt auf ihre blassen Wangen, ein clownesker Effekt, als hätte sie bei Neonlicht zuviel Rouge aufgetragen. Dann blinzelte sie aufsteigende Tränen fort, stützte den Kopf in die Faust und sah über mich hinweg, während sie sich bemühte, die Selbstbeherrschung zu bewahren, aber der letzte Schutzwall war durchstoßen, und das Schuldbewußtsein drängte gegen die angeschlagene Fassade an. Ich hatte das schon öfter miterlebt. Die Menschen können soundso lange standhalten, und dann brechen sie zusammen. Im Grunde war sie eine Amateurin.

»Irgendwie brachte er das Faß zum Überlaufen, und Sie drehten durch«, sagte ich in der Hoffnung, daß ich meine Karten nicht überreizte. »Sie haben gewartet, bis er und Nikki verreist waren, und dann haben sie Dianes Schlüssel benutzt, um in das Haus zu kommen. Sie haben die Oleanderkapseln in das Plastikfläschchen getan, darauf geachtet, daß Sie keine Fingerabdrücke hinterlassen, und dann sind Sie gegangen.«

»Ich haßte ihn«, sagte sie mit zitterndem Mund. Sie blinzelte, und eine Träne landete auf ihrer Bluse wie ein Regentropfen. Sie holte tief Luft und stieß die Worte rasch hervor: »Er hat mein Leben ruiniert, mir die Kinder genommen, mich ausgeraubt bis aufs Hemd, mich beleidigt, mißhandelt – ach mein Gott, Sie haben keine Ahnung. Das *Böse* in diesem Mann...«

Sie ergriff eine Serviette und drückte sie sich an die Augen. Erstaunlicherweise schien Rosie von ihrer Verzweiflung keine Notiz zu nehmen. Sie saß an der Bar, las wahrscheinlich Ann Landers und dachte, die Große Ratlose hätte ihren Gemahl wegen seiner obszönen Anrufe anzeigen sollen, während ein Gast direkt vor ihrer Nase einen Mord gestand. Über den Fernseher zu ihrer Rechten flimmerte die Wiederholung einer Muppets-Show.

Gwen seufzte, blickte starr auf die Tischplatte. Sie nahm wieder ihr Glas und trank einen großen Schluck Scotch, der sie erschauern ließ. »Ich fand es noch nicht einmal schlimm, abgesehen von den Kindern. Die traf es schwer, und das wunderte mich. Sie waren ohne ihn viel besser dran.«

»Weshalb die Affäre?« forschte ich.

»Ich weiß nicht«, sagte sie und faltete die Papierserviette mal so, mal so. »Ich nehme an, es war meine Rache. Er war so was von selbstgefällig. Ich wußte, er würde nicht widerstehen können. Immerhin hatte ich ihn durch meine Affäre mit einem andern tödlich beleidigt. Das ertrug er nicht. Ich wußte, er würde die wiederhaben wollen, die ihm mal gehört hatte. Es war auch gar nicht so schwer einzufädeln. Er wollte mir zeigen, was mir entgangen war. Das brachte sogar mal einen gewissen Schwung in den Sex. Die Feindseligkeit war so nah an der Oberfläche, daß sie uns beiden auf widerliche Weise Zunder gab. Gott, er ekelte mich an. Aber wirklich. Und ich erzähle Ihnen noch was«, sagte sie rauh. »Ihn einmal umzubringen, das war nicht genug. Ich wünschte, ich könnte ihn noch mal umbringen.«

Sie blickte mich dabei voll an, und langsam wurde mir die Ungeheuerlichkeit ihrer Worte bewußt.

»Was ist mit Nikki? Was hat sie Ihnen je getan?«

»Ich glaubte, man würde sie freisprechen«, sagte sie. »Ich hätte nie gedacht, daß sie ins Gefängnis kommt, und als das Urteil gesprochen war, mochte ich nicht aufstehen und ihren Platz einnehmen. Da war es dann zu spät.«

»Was also noch?« sagte ich, und mir fiel auf, daß mein Ton gereizt wurde. »Haben Sie auch den Hund getötet?«

»Damit hatte ich nichts zu tun. Er wurde Sonntag morgens überfahren. Ich fuhr mit Diane dorthin, weil ihr eingefallen war, daß sie ihn draußen gelassen hatte, und weil sie sich deswegen aufregte. Er lag schon auf der Straße. Mein Gott, ich würde doch keinen *Hund* überfahren«, betonte sie, als sollte ich die Feinheit ihrer Gefühle zu schützen wissen.

»Und alles andere ging wie von selbst? Der Oleander im Hof? Die Kapseln im ersten Stock?«

»Eine Kapsel. Ich habe *eine* fabriziert.«

»Blödsinn, Gwen. Das ist Blödsinn.«

»Überhaupt nicht. Ich sage die Wahrheit. Das beschwöre ich. Ich hatte es mir schon lange überlegt, aber ich sah keine Möglichkeit, es durchzuführen. Ich war noch nicht einmal sicher, daß er daran sterben würde. Diane war wegen des Hundes sowieso am Boden, also brachte ich sie in meine Wohnung und steckte sie ins Bett. Sobald sie eingeschlafen war, nahm ich ihre Schlüssel und fuhr zurück, und das war auch schon alles.« Sie sprach mit einer aufsässigen Schärfe, als bräuchte sie, nachdem sie so mitteilsam geworden war, wirklich kein Blatt mehr vor den Mund zu nehmen.

»Was ist mit den beiden anderen?« fuhr ich sie an. »Was ist mit Sharon und mit Libby Glass?«

Sie sah mich verständnislos an und wich zurück. »Ich weiß nicht, wovon Sie reden.«

»Den Teufel wissen Sie nicht!« Ich stand auf. »Sie haben mich von der ersten Minute an, seit wir uns kennen, belogen. Ich kann Ihnen kein einziges Wort abnehmen, und das wissen Sie.«

Sie schien verblüfft über meinen Ausbruch. »Was haben Sie vor?«

»Die Information an Nikki weiterzugeben«, sagte ich. »Sie hat dafür bezahlt. Soll sie entscheiden.«

Ich trat von dem Tisch weg und peilte die Tür an. Gwen schnappte sich ihre Jacke, ihre Tasche und kam hinter mir her.

Auf der Straße draußen griff sie nach meinem Arm, aber ich schüttelte sie ab.

»Kinsey, warten Sie...« Ihr Gesicht war auffallend blaß.

»Spuck es in den Wind«, sagte ich. »Du solltest dir einen ganz scharfen Verteidiger holen, Kindchen, denn du wirst einen brauchen.«

Ich entfernte mich die Straße hinunter und ließ Gwen zurück.

25

Ich schloß meine Wohnungstür ab und versuchte Nikki am Strand anzurufen. Ich ließ das Telefon achtmal klingeln und legte auf; danach ging ich mit einer undeutlichen Empfindung in der Brust im Zimmer auf und ab. Irgend etwas stimmte nicht, beunruhigte mich, aber ich konnte nicht den Finger darauf legen. Da war kein Gefühl von Abgeschlossenheit. Überhaupt nicht. Dies hätte jetzt das Ende sein müssen. Der große Höhepunkt. Ich war engagiert worden, um herauszufinden, wer Laurence Fife ermordet hatte, und ich hatte es herausgefunden. Ende. Finis. Aber ich stand mit einem halben Fall da und mit einer Menge noch zu klärender Einzelheiten. Gwens Mord an Laurence war teils Vorsatz und teils Affekt gewesen, aber das übrige schien nicht dazu zu passen. Warum fand nicht alles seinen Platz? Ich konnte mir Gwen nicht als Mörderin von Libby Glass vorstellen. Gwen hatte Laurence jahrelang gehaßt, sich vielleicht an Methoden hochgezogen, wie sie ihn umbringen könnte, womöglich nicht im Traum daran gedacht, daß sie es tatsächlich tun würde, nie daran gedacht, daß sie es verwirklichen könnte. Sie war auf den Oleander-Plan gekommen und hatte plötzlich einen Weg gesehen, es durchzuführen. Eine perfekte Gelegenheit hatte sich ergeben, und sie hatte sie genutzt. Der Tod von Libby Glass konnte sicher nicht so leicht zu arrangieren gewesen sein. Woher wußte Gwen von ihr? Woher wußte sie, wo sie wohnte? Wie hätte sie in diese Wohnung gelangen sollen? Und wie hätte sie sich darauf verlassen können, daß Libby Glass irgendwelche Medikamente einnahm? Ich konnte mir auch nicht vorstellen, daß Gwen nach Las Vegas gefahren war. Konnte mir nicht vorstellen, daß sie kaltblütig Sharon erschossen hatte. Wofür? Zu welchem Zweck? Mit dem Mord an Laurence hatte sie einen alten Groll bereinigt, einen überkommenen, bitteren Haß zwischen ihnen gestillt, warum aber die beiden anderen umbringen? Erpressung? Drohende Entlarvung? Das hätte unter Umständen Sharon erklärt; wieso aber Libby Glass? Gwen hatte in ihrer Verblüffung wirklich selbstgerecht gewirkt. Ähnlich wie vorher, als sie jede Verantwortung für den Tod des Hundes von sich wies. Da war einfach dieser sonderbare Beiklang von echter Empörung in ihrer Stimme. Das ergab keinen Sinn.

Es sei denn, daß jemand anders beteiligt war. Noch jemand, der mordete.

Ein Schauder überlief mich.

O mein Gott. Lyle? Charlie? Ich setzte mich hin, blinzelte, schlug die Hand vor den Mund. Ich war davon ausgegangen, daß *eine* Person alle drei umgebracht hatte, aber vielleicht war es nicht so. Vielleicht gab es noch eine andere Möglichkeit. Ich probierte sie aus: Gwen hatte Laurence Fife umgebracht. Wieso konnte nicht jemand anders die Bresche entdeckt und sie für sich ausgenutzt haben? Die Verbrechen lagen nah beieinander, die Methode war die gleiche. Natürlich mußte es aussehen, als ob alles zu ein und demselben Plan gehörte.

Ich dachte an Lyle. Ich dachte an sein Gesicht, die seltsamen, unmerklich voneinander abweichenden Augen: mürrisch, lauernd, aggressiv. Er hatte gesagt, er sei drei oder vier Tage, bevor Libby starb, bei ihr gewesen. Ich wußte auch, daß er von Laurences Tod gehört hatte. Er war zwar kein Mann von überragendem Intellekt, aber die List eines anderen nachzuahmen, das hätte er durchaus fertigbringen können – sogar in angetörntem Zustand.

Ich rief meinen Auftragsdienst an. »Ich fahre nach Los Angeles«, sagte ich. »Falls Nikki Fife anruft, möchte ich, daß Sie ihr die Rufnummer des *Hacienda Motels* dort angeben und ihr sagen, es sei wichtig, daß sie Verbindung mit mir aufnimmt. Aber sonst niemand. Es soll sich nicht herumsprechen, daß ich außerhalb bin. Ich werde öfter nachhören, ob jemand angerufen hat. Sagen Sie einfach, ich sei verhindert und Sie wüßten nicht, wo ich bin. Haben Sie das?«

»In Ordnung, Miss Millhone. Wird gemacht«, sagte sie fröhlich und legte mit einem Klicken auf. Gott. Wenn ich zu ihr gesagt hätte: »Halten Sie alle Anrufe zurück. Ich schneide mir die Kehle durch«, würde sie mit der gleichen verständnislosen Freundlichkeit geantwortet haben.

Die Fahrt nach Los Angeles war Labsal für mich – beruhigend, ereignislos. Es war neun Uhr durch und nicht viel Verkehr auf der dunkel gewordenen Straße nach Süden. Zu meiner Linken wellten und dehnten sich Hügel, bedeckt von niedriger Vegetation – keine Bäume, keine Felsen. Rechts von mir, fast in Reichweite, grollte der Ozean, der bis auf vereinzelte weiße Rüschen ganz schwarz aussah. Ich fuhr vorbei an Summerland, an Carpenteria, vorbei an den Öltürmen und dem Kraftwerk, das mit winzigen Lichtern bekränzt war wie eine Schaufensterauslage zur Adventszeit. Irgendwie war es erholsam, sich um nichts sorgen zu müssen als darum, daß ich einen Unfall bauen und ums Leben kommen könnte. Es machte mich in Gedanken frei für andere Dinge.

Ich hatte einen Fehler begangen, etwas Falsches vorausgesetzt, und ich kam mir vor wie eine Anfängerin. Andererseits war ich von derselben Voraussetzung ausgegangen, von der jeder ausgegangen war: gleiche Verfahrensweise, gleicher Täter. Aber jetzt glaubte ich nicht mehr daran. Jetzt schien mir die einzige Erklärung, die einen Sinn ergab, die zu sein, daß jemand anders Libby Glass umgebracht hatte – und auch Sharon. Ich fuhr durch Ventura, Oxnard, Camarillo, wo die staatliche Heil- und Pflegeanstalt ist. Ich habe gehört, daß es unter den Insassen von Nervenkliniken weniger Neigung zur Gewalttätigkeit geben soll als in der frei lebenden Bevölkerung, und das will ich gern glauben. Ich dachte ohne Verwunderung oder Bestürzung über Gwen nach, meine Gedanken sprangen unwillkürlich hin und her. Irgendwie fühlte ich mich mehr beleidigt durch die kleineren Vergehen einer Marcia Threadgill, die nicht so voll hinlangte, aber von keinem anderen Motiv geleitet wurde als Habgier. Ich fragte mich, ob Marcia Threadgill der neue moralische Maßstab war, nach dem ich jetzt alle vorkommenden Sünden beurteilen würde. Haß konnte ich verstehen – das Bedürfnis nach Vergeltung, nach dem Begleichen alter Schulden. Das war eigentlich doch auch der Sinn von »Gerechtigkeit«: Bereinigung.

Ich fuhr über den großen Berg nach Thousand Oaks hinein, wo der Verkehr zunahm; Wohnsiedlungen erstreckten sich zu beiden Seiten der Straßen, dann Einkaufszonen in dichter Folge. Die Abendluft war feucht, und ich ließ die Fenster heruntergedreht. Ich griff hinter mich, nach der Aktentasche auf dem Rücksitz und fummelte den Verschluß auf. Ich verstaute meine kleine Automatic in meiner Jackentasche, wobei ich auf ein Bündel Papiere stieß. Ich zog sie heraus und sah hin. Sharon Napiers Rechnungen. Ich hatte sie beim Verlassen ihrer Wohnung in die Windjacke gesteckt und seither nicht mehr daran gedacht. Ich mußte sie noch durchgehen. Ich warf sie auf den Beifahrersitz und blickte im kalt gleitenden Licht der Fernstraße auf meine Armbanduhr. Es war zehn nach zehn – noch eine Dreiviertelstunde zu fahren, vielleicht mehr, je nach dem Verkehr in der Stadt, wenn ich erst vom Freeway herunter war. Ich dachte an Charlie, fragte mich, ob ich eine völlig einwandfreie Beziehung vermasselt hatte. Er schien mir nicht der Typ zu sein, der verzeiht und vergißt, aber wer konnte es wissen? Er war sehr viel nachgiebiger als ich, das stand fest. Meine Gedanken liefen zusammenhanglos weiter. Lyle hatte gewußt, daß ich nach Vegas fahren wollte. Ich war mir nicht sicher, welchen Platz Sharon einnahm, aber das würde ich herausfinden. Erpressung schien immer noch das Wahrscheinlichste. Den Brief kapierte ich gar nicht. Wie war Libby zu ihm gekommen? War sie es überhaupt? Vielleicht steckten Lyle und *Sharon* unter einer Decke. Vielleicht kriegte

Lyle den Brief von ihr. Vielleicht hatte er den Brief eigens unter Libbys Habseligkeiten *deponiert* und nicht versucht, ihn sich zu holen. Es war zweifellos zu seinem Vorteil, den Eindruck eines romantischen Bandes zwischen Libby und Laurence Fife zu verstärken. Er hatte auch gewußt, daß ich auf dem Rückweg ihre Kisten abholen wollte. Er hätte sehr gut wieder vor mir in Los Angeles sein können, da ich eine Übernachtung eingeschoben hatte, um mit Diane zu sprechen. Vielleicht hatte er den Zeitpunkt extra knapp gewählt, um meine Neugier darüber anzustacheln, was dort verborgen sein könnte. Hier schweiften meine Gedanken ab, und mit einem leisen Lächeln dachte ich an Lieutenant Dolan. Er war so sicher, daß Nikki ihren Mann umgebracht hatte, so überzeugt davon. Ich mußte ihn unbedingt anrufen, wenn ich zurückkam. Ich dachte wieder an Lyle. Ich hatte nicht vor, ihn noch an diesem Abend aufzusuchen. Er war nicht so schlau wie Gwen, aber er konnte gefährlich sein. *Falls* er es war. Ich fand, ich sollte nicht schon wieder voreilige Schlüsse ziehen.

Ich meldete mich um fünf nach elf im *Hacienda* an, ging schnurstracks auf Zimmer 2 und legte mich ins Bett. Arlettes Mutter saß am Empfang. Sie ist doppelt so dick.

Am Morgen duschte ich, stieg in dieselben Kleider und torkelte immer noch schläfrig hinaus zum Auto, um den Handkoffer herauszuholen, den ich auf dem vollgepackten Rücksitz hatte. Ich ging wieder auf mein Zimmer, putzte mir die Zähne – welch ein Segen – und fuhr mir mit dem Kamm durch die Haare. Dann ging ich in ein Café am Wilshire, Ecke Bundy und bestellte mir Rührei, Würstchen, ein getoastetes Hörnchen mit Rahmkäse, Kaffee und frischen Orangensaft. Wer immer das Frühstücken erfunden hat, er hat etwas Gutes getan.

Ich kehrte zum *Hacienda* zurück, wo Arlette mir mit einem wuchtigen Arm aus der Bürotür zuwinkte. Ihr Vollmondgesicht war rot angelaufen, ihr Lockenschopf ein blondes Flattern, ihre Augen durch die dicken Backen fast bis zur Unsichtbarkeit eingezwängt. Wann hatte sie bloß zuletzt ihren eigenen Hals gesehen? Aber ich mochte sie, so lästig sie zuweilen auch war.

»Da ist jemand am Telefon für Sie, und die klingt ganz durcheinander. Ich sagte ihr, Sie wären weg, aber ich würde Sie reinrufen. Gott sei Dank sind Sie wieder da«, sagte sie völlig atemlos zu mir und keuchte schwer.

So aufgeregt hatte ich Arlette nicht erlebt, seit sie erfahren hatte, daß es Strumpfhosen jetzt auch in Übergröße gab. Ich trat in das Büro, dicht gefolgt von Arlette und ihren Atemstößen. Der Hörer lag auf der Theke, und ich ergriff ihn.

»Hallo?«

»Kinsey, hier ist Nikki.«

Weshalb die Angst in ihrer Stimme, dachte ich unwillkürlich. »Ich versuchte Sie gestern abend anzurufen«, sagte ich. »Was ist los? Sind Sie okay?«

»Gwen ist tot.«

»Ich habe gestern abend noch mit ihr gesprochen«, sagte ich ausdruckslos. Selbstmord. Sie hatte sich umgebracht. O Scheiße, dachte ich.

»Es ist heute morgen passiert. Unfall mit Fahrerflucht. Sie ist den Cabana Boulevard entlanggejoggt, und jemand hat sie überfahren und das Weite gesucht.«

»Ich faß es nicht. Sind Sie sicher?«

»Völlig. Ich wollte Sie anrufen, und Ihr Auftragsdienst sagte, Sie wären auswärts. Was tun Sie in L. A.?«

»Ich muß hier was nachprüfen, aber heute abend bin ich wohl wieder zurück«, sagte ich und überlegte schnell. »Würden Sie mal sehen, ob Sie die Einzelheiten in Erfahrung bringen können?«

»Ich kann's versuchen.«

»Rufen Sie Lieutenant Dolan vom Morddezernat an. Sagen Sie, ich hätte Sie darum gebeten.«

»Morddezernat«, sagte sie entgeistert.

»Nikki, er ist ein *Polyp*. Er wird wissen, was los ist. Und vielleicht war es ohnehin kein Unfall, also hören Sie mal seine Stellungnahme, und ich rufe Sie an, sobald ich zurückkomme.«

»Na, ist gut«, meinte sie zweifelnd. »Ich kümmere mich drum.«

»Danke.« Ich hing ein.

»Ist jemand tot?« fragte Arlette. »War es jemand, den Sie gekannt haben?«

Ich schaute sie direkt an, aber das half auch nichts. Warum Gwen? Was ging da vor sich?

Sie folgte mir aus dem Büro und in Richtung auf mein Zimmer.

»Kann ich Ihnen irgendwie helfen? Brauchen Sie etwas? Sie sehen schrecklich aus, Kinsey. Sie sind blaß wie ein Gespenst.«

Ich schloß die Tür hinter mir. Ich dachte an das letzte Bild von Gwen, wie sie auf der Straße stand, mit bleichem Gesicht. *Konnte* es ein Unfall gewesen sein? Ein Zufall? Dafür ging alles zu schnell. Irgend jemand fing an, die Nerven zu verlieren, und zwar aus Gründen, die ich immer noch nicht ganz erfaßte.

Eine Möglichkeit schoß mir plötzlich durch den Kopf und verschwand wieder. Ich stand stockstill und spulte sie wie einen alten Filmausschnitt noch einmal ab. Es konnte sein. Vielleicht ja. Bald würde alles seinen Platz finden. Alles würde zusammenpassen.

Ich schmiß meine Sachen auf den Rücksitz des Autos und machte mir nicht einmal die Mühe, mich abzumelden. Ich würde Arlette die verdammten zwölf Dollar mit der Post schicken.

Die Fahrt ins Tal war nebelhaft, der Wagen bewegte sich von selbst, dabei achtete ich in keiner Weise auf Straße, Sonne, Verkehr oder Smog. Als ich das Haus in Sherman Oaks erreichte, wo Lyle die Backsteinfassade mauerte, sah ich seinen zerbeulten Kleinlaster auf der Vorderseite stehen. Ich hatte keine Zeit mehr zu verlieren, und ich wollte keine Spielchen spielen. Ich schloß das Auto ab, ging die Einfahrt hoch und um die Seite des Hauses herum nach hinten. Ich sah Lyle, bevor er mich erblickte. Er stand gebeugt über einem Stapel Vierkanthölzer: verwaschene Jeans, Arbeitsstiefel, kein Hemd, Zigarette im Mundwinkel.

»Lyle.«

Er drehte sich um. Ich hatte die Pistole draußen und zielte auf ihn. Ich hielt sie mit beiden Händen, breitbeinig, meinte es ernst. Er blieb sofort bewegungslos stehen, er sagte kein Wort.

Mir war kalt, und meine Stimme klang gepreßt, aber die Pistole wankte kein bißchen. »Ich möchte ein paar Antworten, und zwar jetzt gleich«, sagte ich. Ich sah ihn nach rechts blicken. Da lag ein Hammer auf der Erde, aber er rührte sich nicht.

»Gehen Sie zurück«, sagte ich und trat ein wenig vor, bis ich zwischen ihm und dem Hammer war. Er befolgte die Anweisung, richtete die hellblauen Augen wieder auf mich und hob die Hände.

»Ich will nicht auf Sie schießen, Lyle, aber ich würde es tun.«

Ausnahmsweise sah er weder mürrisch noch verschlagen noch arrogant drein. Zum erstenmal erlebte ich, daß er mich mit einem Anflug von Respekt betrachtete.

»Sie sind der Boß«, sagte er.

»Lassen Sie die *Sprüche*«, fauchte ich. »Ich bin nicht in Stimmung dafür. Jetzt setzen Sie sich ins Gras. Da drüben. Und rühren Sie keinen Muskel, bis ich es Ihnen sage.«

Gehorsam ging er zu einem schmalen Grasstreifen hinüber und setzte sich, wobei er mich immerzu im Auge behielt. Es war still, und ich konnte Vögel hören, die stupide zwitscherten, aber wir schienen allein zu sein, und so gefiel es mir. Ich hielt die Pistole direkt auf seine Brust gerichtet und zwang meine Hände, nicht zu zittern. Er mußte in der brennenden Sonne die Augen zusammenkneifen.

»Erzählen Sie mir von Libby Glass«, sagte ich.

»Ich hab sie nicht umgebracht«, gab er unbehaglich zurück.

»Darum geht es nicht. Ich will wissen, was da los war. Ich will das wissen, was Sie mir noch nicht erzählt haben. Wann haben Sie sie zum letzten Mal gesehen?«

Er hielt den Mund.

»Heraus damit.«

Er hatte nicht Gwens Haltung, und er hatte nicht ihren Grips. Der Anblick der Pistole schien ihm auf die Sprünge zu helfen.

»Samstags.«

»An dem Tag, als sie starb, ja?«

»Das stimmt, aber ich habe nichts getan. Ich bin zu ihr gefahren, und wir hatten einen dicken Krach, und sie regte sich auf.«

»Schon gut, schon gut. Sparen Sie sich die Nebensächlichkeiten. Was noch?«

Er schwieg.

»Lyle«, sagte ich warnend. Seine Gesichtsmuskeln zogen sich langsam zusammen wie ein Schnürverschluß, und er fing an zu weinen. Kläglich schlug er sich die Hände vors Gesicht. Er hatte das lange zurückgehalten. Wenn ich mich hier irrte, dann irrte ich mich in allem. Ich konnte ihn nicht in Ruhe lassen.

»Erzählen Sie's mir«, sagte ich tonlos. »Ich muß es wissen.« Ich dachte, er sei am Husten, aber ich wußte, es waren Schluchzer, was ich hörte. Er hätte neun Jahre alt sein können, so in sich zusammengesunken, so klein und schwach sah er aus.

»Ich gab ihr ein *Beruhigungsmittel*«, sagte er gequält. »Sie wollte eins haben, und ich fand das Fläschchen im Arzneischrank und gab es ihr. Gott, ich brachte ihr sogar ein Glas Wasser. Ich hatte sie so lieb.«

Der erste Ausbruch ließ nach, und er rieb sich mit der schmutzigen Hand die Tränen aus dem Gesicht, so daß dunkle Striemen zurückblieben. Er umklammerte sich mit den Armen, wiegte unglücklich vor und zurück, und wieder liefen ihm Tränen über die knochigen Wangen.

»Weiter«, sagte ich.

»Danach ging ich, aber ich war deprimiert und fuhr später noch mal hin, und da fand ich sie tot auf dem Fußboden im Badezimmer. Ich hatte Angst, sie würden meine Fingerabdrücke entdecken und glauben, ich hätte ihr was angetan, deshalb wischte ich die ganze Wohnung sauber.«

»Und die Beruhigungstabletten haben Sie mitgenommen, als Sie wegfuhren.«

Er nickte und preßte seine Finger in die Augenhöhlen, als könnte er damit die Tränen zurückdrängen. »Ich habe sie ins Klo geschüttet, als ich heimkam. Ich hab die Flasche zertreten und sie weggeworfen.«

»Woher wußten Sie denn, daß es die Pillen waren?«

»Keine Ahnung. Ich wußte es einfach. Mir fiel dieser Typ ein, der aus dem Norden, und ich wußte, der war auf die Art gestorben. Sie hätte das verfluchte Ding vielleicht gar nicht genommen, wenn ich nicht gewesen wäre, aber wir hatten uns gefetzt, und sie war so außer sich, daß sie zitterte. Ich wußte nicht mal, daß sie Tranquilizer hatte, bis sie mich bat, ihr einen zu holen, und ich dachte mir nichts dabei. Ich bin dann noch mal hin, um mich zu entschuldigen.« Das Schlimmste schien überstanden zu sein, und er seufzte tief. Seine Stimme klang fast wieder normal.

»Was noch?«

»Ich weiß nicht. Das Telefon war rausgezogen. Ich schloß es wieder an und wischte es ebenfalls ab«, sagte er ausdruckslos. »Ich hatte nichts Böses im Sinn. Ich mußte mich nur schützen. Ich wollte sie nicht vergiften. Das hätte ich ihr nicht angetan, ich schwör's bei Gott. Ich hatte nichts damit zu tun, überhaupt nichts, außer daß ich saubergemacht habe. Falls Fingerabdrücke da waren. Ich wollte nicht, daß irgendwas auf mich hinwies. Und ich nahm die Flasche mit, in der die Pillen waren. Das schon.«

»Aber Sie haben nicht den Verschlag aufgebrochen«, sagte ich.

Er schüttelte den Kopf.

Ich ließ die Pistole sinken. Ich hatte es halb geahnt, aber erst jetzt war ich sicher.

»Zeigen Sie mich an?«

»Nein. Nicht Sie.«

Ich ging zurück zum Auto, und dort saß ich dumpf, während mich die vage, unvernünftige Frage beschäftigte, ob ich wirklich von der Waffe Gebrauch gemacht hätte. Ich glaubte nicht dran. Aber wie hart ich war. Hart und ungerecht, daß ich hinging und irgendeinem dummen Jungen so eine Heidenangst einjagte. Ich schüttelte den Kopf und spürte selber Tränen. Ich ließ den Motor an, legte den Gang ein und fuhr über den Berg in Richtung West L. A. Ich hatte noch einen Anlaufhafen, und dann konnte ich zurück nach Santa Teresa und es in Ordnung bringen. Ich glaubte jetzt zu wissen, wer es war.

26

Ich erblickte mein Spiegelbild in einer der Spiegelglaswände gegenüber dem Eingang von Haycraft und McNiece. Ich sah aus, als wäre ich bereit zur letzten Runde: verlottert, zerzaust, verbissener Mund. Sogar Allison in ihrem Wildlederhemd mit dem Fransen an den Ärmeln schien über meinen Anblick bestürzt, und ihr eingeübtes Empfangsdamenlächeln fiel von sechzig Watt auf fünfundzwanzig.

»Ich muß mit Garry Steinberg reden«, sagte ich. Mein Tonfall ließ offenbar erkennen, daß ich zu Späßen nicht sonderlich aufgelegt war.

»Er ist hinten in seinem Büro«, sagte sie schüchtern. »Wissen Sie, welches?«

Ich nickte und stieß die Schwingtür auf. Schon erblickte ich Garry, der gerade durch den schmalen Innenkorridor zu seinem Büro ging und sich mit einem Stoß ungeöffneter Post auf den Schenkel klatschte.

»Garry?«

Er drehte sich um, strahlte, als er mich sah, und stutzte dann. »Wo kommen Sie her? Sie sehen erschöpft aus.«

»Ich bin gestern abend hier runtergefahren. Können wir uns unterhalten?«

»Klar. Kommen Sie rein.«

Er bog nach links in sein Büro und nahm einen Stapel Ordner von dem Stuhl vor seinem Schreibtisch. »Möchten Sie einen Kaffee? Kann ich Ihnen irgendwas holen lassen?« Er warf die Post auf den Aktenschrank.

»Mir fehlt nichts, danke, aber ich muß einen Verdacht überprüfen.«

»Schießen Sie los«, sagte er im Hinsetzen.

»Haben Sie mir nicht früher einmal gesagt –«

»Vorige Woche«, warf er ein.

»Jaja, wahrscheinlich. Sie sprachen davon, daß Fifes Geschäftsbücher in den Computer kommen sollten.«

»Klar, sie stellten alles um. Hat uns enorm die Arbeit erleichtert, und auch für die Klienten ist es besser. Besonders, wenn die Steuern fällig werden.«

»Aber was, wenn die Bücher frisiert waren?«

»Sie meinen Unterschlagung?«

»In einem Wort«, sagte ich ironisch. »Hätte sich das nicht ziemlich schnell gezeigt?«

»Unbedingt. Sie glauben, Fife hat seine eigenen Konten gemolken?«

»Nein«, sagte ich langsam, »aber ich glaube, Charlie Scorsoni hat es getan. Das gehört mit zu den Fragen, die ich Ihnen stellen muß. Könnte er von dem Vermögen, die er damals verwaltete, Geld abgesahnt haben?«

»Sicher. Das geht, und allzu schwer ist es auch nicht«, sagte Garry fachmännisch, »aber es könnte verflixt schwer festzustellen sein. Kommt ganz darauf an, wie er es gedreht hat.« Er überlegte einen Moment und erwärmte sich anscheinend für das Thema. Er zuckte die Achseln. »Zum Beispiel könnte er eine Art Sonderkonto oder ein Treuhandkonto für alle von ihm verwalteten Vermögen eingerichtet haben – vielleicht zwei oder drei Scheinkonten innerhalb seines Gesamtkontos. Ein großer Dividendenscheck geht ein, er zweigt einen Teil des Betrags von dem Vermögen, dem er gutgeschrieben werden soll, ab und leitet ihn statt dessen auf ein Scheinkonto.«

»Könnte Libby gemerkt haben, daß etwas nicht stimmte?«

»Durchaus. Sie war für solche Sachen sehr begabt. Sie hätte die Beträge in Moodys Dividendenbuch nachschlagen müssen, wie alle Dividenden nach Firmen geordnet aufgeführt sind. Wenn dann irgendeine Unstimmigkeit auftauchte, hätte sie Belege oder Nachweise anfordern können: Bankauszüge, eingelöste Schecks, dergleichen mehr.«

»Tja, also Lyle erzählte mir vorige Woche, daß da eine Menge Anrufe hin und her gegangen sind, irgendein Anwalt sei zum Abendessen hergekommen. So kam ich schließlich auf den Gedanken, daß Charlie eine Affäre mit ihr eingefädelt haben könnte in der Hoffnung, sie würde ihn decken…«

»Vielleicht hat er ihr auch einen Anteil angeboten«, sagte Garry.

»O Gott. Hätte sie sich darauf eingelassen?«

Garry zuckte die Achseln. »Hey, wer weiß? Hätte *er* denn?«

Ich starrte auf seinen Schreibtisch hinunter. »Ja, ich glaube«, sagte ich. »Wissen Sie, es hieß die ganze Zeit, sie hätte was mit einem Anwalt aus Santa Teresa gehabt, und wir nahmen alle an, es sei Fife gewesen, weil sie beide auf die gleiche Art gestorben sind. Aber wenn ich mit dieser Unterschlagungsgeschichte recht habe, dann brauche ich Beweise dafür. Sind die Akten noch bei Ihnen zu Hause?«

»Nein, ich hab sie sogar hier. Ich dachte, ich könnte in der Mittagspause mal einen Blick reinwerfen. Ich bin nämlich auf Hüttenkäse, und das ist eh kein Essen. Ich hatte sie gestern schon mitgebracht, aber dann kam was dazwischen. Jetzt, wo Sie's erwähnen – ich glaube tatsächlich, daß sie an dieser Bilanz arbeitete, als sie starb, denn die Polizei fand ihre Aktentasche bei ihr zu Hause«, sagte er. Er warf mir einen neugierigen Blick zu. »Wie sind Sie auf ihn gekommen?«

Ich schüttelte den Kopf. »Ich weiß es nicht. Es schoß mir plötzlich durch den Sinn, und es paßte. Charlie erzählte mir, Fife hätte irgendwann in der Woche, bevor er starb, einen Ausflug nach Los Angeles gemacht, aber da glaube ich nicht dran. Ich halte es für wahrscheinlich, daß Charlie den Ausflug selbst unternommen hat, und das muß ein oder zwei Tage nach Laurences Tod gewesen sein. Libby hatte eine Flasche mit Tranquilizern, und ich glaube, davon hat er einige ausgetauscht – wer weiß, vielleicht alle. Das werden wir nie erfahren.«

»Himmel. Hat er Fife auch umgebracht?«

Ich schüttelte den Kopf. »Nein, ich weiß, wer Fife umgebracht hat. Meiner Vermutung nach sah Charlie dadurch einen rettenden Ausweg. Vielleicht wollte Libby nicht mitspielen, oder sie hatte gedroht, ihn anzuzeigen, obwohl ich weder für das eine noch das andere Beweise habe.«

»Hey, die kommen noch«, sagte er zuversichtlich. »Wenn es

welche gibt, dann finden wir sie auch. Ich fange noch heute nachmittag mit den Akten an.«

»Gut«, sagte ich. »Das fände ich nett.«

»Passen Sie auf sich auf.«

Wir gaben uns über den Schreibtisch hinweg die Hand.

Auf der Rückfahrt nach Santa Teresa weigerte ich mich resolut, an Gwen zu denken. Über Charlie Scorsoni nachzudenken war schon deprimierend genug. Ich würde seinen Aufenthalt zu der Zeit, als Sharon starb, noch überprüfen müssen, aber er konnte ohne weiteres das Hotel in Denver verlassen haben und schnurstracks nach Las Vegas geflogen sein; konnte sich bei meinem Auftragsdienst die Adresse meines Motels geholt haben und mir von dort zum *Fremont* gefolgt sein. Ich dachte an Sharon – diesen Augenblick im Restaurant, als ich glaubte, sie hätte jemanden gesehen, den sie kannte. Sie hatte gesagt, es sei der Aufseher, der ihr das Ende ihrer Pause signalisierte, aber ich war sicher, daß sie gelogen hatte. Da konnte Charlie auf der Bildfläche erschienen sein und sich zurückgezogen haben, als er mich entdeckte. Sie dachte vielleicht, er sei gekommen, um sie auszuzahlen. Ich war relativ überzeugt, daß sie ihm Geld abgeknöpft hatte, aber auch das blieb noch zu beweisen. Sharon mußte gewußt haben, daß Fife niemals ein sexuelles Verhältnis mit Libby Glass hatte. Es war Charlie, der die Trips nach Los Angeles unternommen hatte, um über die Bücher zu sprechen. Sharon mußte während des Prozesses geschwiegen haben, sie mußte die Entwicklung der ganzen Geschichte beobachtet, den rechten Zeitpunkt abgewartet und schließlich aus ihren Informationen Kapital geschlagen haben. Es war auch möglich, daß Charlie Scorsoni nicht gewußt hatte, wo sie war – daß ich ihn auf dem kürzesten Weg zu ihrer Tür geführt hatte. Während ich die Kette der Ereignisse durchging, war mir bewußt, daß sich vieles davon anhörte wie reine Phantasie, aber ich hatte das Gefühl, ich war auf der richtigen Spur und konnte jetzt daran gehen, Beweise zu sammeln.

Wenn Charlie Gwen bei diesem Unfall mit Fahrerflucht getötet hatte, mußte es Möglichkeiten geben, das bis zu ihm zurückzuverfolgen: Haare und Fasern auf dem Kotflügel seines Wagens, der wahrscheinlich beschädigt worden war und der Reparatur bedurfte; Lackteilchen und Glassplitter auf Gwens Kleidung. Vielleicht sogar ein Zeuge irgendwo. Es wäre sehr viel klüger gewesen, wenn Charlie gar nichts unternommen hätte – er hätte einfach Ruhe bewahren, den Mund halten und abwarten sollen. Nach all den Jahren wäre es wahrscheinlich unmöglich gewesen, ihm ein Verfahren anzuhängen. Aus seinem Verhalten sprach Arroganz, er hielt sich offenbar für zu schlau und zu raffiniert, als daß man ihn erwischen könnte. *So* gut war niemand. Schon gar nicht bei dem Tempo, das er neuerdings vorlegte. Da mußte er ja Fehler machen.

Und warum hatte er die ursprüngliche Unterschlagung nicht eingestanden? Er mußte verzweifelt versucht haben, sich gegenüber Laurence Fife zu decken. Aber selbst wenn er aufgeflogen, wenn er erwischt worden wäre, glaubte ich nicht, daß Laurence ihn angezeigt hätte. So liederlich Fife auch in seinem Privatleben gewesen war, ich wußte, daß er in geschäftlichen Angelegenheiten absolut ehrlich war. Dennoch, Charlie war sein bester Freund, und die beiden hatten einen langen gemeinsamen Weg hinter sich. Er hätte Charlie vielleicht verwarnt oder ihm auf die Finger geklopft – vielleicht auch die Partnerschaft aufgelöst. Aber ich glaubte nicht, daß Charlie im Gefängnis gelandet oder aus dem Anwaltsstand ausgeschlossen worden wäre. Sein Leben wäre wahrscheinlich nicht zerstört gewesen, und wahrscheinlich hätte er nicht verloren, was er sich so mühsam erarbeitet hatte. Vielleicht hätte er Laurence Fifes gute Meinung und sein Vertrauen eingebüßt, aber darüber mußte er sich gleich im klaren gewesen sein, als er die Finger in die Keksdose steckte. Die absurde Wahrheit ist, daß in unseren Tagen ein Wirtschaftsverbrecher zur Berühmtheit werden kann; er kann zum Helden werden, in Talkshows auftreten und Bestseller schreiben. Warum also zittern? Die Gesellschaft verzeiht so ungefähr alles außer Mord. Es ist schwer, dieses Delikt mit einem Schulterzucken abzutun, es wegzuerklären, und hätte Charlie anfangs noch mit etwas befleckter Ehre, aber ungeschoren davonkommen können, so saß er jetzt gehörig in der Klemme, und alles schien noch schlimmer zu werden.

An seine Beziehung zu mir durfte ich erst gar nicht denken. Er hatte mich für dumm verkauft, genauso wie vor Jahren Libby Glass, und sie hatte in ihrer Naivität zumindest eine bessere Entschuldigung dafür als ich. Es war zu lange her, daß ich mich auf jemanden eingelassen hatte, zu lange her, daß ich dieses Risiko eingegangen war, und schon hatte ich zuviel investiert. Ich mußte einfach die Tür gefühlsmäßig zuschlagen und weitergehen, aber wohl war mir nicht dabei.

Als ich Santa Teresa erreichte, fuhr ich geradewegs zum Büro und nahm den Schwung Rechnungen aus Sharon Napiers Appartement mit nach oben. Zum erstenmal kam mir der Gedanke, daß sie von Bedeutung sein könnten. Ich ging sie mit einer distanzierten Neugier durch, die dennoch von einem Gefühl des Makabren begleitet wurde. Sie war tot, und es schien obszön, sich jetzt damit aufzuhalten, daß sie Wäsche gekauft hatte, die unbezahlt geblieben war, Kosmetika, Schuhe. Sie war mit ihren Rechnungen einen Monat im Rückstand, und mehrere kleine Firmen hatten angemahnt, ebenso wie ihr Steuerberater, ein Heilpraktiker und ein Schwimmverein wegen des Mitgliedsbeitrags. Visa und Mastercharge waren vergilbt, und American Express verlangte in aller Deutlichkeit ihre Karte zurück, aber ich interessierte mich mehr für ihre Telefonrechnung. Unter der Kennziffer des Bereichs, der Santa Teresa einschließt, waren im Monat März drei Anrufe verzeichnet; keine allzu große Zahl, aber bedeutsam. Zwei der Anrufe galten Charlie Scorsonis Büro – beide am selben Tag, mit einem Abstand von zehn Minuten. Die dritte Nummer, die sie angerufen hatte, erkannte ich nicht auf Anhieb, aber auch sie begann mit der Vorwahl von Santa Teresa. Ich sah in mein numerisches Verzeichnis. Es war die Nummer von John Powers' Haus am Strand.

Ich wählte Ruth, ohne mir ein Zögern zu gestatten. Charlie hatte ihr sicher nicht erzählt, daß ich mit ihm Schluß gemacht hatte. Ich konnte mir nicht vorstellen, daß er irgend jemandem seine Privatangelegenheiten anvertraute. Wenn er dort war, würde ich schnell schalten müssen, und ich war mir nicht sicher, was ich dann sagen sollte. Die Information, die ich brauchte, brauchte ich von ihr.

»Scorsoni und Powers«, flötete sie.

»Oh, hallo, Ruth. Hier ist Kinsey Millhone«, sagte ich, das Herz in der Kehle. »Ist Charlie da?«

»Oh, hallo, Kinsey. Nein, er ist nicht da«, sagte sie mit einer Spur von Bedauern um meinetwillen. »Die nächsten zwei Tage ist er in Santa Maria am Gericht.«

Gott sei Dank, dachte ich und holte tief Luft. »Gut, vielleicht können Sie mir an seiner Stelle helfen«, sagte ich. »Ich habe gerade die Rechnungen einer Klientin durchgesehen, und es scheint, daß sie mit ihm in Verbindung stand. Erinnern Sie sich vielleicht, ob ihn jemand vor etwa sechs, acht Wochen ein paarmal angerufen hat? Sie hieß Sharon Napier. Ferngespräche.«

»Ach, das ist die, die mal bei ihm angestellt war. Ja, daran entsinne ich mich. Was müssen Sie wissen?«

»Also, hieraus geht nicht genau hervor, ob sie ihn wirklich erreicht hat oder nicht. Anscheinend hat sie ihn an einem Freitag angerufen – den 21. März. Kommt Ihnen das bekannt vor?«

»O ja. Absolut«, sagte Ruth, tüchtig wie immer. »Sie verlangte ihn zu sprechen, und er war draußen in Mr. Powers' Haus. Sie bestand darauf, die Nummer zu erfahren, aber ich fand, ohne sein Einverständnis sollte ich sie nicht weitergeben. Darum bat ich sie, noch mal anzurufen, und erkundigte mich bei ihm, und er war einverstanden. Ich hoffe, das geht in Ordnung. Die hat Sie hoffentlich nicht engagiert, damit Sie ihn belästigen oder so was.«

Ich lachte. »Lieber Himmel, Ruth, würde ich ihm das denn antun? Ich sah die Nummer von John Powers, und dachte halt, sie hätte statt dessen vielleicht mit ihm gesprochen.«

»O nein. Der war an dem Wochenende unterwegs. Er ist meistens um den 21. für ein paar Tage weg. Es steht auch hier auf meinem Kalender. Mr. Scorsoni versorgte die Hunde.«

»Ach so, das würde es erklären«, sagte ich beiläufig. »Gott, damit ist mir schon sehr geholfen. Das einzige, was ich jetzt noch überprüfen müßte, wäre diese Reise nach Tucson.«

»Tucson?« sagte sie. Zweifel begannen sich in ihre Stimme einzuschleichen; der beschützerische Tonfall, den Sekretärinnen manchmal annehmen, wenn ihnen plötzlich der Gedanke kommt, daß jemand etwas haben möchte, was er nicht haben soll. »Worum handelt sich's denn, Kinsey? Vielleicht könnte ich Ihnen eher helfen, wenn ich wüßte, was das mit einer Klientin von Ihnen zu tun hat. Mr. Scorsoni ist ziemlich genau in solchen Sachen.«

»Ach so, das ist was anderes. Ich kann mich selber darum kümmern, lassen Sie nur. Ich werde Charlie eben anrufen, wenn er wiederkommt, und ihn fragen.«

»Nun, ich kann Ihnen die Nummer seines Motels in Santa Maria geben, wenn Sie ihn sprechen möchten«, sagte sie. Sie versuchte sich abzusichern – mir behilflich zu sein, falls meine Fragen berechtigt waren; Charlie behilflich zu sein, falls sie es nicht waren. Für eine alte Dame war sie geschickt.

Ich schrieb die Telefonnummer gehorsam auf, obwohl ich wußte, daß ich ihn niemals anrufen würde, aber immerhin war ich froh, einen Hinweis auf ihn zu haben. Am liebsten hätte ich ihr gesagt, bitte erwähnen sie meinen Anruf nicht, aber ich wußte nicht, wie ich das bringen sollte, ohne meine Karten aufzudecken. Ich konnte nur hoffen, daß Charlie sich nicht allzubald bei ihr melden würde. Wenn sie ihm erzählte, wonach ich gefragt hatte, würde er sofort wissen, daß ich ihm auf den Fersen war, und das würde ihm überhaupt nicht gefallen.

Ich schob einen Anruf bei Con Dolan vom Morddezernat ein. Er war unterwegs, aber ich hinterließ eine als »wichtig« unterstrichene Nachricht, er solle mich zurückrufen, wenn er wiederkam. Ich versuchte es bei Nikki am Strand und bekam sie nach dem dritten Klingeln an den Apparat.

»Hallo, Nikki, ich bin's«, sagte ich. »Ist alles in Ordnung?«

»Aber ja. Uns geht's prima. Ich habe mich noch nicht ganz von dem Schlag erholt, daß Gwen tot ist, aber ich weiß auch nicht, was man da machen soll. Ich kannte die Frau nicht mal, und es ist trotzdem eine Schande.«

»Haben Sie von Dolan etwas Näheres erfahren? Ich wollte ihn gerade anrufen, aber er ist außer Haus.«

»Nicht sehr viel«, sagte sie. »Er war unheimlich grob. Schlimmer als ich ihn in Erinnerung hatte, und er wollte mir nichts weiter sagen, außer daß der Wagen, mit dem sie überfahren wurde, schwarz war.«

»Schwarz?« sagte ich ungläubig. Ich sah Charlies hellblauen Mercedes vor mir, und ich hatte voll mit einer Angabe gerechnet, die das bestätigte. »Sind Sie sicher?«

»Er hat es mir gesagt. Die Kriminalpolizei überprüft wohl die Werkstätten und Tankstellen, aber bis jetzt hat sich nichts ergeben.«

»Das ist merkwürdig«, sagte ich.

»Kommen Sie auf ein Glas her? Ich würde mal gerne hören, was los ist.«

»Vielleicht später. Ich versuche noch ein paar Kleinigkeiten auf die Reihe zu bringen. Ich werde Ihnen sagen, was ich noch brauche. Vielleicht kennen Sie die Antwort darauf. Erinnern Sie sich noch an den Brief, den ich Ihnen gezeigt hatte, von Laurence an –«

»Sicher, der an Libby Glass«, unterbrach sie.

»Tja, also ich bin jetzt fast sicher, daß dieser Brief vielmehr an Elizabeth Napier gerichtet war.«

»An wen?«

»Das erkläre ich Ihnen später. Ich vermute, daß Elizabeth Napier diejenige war, mit der er sich einließ, als er mit Gwen verheiratet war. Sharon Napiers Mutter.«

»Ach, der *Skandal*«, sagte sie, als ihr ein Licht aufging. »Aber ja, das könnte schon sein. Darüber hat er mir nie viel erzählt. Schmutzige Angelegenheit. Ich kenne die Geschichte, weil Charlotte Mercer mich damit beglückt hat, aber den Namen wußte ich eigentlich nicht genau. Gott, das muß noch damals in Denver gewesen sein, kurz nach seiner Collegezeit.«

Ich zögerte. »Können Sie sich vorstellen, wer noch von diesem Brief gewußt hat? Wer könnte Zugang dazu gehabt haben? Ich meine, etwa Gwen?«

»Wahrscheinlich«, sagte sie. »Bestimmt aber Charlie. Er arbeitete als Praktikant in dem Anwaltsbüro, das den Ehemann bei dieser Scheidung vertrat, und er hat den Brief mitgehen lassen, soviel ich gehört habe.«

»Er hat was?«

»Ihn gestohlen. Oh, ich bin sicher, der ist das. Hab ich Ihnen noch nie erzählt, wie die Sache ausging? Charlie klaute den Brief, ließ einfach alle Beweise verschwinden, und deshalb kam es zu einem außergerichtlichen Vergleich. Sie hatte zwar nicht soviel davon, aber zumindest war Laurence dadurch aus dem Schneider.«

»Was geschah mit dem Brief? Könnte Charlie ihn behalten haben?«

»Ich weiß es nicht. Ich bin immer davon ausgegangen, daß der Brief vernichtet worden ist, aber er könnte ihn wohl auch aufgehoben haben. Er kriegte nie Ärger, und ich glaube nicht, daß der Anwalt des Ehemanns je dahinterkam. Sie wissen ja, wie in Büros Sachen verschwinden. Wahrscheinlich wurde irgendeine Sekretärin gefeuert.«

»Hätte Gwen irgend etwas von dieser Sache bezeugen können?«

»Wer *bin* ich, das Büro des Staatsanwalts?« sagte sie mit einem Lachen. »Woher soll ich wissen, was Gwen gewußt hat?«

»Tja, was immer es war, jetzt schweigt sie«, sagte ich.

»Oh«, sagte sie, und ich ahnte, daß ihr Lächeln plötzlich erloschen war. »Oh, das gefällt mir aber nicht. Das ist ein schrecklicher Gedanke.«

»Das übrige erzähle ich Ihnen, wenn wir uns sehen. Sobald es geht. Ich rufe vorher noch mal an, damit ich weiß, ob Sie zu Hause sind.«

»Wir werden hier sein. Mir scheint, Sie kommen voran.«

»Immer schneller«, sagte ich.

Ihre Abschiedsgrüße waren verwirrt, und meine waren kurz.

Ich holte meine Schreibmaschine heraus und brachte alles,

was ich wußte, in einem ziemlich langen und ausführlichen Bericht zu Papier. Ein weiteres Stück des Puzzles hatte seinen Platz gefunden. An dem Abend, als der Verschlag aufgebrochen wurde, war es nicht Lyle, sondern Charlie gewesen, der den Brief unter Libbys Habseligkeiten deponiert hatte in der Hoffnung, daß ich ihn finden würde und daß er damit seine Geschichte von Laurence Fifes »Affäre« mit Libby Glass abstützen könnte. Womit wahrscheinlich auch der Schlüssel zu ihrer Wohnung erklärt war, den man an Laurences Schlüsselring im Büro gefunden hatte. Es wäre für Charlie nicht schwer gewesen, auch ihn zu deponieren. Ich tippte weiter, erschöpft zwar, aber fest entschlossen, alles aufzuschreiben. Im Hinterkopf dachte ich es mir immer wieder als Vorsichtsmaßnahme, als Versicherungspolice, aber ich wußte nicht genau, welche Art von Deckung ich brauchte. Vielleicht gar keine. Vielleicht brauche ich keinen Schutz, dachte ich. Ich sollte mich irren.

27

Ich beendete meinen Bericht und schloß ihn in meine Schreibtischschublade. Ich ging hinunter zum Parkplatz, holte mein Auto und fuhr nach Norden, zu Charlies Haus an der Missile Avenue. Zwei Häuser hinter seinem war eines, das aus unerfindlichen Gründen »Seelenruh« hieß. Ich parkte davor und ging zu Fuß zurück. Charlies Haus war ein zweigeschossiges Gebäude mit einer Außenverkleidung aus gelb gestrichenen Schindeln, dunklen Schindeln auf dem Dach, einem Aussichtsfenster auf der Vorderseite und einer langen, schmalen Auffahrt links. Es war ein Haus, wie es als Leitmotiv in einer Fernsehfamilienserie erscheinen könnte, etwas für die beste Sendezeit um acht; alles wirkte ordentlich und heil und kinderfreundlich. Von seinem Wagen war auf der Auffahrt nichts zu sehen und auch nirgends etwas von Bewohnern. Ich ging vorsichtig die Auffahrt entlang, auf die Garage zu, und blickte im Gehen über die Schulter zurück. Da waren noch nicht einmal naseweise Nachbarn, die zu mir hinausgespäht hätten. Als ich die Garage erreichte, ging ich außen herum und machte die Hände hohl, so daß ich durch das Fenster schauen konnte. Sie war leer: eine Tischlerbank entlang der Rückwand, alte Gartenmöbel, Staub. Ich fragte mich, wessen schwarzer Wagen es wohl war und wieso die Polizei noch keine Spur davon entdeckt hatte. Wenn ich diese Lücke schließen konnte, dann hatte ich etwas in der Hand, um mit Con Dolan zu reden. Ich würde mich ohnehin mit ihm in Verbindung setzen, aber ich wollte etwas Konkretes.

Ich ging die Einfahrt wieder hinauf zu meinem Wagen und setzte mich, eine Lieblingsbeschäftigung von mir. Es wurde schon dunkel. Ich sah auf die Uhr. Es war Viertel vor sieben, und das rüttelte mich auf. Ich sehnte mich schrecklich nach einem Glas Wein und entschloß mich, raus zu Nikki zu fahren. Sie hatte gesagt, sie wäre zu Hause. Ich wendete verkehrswidrig und fuhr die Missile wieder hinunter zum Freeway, Richtung Norden. Am La Cuesta bog ich ab und näherte mich dem Strand über Horton Ravine, ein weit auseinandergezogenes Landstück, das als »Wohnungsbauprojekt für gehobene Ansprüche« bekannt ist. Horton Ravine gehörte einmal einer einzigen Familie, ist jetzt aber aufgeteilt in Millionen-Dollar-Parzellen, um dem Siedlungsbedarf der Neureichen entgegenzukommen. In Santa Teresa gilt Montebello als das »alte« Geld, Horton Ravine als das »neue« – aber keiner nimmt die Unterscheidung wirklich ernst. Reich ist reich, und wir wissen alle, was das heißt. Die Straßen durch Horton Ravine sind schmal und gewunden, überschattet von Bäumen, und der einzige Unterschied, den ich entdecken konnte, war, daß hier einige Häuser von der Straße aus zu sehen sind, während man sie in Montebello nicht sieht. Ich kam am Ocean Way heraus und schwenkte nach links. Die Straße verlief jetzt parallel zur Steilküste, und eine Reihe eleganter Grundstücke war in den Landstreifen eingebettet, der sich zwischen der Straße und den Klippen hinzog.

Ich fuhr an John Powers' Haus vorbei und verpaßte es beinahe, da ich beim erstenmal aus der anderen Richtung dorthin gekommen war. Nur flüchtig kriegte ich das Dach zu sehen, das fast auf einer Höhe mit der Straße lag. Ich hatte einen plötzlichen Einfall, stieg auf die Bremse und fuhr an den Straßenrand. Einen Augenblick saß ich da, mit vor Erregung klopfendem Herzen. Ich schaltete die Zündung aus, steckte die kleine Automatic in meine Jeans und nahm die Taschenlampe aus dem Handschuhfach. Ich knipste sie an. Das Licht war gut. Es gab nur sehr wenige Straßenlaternen auf diesem Abschnitt, und die ich sehen konnte, waren Verzierung, so trüb und nebelhaft wie ein altes Litho; sie warfen wirkungslose Lichtzirkel, die kaum die Dunkelheit durchdrangen. Ich stieg aus dem Wagen und schloß ihn ab.

Da waren keine Gehsteige, nur ein Gewirr von wildem Wein entlang der Straße. Die Häuser lagen weit auseinander, mit Waldgrundstücken dazwischen, in denen jetzt Grillen und andere nachtschwärmende Insekten rumorten. Ich ging über die Straße zurück zu Powers' Wohnung. Auf der anderen Seite waren gar keine Häuser. Weder in der einen noch in der anderen Richtung Autos. Ich hielt an. Im Haus war kein Licht zu sehen. Ich ging die Auffahrt hinunter und leuchtete vor mir her. Ich hätte gern gewußt, ob Powers noch auswärts war, und wenn ja, wo die Hunde waren. Wenn Charlie für zwei Tage nach Santa Maria gegangen war, konnte er die Hunde nicht ohne Aufsicht gelassen haben.

Der Abend war still, das Meer dröhnte, ein wiederkehrendes Donnern wie vor dem Ausbruch eines Sturms. Nur eine dünne Mondkruste hob sich gegen den dunstigen Nachthimmel ab. Im übrigen war es kühl, die Luft roch süß und feucht. Das Licht der Taschenlampe schnitt einen schmalen Pfad die Auffahrt hinunter und erhellte plötzlich als weißes Band das Tor vor der Behelfsgarage. Dahinter stand John Powers' Wagen, und schon im Näherkommen konnte ich sehen, daß er schwarz war. Ich war nicht überrascht. Das weiße Lattengitter des Tores war mit einem Vorhängeschloß gesichert, aber ich ging vorsichtig links um die Garage herum, auf die Hausfront zu. Ich leuchtete den Wagen an. Es war ein Lincoln. Ich wußte nicht, welches Baujahr, aber das Auto war nicht alt. Ich prüfte den linken Kotflügel, und er war in Ordnung. Ich konnte spüren, wie mein Herz vor Furcht dumpf zu hämmern anfing. Der rechte Kotflügel war zerdrückt, der Scheinwerfer herausgebrochen, die Metallfassung verbogen und losgerissen, die Stoßstange leicht eingebeult. Ich versuchte nicht an Gwens Körper im Moment des Aufpralls zu denken. Ich konnte mir vorstellen, wie es gewesen sein mußte.

Ich hörte ein jähes Quietschen von Bremsen oben auf der Straße, das schrille Aufheulen eines Autos, das mit hoher Geschwindigkeit zurückstieß. Darauf folgte ein plötzlicher Einbruch von hellem Licht, als ein Wagen in die Auffahrt bog. Ich duckte mich automatisch, knipste die Taschenlampe aus. Wenn das Charlie war, war ich geliefert. Flüchtig bekam ich etwas Blaues zu sehen. O Scheiße. Er hatte Ruth angerufen. Er war zurück. Er wußte Bescheid. Die Scheinwerfer des Mercedes waren voll auf die Behelfsgarage gerichtet, nur Powers' Fahrzeug schützte mich vor der Entdeckung. Ich hörte die Wagentür zuschlagen, und ich rannte.

Ich flog über den Hof, glitt praktisch über das grob geschnittene Gras hin. Hinter mir kam, fast lautlos, das leise Tappen der Hunde in weit ausgreifenden Sätzen. Ich nahm die schmale Holztreppe zum Strand hinunter, meine Sicht war verschwommen nach dem grellen Glanz der Scheinwerfer. Ich verfehlte eine Stufe, tastete blind und rutschte halb zur nächsttieferen weiter. Über mir, nur Meter entfernt, knurrte der schwarze Hund und begann den Abstieg, seine Krallen scharrten auf den Stufen. Ich blickte hinter mich nach oben. Der Schwarze war direkt über meinem Kopf. Ohne auch nur nachzudenken, packte ich eines seiner langen, knochigen Vorderbeine und zerrte daran. Der Hund jaulte überrascht auf, und ich riß ihn nach vorn, schleuderte ihn fast die steile Felsenböschung hinunter. Der andere Hund winselte, ein fünfundneunzig Pfund schweres Hasenherz, und bahnte sich seinen Weg treppab mit Zittern. Ich verlor fast das Gleichgewicht, fing mich aber noch, und gelockertes Erdreich kullerte hinunter in die Dunkelheit vor mir. Ich hörte den anderen Hund an der Klippenwand hochspringen, aber er fand wohl keinen Halt, um sich heraufzuziehen, und strich ruhelos hin und her. Ich lag fast auf der Seite, als ich die letzten paar Schritte hinunterrutschte und auf dem weichen Sand landete. Die Pistole sprang mir aus der Hand, und ich krabbelte wie irre umher, bis meine Finger sich wieder über dem Knauf schlossen. Die Taschenlampe war längst weg. Ich erinnerte mich noch nicht einmal, wann ich sie verloren hatte. Der schwarze Hund sprang schon wieder auf mich zu. Ich wartete, bis er fast an mich heran war, dann hob ich den Fuß, trat heftig zu und brachte gleichzeitig die Pistole auf seinen Kopf hinunter. Er jaulte. Er war offensichtlich nie auf Angriff abgerichtet worden. Ich hatte den Vorteil zu wissen, daß er eine Gefahr für mich darstellte, und er begriff zu langsam, wie heimtückisch ich war. Bellend wich er zurück. Ich traf eine schnelle Wahl. Im Norden zogen die steilen Klippen sich noch meilenweit den Strand entlang, nur unterbrochen von Harley's Beach, der als Zufluchtsort zu isoliert war. Im Norden versperrte auch der Hund meinen Weg. Der Strand zu meiner Rechten würde schließlich an der Stadt vorbeiführen, und mehr als zwei Meilen konnten es nicht sein. Ich bewegte mich rückwärts von dem Hund fort. Er stand da mit gesenktem Kopf, wild bellend. Die Wellen spülten mir bereits über die Schuhe, und ich hob die Füße höher, schlurfte rückwärts durch die Brandung. Ich drehte mich um, hielt die Pistole hoch und watete los. Der Hund tippelte vor und zurück, bellte jetzt nur noch gelegentlich. Die nächste hohe Sturzsee krachte gegen meine Knie, durchnäßte mich bis zur Taille. Mir blieb der Atem stehen von dem Kälteschock, in einer Aufwallung von Furcht blickte ich zurück und sah Charlie oben auf dem Kliff. Die Außenbeleuchtung brannte jetzt, sein großer Körper war in Schatten gemeißelt, sein Gesicht ausdruckslos. Er starrte direkt zu mir herunter. Ich trieb mich vorwärts, stürzte mich fast durch die taillenhohen Wellen, drängte auf die Felsen am äußersten Südrand des Strandes zu. Ich erreichte die Felsen, glitschig und schroff, eine Granitmasse, die vom Kliff weggebrochen und ins Meer gestürzt war. Ich kletterte darüber hinweg, behindert durch die durchweichten Jeans, die mir an den Beinen klebten, durch die vom Wasser schwer gewordenen Schuhe, behindert durch die

Waffe, die ich nicht loszulassen wagte. Schartige Entenmuscheln und Schleim wechselten unter mir ab. Einmal rutschte ich aus, und etwas stach mir durch die Jeans in das linke Knie. Ich lief voran, erreichte wieder festen Sandboden, der Strand erweiterte sich leicht.

Hinter der Biegung war Powers' Haus nicht mehr zu sehen. Auch keiner der Hunde mehr. Ich hatte gewußt, daß sie mir nicht so weit folgen konnten, aber bei Charlie war ich mir nicht sicher. Ich wußte nicht, würde er die Holztreppe herunterkommen und mich entlang dem Strand verfolgen oder einfach warten? Ängstlich blickte ich zurück, aber der Hügel ragte vor und verbarg sogar das Licht. Er brauchte sich nur ins Auto zu setzen. Wenn er einen Weg parallel zu meinem einschlug, konnte er mich mühelos am Ende abfangen. Wir würden beide schließlich bei Ludlow Beach herauskommen, aber ich konnte nicht zurück. Harley's Beach war schlimmer, zu weit weg von Straßenlaternen und menschlicher Hilfe. Ich begann ernsthaft zu rennen, unsicher, wie lange ich durchhalten mußte. Die nassen Kleider pappten an mir, klamm und kalt, aber meine Hauptsorge war die Pistole. Ich hatte sie schon einmal fallen lassen, und ich wußte, daß Seewasser zu ihr hinaufgespritzt war, als ich die Felsen überquerte. Ich glaubte zwar nicht, daß sie naß geworden war, bloß hatte ich keine Gewißheit. Ich konnte jetzt etwas besser sehen, aber der Strand war mit Steinen und Tang übersät. Ich betete, daß ich mir nicht den Fuß vertrat. Wenn ich nicht mehr laufen konnte, würde Charlie mich in aller Ruhe aufspüren können, und es gab keinen Ausweg für mich. Ich blickte zurück: Nichts von ihm zu sehen, alle Geräusche überdeckt von dem Brechen der Wellen. Ich glaubte nicht, daß er dort war. Wenn ich es nur bis Ludlow Beach schaffte: Da mußten andere Leute sein, mußten Autos vorbeikommen. Solange ich lief, schien die Furcht gebändigt; das Adrenalin vertrieb jede Empfindung außer dem Drang zu fliehen. Der Wind war fort, aber es war kalt, und ich war naß bis auf die Knochen.

Der Strand verengte sich wieder, und ich mußte durch seichtes Wasser laufen, mich durch die schäumende Brandung vorkämpfen. Ich versuchte mich zu orientieren, aber ich war noch nie so weit draußen gewesen. Ich erblickte eine Holztreppe, die sich zickzackförmig an dem Klippenhang zu meiner Linken heraufwand; das windgebleichte Geländer stach weiß gegen das dunkle Gewirr der im Fels hängenden Pflanzen ab. Ich folgte der Linie mit den Augen bis obenhin. Vermutlich war es der Seashore Park an der Steilküste. Ein Rastplatz. Häuser auf der anderen Straßenseite. Ich packte das Geländer und begann den Aufstieg; meine Knie schmerzten beim Klettern, meine Brust hob sich schwer. Ich kam oben an, spähte über den Felsrand, und wieder blieb mir das Herz stehen. Charlies 450 SL parkte vor mir, das Licht der Scheinwerfer lag auf dem Zaun. Ich tauchte weg und stieg die Treppe wieder hinunter, ein miauendes Geräusch in der Kehle, das ich nicht unterdrücken konnte. Mein Atem ging stoßweise, die Brust brannte mir. Ich landete wieder auf dem Sand und lief weiter, beschleunigte mein Tempo. Der Sand war jetzt tief, zu weich, und ich querte nach rechts, wo er naß und hartgepreßt war. Zumindest wurde mir nun wärmer; die Kleider scheuerten, Wasser tropfte aus salzverklebten Haarsträhnen. Mein linkes Knie tat stechend weh, und ich spürte, daß etwas Warmes durch mein Hosenbein sickerte. Der Strand wurde diesmal nicht von Felsen unterbrochen, sondern von der steilen Wand des Kliffs, das wie ein pastetenförmiger Keil in die Schwärze der See hineinragte. Ich watete den Wellen entgegen, die Unterströmung zerrte an mir, als ich um die Biegung kam. Ludlow Beach lag in Sichtweite voraus. Ich heulte fast vor Erleichterung. Ächzend rannte ich wieder los, bemüht um ein Tempo, das ich durchstehen konnte. Jetzt waren auch Lichter zu sehen, Gruppen dunkler Palmen gegen grauen Himmel. Ich verlangsamte zu einem Trab, um zu Atem zu kommen. Schließlich hielt ich an, beugte mich aus der Taille herunter; mein Mund war trocken, Schweiß oder Salzwasser rann mir übers Gesicht. Meine Wangen waren heiß, und meine Augen brannten. Ich wischte mir den Mund am Handrücken ab, und weiter ging es, diesmal im Schritt, wobei die Furcht wieder hochstieg, bis mir das Herz gegen die Rippen hämmerte.

Dieser Abschnitt des Strandes, hellgrau, war freundlich und sauber und erweiterte sich nach links, wo das hohe Kliff schließlich in einen schrägen Hang überging, der zum flachen Sand hin abfiel. Weiter weg konnte ich die langgezogene Gerade des Parkplatzes sehen und noch weiter hinten die Straße, gut beleuchtet, leer und einladend. Der Strandpark schloß um acht, und ich dachte, der Strandpark wäre wahrscheinlich zugekettet und gesperrt. Dennoch war der Anblick von Charlies hellblauem 450 SL ein Schock – dieses einzige Fahrzeug auf der ganzen leeren Asphaltfläche. Seine Scheinwerfer waren eingeschaltet, sie leuchteten schräg nach vorn in die Palmen. Ich konnte unmöglich vom Sand aus auf die Straße gelangen, ohne daß er mich sehen würde. Die Dunkelheit, die sich zunächst zu lichten schien, war jetzt wie ein Schleier. Ich konnte nicht klar sehen. Ich konnte nichts erkennen in dem grau verschwimmenden Dunst. Die Straßenbeleuchtung erschien auf diese Entfernung sinnlos, launenhaft und grausam, denn sie erhellte nichts; sie markierte einen Weg aus der Gefahr, den ich nicht erreichen konnte. Und wo war *er?* Saß er im Wagen, suchte mit seinen Blicken den Park ab und wartete darauf, daß ich zu ihm durchstoßen würde? Oder war er draußen, zwischen den Palmen, viel näher am Strand?

Ich wandte mich wieder nach rechts, watete hinaus ins Meer. Das eiskalte Wasser ließ mein Blut gefrieren, aber ich krebste weiter durch die Wellen, die mir gegen die Knie schwappten. Hier draußen war ich schwerer zu entdecken, und wenn ich ihn nicht sehen konnte, so konnte er mich wenigstens auch nicht sehen. Als ich weit genug draußen war, ließ ich mich sinken, und halb ging ich, halb schwebte ich durch die wogende Tiefe hinter den Brechern. Es kostete mich alle Mühe, die Pistole oben zu halten. Davon war ich besessen, auch wenn mir der Arm weh tat, auch wenn meine Finger taub wurden. Die Haare flossen um mein Gesicht wie naß gewordene Gaze. Ich beobachtete den Strand, sah wenig, suchte Charlie. Die Scheinwerfer waren noch an. Nichts. Niemand. Ich war vielleicht zweihundert Meter über den äußersten linken Rand des Parkplatzes hinausgelangt, fast auf einer Höhe jetzt mit dem Kiosk: eine kleine Oase aus Palmen und Picknicktischen, Müllbehältern, Telefonzellen. Ich stellte mich vorsichtig auf die Füße und hielt mich weiterhin rechts. Er konnte überall sein, in jedem Schatten stehen. Ich watete auf das seichte Ufer zu, wo sich die Wellen noch kniehoch kräuselten und dann über meine Füße hinwegspülten. Schließlich war ich wieder auf nassem Sand und bewegte mich leise auf den Platz zu, während ich angestrengt im Dunkel nach ihm Ausschau hielt. Er konnte nicht überall gleichzeitig suchen. Ich kauerte mich hin, wandte den Blick nach links. Jetzt, da ich zur Bewegungslosigkeit gezwungen war, holte die Angst mich wieder ein; Eis breitete sich über meine Lungen, der Puls klopfte mir im Hals. Ich schlüpfte aus meinen nassen Jeans und Schuhen – leise, sachte.

Der Kiosk lag direkt vor mir: ein gedrungener Schlackensteinbau, die Fenster waren für die Nacht versperrt. Ich bewegte mich nach rechts, durch pulvrigen Sand, in dem ich bis zu den Knöcheln einsank, so daß ich auf dem Land mehr Mühe hatte als im Wasser. Ich schrak zusammen. Da war er – nur eine Idee links von mir. Wieder ging ich in die Hocke, fragte mich, wie weit ich sichtbar war. Ich ließ mich flach auf den Bauch herunter und zog mich auf den Ellenbogen vorwärts. Ich erreichte das schützende Dunkel der Palmen, die auch um diese Zeit noch deutliche Schatten in die graue Nacht warfen. Ich spähte nach links und entdeckte ihn wieder. Er trug ein weißes Hemd, dunklere Hosen. Er verschwand im Schatten, als er in den Palmenhain trat, in dem die Picknicktische aufgestellt waren. Das Meer war stiller geworden, ein zischender Hintergrund zu unserem kleinen Katz-und-Maus-Spiel. Zu meiner Rechten war ein länglicher Müllcontainer mit einem Klappdeckel. Ich hörte Charlies Wagen starten und blickte überrascht zurück. Vielleicht fuhr er weg. Vielleicht dachte er, er hätte mich verpaßt, und wollte jetzt los, um mich weiter unten am Strand abzufangen. Als er zurückschwenkte, um zu drehen, schoß ich auf den Müllcontainer zu, hob mit einem Ruck den Deckel und zog mich über den metallenen Rand in den Wust aus Pappbechern, weggeworfenen Picknickbeuteln und Schmutz. Mit der Kehrseite erkämpfte ich mir einen Platz und schob meine bloßen Beine hinunter in den Abfall, wobei ich angewidert die Nase rümpfte. Mein rechter Fuß berührte etwas Kaltes und Klebriges, und der Müll unter mir fühlte sich warm an wie ein Komposthaufen, schwelend von Bakterien. Ich schob mich ein wenig hoch und spähte über die Schulter durch den Spalt zwischen dem Berg angesammelten Unrats und dem etwas schräg aufsitzenden Deckel. Charlies Wagen bewegte sich auf mich zu, die Scheinwerfer schnitten direkt über mein Versteck. Ich duckte mich; mein Herz klopfte derart, daß mir die Augen herausquollen.

Er stieg aus, ließ die Scheinwerfer an. Von da, wo ich kauerte, konnte ich noch den Widerschein der Lichtkegel sehen. Er schlug die Wagentür zu. Ich konnte seine Schritte über den Beton scharren hören.

»Kinsey, ich weiß, daß du hier irgendwo bist«, sagte er.

Ich versuchte mich nicht zu rühren. Versuchte nicht zu atmen.

Stille.

»Kinsey, du brauchst doch keine Angst vor mir zu haben. Mein Gott, weißt du das denn nicht?« Sein Ton war eindringlich, sanft, überredend, verletzt.

Bildete ich mir alles nur ein? Er klang so wie immer. Stille. Ich hörte, wie seine Schritte sich entfernten. Langsam und vorsichtig setzte ich mich auf, spähte durch den Spalt. Er stand zehn Meter von mir entfernt und schaute hinaus auf den Ozean, sein Körper war reglos, halb abgewandt. Er drehte sich um, und ich tauchte weg. Ich konnte Schritte näher kommen hören. Ich schrak zurück, hob mit zitternden Händen die Pistole hoch. Vielleicht war ich verrückt. Vielleicht machte ich mich lächerlich. Ich haßte Versteckspielen. Als Kind war ich darin nie gut gewesen. Ich sprang immer gleich raus, wenn einer nah herankam, weil ich mir vor Spannung bald die Hosen naßmachte. Ich fühlte Tränen aufsteigen. O Himmel, bloß jetzt nicht, dachte ich fiebernd. Die Furcht war wie ein scharfer Schmerz. Mein Herz tat bei jedem Schlag weh und ließ das Blut in meinen Ohren pochen. Sicher konnte er das hören. Sicher wußte er jetzt, wo ich war.

Er hob den Deckel. Die Strahlen seiner Scheinwerfer leuchteten auf seiner goldenen Wange. Er blickte zu mir herüber. In seiner rechten Hand lag ein Schlachtermesser mit einer fünfundzwanzig Zentimeter langen Klinge.

Ich pustete ihn weg.

Die Polizei von Santa Teresa führte eine kurze Untersuchung durch, aber am Ende wurde keine Beschuldigung erhoben. Der Ordner über Laurence Fife enthält den Bericht, den ich dem Chef der Detektivkammer zustellte, betreffend den Gebrauch meiner Schußwaffe »im Rahmen der Ausübung meines Berufes«. Er enthält außerdem eine Kopie des Schecks, den ich an Nikki geschickt habe, um ihr den überschüssigen Teil der an mich vorausgezahlten 5000 Dollar zurückzuerstatten. Insgesamt erhielt ich 2978 Dollar 25 für die im Verlauf dieser sechzehn Tage geleisteten Dienste, und ich denke, das geht in Ordnung. Der Todesschuß beunruhigt mich immer noch. Er hat mich dahin gebracht, wo Soldaten und Heckenschützen sind. Ich war nie ausgezogen, um jemanden zu töten. Aber das würde vielleicht auch Gwen sagen, und Charlie genauso. Ich werde mich natürlich erholen. In ein bis zwei Wochen bin ich so weit, daß ich wieder arbeiten kann, aber ich werde nie mehr dieselbe sein. Man versucht, das Leben einfach zu gestalten, aber es klappt nie, und am Ende ist man doch auf sich zurückgeworfen.

Mit freundlichen Empfehlungen
Kinsey Millhone